FILLES DE LUNE

Naïla de Brume

Édition
Les Éditions de Mortagne
Case postale 116
Boucherville (Québec)
J4B 5E6

Distribution
Tél. : 450 641-2387
Téléc. : 450 655-6092
Courriel : edm@editionsdemortagne.com

Dépôt légal
Bibliothèque et Archives Canada
Bibliothèque et Archives nationales du Québec
Bibliothèque Nationale de France
3e trimestre 2010

ISBN : 978-2-89662-500-0
1 2 3 4 5 – 10 – 14 13 12 11 10
Imprimé au Canada

Nous reconnaissons l'aide financière du gouvernement du Canada par l'entremise du Programme d'aide au développement de l'industrie de l'édition (PADIÉ) et celle du gouvernement du Québec par l'entremise de la Société de développement des entreprises culturelles (SODEC) pour nos activités d'édition. Gouvernement du Québec – Programme de crédit d'impôt pour l'édition de livres – Gestion SODEC.

Membre de l'Association nationale des éditeurs de livres (ANEL)

ASSOCIATION NATIONALE DES ÉDITEURS DE LIVRES

Elisabeth Tremblay

FILLES DE LUNE

Tome 1

Naïla de Brume

ÉDITIONS DE MORTAGNE

À mon fils Cédric,
pour son courage et sa soif
de vivre en dépit des épreuves...
Quoi que l'avenir lui réserve,
je serai toujours là…

Remerciements

Je tiens à remercier les personnes suivantes pour leur aide et leur soutien dans la réalisation de ce roman :

L'amour de ma vie, qui a trop souvent fait les frais de mes longues nuits à rédiger. Je ne te dirai jamais assez combien je t'aime...

Mes trésors, pour leurs encouragements exemplaires : « T'écris un livre, maman ? Ah !... Pourquoi faire ? » (Cédric, 6 ans) « Qu'est-ce qui te fait dire que les gens vont trouver tes idées bonnes ? » (Sabrina, 8 ans) Il n'y a pas de meilleures remarques que les leurs pour obliger à donner le meilleur de soi...

Mes parents, pour m'avoir fait découvrir Charlevoix si jeune, mais surtout pour leur foi inébranlable en leur fille et son rêve.

La docteure Josée Brossard, pour ses réponses toujours claires à des questions qui l'étaient rarement.

Amélie, Ginette et Marielle qui ont accepté de me lire, même s'il y avait encore plusieurs retouches à faire. Votre enthousiasme et votre désir d'avoir la suite au plus tôt m'ont aidée à y croire encore davantage.

Marielle, encore, pour toutes les fois où je l'ai appelée parce que mes ouvrages de référence ne me suffisaient plus. Nos longues conversations me font toujours beaucoup de bien.

Les Éditions de Mortagne, en particulier Carolyn Bergeron, pour m'avoir donné cette chance unique de me faire connaître.

Et enfin, toutes celles et ceux qui ont, à un moment ou à un autre, dit : « Pis, ton livre ? » C'était parfois la poussée nécessaire pour persévérer...

Sommaire

Prologue

Sur une terre lointaine, aux confins d'un monde depuis longtemps oublié des humains que nous sommes, une vieille femme traînait ses pas vers un site mystique et sacré. Elle venait de loin et doutait de pouvoir se rendre à destination. Ses forces l'abandonnaient et son corps de tricentenaire rechignait avec raison devant l'effort à fournir. Elle cheminait depuis plusieurs jours déjà, bravant le froid et l'épaisse couche de neige pour atteindre son but. Elle avait quitté son refuge, sur l'un des Monts Ensorcelés, pour la première fois depuis cinquante ans, consciente que c'était son dernier voyage. Elle ne reviendrait jamais dans ce lieu où elle avait vu et vécu tant de choses et d'événements particuliers. Elle avait apporté, dans un sac en bandoulière, les objets qu'elle souhaitait emporter vers l'autre monde. Puis elle avait scellé son antre, pour que seule une Élue puisse y accéder, s'il était découvert...

Mais elle ne croyait pas que cela fût probable. Elle ne croyait même pas qu'il puisse rester une Élue non consacrée quelque part. Elle l'aurait sentie depuis des lunes grâce à ses pouvoirs ; à moins que cette Élue ne vienne de la lignée maudite, ce qui changerait tout... Mais elle préféra chasser de son esprit cette pensée, et tout ce qu'elle impliquait.

Les nuages s'amoncelaient au-dessus de sa tête et menaçaient sans cesse de déclencher une nouvelle tempête qui l'empêcherait de réussir. Elle tenta d'accélérer, malgré sa fatigue et l'engourdissement de ses membres, mais elle en fut bien incapable. Même sa magie semblait la quitter, ce qu'elle n'aurait jamais cru possible il y a quelques mois à peine. Se passait-il quelque chose qu'elle n'avait pas prévu ? Avait-elle failli à la tâche après toutes ces années ? Non ! Non, c'était impossible ! Mais alors, pourquoi avait-elle ressenti cette nécessité, cette urgence d'entreprendre ce dernier voyage au lieu de mourir paisiblement chez elle ? Pourquoi s'était-elle sentie attirée par l'amulette qu'elle avait elle-même laissée là-haut, il y a une éternité, au temps de sa jeunesse ?

Ses jambes décharnées s'enfonçaient dans la neige jusqu'aux genoux et la montée devint de plus en plus pénible. Le versant semblait plus escarpé que dans ses souvenirs et les repères d'autrefois avaient disparu. L'érosion du roc, par le vent et les intempéries, offrait un paysage totalement nouveau, mais aussi plus effrayant. Des flocons se mirent à tomber doucement, mais ils ne tardèrent pas à se faire plus denses, brouillant sa vision. Elle maudit intérieurement les éléments qui semblaient se liguer contre elle avec acharnement. Mais elle ne voulut surtout pas abandonner ; refusant de croire que les dieux de ses ancêtres lui refuseraient la possibilité d'au moins présenter sa requête au sanctuaire. Après une longue vie passée à défendre un monde et des idéaux auxquels plus personne ne semblait croire, elle était convaincue d'avoir ce droit de savoir avant de mourir. Eh oui... Mourir... Après avoir si longtemps cru à l'immortalité et l'avoir ardemment désirée, elle avait fini par renoncer, faute d'en avoir percé le secret.

Elle avait atteint, depuis un certain temps déjà, le point de non-retour, ce moment où l'on sait que nos jours sont comptés et que l'on se hâte de terminer ce que l'on a entrepris, de peur de manquer de temps. Les dieux avaient, elle en était certaine, repoussé délibérément cette échéance, ayant encore besoin d'elle ici-bas pour que les secrets de la Terre des Anciens, de même que l'espoir d'un renouveau, ne s'éteignent pas avec elle. Mais aujourd'hui, elle n'en pouvait tout simplement plus de porter autant sur ses frêles épaules. Elle avait aussi échoué dans la transmission de son savoir et de ses connaissances, faute de descendantes à ses côtés.

Elle n'y comprenait d'ailleurs rien, puisque sa stérilité, les dieux ne pouvaient l'ignorer, mettait en danger des êtres et des mondes d'exception, essentiels à la continuité d'un univers hors du commun. Sans elle à la tête des protectrices et gardiennes des portes, qu'adviendrait-il de ces passages si convoités autrefois par les sorciers, les hommes devenus mancius, et surtout par Mévérick et ses descendants ?

Mais peut-être était-ce là la volonté des instances divines. Si chacun des sept mondes particuliers, celui des Anciens, de Golia, de Dual, de Mésa, de Brume, de Bronan et d'Elfré, oubliait à jamais l'existence des autres, les couloirs de voyages sombreraient également dans l'oubli. Elle était bien placée pour savoir que ses douze doigts, hérités de son passé elfique, suffiraient pour compter les héritiers de la Sagesse restant aujourd'hui sur la Terre des Anciens, malgré son immensité. Elle pouvait également affirmer que la majorité se mourrait lentement, sans relève elle aussi. Mais si telle était vraiment la volonté des divinités, pourquoi avoir repoussé la fin de sa vie ? Elle se rappela cependant que les dieux n'en étaient pas à un paradoxe près...

Elle se força à chasser ses pensées, le temps de se repérer. Même si elle ne voyait rien à des mètres et des mètres à la ronde, elle savait depuis longtemps qu'elle pouvait se fier à son instinct et à son sens inné de l'orientation. Elle n'avait nul besoin de carte, du soleil ou des étoiles pour trouver son chemin. C'était un don qu'elle avait reçu en même temps que les autres particularités qui avaient fait d'elle une femme de haut rang aux lourdes responsabilités, mais aussi une magicienne enviée dont la position était autrefois fort convoitée. Si on ne la pourchassait plus et ne tentait plus de l'éliminer aujourd'hui, c'est que son existence même était remise en question par les descendantes et descendants de celles et ceux qui convoitaient sa place en d'autres temps ; on la croyait déjà légende. Seules Mélijna, Wandéline et Morgana devaient savoir qu'elle était toujours du monde des vivants. À la pensée de la troisième, elle eut un pincement au cœur, au souvenir de sa vie condamnée à la réclusion. Sa présence lui manquait parfois cruellement. Aurait-elle le courage d'interroger l'oracle à son sujet ?

Que de choses avaient changé depuis sa naissance, il y a plus de trois siècles ! Que restait-il véritablement de ces forces opposées qui s'étaient affrontées sans relâche ? S'étaient-elles éteintes ? Les noirs desseins du peuple des mancius s'étaient-ils évanouis avec la mort de leur sorcier ? La lignée de Mévérick avait-elle finalement connu le même sort que toutes celles des Êtres d'Exception qui avaient un jour essayé de tirer parti, à mauvais escient, de leurs dons de privilégiés ? Qu'en était-il des six autres mondes ? Avaient-ils aussi laissé disparaître sciemment leurs derniers Sages, dans leur arrogance et leur ignorance de leur passé commun, mais déjà lointain ?

Il n'avait fallu que trois cents ans, le temps de son passage ici-bas, pour que ce qui avait fait la fierté des six différents peuples pendant des millénaires ne soit plus que de vagues légendes et des mythes sans fondement dans la tête et le cœur des nouvelles générations. Les jeunes et moins jeunes croyaient maintenant que cette terre de misère, dépourvue de richesses et d'avenir, avait toujours été ainsi, qu'il n'y aurait jamais rien de plus, aussi loin que leurs voyages puissent les porter. Des larmes roulèrent sur ses joues en pensant que ce qui restait d'êtres, humains ou non, sur cette terre qu'elle chérissait tant, ne tarderaient sûrement pas à disparaître, emportant avec eux toute chance de réconciliation entre les peuples.

Le vent redoublait d'ardeur et les amoncellements de neige s'épaississaient à mesure qu'elle se rapprochait du sommet et de son objectif. La poudrerie et les plaques de glace sournoisement dissimulées sous la neige ralentissaient toujours davantage sa progression. Soudain, elle eut envie de s'étendre ici et de se laisser ensevelir par cette immensité blanche qu'elle trouvait si belle en d'autres occasions. La vue d'une masse de roc difforme, à travers les bourrasques, lui insuffla cependant un regain d'énergie. Elle crut d'abord difficilement qu'elle pouvait avoir réussi, mais les contours se précisant, alors qu'elle approchait, elle comprit qu'Alana, déesse protectrice des gardiennes, ne l'avait pas abandonnée. Elle fournit un ultime effort pour atteindre l'entrée de la grotte et s'y réfugier, avant de s'avouer vaincue par la fatigue et le froid.

Elle dormit d'un sommeil réparateur malgré sa condition, sous la garde de ses Âmes Régénératrices. Celles-ci l'enveloppèrent dans une torpeur bienfaisante, puis tentèrent, tant bien que mal, d'insuffler suffisamment de force dans ce vieux corps meurtri pour qu'il puisse traverser l'épreuve à venir. À l'image de toutes les Filles de Lune, l'aïeule possédait certains dons à la volonté propre, capables de prendre des initiatives vitales lorsque les circonstances l'exigeaient. Ces anges gardiens intrinsèques n'intervenaient cependant que pour guérir et assurer la survie ; ils ne pouvaient pas changer le cours du destin...

La vieille femme se réveilla aux premières lueurs de l'aube, paniquée, tentant de se ressaisir, sans grand succès. Même si elle savait que rien ni personne ne pouvait l'atteindre en ces lieux oubliés et inhospitaliers, elle sentit une fois de plus l'angoisse l'envahir. Un regard à l'extérieur lui confirma son appréhension. Elle devrait patienter une journée entière avant de procéder au rite sacré.

Le jour, de courte durée en ces temps glacials, ne lui apporta guère de réconfort. Elle s'obligea à faire le vide dans son esprit et à détendre son corps à bout de souffle. Elle fut incapable d'avaler quoi que ce soit, se contentant de boire l'eau d'une source qui coulait au fond de cette caverne primitive. Bien installée dans l'enveloppe de chaleur créée par ses Âmes, elle vit avec bonheur, beaucoup plus tard, cette journée grise céder la place à une obscurité rassurante. Contrairement aux humains purs, la vieille magicienne ne se sentait en sécurité que la nuit, quand l'astre qui l'avait vue naître pouvait lui accorder toute la protection dont elle avait eu si souvent besoin au fil des ans. Elle se leva avec douleur et se prépara pour la cérémonie...

Elle se débarrassa des loques qui lui avaient servi à passer pour une mendiante avant de se glisser, nue, dans le petit bassin où se déversait l'eau glaciale de la source. Cette purification était nécessaire si elle voulait que sa requête soit entendue. Elle enfila ensuite une longue robe de lin d'un rouge agressif, à laquelle elle ajouta une ceinture de cordeaux. Elle enleva l'ensemble des pierres précieuses protectrices dont elle ne se séparait pourtant jamais. Elle demeura pieds nus, l'oracle aimant plus que tout la simplicité, gage à ses yeux de modestie et d'humilité. Elle étala sur le sol ses parures, de même que le peu qu'elle avait choisi de conserver pour son départ. Le tout formait un cercle autour d'une marque étrange, gravée dans le sol de la grotte. C'est sur ce signe vénéré des Anciens qu'elle s'agenouilla, une dague finement ouvragée à la main. Elle leva les yeux vers une marque similaire sur la voûte et récita des incantations qu'elle faisait jaillir du plus profond de sa mémoire.

Pendant que les mots retentissaient dans le vide troublant de l'endroit, l'eau de la source changea graduellement de couleur. Aux deux tiers de sa litanie, la magicienne enfonça la dague en son sein avec assurance. Elle savait que la blessure serait mortelle, mais elle espérait que ses Âmes, qu'elle sentait déjà à l'œuvre, lui donneraient le temps nécessaire à l'accomplissement complet du rituel. Elle termina donc ses incantations...

Le combat de ses précieuses protectrices contre la lame était ardu. Elle n'avait pas retiré la dague, espérant ainsi gagner un temps précieux. Le désespoir l'envahit ; elle sentait la vie la quitter alors que le bassin ne produisait toujours pas le signe qu'elle attendait. Sa vue se troublant lentement, elle prit le risque de quitter le cercle mystique. Elle se traîna jusqu'à la petite mare où elle vit, avec surprise, un liquide ambré, en rien comparable au bleu de nuit qu'elle avait observé par le passé. Jamais elle n'avait entendu dire que l'oracle puisse prendre une forme différente de celle qu'on lui connaissait depuis des millénaires. Peut-être cette couleur était-elle la raison de l'absence des vapeurs troublantes à l'odeur de soufre qu'elle ne percevait toujours pas. Elle maudit les dieux pour leurs manquements envers leurs loyaux sujets ; les instants de vie lui étaient désormais comptés et rien ne se déroulait comme prévu. Ne pouvant pas revenir en arrière, elle se préparait à mourir dans l'ignorance, et surtout en vain, quand un frémissement à la surface de l'eau attira son attention.

Elle crut d'abord que c'était sa faiblesse qui lui donnait des visions. Les rides se firent de plus en plus nombreuses jusqu'à ce que le petit bassin ressemble à un océan balayé par la tempête. L'effet était saisissant ! Au centre apparut soudainement, dans un tourbillon, le visage d'une femme. L'Élue ferma les yeux, puis les rouvrit lentement, à bout de forces. Nulle trace du vieillard attendu, mais toujours ce visage jeune et magnifique, aux yeux si dissemblables. Incapable de réfléchir ni d'avoir une pensée cohérente, la vieille femme fixa des yeux absents sur l'apparition, qui s'anima.

– Sache que ton désir le plus cher a depuis longtemps été exaucé. Ta lignée ne s'est pas éteinte, comme tout te porte à le croire : elle a simplement emprunté un chemin fort différent de celui auquel ta race est habituée. N'aie crainte. Ton savoir de même que tes dons et les secrets que tu détiens te survivront et serviront à bon escient, j'en fais le serment. Sache également que la Terre des Anciens connaîtra un rétablissement de l'équilibre entre ses forces et les éléments qui la composent, ainsi qu'une harmonie durable entre les peuples qu'elle se doit de protéger. Cela se fera, cependant, au prix d'une lutte sans merci contre de nombreux ennemis dont tu n'ignores rien et de pertes importantes. Une femme exceptionnelle te remplacera, mais son parcours sera jalonné d'épreuves cruelles et de rencontres éprouvantes.

Les dernières paroles de ce visage angélique ne trouvèrent pas d'écho dans l'esprit de la vieille femme. Elle avait rendu l'âme après la confirmation de la réalisation de ses deux souhaits les plus chers. La déesse, qui s'en aperçut trop tard, convint cependant que c'était beaucoup mieux ainsi. La magicienne n'emporterait que le souvenir des bonnes nouvelles... jusqu'à ce qu'elle se réincarne.

Mais Alana, matérialisée à ses côtés, préféra penser que le retour de cette femme extraordinaire ne serait pas nécessaire. Elle l'espérait en fait de tout son cœur de lumière.

– Tu as tellement mérité ce repos, Maxandre. Puisse-t-il t'apporter la paix que tu as si ardemment souhaitée tout au long de ta vie, murmura l'étrange apparition.

Puis elle se pencha et saisit le pendentif de la magicienne disparue. En quelques mots soigneusement choisis dans la langue des Élues, la déesse y emprisonna l'essence même de cette femme exceptionnelle, ainsi que tout ce qu'elle avait été. Elle fit ensuite disparaître l'enveloppe charnelle, puis déposa le bijou au creux de la source sacrée, à peine visible sur le fond rocheux. Les derniers gestes d'Alana furent conformes au souhait de la vieille femme.

– Puisse ce talisman inestimable trouver le chemin conduisant à celle pour qui il a été créé, murmura la déesse.

Il ne saurait en être autrement, pensa l'envoûtante femme avant de disparaître dans un épais brouillard ambré. L'antre sacré retrouva le calme qui l'habitait avant cette rare visite, témoin silencieux, encore une fois, de l'avenir et bien étrange écrin pour un bijou à l'incommensurable pouvoir.

-1-

Seule

Immobile sur la grève, mes longs cheveux noirs flottant au vent du large, je regarde la marée monter lentement au rythme des vagues et des courants, et je songe à ce que je suis devenue. Je ne sais trop à quel moment la chance m'a abandonnée, mais il y a, c'est évident, un certain temps déjà que cela s'est produit...

J'ai vingt-cinq ans. La vie me quitte doucement, me laissant un arrière-goût amer. Dois-je vivre ou mourir ? Je préfère ne pas y penser ! La tentation de choisir la voie la plus facile est grande et ce serait sûrement dommage d'y céder. Priver la société de ma magnifique présence, quelle horreur... L'idée me séduit, l'ironie étant l'une des dernières choses qui peut encore réussir à m'arracher un semblant de sourire, et ce n'est pas peu dire.

Je scrute l'horizon, cherchant un signe, quelque chose pour me convaincre que ma présence ici-bas est encore nécessaire. Je sais que je partirai les mains vides, une fois de plus, ramenant avec moi une kyrielle de souvenirs troublants, déchirants, mais surtout impossibles à ignorer. Et je ressasserai une fois de plus mon parcours, cherchant ce qui a fait tourner au cauchemar mon conte de fées moderne... Le regard dans le vague, je perds rapidement le fil du temps. Je me sens doucement glisser dans une mémoire que je m'efforce pourtant d'oublier.

Je me revois si bien, jeune et insouciante, à peine quatre ans auparavant. Incomprise de mes pairs, je venais de célébrer ma première année de mariage et j'attendais la venue d'un enfant. En ces temps de liberté et d'indépendance, j'avais délibérément fait une croix sur une possible carrière pour fonder une famille. Peu m'importait, à ce moment-là, le diplôme universitaire que j'avais pourtant décroché avec mention. J'étais déjà euphorique à l'idée d'avoir de nombreux bambins, de petites merveilles ressemblant à leur père. Convaincue d'avoir l'éternité devant moi et la chance à mes côtés, je regardais vers l'avenir avec la foi inébranlable de ceux qui se croient bénis des dieux. La suite des événements allait me donner tort, et je me demande maintenant comment j'ai pu penser que ce serait facile.

Alicia est née à terme, en pleine tempête de neige, un soir de novembre. Une magnifique petite fille de sept livres et treize onces. Elle criait à pleins poumons et, un instant, nous avons cru qu'elle ne s'arrêterait jamais. Le médecin nous ayant assuré qu'elle était en parfaite santé, nous avons quitté l'hôpital trois jours plus tard. C'était avant...

Avant que nous ne revenions en catastrophe, par un matin glacial de janvier. Il faisait moins trente degrés Celsius à l'extérieur, mais c'était ô combien plus chaud que la température de nos cœurs lorsqu'on nous annonça, deux jours plus tard, que notre petite merveille d'un an avait un cancer. Rien au monde ne pouvait préparer des parents à ce genre de nouvelle. C'était un coup au cœur, un seul, qui blessait et marquait à jamais, peu importe la suite des événements. Je suis aujourd'hui persuadée que, quelle que puisse être l'issue du combat, les parents ne guérissent jamais. Même si la plaie n'est pas mortelle, elle reste toujours béante et nous oblige à nous souvenir.

Nous avons perdu Alicia seize mois plus tard, après qu'elle eut livré un combat acharné, mais trop difficile pour une si petite fille. Malgré tout son courage, elle n'a pu survivre à la chimiothérapie ; elle n'arrivait pas à récupérer suffisamment entre les cycles de traitements, que nous devions sans cesse reporter. Mais le mal, lui, ne souffrait pas les retards et profitait du sursis qui lui était accordé pour gagner du terrain et augmenter son emprise sur un corps trop affaibli pour se défendre. Je ne revois que trop bien cette chambre de soins palliatifs pour enfants, ces médecins désolés mais impuissants, ces infirmières aux regards fuyants parce qu'elles ne savaient que dire, parce qu'il n'y avait rien à dire... Il n'y avait pas de mots pour de telles horreurs, il n'y en aura jamais. Il n'y avait que l'impuissance totale, la souffrance brute et l'incompréhension. Cette incompréhension qui m'habite encore aujourd'hui.

J'ai porté ma fille en terre au mois de mai, juste avant la fête des Mères. Puis, six mois plus tard, ce fut le tour de Francis, mon conjoint. Il a perdu la maîtrise de son véhicule dans un virage et le fardier qui venait en sens inverse n'a pas pu l'éviter. Francis est mort sur le coup. C'est la police qui a soutenu la thèse de la perte de contrôle, pas moi. Je n'y ai pas cru et n'y croirai jamais. Francis est parti le 16 novembre, jour de l'anniversaire d'Alicia. Elle aurait eu trois ans. Et lui vingt-huit, s'il avait choisi de rester. Mais il a préféré courber le dos sous le poids d'un fardeau trop lourd pour quelqu'un de si jeune. Je ne le blâme pas, non, mais je me demande souvent s'il a eu une petite pensée pour moi, qui ai maintenant un double deuil à porter et toute une vie pour le revivre.

La vague à mes pieds arriva juste à temps pour me tirer de ma rêverie et me ramener sur les berges de Saint-Joseph-de-la-Rive, dans Charlevoix, en ce soir d'avril 1999. Cinq mois s'étaient écoulés depuis que ce deuxième vide immense s'était installé en moi. Pour l'éternité ? Je hausse les épaules. Je ne sais pas si je serai capable d'aimer de nouveau, de peur de revivre cet enfer.

La marée est maintenant à mi-chemin de la berge et je dois regagner la maison de ma tante, au 264 de la Côte des Cèdres. La marche d'une vingtaine de minutes me dégourdira les jambes après ces quelques heures passées dans le vague à ressasser mon passé. J'ai désespérément besoin d'exercice et de divertissement pour pouvoir chasser mes idées noires. Après tout, j'ai trop de travail devant moi pour m'abandonner à la nostalgie.

Une dizaine de minutes plus tard, la maison se profile à l'horizon. Elle est entourée d'érables majestueux et de pins géants ; des pommiers attendent patiemment de se couvrir de fruits, juste derrière la petite cuisine d'été. Un caveau d'un autre âge trahit sa présence par une porte rouge sang, qui semble jaillir de terre. Quand j'étais jeune, je m'imaginais que c'était la porte des enfers, puis de quelques mondes lointains et enchantés. Des terres non cultivées depuis des années s'étendent derrière les bâtiments, à flancs de montagne, et une étable délabrée, ainsi qu'un hangar tenant debout par miracle complètent le tableau.

Si, de loin, la maison se montrait toujours imposante et majestueuse, de près, elle inspirait plutôt la tristesse et la désolation. L'extérieur était demeuré inchangé depuis ma jeunesse, si ce n'est la peinture qui s'écaillait de plus en plus. Le jaune clair des murs avait lentement fait place au gris terne du bois mal protégé. Le toit de tôle, jadis d'un bleu marine inspirant la noblesse, n'avait maintenant de noble que la taille de ses taches de rouille sans cesse grandissantes. Cette demeure centenaire avait autrefois évoqué la richesse et fait l'envie de ses voisines, mais il y avait un certain temps qu'elle n'inspirait plus rien, si ce n'est une fin prochaine. J'étais venue des Cantons de l'Est dans l'espoir, entre autres choses, de lui redonner son lustre d'antan.

La perspective de ces montagnes de boîtes qui m'attendaient à l'intérieur suffit à dissiper ce qu'il me restait de cafard.

Enfin, pour le moment... J'avais accepté ce travail avant tout pour me changer les idées, et la stratégie avait assez bien réussi, malgré quelques épisodes comme celui de tout à l'heure.

Ma grand-tante, qui m'avait élevée après la disparition de ma mère, avait hérité de cette vaste demeure l'été dernier. Celle-ci, datant du XIIIe siècle, avait désespérément besoin qu'on lui accordât un peu d'attention. Mon grand-père, qui l'avait habitée longtemps, avait dû la quitter deux ans plus tôt, son état nécessitant une attention particulière en institution. Il avait choisi d'en faire don à sa sœur de son vivant, mais ma tante avait refusé d'en prendre possession aussi longtemps que son frère vivrait. « J'aurais la désagréable impression d'être une intruse là-bas, sans lui », répétait-elle sans cesse quand on lui en parlait. Elle préférait attendre et la bâtisse était demeurée inhabitée jusqu'au décès de Joshua, l'hiver précédent.

Tatie Hilda, comme je me plaisais à l'appeler, forte de l'idée d'en faire un couette et café, espérait que l'on arriverait en quelques semaines à tout retaper et à tout réaménager. J'avais acquiescé à sa demande d'aide sans réfléchir puisque mes souvenirs étaient ceux d'un salon propret où personne n'allait jamais et d'une cuisine mal entretenue, mais tout de même fort convenable. Je n'avais jamais porté attention à l'aspect de la maison au cours de mes innombrables visites, pendant les vacances d'été et les congés fériés. Nous avions toujours résidé, avec mon père et ma mère d'abord, puis avec ma tante ensuite, dans la cuisine d'été qui jouxtait la façade nord de la maison. Nous y avions toutes les commodités nécessaires et mon grand-père venait nous y rendre visite chaque jour, par la porte contiguë.

À l'appel de Tatie, je m'étais donc dit qu'une personne de l'âge de mon grand-père ne pouvait pas faire beaucoup de torts à une maison, si vieille fût-elle. Je faisais grandement erreur. Près de vingt ans d'inaction avait fait des dommages considérables, à commencer par la montagne d'objets accumulés, lentement mais sûrement, au gré du temps. Pas une pièce, si grande fût-elle, ne débordait d'un fouillis indescriptible.

J'étais arrivée une semaine auparavant, déterminée et inébranlable, convaincue que le boulot serait vite expédié. Neuf jours plus tard, les multiples bacs pour la récupération, de même que le conteneur à déchets loué pour l'occasion, s'emplissaient à une vitesse folle, mais le contenu de la maison ne suivait pas le mouvement inverse. Il me semblait que les murs allaient s'ouvrir sous la pression des boîtes et des objets hétéroclites qui se trouvaient encore à l'intérieur. Mais bon ! Je n'avais pas, de toute façon, d'autre projet pour le moment.

J'avais fermé ma maison dans les Cantons de l'Est pour une période indéterminée. Je n'avais pas d'emploi stable et je vivais de la confortable assurance-vie de Francis, le temps de me « stabiliser », comme le disait si bien mon psychologue. J'en étais à me demander par quoi je commencerais, en cette fin d'après-midi, lorsque je m'entendis interpeller.

– Hé, Naïla ! Où étais-tu passée ma chérie ?

Je découvris tante Hilda qui m'attendait sur la galerie avant, une tasse de café à la main. Cette petite femme grassouillette et sympathique ne ressemblait physiquement en rien à son frère. Elle mesurait à peine un mètre cinquante – avec des bas comme elle se plaisait à le dire – et avait les cheveux noirs, striés de nombreuses mèches grises. Son visage reflétait la douceur et la tendresse, mais ses yeux bleus étaient assombris par un soupçon de tristesse perpétuelle, comme si la vie lui avait refusé quelque chose et qu'elle ne s'en était jamais remise. Elle incarnait pour moi la chaleur et l'amour d'un foyer dont j'avais eu si cruellement besoin dans mon enfance, après la perte de mes parents.

Son ton joyeux contrastait avec l'inquiétude que je pouvais lire dans son regard. Je me doutais bien qu'elle s'était encore fait du souci durant mon absence prolongée, mais je n'y pouvais rien. Je lui souris tendrement.

– J'étais seulement allée me balader sur la grève pour me changer les idées.

Ma réponse ne devait pas être très convaincante puisqu'elle me lança un regard de compréhension, mais n'insista pas. Je l'en remerciai en silence ; je n'avais aucune envie d'expliquer ou d'argumenter. Je préférais détourner la conversation.

– Je crois que nous devrions nous attaquer à la chambre des maîtres, question de changer. La cuisine a retrouvé ses fonctions premières et je n'ai guère envie de replonger dans les armoires qui restent aujourd'hui. Les vêtements, chaussures et autres articles personnels feraient une diversion acceptable. Qu'est-ce que tu en dis ?

– Je pense que c'est envisageable, si tu me promets de ne passer aucun commentaire sur la garde-robe démodée de mon frère et sur ses goûts parfois discutables en matière de vêtements.

Si le ton était indulgent, la demande n'en était pas moins sérieuse. Tante Hilda avait difficilement accepté le décès de son frère, des suites d'une pneumonie. Le vide créé par son départ était immense et le sujet, encore très douloureux. D'aussi loin que je me souvenais, ils avaient toujours été très près l'un de l'autre, malgré leurs seize années d'écart.

Joshua était né d'un premier mariage. Sa mère, âgée de seize ans à l'époque, avait eu une grossesse difficile et un accouchement hasardeux. Elle avait survécu, mais n'avait plus eu d'enfants. Je savais, pour l'avoir maintes fois entendu dire, que le père de Joshua avait aimé sa femme d'un amour inconditionnel jusqu'à son décès, l'année des quinze ans de son fils. Joshua père se remaria l'année suivante avec une femme étrange qui, selon les vieilles commères du village qui se plaisaient à perpétuer ces ragots, se comportait bizarrement et s'adonnait à la sorcellerie ; une croyance que je pensais pourtant disparue depuis belle lurette. Une petite fille était bientôt née de cette union, mais la mère avait, dit-on, renié l'enfant, criant à qui voulait l'entendre que ce bébé ne pouvait être le sien et qu'il devait y avoir eu substitution. L'histoire avait fait grand bruit à l'époque, en 1937. La mère ne s'était jamais remise. On l'avait rapidement envoyée dans un asile, où elle était morte dans un incendie deux ans plus tard, à l'hôpital Saint-Michel-Archange de Québec. Celui-là même d'où ma mère s'enfuirait, quarante ans plus tard. Les circonstances et les détails de ce triste mariage avaient rapidement sombré dans l'oubli puisque la guerre avait bientôt occupé les pensées de la population.

Bien que ce ne fût que sa demi-sœur, Joshua avait pris un soin jaloux de l'enfant, et cette dernière le lui avait rendu au centuple en grandissant. Même après son mariage, le jeune homme avait gardé Hilda à ses côtés. Son père ne voulant plus d'une femme dans sa vie, la petite avait terriblement besoin d'une mère. Joshua et Tatie étaient toujours restés très proches, malgré le départ de celle-ci pour les Cantons de l'Est, à sa majorité, où elle était devenue religieuse chez les Sœurs de la Présentation de Marie. Ils s'étaient écrit pendant de longues années et s'étaient revus plus souvent à partir du moment où ma tante avait quitté la religion pour élever une petite fille de sept ans devenue orpheline, moi. Pour ma part, je n'avais jamais osé poser de questions sur cette aïeule étrange, le sujet étant tabou dans la famille.

Je répondis donc à Tatie que c'était d'accord, tout en montant les marches menant à la porte d'entrée. Elle me rejoignit et nous nous dirigeâmes vers la chambre des maîtres, située entre la cuisine et le salon. Les boîtes y étaient moins nombreuses que dans les pièces non répertoriées du deuxième palier, mais l'odeur de la naphtaline prenait à la gorge. Il y avait peu de vêtements qui pourraient être réutilisés, la plupart ayant été mangés par les mites. L'inventaire se fit rapidement et en silence, chacune de nous étant plongée dans ses propres pensées et n'osant interrompre la réflexion de l'autre. Seule une question, de temps à autre, venait rompre la monotonie. Nous travaillâmes ainsi jusqu'à huit heures passées. C'est la faim qui nous obligea finalement à remettre le reste de la corvée au lendemain. Nous étions exténuées et couvertes de poussière ; un repas et un bon bain ne feraient pas de tort.

Je préparai le souper, et ma tante, qui en avait profité pour prendre un bain, me rejoignit bientôt. Nous dégustâmes, tout en jasant de choses et d'autres. Nous avions vécu ensemble une douzaine d'années avant que je ne me marie et nous avions appris à communiquer de bien des façons. Autant nous pouvions parler pendant des heures, autant il nous arrivait simplement d'apprécier la présence de l'autre sans avoir besoin de dire quoi que ce soit. Ce retour à la routine de mon adolescence, cette dernière semaine, me faisait un bien immense.

Nous desservîmes la table et lavâmes la vaisselle, tout en commentant les derniers potins du coin. Et Dieu sait qu'il y en avait ! J'étais toujours fascinée de constater à quel point les gens de ces terres reculées pouvaient porter une attention si soutenue aux moindres faits et gestes de leurs voisins. Rapidement lasse de ces histoires, je traversai bientôt vers la cuisine d'été et montai me coucher. Demain viendrait bien assez vite et nous avions encore beaucoup à faire.

Je m'allongeai dans le noir sur mon minuscule lit de camp et fermai les yeux. Épuisée, je m'attendais à trouver rapidement le sommeil, mais ce ne fut pas le cas. Les bras de Morphée me fuyaient délibérément sans que je sache pourquoi. Je me levai finalement, au bout de ce qui me sembla être une éternité, et me rendis à la fenêtre.

Le ciel dégagé regorgeait d'étoiles et la lune, ronde et lumineuse, semblait veiller sur cette terre. Son reflet argenté sur le fleuve offrait un spectacle magnifique. Je me pris à rêver de faire une balade sur la grève à marée basse, par un soir comme celui-ci. D'aussi loin que je me souvenais, j'avais toujours aimé le fleuve et ses marées ; ce duo indissociable m'attirait tel un aimant, j'ignorais pourquoi. Je restai là un long moment, perdue dans mes souvenirs, mais moins triste qu'à l'habitude. Puis, étrangement sereine, je regagnai mon lit où je sombrai dans une torpeur sans rêve jusqu'au lendemain matin.

Je me réveillai d'excellente humeur, m'habillai et descendis rapidement à la cuisine où flottait une délicieuse odeur de bacon et de pommes de terre rissolées. J'avais une faim de loup. Ma tante me sourit tendrement et du doigt me montra la table, où m'attendait une assiette digne d'un bûcheron.

– Je vois que tu prévois une grosse journée, dis-je avec un sourire amusé. Si l'ampleur de la tâche se mesure à celle de mon assiette, je crois que je ferais mieux de m'y mettre tout de suite.

Ma tante éclata de rire et s'assit en face de moi. Elle déplia *Le Soleil,* journal qui nous parvenait de Québec et qu'elle descendait chercher chaque matin au magasin du village, et se plongea dans sa lecture quotidienne, sourire aux lèvres. Je dévorai littéralement mes œufs et leurs multiples accompagnements avec un plaisir non feint.

Mon repas terminé, je desservis la table et glissai la vaisselle dans l'eau savonneuse de l'évier, me demandant à quel sinistre recoin de cette maison j'allais bien pouvoir m'attaquer aujourd'hui, après que j'aurais terminé la chambre commencée la veille. Tatie me tira de mes pensées.

– Tu veux bien t'occuper d'expliquer aux messieurs qui viennent d'arriver dans la cour ce que je désire exactement pour la réfection de la toiture ? Tu as toujours eu plus de facilité que moi avec les plans, les devis et les rénovations de toutes sortes. Personnellement, je ne suis même pas capable de distinguer une vis à tôle d'une vis à bois.

J'éclatai de rire et me dirigeai vers la porte d'entrée. Travailler à l'extérieur me changerait des odeurs de moisissure et de poussière, de même que des boîtes et des antiquités, et l'obligation de superviser les travaux m'empêcherait de trop réfléchir.

Les hommes, ils étaient trois, avaient déjà installé leur échelle contre la façade avant et l'un d'eux, que je présumai être le contremaître, se préparait à y monter. Je l'interpellai joyeusement et il attendit que je le rejoigne. Il m'expliqua ce qu'il avait projeté de faire d'après ce que ma tante lui avait dit lors de leurs entretiens précédents. Je ne pus qu'approuver les plans, puis je le laissai rejoindre ses compagnons déjà sur la toiture.

L'avant-midi passa en un éclair, occupée que j'étais à ramasser les débris de toutes sortes qui tombaient du toit. Je dus également me rendre là-haut puisque certaines pièces de bois devaient être remplacées. Les hommes descendirent pour dîner vers midi et je décidai de leur tenir compagnie, ma tante étant partie à Québec.

À la fin de la journée, deux versants sur quatre offraient une toute nouvelle allure, les feuilles de tôle neuves contrastant agréablement avec les anciennes. Il resterait donc deux autres côtés, de même que la toiture de la cuisine d'été et des galeries. Les ouvriers m'avaient assuré que le travail serait terminé pour la fin de semaine, ce qui leur laissait encore deux jours pour y arriver. Je rentrai pour souper, avant de m'étendre sur le canapé. J'avais emporté quantité de bons films à écouter dans mes bagages, mais le manque de temps et la fatigue ne m'avaient pas permis d'en profiter jusque-là. Je me promis de remédier à la situation pas plus tard que le soir même.

Je terminais mon premier film lorsque ma tante revint de Québec. Elle claqua la porte et me cria de la rejoindre dans la cuisine.

- Alors, la journée s'est bien passée ? J'ai cru discerner au moins deux pentes terminées, mais je ne suis pas certaine. Il commence à faire très sombre dehors.

- Tu ne t'es pas trompée. Ils prévoient terminer pour le week-end. Et toi, est-ce que tu as trouvé ce que tu cherchais ?

- Oui, et je crois que tu vas adorer. Je me suis finalement rangée à ton opinion concernant le cachet à donner à la maison et j'ai fait les emplettes nécessaires, me dit-elle d'une voix satisfaite.

Nous convînmes de décharger le véhicule le lendemain, nous y verrions plus clair. Après un chocolat chaud et quelques biscuits, nous nous quittâmes pour un repos salutaire avant une autre journée qui risquait d'être, elle aussi, fort occupée.

- 2 -

Le grenier

Nous passâmes les cinq jours suivants à tenter de redonner aux armoires de la cuisine leur splendeur d'antan, et la réussite finale me surprit tout autant que ma tante. Côte à côte, nous regardions le résultat avec une fascination étrange. Nous étions littéralement crevées, mais fières d'avoir persévéré. Ma tante m'offrit d'aller manger au restaurant pour fêter notre réussite, mais je lui proposai plutôt une raclette à la maison ; l'idée de sortir ne m'enchantait guère. Elle comprit à mon air soudain plus triste que je n'étais pas encore tout à fait prête à réintégrer le monde des vivants. Elle me sourit tendrement avant d'accepter mon offre. J'adorais cette femme qui savait si bien me comprendre sans que j'aie besoin de m'expliquer pendant des heures.

Je mis à profit le reste de la journée pour concocter un souper digne de ce nom. Il y avait déjà plusieurs jours que nous mangions des sandwichs et prenions des repas vite faits. Aujourd'hui, j'avais envie de mets plus recherchés et j'optai pour une raclette avec salade et dessert gourmand. Quand ma tante redescendit du deuxième, où elle avait dressé la liste des achats nécessaires à l'aménagement des chambres, elle s'arrêta sur le seuil de la cuisine, conquise.

– Dieu que ça sent bon ! Tu es toujours aussi bonne cuisinière, Naïla. Je me demande bien pourquoi tu refuses mon offre de t'installer ici pour de bon lorsque j'ouvrirai l'établissement.

Je lui offris mon plus beau sourire, mais lui dis que j'avais d'autres projets, me sentant vaguement coupable. Je lui promis tout de même d'y repenser sérieusement. Je n'avais pas envie de lui expliquer que je ne me croyais pas encore suffisamment solide pour m'établir dans un village où tant de souvenirs revenaient sans cesse me hanter. J'avais besoin de temps pour panser mes blessures et je désespérais d'y réussir dans un avenir rapproché.

Nous discutâmes de tout et de rien pendant le repas et le reste de la soirée. Nous nous couchâmes finalement vers vingt-trois heures, heureuses et habitées d'une motivation nouvelle après ces heures de détente bénéfique.

Les quatre jours suivants passèrent à la vitesse de l'éclair. Tatie allait partir pour un bref séjour à Québec afin de régler certains détails de la succession. Un notaire avait téléphoné dans la matinée et lui avait demandé de passer à son bureau. Elle n'en savait pas plus, sinon que c'était fort important et qu'il préférait ne pas en discuter par téléphone. Intriguée, ma tante lui avait promis de prendre rendez-vous. Après discussion, nous avions convenu que le plus tôt serait le mieux. Elle avait donc rappelé et bouclait présentement sa valise. J'étais occupée à peindre les murs de la salle de bain lorsqu'elle me rejoignit, la mine soucieuse.

– Je ne suis pas certaine que ce soit une bonne chose de te laisser seule ici pendant plus de vingt-quatre heures. Je m'étais promis de veiller sur toi et voilà que je t'abandonne pour deux jours.

Elle me parut vraiment inquiète et j'éclatai de rire. Je lui rappelai que j'avais passé les cinq derniers mois seule et que je me portais plutôt bien, compte tenu des circonstances.

Elle me répondit que son inquiétude ne concernait pas ma santé physique, mais plutôt mon besoin de compagnie, de nouveauté et de changement afin de chasser la grisaille et les idées noires. Je tâchai de la rassurer de mon mieux.

– Je sais très bien ce que tu veux dire, mais je ne pense pas que cette période de solitude puisse me faire de mal. C'est vrai que je devrai reprendre une vie normale un jour ou l'autre, mais rien ne presse. Et puis, je ne crois pas que j'aurai réellement le temps de m'apitoyer sur moi-même puisque tu me quittes en prenant bien soin de me laisser une jolie montagne de tâches à accomplir.

J'accompagnai ma dernière remarque d'un clin d'œil et de mon plus beau sourire. Elle me le rendit sans hésiter, avec un soupir de soulagement en plus. Je ne voulais surtout pas qu'elle passe les jours suivants à se morfondre sur une hypothétique possibilité de déprime en son absence. Sa sollicitude me touchait énormément, mais je savais, mieux que quiconque, que j'étais en voie de remonter la pente et que certaines étapes devaient être franchies en solitaire. Nous bavardâmes, le temps que je finisse les deux derniers murs. Après que j'eus rangé mon matériel, nous soupâmes, puis nous couchâmes tôt. Je dormis comme un loir.

À mon réveil, la journée s'annonçait froide et humide. La pluie cinglait les vitres de la salle à manger et le vent soufflait en rafales, courbant les arbres. Je m'étais levée de bonne heure, en grande forme, mais la vision de ce déchaînement des éléments avait quelque peu refroidi mes ardeurs. Dans la cuisine fraîchement remise à neuf, je me versai une tasse de café et entrepris de me préparer à déjeuner. Le temps que je consacrai à la cuisson de mes saucisses me permit de réfléchir à mon emploi du temps de la journée.

Nous avions beaucoup avancé ces derniers jours et il ne restait plus que des rénovations pour le rez-de-chaussée et l'étage supérieur. Chaque pièce avait été débarrassée de tout élément inutile. Il ne restait que les meubles et quelques rares accessoires antiques que Tante Hilda désirait conserver pour donner du cachet à son établissement. Je ne me sentais guère d'attaque pour le plâtre et la peinture, encore moins pour le décapage, même si je savais que je devrais m'y remettre tôt ou tard. Les travaux extérieurs étant hors de question, je ne voyais plus que le grenier pour meubler les heures à venir, même si le vent devait faire craquer les poutres de la charpente et hurler sans retenue dans les corniches. Je me hâtai de manger, soudain enthousiasmée par la possibilité de faire des découvertes intéressantes.

Dix minutes plus tard, j'étais fin prête et me dirigeais d'un pas décidé vers l'étage. L'accès au grenier se trouvait au centre du palier, juste au-dessus de l'amorce de la descente d'escalier. Je constatai que je ne pourrais pas atteindre la trappe sans un escabeau. Je redescendis donc chercher celui qui me servait pour peindre et l'installai juste sous l'ouverture. J'y montai et poussai vers le haut puis vers la gauche le panneau de bois. Mes efforts furent rapidement récompensés et le panneau glissa sur le côté, mais une épaisse couche de poussière me recouvrit pratiquement de la tête aux pieds. Je suffoquai presque sous cette avalanche et me mis à tousser. Je me retrouvai en équilibre précaire sur l'avant-dernière marche et faillis tomber. Je me rattrapai de justesse au bord de la trappe. Reprenant mon souffle, j'attendis que le nuage de poussière se dissipe, puis montai sur la dernière marche et me hissai, ma lampe de poche à la main.

Sourire aux lèvres, je pensai soudain à ce que dirait Tatie si elle me voyait ainsi. Même si j'avais, selon moi, dépassé le stade de l'irresponsabilité depuis longtemps, elle ne manquait jamais une occasion de multiplier les conseils de sécurité et les recommandations. Ne pas prendre appui sur la dernière marche d'un escabeau y occupait une place de choix.

Une fois arrivée là-haut, je m'assis sur le bord de l'ouverture, les jambes dans le vide, et allumai la torche électrique. Je n'avais jamais pu mettre les pieds ici avant ce matin, le grenier étant, selon les paroles de mon grand-père, « un endroit pour caser les choses dont on ne savait que faire et non pour jouer ». C'était donc resté une place secrète à laquelle j'avais prêté, au cours des années, de multiples fonctions étranges, à l'instar du caveau dehors. Je n'avais donc aucune idée de ce qu'elle pouvait renfermer et je me sentais comme une enfant devant l'entrée de la caverne d'Ali Baba.

Je regardai autour de moi, cherchant une ampoule électrique. Je promenai le faisceau de la lampe un peu partout, inspectant le plafond cathédrale, mais je dus me rendre à l'évidence : on n'y avait pas installé l'électricité. Je redescendis donc chercher une rallonge, ainsi qu'une lampe comme celle qu'utilisent les mécaniciens. Je fixai cette dernière à l'une des poutres en pente du toit. La lumière qu'elle diffusait me permettrait au moins de me frayer un chemin parmi la multitude de caisses, de coffres, de boîtes, de meubles et d'autres objets qui occupaient cet espace immense. Autour de moi, chaque centimètre carré du plancher était utilisé à pleine capacité. Je compris que si le reste de la maison était si encombré, c'est qu'il n'y avait plus de place ici pour les objets considérés comme inutiles. Et moi qui croyais que nous avions abattu le plus gros du travail !

Si je débordais d'enthousiasme quinze minutes plus tôt, je ne savais plus où donner de la tête à présent. Je ne pourrais rien descendre seule et devrais obligatoirement attendre Tatie pour m'aider. Je choisis donc de faire un tri préliminaire. Ne sachant encore une fois par où commencer, je fermai les yeux, tournai sur moi-même une trentaine de secondes et les rouvris. La pile de boîtes à mes pieds serait le premier pas de mon retour dans le passé.

Les quatre premiers cartons n'offraient rien d'intéressant. Deux débordaient de vieux Almanachs du peuple et de Sélections du Reader's Digest datant de près d'un demi-siècle, les deux autres de vieilles revues. Les trois cartons suivants contenaient également de vieux Sélections. J'entrepris d'empiler les boîtes au bord de l'ouverture afin de me frayer un chemin vers l'amorce du toit, haute de seulement une trentaine de centimètres, près de cinq mètres plus loin. Je mis environ deux heures à trier le premier quart de la pièce. Je trouvai surtout du vieux matériel scolaire, des bandes dessinées, des livres portant sur les sujets les plus divers, de la cuisine à la chasse, en passant par la couture et l'éducation des enfants, ainsi que deux petites caisses de *comic books* américains.

Le second quart fut beaucoup plus intéressant. Il y avait surtout des meubles anciens qui pouvaient avoir une certaine valeur. La plupart étaient remplis de vêtements, de chapeaux, de souliers, de vieux manteaux et d'autres frusques d'un autre âge. Il y avait des centaines de morceaux et ce fouillis avait quelque chose de fascinant. Comme si la vie de Tatie et de mon grand-père, ainsi que celle de mes aïeux, se reconstituait devant moi à partir de ces simples pièces de tissu et de leurs accessoires. Je pouvais presque les voir danser, se promener, vieillir sous mes yeux. Je me surpris un instant à espérer pouvoir revivre ces temps passés et je dus faire un effort pour revenir à mon occupation première.

Je trouvai également un coffret de taille moyenne, débordant de bijoux, de colliers, de parures de tête, d'épingles à cravate et de boutons de manchettes, que je mis de côté. Peut-être contenait-il des pièces qui, sans avoir une valeur monétaire, aurait une valeur sentimentale pour Hilda. Je me devais de lui demander.

Je descendis dîner vers onze heures trente. J'avalai un sandwich au jambon et quelques tranches de cheddar avant de remonter en hâte, un lait au chocolat dans une main et quelques biscuits maison dans les poches. Je me remis à la tâche avec une énergie nouvelle et l'espoir de fascinantes découvertes.

Le troisième quart ne me permit pas de mettre la main sur un coffre au trésor ou une carte y menant, mais plutôt sur des pots de conserve en verre, de vieilles bouteilles de boissons gazeuses ou de boissons alcoolisées, certaines encore à demi-pleines, une incroyable quantité de vaisselle, des aiguières, des pots de chambres et d'authentiques crachoirs. Des draps, des courtepointes et des couvertures de laine emplissaient deux grands coffres de pin massif. Quatre chaises capitaine, une chaise haute, une table basse et un vieux poste de radio étaient empilés, pêle-mêle, dans un équilibre précaire. Je découvris également une peau d'ours miteuse et une tête d'orignal mal empaillée. Je n'avais pourtant aucun souvenir d'un grand-père chasseur. On trouvait décidément de tout.

Il était près de quatre heures lorsque j'entamai la dernière section du grenier et la fatigue commençait à se faire dangereusement sentir. La poussière me collait à la peau et j'avais une multitude d'égratignures et d'ecchymoses dont je ne connaissais pas toujours l'origine. Je soupirai, n'étant pas certaine que la poursuite de ce tri me serait bénéfique. Je continuai tout de même, espérant qu'il y aurait davantage de meubles, ces derniers ne demandant, contrairement aux boîtes, ni attention minutieuse, ni déballage.

Mon souhait fut en partie exaucé puisque je mis au jour deux brancards de lit, une table en pièces détachées, deux tabourets, une berceuse, un meuble tourne-disque, un gramophone, un vieux téléphone et une horloge grand-père. Combien de générations avait-il fallu pour amasser une aussi jolie collection d'objets hétéroclites ? Il valait probablement mieux que je ne le sache pas.

Il ne me resta bientôt plus que quatre grandes malles de voyage et une dizaine de caisses de plastique plus récentes, que j'avais mises de côté plus tôt. Leur aspect neuf m'avait convaincue que leur contenu n'aurait probablement rien de fantastique. De fait, elles débordaient de décorations de Noël. Elles avaient dû être rangées là avant que grand-père ne soit plus en mesure de les ressortir lui-même. Il me faudrait demander à Hilda si elle voulait les conserver ou les donner à des œuvres de charité.

Je me tournai finalement vers les malles, que je tirai une à une vers la lumière, en repoussant des meubles et des cartons vers le fond. Trois se laissèrent glisser sans problème, mais la quatrième, plus lourde, opposa une forte résistance. La poignée à son extrémité cassa alors que je la tirais vers moi, et je me retrouvai sur le dos, ma tête heurtant une pile de cartons, qui dégringolèrent et répandirent leur contenu sur le sol poussiéreux. Je poussai un soupir résigné et me relevai. Je regardai la récalcitrante et lui tirai la langue, exaspérée. Je n'avais nulle envie de me battre avec cette masse inerte pour l'instant. Je reportai mon attention sur celles que j'étais parvenue à déplacer.

Le couvercle de la première s'ouvrit sur des vêtements pour enfants, de tous les styles et de tous les âges, ainsi que sur des couvertures, des piqués, des couches lavables, de vieilles peluches et des jouets d'antan. Le parfait trousseau pour un nouveau-né du baby-boom d'après-guerre. La seconde et la troisième me firent aussi l'effet d'un trousseau, mais de jeune mariée cette fois : du linge de maison, de la literie, des vêtements de première nécessité, de la vaisselle et de la coutellerie de base, quelques chaudrons, et même un livre de recettes écrit à la main. *Le Livre de la parfaite ménagère* et *La Mère canadienne et son enfant* complétaient l'ensemble.

Je pensai soudain que cela devait être le présent de départ destiné à Hilda si elle s'était mariée. Je compris à quel point la déception avait dû être grande pour mon grand-père et sa femme lorsqu'elle leur avait dit qu'elle préférait la vocation à la vie de famille. Ils avaient probablement rangé les malles au grenier, toujours intactes, témoins silencieux de leur désillusion. La vie réservait souvent de bien tristes surprises, refusant de se dérouler selon nos souhaits.

Je rabattis les couvercles, le cœur étrangement lourd. Je me demandai une fois de plus si Tatie avait parfois regretté d'avoir pris le voile. Avait-elle toujours été heureuse de cette vie de recluse ? J'avais de la difficulté à le croire, la liberté étant si chère à mon cœur. Et je ne le saurais probablement jamais puisqu'elle refusait de discuter de cette époque. Une petite voix me chuchotait à l'occasion que cette période cachait beaucoup plus de moments malheureux que de moments de bonheur, et je me demandais bien pourquoi.

Je reportai mon attention sur le dernier spécimen, mais non le moindre. Je voulus l'ouvrir, mais il me résista. Surprise, je m'agenouillai et regardai attentivement la serrure. Celle-ci était différente des trois autres et refusa obstinément de fonctionner lorsque j'essayai à nouveau. Je crus tout d'abord que je ne m'y prenais pas de la bonne façon, mais réalisai rapidement que ce n'était pas le cas. Pour la première fois de la journée, je me trouvais devant quelque chose de verrouillé. Je ne savais trop qu'en penser. Ma curiosité était attisée par la perspective d'une découverte intéressante... enfin !

En fait, depuis mon arrivée, je me refusais à croire qu'une vieille maison comme celle-ci ne me réserverait pas au moins une ou deux surprises au sujet de mes ancêtres et j'étais impatiente d'entendre le cliquetis du verrou. Autant que je pouvais en juger, il me faudrait mettre la main sur une vieille clé, d'un modèle probablement semblable à celui du secrétaire du rez-de-chaussée. Mais, même en réfléchissant, je ne me souvenais pas en avoir vu une autre depuis mon arrivée dans la maison. Je n'avais pourtant manqué aucune des journées de grand ménage et j'avais toujours été là quand on avait vidé les boîtes, les garde-robes ou les meubles. S'il y avait eu une clé, je l'aurais sûrement vue, à moins que...

Certains des agissements étranges d'Hilda me revinrent en mémoire et je me demandai soudain si ce n'était pas elle qui avait quelque chose à cacher. Cette pensée me troubla et je m'assis en tailleur, le dos appuyé à l'objet de mes spéculations. Se pourrait-il que la vie de ma chère tante ne soit pas aussi nette et claire qu'elle voulait bien le montrer ? Je fus prise de remords à la pensée de pareille énormité. Une petite voix me rappela cependant que Tatie avait quelquefois quitté avec précipitation la pièce que nous rangions et qu'elle avait toujours un objet dans les mains. Je ne réalisai que maintenant qu'elle revenait toujours les mains vides et la mine soucieuse. Ce qui m'avait paru sans importance sur le coup se révélait, en y pensant bien, s'être trop souvent produit pour tenir seulement du hasard.

J'éteignis la lumière et redescendis au rez-de-chaussée, l'esprit ailleurs. Une foule de questions se bousculaient dans ma tête. Je ne savais plus si je devais chercher une clé ou plutôt l'endroit où avaient disparu les objets que ma tante avait si judicieusement soustrait à ma curiosité. Je me fis machinalement à souper, mon esprit vagabondant d'une hypothèse à l'autre. Je mangeai sans appétit, élaborant une stratégie de recherche. Tout ce sur quoi je désirais mettre la main se trouvait probablement au même endroit. Je me mis donc à la recherche de ce dernier. Trois quarts d'heure plus tard, je dus me résigner à revenir m'asseoir à la table de la cuisine, bredouille. Il y avait bien la chambre de Tatie, dans laquelle je n'avais pas mis les pieds, mais je me refusais à une telle violation d'intimité. De toute façon, je doutais que quelque chose de compromettant s'y trouve ; elle était plus fine mouche que cela. Si elle désirait vraiment que je ne puisse pas voir ce qu'elle cachait, elle aurait choisi un endroit où je ne penserais pas aller, en cas de soupçons.

Cela me rappela un incident, survenu quelques jours plus tôt, alors que nous dressions la liste des travaux à planifier. Lorsque j'avais mentionné le placard sous l'escalier, Hilda m'avait répondu que celui-ci ne devait rien contenir de particulier, hormis des balais, des serpillières, des seaux et des vadrouilles. Rien donc que nous devions trier ou qui puisse nous être utile, puisque nous avions chacun de ces objets à l'état neuf dans le placard de la cuisine. Comme je m'étais permis d'insister, sous prétexte qu'il faudrait bien le faire un jour, elle m'avait répondu qu'elle ne voyait pas ce qui pressait tant, qu'elle pourrait toujours y voir une fois le gîte ouvert. Le ton de sa voix m'avait surprise puisqu'Hilda avait pris celui qui ne souffrait aucune discussion. Je me souvenais m'être dit alors que c'était bien du bavardage pour un simple placard à balais.

Tout en jonglant avec ces événements, je me levai et me rendis au salon. Le rangement passait presque inaperçu ; nous avions empilé plusieurs boîtes destinées aux organismes de charité devant sa porte. C'est également Tatie qui avait choisi cet endroit, prétextant que ce coin inutilisé ne pouvait recevoir aucun meuble, de toute façon. J'entrepris sur-le-champ de dégager son ouverture. Je tentai de faire jouer le pêne, mais sans y parvenir. J'allai chercher ma lampe de poche et m'accroupis de façon à ce que mes yeux soient à la hauteur du mécanisme de fermeture. J'éclairai la fente entre la porte et la paroi, tentant de voir ce qui pouvait bloquer. Je compris bientôt ce qui clochait et courus à la cuisine chercher un couteau à beurre.

De retour, je glissai la lame vers le haut, dans l'espace vide. J'entendis immédiatement le bruit caractéristique du pêne qui se soulevait et je pus ouvrir sans problème. J'examinai ensuite le mécanisme ; je ne m'étais pas trompée. La poignée ressemblait à toutes celles qui fermaient les garde-robes de cette maison. La différence, dans ce cas-ci, c'est que ce dispositif ancien avait été posé à l'intérieur du réduit, de telle sorte qu'il s'enclenchait automatiquement quand on fermait la porte, qui semblerait toujours coincée pour celui qui ne connaissait pas son secret. Cette façon de faire, extrêmement ingénieuse, me laissa interdite de par sa signification ; ce placard avait été conçu pour éviter son ouverture par hasard. Cela impliquait nécessairement que l'on voulait cacher son contenu. Je me demandais, plus que jamais, ce que l'on voulait tant passer sous silence. Le fait est que je n'allais pas tarder à le découvrir.

Je promenai le faisceau de la lampe à l'intérieur et ne vis d'abord rien qui ne différât de ce qu'Hilda avait d'abord mentionné : deux balais, un seau et une vadrouille, de vieilles chaussures et un aspirateur d'un autre âge. La déception s'empara lentement de moi et je me sentis idiote. À vingt-cinq ans, se comporter ainsi relevait de l'enfantillage. Je me retournais pour quitter l'embrasure lorsqu'un rayon de lumière, provenant d'une fenêtre du salon, accrocha au passage un objet scintillant. Je me penchai pour mieux voir et aperçus une masse sombre derrière les fils de coton de la vadrouille. Je me hâtai de pousser celle-ci et dégageai un carton à chaussures, duquel pendait une chaînette en argent. Je sortis du placard, le verrou reprenant sa place dans un cliquetis, et me dirigeai vers ma chambre, dans l'appartement contigu. Je m'assis sur mon lit et déposai, avec une excitation mêlée d'appréhension, la boîte sur l'édredon.

Je ne comprenais pas pourquoi je me sentais si anxieuse ; la boule dans mon estomac n'avait pas de raison d'être. Après tout, cette pièce avait probablement perdu sa vocation première, il y a bien des années, avec la fin de la guerre. Je me trouvais sûrement en présence d'un autre carton sans intérêt. Pourtant, une sensation inhabituelle s'était emparée de moi, comme si quelque chose dans cette boîte m'attirait, sans que je sache quoi ni pourquoi. J'avais peine à décrire ce sentiment, qui ne ressemblait à rien de ce que je connaissais.

Je soulevai enfin le couvercle. Outre la chaînette en argent, il y avait une petite pile de lettres retenues par un élastique, un coffret d'environ dix centimètres sur quinze, en argent également, et un paquet d'une dizaine de photos. Je regardai d'abord celles-ci avec intérêt. Toutes en noir et blanc, elles représentaient trois femmes à des moments divers de leur vie. Si je connaissais deux d'entre elles pour les avoir côtoyées, ma tante et ma mère, la troisième m'était inconnue. Son visage me sembla tout de même familier et, en y regardant de plus près, je constatai que la ressemblance entre elle et Hilda était frappante. J'en déduisis que ce devait être sa mère, cette étrange femme dont personne ne voulait jamais parler. Il y avait également la photo d'un inconnu, un homme dans la vingtaine, beau mais drôlement vêtu, comme s'il débarquait tout droit d'une fête médiévale.

Le dernier portrait n'était pas une photo, mais une peinture sur un médaillon de bois fort mince de sept centimètres sur cinq. Je savais, pour en avoir vu dans certains musées, que c'était ce que l'on appelait une miniature. Le moyen que nos ancêtres avaient trouvé pour conserver près d'eux, en permanence, les êtres chers partis au loin ou disparus. J'examinai avec stupeur la jeune femme qui me souriait ; si j'avais tenu un miroir à la main, la ressemblance n'aurait pas été plus parfaite. Elle avait les cheveux noirs, coiffés selon une mode depuis longtemps passée, et portait une robe très chic pour ce que je pouvais en juger, ne voyant que le haut du corsage. Mais ce sont ses yeux qui me donnèrent la chair de poule, des yeux que je ne connaissais que trop. Je tournai la pièce, les mains tremblantes, et vit l'inscription, 1759, de même que le nom de l'artiste, William. Comment se pouvait-il que je n'aie jamais été mise au courant de ce portrait alors que la ressemblance était si frappante ? Pourquoi ne m'avait-on pas permis de le voir ? Il y avait décidément un mystère dans la famille et je désirais plus que jamais savoir de quoi il retournait.

La chaîne en argent, un bijou très ancien, soutenait de curieux pendentifs : une pierre ronde et lisse qui, bien que noire, semblait contenir d'autres couleurs en filigrane avec, de chaque côté, deux petites pierres, l'une d'un blanc transparent aux reflets bleutés, l'autre d'un noir intense et mat. Je n'avais jamais rien vu de semblable. Ou plutôt si, il y a un instant. Je repris la miniature, repérant tout de suite le bijou au cou de la jeune femme. Je revins en hâte aux photos de mes aïeules, les examinant de plus près. Ne pouvant confirmer mon impression, je courus chercher une loupe. Si je ne vis pas le collier au cou de ma tante Hilda, je le retrouvai autour de celui de sa mère et de la mienne. Restait à savoir si l'on avait copié plusieurs fois le modèle ou si je tenais bel et bien l'original. Que représentait donc ce bijou pour que les femmes de la famille se le soient transmis pendant plusieurs générations, plus de deux siècles en fait ? Je regardai à nouveau dans la boîte, peut-être qu'une partie de la réponse s'y cachait...

Je choisis de jeter d'abord un coup d'œil aux lettres, réservant le coffret pour la fin. Il y en avait cinq, toutes très anciennes et jaunies par le temps. Je dépliai celle du dessus, découvrant une écriture fine et quasiment illisible. La signature au bas, Miranda, m'était inconnue. Je ne connaissais personne qui portait ce prénom parmi les gens de mon entourage ou mes ancêtres. Les quatre autres portaient le même autographe et la même écriture serrée. Mes yeux ne perçurent cependant que des caractères flous, mes paupières se faisant de plus en plus lourdes. J'étais trop épuisée par ma longue journée pour avoir envie de me lancer dans le décryptage de vieux documents. Ils pourraient fort bien attendre une nuit de plus avant de me confier leurs secrets. Je les remis à leur place et m'emparai du coffret.

Son ouverture m'arracha un cri de triomphe ; sur un lit de velours rouge reposait une clé ancienne, semblable à celle dont je croyais avoir besoin pour que le coffre au grenier me révèle son contenu. Il me faudrait tout de même attendre au lendemain matin ; la journée avait été riche en nouveautés, mais aussi en labeur et je me sentais plus lasse que je ne voulais l'admettre. Avec un soupir, je remis tous les éléments dans la boîte à chaussures et me rendis à la salle de bain. Une douche chaude me fit momentanément oublier mes découvertes et je me glissai sous les draps avec plaisir. Un sommeil peuplé de rêves étranges, comme toujours depuis ma tendre enfance, me gagna presque aussitôt et je ne me réveillai que tard le lendemain matin.

C'est la sonnerie du téléphone qui me tira du lit. Je répondis d'une voix ensommeillée et entendis aussitôt ma tante Hilda, joyeuse à l'autre bout du fil.

– Eh bien ! Quand je n'y suis pas, on se relâche, on dirait...

Il me fallut un certain temps pour que sa remarque sans méchanceté fasse son chemin dans mon cerveau embrumé. Je me retournai lentement pour constater que le cadran de ma table de chevet affichait un magnifique neuf heures trente. Il n'en fallait pas davantage pour que le brouillard se lève instantanément.

– Et merde ! lâchai-je, dépitée.

– Eh, ma grande ! Ce n'était pas une remontrance, me répondit ma tante d'une voix douce.

– Je sais, Tatie. C'est juste que j'avais prévu un certain nombre de choses à terminer avant ton arrivée et que le retard sera difficile à rattraper...

– Que peut-il bien y avoir de si urgent ? demanda-t-elle aussitôt.

Je me rendis compte que j'avais trop parlé. Je n'avais aucune réponse de prête et je m'apprêtais à bredouiller quelque chose, mais elle ne m'en laissa heureusement pas le temps.

– De toute façon, cela n'a aucune importance, compte tenu des circonstances. Tu seras satisfaite d'apprendre que je dois retarder mon arrivée d'une journée. Il me reste encore quelques achats à faire, l'un de mes rendez-vous a été reporté à demain et j'avais prévu dîner avec une vieille amie ce soir. C'est d'ailleurs la raison de mon appel, je ne voulais pas que tu t'inquiètes en ne me voyant pas revenir.

Je poussai malgré moi un soupir de soulagement. Une journée de plus ne serait pas de trop pour ce que je projetais.

– Merci de me prévenir. C'est une amie que je connais ?

Curieusement, ma tante se fit évasive, révélant seulement que c'était quelqu'un qu'elle avait connu avant son entrée au couvent. Quelque chose dans sa voix me mit la puce à l'oreille, mais je préférai ne pas poser davantage de questions. Après tout, j'étais plutôt mal placée pour la juger, compte tenu de ce que j'avais entrepris la veille. Je lui souhaitai une bonne journée et une soirée agréable. Elle fit de même avant de raccrocher. Je m'habillai et déjeunai en vitesse, avant de récupérer ma trouvaille et de monter au grenier.

Une fois l'éclairage rétabli, j'essayai la clé, qui tourna sans effort. Le coffre s'ouvrit dans un bruit mat. Le couvercle se souleva de lui-même, sous la pression de son contenu. Des vêtements tombèrent sur le sol, de même que des livres et... une dague, qui se ficha dans le plancher de bois. Tout en l'arrachant, je pris conscience de sa légèreté, mais surtout de sa beauté. C'était une arme ouvragée, au manche incrusté de pierres. J'avais davantage l'impression d'avoir une œuvre d'art entre les mains qu'un simple moyen de défense. En la retournant, je découvris une inscription derrière la lame, mais la langue m'était étrangère. Je reportai mon attention sur le contenu de la malle.

Les vêtements, conçus pour une femme, avaient une facture nettement médiévale ; trois magnifiques robes, deux jupes longues, trois chemises que l'on portait sous les vêtements, deux corsages, quelques jupons, une paire de grandes bottes de cuir noires et deux larges capes, dont l'une avec un capuchon. On aurait juré une trousse de voyage pour le Moyen Âge. Mais je n'étais qu'au début de mes surprises...

En fait d'armes, il y avait aussi une lourde épée. Les livres, au nombre de quinze, traitaient tous de sorcellerie, de magie, d'ésotérisme, de mondes parallèles ou de pouvoirs occultes. Je les feuilletai rapidement. Certains comprenaient plus de mille pages et tous étaient annotés de la même écriture fine que celle des lettres de la veille. J'étais de plus en plus perplexe. Je ne voyais vraiment pas l'utilité de cette malle, ni le pourquoi de sa présence ici. Je remis les vêtements en place, ainsi que les armes, et m'apprêtais à faire de même avec les livres lorsque je remarquai une feuille jaunie. Elle avait dû glisser de l'un des manuscrits.

Je la dépliai pour constater que c'était un certificat de naissance, datant de 1956, au nom d'Andréa Langevin, ma mère. La dernière ligne m'intrigua. Le document avait été signé à Sherbrooke, au mois de février. Je ne comprenais pas pourquoi le certificat provenait de cette ville alors que ma mère était née ici-même, dans cette maison. C'est à ce moment que je remarquai les différents noms inscrits plus haut et mon sang se glaça. Au lieu de Joshua Langevin et Mireille Savard, je découvris Hilda Langevin pour mère et un désolant « Inconnu » sur la ligne destinée au père. Je dus m'appuyer à une commode pour ne pas m'effondrer sous le choc.

Il devait y avoir une erreur, c'était impossible. Je possédais chez moi le document que je croyais authentique et voilà qu'il en apparaissait un autre, singulièrement différent. Comment pouvait-il y avoir deux certificats de naissance totalement dissemblables pour la même personne ?

Je refermai la malle, les mains tremblantes, et redescendis. Je m'arrêtai sur le palier, en proie au vertige. Je dus m'appuyer, une fois de plus, pour ne pas tomber. Je mis un certain temps avant de reprendre mes esprits, une douleur sourde aux tempes m'annonçant un puissant mal de tête. Jamais je n'aurais cru réagir aussi fortement devant une nouvelle de ce genre. Il me semblait nager dans l'irréel. Je descendis les escaliers, en tenant fermement la rampe de bois sculptée, l'impression de vertige refusant de se dissiper totalement. Je gagnai la salle de bain, où j'avalai deux comprimés d'acétaminophène. Je doutais cependant d'obtenir le résultat escompté, la douleur que je ressentais ayant une origine plus psychologique que physique.

Des questions se bousculaient dans ma tête et je tentai bien inutilement de mettre de l'ordre dans la masse d'informations nouvelles que je possédais depuis la veille. Tout était lié, j'en étais convaincue, mais je n'avais aucune idée de la nature de ce lien. Il me fallait une aide extérieure pour y arriver, et la seule personne qui pouvait me fournir une explication ne serait de retour qu'au coucher du soleil le lendemain. Je devais m'occuper jusque-là si je ne voulais pas trop réfléchir...

- 3 -

Mélijna

Dans un autre monde, sur la Terre des Anciens, une ancestrale sorcière remuait tranquillement sa dernière expérience dans un chaudron enfin refroidi quand la douleur se fit soudainement sentir avec violence. Elle sursauta, lâchant sa longue cuillère de bois, qui glissa lentement dans la mixture, et porta ses mains à son flanc droit, les yeux agrandis par la surprise.

– Non ! Non, ce n'est pas possible, murmura-t-elle. Pas après toutes ces années...

Une deuxième vague la traversa alors, comme si sa vieille blessure se rouvrait. Mélijna baissa les yeux et écarta lentement les mains, craignant presque de voir s'écouler sa vie entre ses doigts. Elle mit plusieurs minutes à se ressaisir, même si elle savait qu'elle ne pourrait pas mourir en l'absence réelle de l'arme. Elle devait cependant se rendre à l'évidence : l'héritière de la lignée maudite était en possession de la dague d'Alana.

La vieille traîna ses pas jusqu'à son fauteuil et s'y laissa choir. Elle devait réfléchir à ce qu'impliquait cette découverte et à ce qu'il convenait de faire puisqu'elle n'avait plus pensé à cette possibilité depuis de très nombreuses années. Pour elle, cette arme d'un autre temps était à jamais perdue...

Mais avant qu'elle ne puisse concentrer ses pensées dans cette direction, des souvenirs refirent brusquement surface, alors que sa cicatrice s'enflammait pour la troisième fois, lui arrachant un cri. Elle se remémora douloureusement son premier contact avec la magnifique dague à la lame acérée.

Elle se revit, quelques centaines d'années auparavant, alors que son corps appartenait encore à sa première vie. Elle venait tout juste de comprendre qu'il n'y aurait pas de place pour elle et sa sœur jumelle dans les rangs des Filles de Lune assermentées. Les règles étaient claires : une seule pouvait prétendre servir, l'autre devrait s'éclipser. Même si elle se savait la plus douée des deux, elle ne se méprenait pas sur ses chances d'être élue. Elle n'avait jamais accepté la rigueur et la discipline imposées par les Sages responsables de sa formation. Sa nature rebelle et indomptable ne lui valait que des réprimandes et des ennuis sans cesse plus importants. De plus, elle avait pour aïeule Acélia et les dons qu'elle avait reçus à la naissance relevaient davantage de la magie noire. Elle était donc certaine d'être écartée de la communauté fermée des Gardiennes des passages au profit de sa sœur Séléna. Devant l'évidence, elle n'avait vu qu'une solution : éliminer cette dernière.

Mélijna était sûre que, de cette façon, elle serait acceptée. La guerre avec Mévérick venait tout juste de faire des dommages considérables dans les rangs des Gardiennes, et les Sages restants ne pouvaient se permettre de perdre une candidate de cette envergure. Comme toute Fille de Lune avait l'obligation de se soumettre aux examens et que personne ne pouvait délibérément écarter une candidate qui réussissait, elle savait d'ores et déjà que rien ne pourrait l'arrêter. Mais dans sa hâte de parvenir à ses fins, Mélijna avait négligé un détail considérable, sa mère.

C'est de cette dernière qu'elle avait hérité le don de lire dans les pensées de certaines personnes. Mais ni la mère, ni la fille n'en avait informé quiconque. C'était l'un des rares dons que l'on ne souhaitait pas divulguer, même à ses proches, parce qu'il représentait un atout certain, mais surtout parce qu'il aurait engendré la méfiance des autres. C'était une particularité étrange, du fait qu'elle ne pouvait être utilisée sur tous ; on ne pouvait lire que dans l'esprit d'un nombre restreint d'individus, quel que soit le peuple auquel ils appartenaient. C'était le hasard qui décidait. Mélijna pouvait par exemple lire aisément dans la tête de certains mutants, mais pas dans celle des nymphes, malgré de nombreuses tentatives, alors qu'elle avait appris, après le décès de sa mère, que cette dernière en était capable.

C'est ce don inhabituel qui avait failli causer la perte de Mélijna si jeune, car la mère lisait dans les pensées de sa progéniture, mais pas l'inverse. Thadéa avait compris avec horreur ce que tramait sa fille et avait vite réalisé que rien ne pourrait lui faire entendre raison. Elle avait donc attendu que Mélijna décide de mettre son plan à exécution et avait ensuite tenté de s'interposer. La situation avait vite dégénéré, entraînant la mère et la fille dans un duel de magie qui ne semblait pas vouloir avoir de vainqueur. Pendant de longues heures, les sortilèges s'étaient succédé sans répit, causant des blessures de plus en plus graves aux deux femmes, sans qu'aucune pourtant ne soit fatale.

Alors que ces souvenirs flottaient dans l'esprit de Mélijna, cette dernière avait l'impression que chaque parcelle de son corps se remémorait également les assauts de cette bataille, chaque coup porté, autant physique que magique. La haine incommensurable qu'elle avait ressentie pour sa mère ce jour-là semblait circuler à nouveau dans ses veines et lui insuffler une énergie nouvelle. Mais la suite des événements se bousculant dans sa mémoire tempéra rapidement cette montée d'adrénaline soudaine et lui arracha un gémissement chargé de ressentiment.

Cardine, grande responsable des Gardiennes des passages en ce temps-là, était finalement apparue sur les lieux de l'affrontement, à l'instant où Mélijna croyait pouvoir porter le coup fatal à sa mère. La jeune fille ne savait pas encore qu'une descendante directe d'Acélia la traîtresse ne pouvait en éliminer une autre ; elle ne l'apprendrait que bien plus tard. Mais Cardine, elle, le savait et c'est pourquoi, n'étant pas une descendante maudite, elle avait voulu porter le coup fatal à la place de Thadéa. Trop concentrée sur ce qu'elle s'apprêtait à faire, Mélijna n'avait pas vu la dague au poing de la grande Gardienne lorsque cette dernière avait foncé vers elle, mais elle avait aperçu le reflet de la lame dans le soleil. Elle s'était esquivée, trop tard cependant, et la dague d'Alana avait creusé un profond sillon dans son flanc droit. Cardine avait relevé le bras et s'était préparée à porter un second coup, mais Mélijna ne lui en avait pas laissé le temps. Comprenant que le combat était devenu inégal, elle avait choisi de disparaître pour panser ses plaies, mais surtout pour préparer sa vengeance.

Au grand dam de Mélijna, la blessure avait mis de longs mois à guérir, malgré ses puissantes Âmes régénératrices. La cicatrice semblait constamment se rouvrir et suinter. La jeune femme avait alors compris qu'on lui avait caché l'existence de cette arme étrange au cours de ses apprentissages sur les armes magiques et les blessures qu'elles pouvaient causer. Elle avait pensé que c'était peut-être parce qu'elle menaçait directement les Filles de Lune que l'on n'en parlait pas, mais elle s'était surtout demandé pourquoi cette dague était en possession de la grande Gardienne des Passages.

À force de visualisation et d'incantations, Mélijna avait retrouvé l'image de la dague dans sa mémoire et avait tout d'abord tenté de la récupérer, pour l'examiner de plus près et peut-être même pour se venger puisqu'elle permettait de se débarrasser des Filles de Lune. Mais la douleur qui se réveillait chaque fois qu'elle croyait se rapprocher de l'arme lui fit abandonner sa quête au moins jusqu'à ce qu'elle puisse se défendre efficacement. Par ailleurs, elle avait appris qu'elle était recherchée par la communauté des Filles de Lune et condamnée à mort pour avoir voulu tuer deux des leurs, sa mère Thadéa et sa jumelle Séléna. La dague serait spontanément à la disposition de quiconque, à l'intérieur des rangs, aurait une occasion d'exécuter la sentence.

Pendant près d'une centaine d'années, la sorcière avait craint la réapparition de cette arme entre les mains d'une Fille de Lune chargée de la traquer. Puis, quand elle avait cru ses pouvoirs suffisamment grands pour qu'elle puisse faire face, elle avait découvert que seule une Fille de Lune de la lignée maudite pouvait s'en servir contre elle pour causer sa mort. Alors qu'elle effectuait des recherches dans un tout autre but, elle avait en effet appris que cette arme avait été créée sept cents ans plus tôt par la déesse Alana, protectrice des Gardiennes, uniquement pour permettre à une descendante directe d'Acélia d'en éliminer une autre, malgré la magie de la traîtresse.

Mélijna poussa un profond soupir. Elle devait maintenant se préparer à la possible réapparition de l'héritière et de tout ce que cela impliquait.

- 4 -

Nouvelle généalogie

Pour oublier, j'entrepris de repeindre trois des quatre chambres du deuxième. Le jour suivant, je me lançai dans le décapage des lattes de bois faisant office de demi-mur dans la salle à manger. Je ne m'arrêtai que quelques minutes pour grignoter. Il était vingt heures passées lorsque ma tante arriva enfin. Lorsqu'elle franchit l'arche séparant la cuisine de la salle à manger, je ne lui prêtai pas la moindre attention, me concentrant sur la tâche à accomplir. Elle me salua joyeusement, mais je ne répondis pas. Je me sentais incapable de parler, craignant de laisser exploser une colère dont je ne comprenais pas clairement la source. Elle perçut mon malaise sur-le-champ et me demanda d'une voix douce :

– Qu'est-ce qui ne va pas, Naïla ?

Je ne bougeai pas, sentant les larmes me monter aux yeux, incapable de me maîtriser. Elle me rejoignit et s'agenouilla difficilement à mes côtés, son généreux tour de taille ne lui facilitant pas la tâche. Elle me força doucement à pivoter pour la regarder. Les larmes roulaient sur mes joues et je ne fis rien pour les retenir. Sans même poser de questions, elle me prit dans ses bras, me berçant comme une enfant. Je mis quelques minutes pour me ressaisir, puis me détachai lentement et me relevai. Elle fit de même, m'observant curieusement, le regard triste.

– Que se passe-t-il ? Est-ce que la solitude a fait renaître tes souvenirs ? Est-ce que... Oh ! Je regrette tellement, je n'aurais jamais dû te laisser seule si longtemps. Tu viens à peine de...

Je ne la laissai pas terminer.

– Non, Tatie. Cela n'a rien à voir avec mon passé. Ou plutôt si, mais pas dans le sens où tu l'entends. Je me suis juste rendu compte que tout ce à quoi je croyais n'était qu'illusion. Et...

Ma voix sonnait plus durement que je ne le voulais, mais je n'y pouvais rien. Elle me regarda, surprise. Il n'en fallait pas plus pour que je me remette à pleurer, me maudissant pour ma faiblesse. Je ne savais plus vraiment quelle attitude adopter, ni comment lui expliquer. Je lui tendis finalement l'extrait de naissance, cause de tout ce bouleversement. Je l'avais conservé sur moi, comme si sa présence suffirait à m'apporter les réponses à mes interrogations, sans que j'aie à questionner ma tante. Elle déplia le bout de papier, le parcourut en silence puis le replia, le regard vide. Elle se laissa ensuite lourdement tomber dans le fauteuil derrière elle. Je quittai bientôt la pièce, abandonnant cette femme que j'adorais, le visage entre les mains et le corps secoué de puissants sanglots. Je ne pouvais la consoler, me sentant aussi perdue, sinon davantage, qu'elle ne devait l'être.

Ma nuit fut peuplée d'arbres généalogiques aux branches cassées, de belles femmes en robes d'époque et d'une multitude de visages connus et inconnus se disputant pour une raison que je n'arrivais pas à saisir. Je compris seulement que j'en étais la cause puisque tous les regards qui se tournaient vers moi arboraient une expression de peur mêlée d'incompréhension. Je me réveillai à l'aube, en nage. Je m'habillai et sortis marcher, espérant que le vent du large apaiserait mes tourments.

Je m'obligeai à faire le vide, me concentrant sur le mouvement de la marée. Je ne sais combien de temps je restai là, le regard dans le vague. C'est la voix de ma tante qui me tira finalement de ma torpeur.

– Je savais que je te trouverais ici. Il n'y a que cet endroit pour t'apaiser lorsque ton cœur est en morceaux et ton âme à la dérive...

Elle garda le silence quelques instants avant de poursuivre.

– Je sais que tu dois m'en vouloir énormément et je doute que tu souhaites me voir en ce moment, mais je pense sincèrement que nous devrions en parler, Naïla... Rentrons, s'il te plaît. S'il est vrai que je te dois des explications, je ne crois pas que tu aies envie de les entendre ici...

Elle laissa sa phrase en suspens, attendant ma réaction. Je me levai lentement et me tournai dans sa direction, les yeux toujours pleins de larmes. Elle m'ouvrit simplement les bras et je m'y réfugiai. Elle était tout ce qui me restait dans ce monde éprouvant et je ne pouvais me passer d'elle. Aussi paradoxal que cela puisse paraître, elle était la cause de mon tourment, mais aussi l'ancre qui m'empêchait de partir à la dérive. Nous marchâmes en silence pour rentrer et déjeunâmes du bout des lèvres, chacune se préparant à ce qui allait suivre.

Après le repas, je me rendis au salon et attendis, laissant courir mes pensées. Des hypothèses se formaient et se déformaient sans cesse dans mon esprit, certaines plus dérangeantes que d'autres, mais toutes aussi plausibles. Ma tante me rejoignit une dizaine de minutes plus tard. Je la regardai, mais ne dis mot. C'est elle qui devait franchir le pas et je n'avais aucune envie de lui venir en aide, malgré toute l'affection que je lui portais.

Tatie se cala dans son fauteuil préféré, celui qui était d'un bourgogne fané aux accoudoirs très hauts et qui datait du siècle dernier. Elle s'était préparé un verre de vodka pour se donner du courage. Elle n'avait toujours rien dit depuis que nous avions quitté les berges du fleuve et semblait perdue dans ses pensées. Elle me regardait, mais ne me voyait pas vraiment, et je compris qu'elle revivait des moments qu'elle avait cru enfouis à jamais.

Assise en face d'elle, je croisai les bras sur ma poitrine, comme si cela pouvait me protéger, et patientai. C'était encore la meilleure attitude à adopter, en la circonstance. Je n'avais pas très bien encaissé le choc encore et n'étais pas certaine d'avoir envie d'entendre la suite de l'histoire, aussi intéressante fût-elle. Je sentais déjà que mon monde avait de fortes chances de s'écrouler encore un peu plus, si tant est que la chose fût possible. Elle prit finalement une profonde inspiration et se lança, visiblement à contrecœur.

– Le moment semble venu de te révéler certains éléments de ton passé. Je ne sais trop quelle sera ta réaction, mais il est maintenant trop tard pour reculer, de toute manière. Le certificat de naissance que tu as découvert au grenier...

Elle arqua un sourcil interrogateur, voulant probablement savoir si c'était bien là que j'avais fait ma trouvaille. Je fis celle qui ne comprenait pas. Elle poursuivit.

– ... est authentique. S'il est demeuré caché pendant de si nombreuses années, c'est davantage pour te protéger toi que moi...

Devant ma réaction d'incrédulité et le début d'une question qui s'échappa de mes lèvres, elle fit un geste pour m'arrêter.

– Je sais que cela peut te paraître étrange, mais c'est la vérité. Avant de continuer, je dois te demander une faveur : ne me pose pas de questions, enfin pas tout de suite, même si je sais que tu en auras beaucoup. Je souhaite que tu prennes le temps, au cours des prochains jours, d'assimiler le peu que je vais te révéler. Tu comprendras mieux ce dont je parle à la fin de mon récit. Un certain nombre de faits te seront exposés maintenant, mais il y en a aussi d'autres que je dois garder sous silence encore un peu. Je te prie de me faire confiance comme par le passé. Tu veux bien ?

La question était presque un murmure et le ton de sa voix, suppliant. Je la sentais au bord de la crise de nerfs, et ma curiosité était plus éveillée que jamais. Si j'éprouvais de la compassion pour son apparente détresse, je sentais également une pointe de colère en moi. Il me semblait que ma vie, déjà passablement compliquée, allait de mal en pis et je ne me sentais pas prête pour de nouvelles révélations. Je dus faire un effort pour me contrôler et acquiescer à sa requête d'un signe de tête. J'avais la désagréable impression qu'elle cherchait à gagner du temps.

– Merci ! me dit-elle, toujours aussi bas, avant de hausser la voix pour continuer. Je comprends fort bien ton ressentiment et je ne peux l'apaiser. Par contre, je peux t'expliquer... en partie du moins.

Ce qu'elle fit au cours des deux heures qui suivirent.

Ma mère était effectivement sa fille. Si le certificat que je possédais depuis mon adolescence était authentique, c'est parce que c'était celui du premier bébé de Joshua et de Mireille. On avait donné le même prénom au second nouveau-né pour faciliter les choses. Il est vrai que je n'avais même pas pensé à comparer les dates de naissance, trop occupée à spéculer sur l'identité des parents. Outre le lieu qui était différent, trente-six jours séparaient les deux documents. Quant à l'identité du père, que je demandai, le terme « Inconnu » était ce qu'il me serait donné pour le moment. Si je décelai le mensonge dans les yeux bleus de ma tante, je ne dis rien, sachant que je finirais tôt ou tard par apprendre la vérité.

À ma connaissance, si un père peut être inconnu de son enfant, il peut difficilement l'être de sa mère. Ainsi, Tatie n'était pas entrée chez les sœurs par choix, mais bien pour cacher son état, plus que dérangeant à cette époque-là pour une jeune fille non mariée. En 1955, il n'était pas question d'être fille-mère et de déshonorer sa famille, surtout une famille qui avait déjà beaucoup fait jaser par le passé.

À sa naissance, on confia donc l'enfant à mon « grand-père » Joshua et à son épouse. Cette dernière, incapable d'enfanter pendant de nombreuses années, avait finalement eu une fille un mois auparavant, mais la petite, de constitution fragile, mourut peu avant la naissance de ma mère et la substitution arrangea tout le monde. Tante Hilda pourrait voir son enfant de temps à autre, son frère et sa femme surmonteraient plus facilement leur chagrin et le poupon aurait une famille aimante et attentionnée. La différence ne se remarqua pas, même si on remplaça un bébé frêle de un mois par un autre plus jeune, mais bien portant. Comme tous les bébés se ressemblent, les voisins crurent que la petite prenait enfin du mieux, après un premier mois difficile. C'était presque trop facile.

Hilda choisit de demeurer chez les sœurs, plutôt que de revenir vivre dans Charlevoix. Elle prétexta que la vie qu'elle avait découverte lui plaisait et que la vocation s'était fait sentir en elle comme une révélation. Elle n'avait alors que dix-huit ans. Son frère avait toujours cru qu'elle et Charles Bouchard, qu'elle fréquentait en ce temps-là, avaient goûté au fruit défendu. Comme ce dernier était marin et en mer au moment de la découverte de la grossesse, on avait préféré, à son retour à l'automne suivant, lui dire que la jeune fille avait choisi la vocation. Comme la question du géniteur ne s'était jamais réellement posée, Tatie n'avait pas eu à inventer ou à broder une histoire quelconque, la vie s'étant très bien acquittée de cette tâche. Tatie m'apprit que le père n'était pas le jeune marin et me précisa simplement qu'elle avait aimé l'homme qui lui avait fait un enfant.

Je crois qu'elle voulait tuer dans l'œuf la possibilité que je la croie libertine et volage. Elle me révéla également que le père de l'enfant était le seul homme qui l'eût jamais touchée. Elle regardait, à ce moment-là, au-dessus de moi, les yeux perdus dans un lointain passé et je sus, à son expression douloureuse, que cette partie de la vérité devrait attendre encore un peu. Les souvenirs qui remontaient à la surface apportaient avec eux des images longtemps enfouies.

Je ne voyais pas pourquoi elle m'avait fait promettre de ne pas poser de question puisqu'il n'y avait pas matière à s'interroger pendant des heures, sauf peut-être sur le père. Je me levai pour quitter la pièce, mais mon mouvement la fit revenir sur terre.

– Non, reste s'il te plaît, me dit-elle, je n'ai pas terminé.

Je repris place dans mon fauteuil, espérant que les explications viendraient enfin. Je ne fus pas déçue.

– Lorsque Joshua est venu chercher ta mère et que je l'ai déposée dans ses bras, elle dormait. Il a pris soin de me demander comment je me sentais et si j'étais certaine d'avoir pris la bonne décision. Je l'ai rassuré, puis il m'a embrassée et il se préparait à partir lorsque la petite s'est réveillée. Elle a ouvert les yeux et mon frère a poussé un cri de surprise. Je lui ai demandé ce qui n'allait pas et il m'a simplement répondu que cette enfant avait les yeux mystérieux de Miranda. Des yeux que tu possèdes également, Naïla. Ces yeux dissemblables étaient l'obsession qui avait rendu ma mère complètement folle lorsqu'elle avait constaté, après ma naissance, que je n'en avais pas hérité.

Au nom de Miranda et à la mention de mes yeux, je redoublai d'attention. Ainsi, c'était elle, la fameuse femme des lettres de la boîte. Décidément, cela devenait intéressant.

– Comme il ne parlait que très rarement de sa belle-mère, je me suis abstenue de poser des questions auxquelles je savais qu'il refuserait de répondre. J'espérais tout de même qu'il s'ouvrirait davantage. Il ne me dit malheureusement rien de plus, si ce n'est qu'il souhaitait que cette particularité ne serait pas annonciatrice d'une vie aussi triste que celle de la personne qui la lui avait léguée. Je l'ai ensuite reconduit aux portes du couvent, le cœur lourd, et je me suis retournée pour regagner ma chambre. C'est à ce moment-là, croyant ne parler qu'à lui-même, qu'il a dit espérer que les histoires de Miranda n'étaient vraiment que des histoires. Il s'est ensuite adressé à ta mère en disant : « S'il y a ne serait-ce qu'une part de vérité dans ce que ta grand-mère racontait, je te souhaite la meilleure des chances, ma belle enfant. Tu en auras bien besoin. » J'ignore pourquoi, mais la remarque m'avait donné la chair de poule. Vingt-quatre ans plus tard, ta mère disparaissait pour la seconde et dernière fois.

Malgré moi, je haussai les sourcils. À ma connaissance, ma mère n'avait disparu qu'une seule fois, mais pour de bon. J'aurais voulu poser des questions, mais je me souvins de la promesse faite plus tôt et m'en abstins. Je laissai donc Tatie poursuivre, mais elle sembla lire dans mon esprit.

– Je sais que les interrogations surgissent de plus en plus en toi et que tu brûles d'envie de leur trouver une réponse, mais je ne te dirai qu'une dernière chose. Il semble que ta vie représente énormément pour des gens dont tu ne soupçonnes même pas l'existence. Aujourd'hui, serais-tu prête à croire que notre monde, celui que tu as toujours connu, n'est pas le seul où vit l'être humain ? Serais-tu capable d'accepter qu'il existe un univers totalement différent ? Et enfin, consentirais-tu à t'y rendre, sachant que tu en es probablement la personne la plus recherchée ? Réfléchis sérieusement à tout cela, Naïla. Sers-toi de ton intelligence, mais surtout de cette ouverture d'esprit que j'ai toujours admirée chez toi. Ne crois surtout pas que je suis folle, je peux t'assurer que ce n'est pas le cas, malgré ce que je viens de te dire. Si tu arrives à répondre oui aux trois questions, non pas à la légère, mais avec sérieux, je te relaterai alors ce que je sais du reste de l'histoire.

J'étais trop abasourdie pour lui refuser quoi que ce soit et je lui promis de réfléchir à tout cela. Je me levai, mais elle m'arrêta encore une fois. Elle désirait savoir comment je m'adresserais à elle désormais, puisqu'elle n'était plus ma tante mais ma grand-mère. Nous en discutâmes un court moment puis, d'un commun accord, il fut décidé que je continuerais de l'appeler Tatie ou tante Hilda. Nous étions d'ailleurs les seules à connaître la vérité, tous les autres étant décédés.

Je ne savais trop que penser de toutes ces révélations et je me sentais incapable de me concentrer pour faire avancer les travaux. Il valait donc mieux que je m'éloigne pour un temps. Je marchai vers le quai en me remémorant ce qui avait été dit dans la matinée. Je ne savais guère comment interpréter tout cela. J'étais effectivement portée à croire que ma grand-mère était un peu dérangée, ou bien qu'elle avait délibérément brodé une histoire abracadabrante pour que j'accepte mieux son comportement de l'époque. Qu'avait-elle voulu me dire exactement ? J'avais beau revoir la conversation sous tous ses angles, il n'y avait que la possibilité de la vie extraterrestre qui me venait à l'esprit et j'étais peu disposée à y prêter foi. Il y avait des limites...

Je m'aperçus bientôt que je m'approchais de ma destination. Le quai était calme en ce début de saison. Les touristes ne commençaient à affluer qu'à la fête de Dollard*, la troisième fin de semaine du mois de mai. Je me rendis également compte que mon estomac criait famine depuis un moment déjà. Absorbée par mes pensées, je n'y avais pas porté attention, mais devant l'odeur du *fast food* de la cantine Chez Barbara, je ne pus l'ignorer davantage. J'avais besoin d'avoir les idées claires pour poursuivre ma réflexion et je ne pouvais continuer de fonctionner le ventre vide. Je pris une pause d'une quinzaine de minutes sur la terrasse, le temps de faire le plein d'éléments peu nourrissants pour le corps, mais réconfortants pour l'esprit.

Je me remis en marche, prenant le chemin de la plage pour longer les berges sur le sable et revenir par le Musée maritime. L'air salin fit disparaître une fois de plus mes préoccupations. Je regardai longtemps vers le large, enviant les cormorans et les mouettes insouciantes et me demandant pourquoi la vie m'envoyait sans cesse des épreuves auxquelles je n'étais nullement préparée. Il devait y avoir une raison, aussi insignifiante soit-elle, pour que le sort s'acharne ainsi...

J'étais toujours aussi préoccupée qu'à l'aller, mais je me sentais tout de même plus calme. Je ne savais trop quel sujet de conversation nous pourrions avoir Hilda et moi après ces événements, mais je devais respecter sa demande. Enfin... pour l'instant. Finalement, peut-être qu'un peu de travail et une bonne nuit de sommeil me seraient bénéfiques.

---

* Aujourd'hui Journée nationale des patriotes.

La maison était étrangement calme à mon arrivée ; il n'y avait aucun signe de vie. J'en découvris bientôt la raison, quand je vis une note sur la table.

Chère Naïla,

Je sais que tu te poses de nombreuses questions et que tu ne sais que penser de ce que je t'ai révélé ce matin. C'est pourquoi j'ai choisi de m'éloigner pour quelques jours. La tentation de me sonder sera moins grande et il te sera plus facile de voir en toi. Le temps est souvent un excellent allié dans ce genre de situation ; je le sais pour en avoir fait l'expérience par le passé. Je sais aussi que tu as découvert la boîte à chaussures sous l'escalier ; j'avais oublié qu'elle contenait la clé de la malle du grenier. Je n'aurai donc pas la « chance » de te la donner moi-même, mais c'est sûrement mieux ainsi. Tu y as sans doute trouvé les cinq lettres de ton arrière-grand-mère. Prends le temps de les lire, elles devraient t'être d'un grand secours. Je ne peux le faire pour toi, tu comprendras pourquoi en les examinant bien, si ce n'est déjà fait. Surtout, ne prends aucune décision à la légère. Sache que je t'aime de tout mon cœur. À bientôt... si tu me le permets.

Hilda xxx

Décidément, rien ne s'améliorait. Si je comprenais le point de vue de Tatie, je n'étais pas certaine d'avoir envie de le faire mien, mais bon... il semblait que l'on ne me demandait pas mon avis ! J'étais tiraillée entre l'envie de me lancer dans les travaux pour oublier et celle d'approfondir mes recherches. Je devais cependant admettre qu'il me faudrait faire face tôt ou tard. Peut-être valait-il mieux que ce soit tôt. Je me rendis dans ma chambre, toujours incertaine. Je sortis la fameuse boîte de sous le lit et en tirai le petit paquet de lettres jaunies. Je dépliai une fois de plus la première et entrepris de déchiffrer les pattes de mouche de mon aïeule. Je compris presque aussitôt ce que Tatie avait voulu dire.

La langue utilisée m'était inconnue et ressemblait étrangement à l'inscription de la dague. Je n'y avais pas porté attention la dernière fois, trop certaine qu'il ne s'agissait que d'une écriture hâtive et déformée, mais maintenant... Hilda avait dû croire que je serais capable de la comprendre grâce à mes études en langues étrangères, mais ce que j'avais sous les yeux ne ressemblait en rien à ce que j'avais eu la possibilité d'apprendre. Pour avoir été initiée, à l'université, aux formes de communication les plus répandues depuis les débuts de l'écriture, je pouvais affirmer qu'il ne s'agissait pas de l'une d'entre elles. Même les caractères étaient étranges ; de nombreux signes et de petits dessins, comme ceux que les scribes de l'Égypte ancienne utilisaient, revenaient tout au long du texte. Je jetai un coup d'œil aux quatre autres feuillets, bien inutilement. Tous étaient couverts de la même forme d'écriture. Les larmes me montèrent aux yeux et je me laissai choir sur le dos, découragée.

Je contemplais les toiles d'araignées sur le luminaire du plafond lorsque je me rappelai les livres du grenier. Je ne me souvenais pas d'avoir aperçu un quelconque dictionnaire, mais on ne savait jamais. Dans mon excitation, sa présence m'avait peut-être échappé. Je montai les marches quatre à quatre, puis me hissai sur l'escabeau à l'équilibre précaire. J'ouvris le grand coffre et fouillai, mais en vain. Il n'y avait pas la moindre trace d'un livre ressemblant, de près ou de loin, à un ouvrage de traduction. Je devrais donc me rabattre sur la lecture de ces imposants volumes afin de, peut-être, trouver la solution à mon problème. L'ampleur de cette corvée m'arracha un profond soupir. Moi qui n'avais jamais été très patiente...

Je consultais la table des matières du troisième volume, *Magie lunaire*, lorsque le titre d'un chapitre attira mon attention : *Écritures anciennes*. Je feuilletai frénétiquement jusqu'à la page indiquée. Ce que j'y trouvai me sidéra. À la deuxième page du chapitre, un paragraphe entier décrivait des textes retrouvés lors de fouilles archéologiques en Angleterre et en France. Une reproduction de l'un de ces textes occupait la page de droite et ressemblait en tous points à ce qui reposait sur la courtepointe de mon lit. La légende révélait que ces écrits provenaient d'une très ancienne société secrète, celle des Filles Lunaires. Je lus la suite : « *Très peu d'écrits compréhensibles nous sont accessibles sur ces femmes, à notre connaissance peu nombreuses, qui vouaient un véritable culte à la lune. Elles disaient en être ses filles et régner sur son monde, invisible pour le commun des mortels, et le protéger.* »

D'après l'auteur, leur existence tenait vraisemblablement du mythe dans la plupart des pays. Il en parlait d'ailleurs à la manière des contes et légendes. Le peu qu'il avait recueilli provenait d'écrits d'un religieux ayant essayé de comprendre l'une de ces femmes, enfermée dans un asile d'aliénés, au XVIIIe siècle. Cet homme de Dieu avait aussi effectué quelques recherches. En ce temps-là, il était facile de faire parler les paysans, puisque ces derniers colportaient volontiers les phénomènes étranges et condamnaient, souvent trop facilement, les gens qui y participaient. Ces prétendues Filles Lunaires ne s'étaient jamais « officiellement » fait connaître et recherchaient l'anonymat, avec raison ; on en avait massacré quelques-unes du temps des chasses aux sorcières. Les détails à leur sujet étaient peu nombreux, mais étonnants.

Certains disaient qu'elles pouvaient disparaître des semaines, voire des années entières, avant de réapparaître sans prévenir ; personne ne les avait vues entre-temps. Elles conversaient entre elles dans une langue inconnue de leur entourage. C'était des femmes de grande taille, aux cheveux noirs comme la couleur du ciel en présence de l'astre vénéré, et aux yeux dissemblables, soit bleu et vert, soit bleu et brun. À la lecture des dernières lignes, le livre me glissa des mains et s'écrasa lourdement sur le plancher de bois brut.

Je me ressaisis sur-le-champ. Pour faire partie d'une société secrète, il fallait tout d'abord donner son accord et rencontrer d'autres membres, non ? Comme aucune de ces conditions n'était présente, je ne voyais pas ce qui me troublait tant. Par ailleurs, pour autant que je puisse en juger, ces dires ne se basaient sur rien de solide, si ce n'est les propos d'une folle, morte depuis plus d'un siècle. Une petite voix dans ma tête me rappela sournoisement que c'est aussi ce que l'on avait dit de mon arrière-grand-mère et de ma mère. Qu'elles étaient folles...

De toute façon, je n'étais guère plus avancée que tout à l'heure. Si je connaissais désormais l'origine de cette étrange écriture, j'étais toujours incapable de la lire. Je repris l'imposant volume.

> « *Il ne nous fut jamais possible de comprendre leurs écrits, malgré tous les efforts des spécialistes dans ce domaine. Une centenaire mentionnait cependant avoir entendu dire, dans son village natal, que seules les filles de la Pleine Lune le pouvaient : les rares membres qui naissaient sous la bénédiction de l'astre en fin de cycle. Leur langue ne s'apprend pas, disait-elle, elle est innée, unique et leur est réservée.* »

Je laissai tout en plan et regagnai ma chambre au pas de course. Je devais absolument essayer de décrypter les lettres, autant pour me convaincre de l'impossibilité de ce que je venais de lire que pour me rassurer. Je savais que j'étais née au moment précis où la lune atteignait son apogée ; c'est pourquoi Tatie m'appelait « p'tit loup-garou » dans mon enfance. Elle m'avait souvent répété qu'elle avait su, bien avant que Joshua l'appelle pour le lui annoncer, que ma mère avait accouché d'une petite fille aux cheveux noirs. Je ne lui avais jamais demandé la raison de cette certitude et, aujourd'hui, je le regrettais.

D'une main tremblante, je saisis le premier des feuillets. Je le parcourus jusqu'à la dernière ligne et me sentis soulagée. Par précaution, je fis de même avec trois autres. Je ne comprenais strictement rien à ce que je lisais, et c'était tant mieux. Je pourrais téléphoner à Tatie et lui dire que je n'avais nul besoin de la suite concernant ces étranges écrits, puisque je ne faisais pas partie de cette société secrète, comme elle l'avait sûrement imaginé. Je rassemblai donc les lettres. L'une d'elles, celle que je n'avais pas consultée, avait glissé sur le sol et je me penchai pour la ramasser lorsque quelque chose attira mon attention. Je m'arrêtai dans mon mouvement, le cœur battant.

Je distinguai clairement les mots « Élues » et « voyage » sur le vieux papier. Je fermai les yeux un instant et les rouvris. Au lieu de chasser cette vision cauchemardesque, l'exercice y ajouta une série de termes aussi clairement lisibles que les précédents. Je n'osais plus bouger, de peur que la suite ne se dévoile au gré de mes mouvements. Je refermai les yeux, plus longtemps cette fois, priant en silence pour que j'aie des hallucinations. Une fois de plus, je vis des phrases on ne peut plus claires se dessiner sous mes yeux incrédules. Je me décidai finalement à cueillir le document, du bout des doigts, comme si je risquais de m'y brûler. Cette feuille était en tout point semblable aux quatre autres. Comment se faisait-il alors que je pouvais la lire, elle ?

Le papier jauni tremblait entre mes mains et les mots se brouillaient devant mes yeux. Incapable de lire, je déposai la feuille sur le lit. Je m'allongeai à plat ventre et la repris. À ma grande surprise, je n'éprouvais plus aucune difficulté à comprendre ses caractères étranges.

27 février 1939

À toi, ma précieuse descendante,

J'utilise ce terme puisque je sais que tu es la seule qui puisse parvenir à lire cette lettre. Tu ne sais probablement rien de tes origines et je ne sais combien d'années se seront écoulées avant que l'héritière, dont notre continent a besoin, ne voie enfin le jour. Il faudra peut-être plusieurs générations, et plus d'une tentative de retour, pour mener à bien la destinée qu'est celle des femmes de notre lignée. Sache que nous ne venons pas de ce monde où tu es sûrement née et que tu connais comme le seul qui puisse exister. Je pense que c'est moi la première qui ai accouché dans l'espoir d'engendrer une héritière sur cette terre d'accueil où j'ai dû trouver refuge en 1935. Par le passé, seules les Élues ayant déjà donné cette première vie essentielle pouvaient faire le voyage, mais les temps ont bien changé. Tu comprendras plus tard que nous devions d'abord assurer la pérennité de notre lignée. Fuir le monde que je chérissais était la seule possibilité qui restait pour la survie de ces peuples sur lesquels je devais veiller, et cela me fut accordé. Je n'ai malheureusement pas enfanté une Fille de Lune, et c'est pourquoi je rédige aujourd'hui cette série de lettres avec espoir, mais la rage au cœur, pour assurer la continuité de ce que les nôtres avaient entrepris.

Je ne veux plus donner la vie après la naissance d'Hilda, cette enfant que je ne peux aimer, malgré tous mes efforts. Je sais que cela te paraîtra indigne d'une mère, mais je n'y peux rien. Mes espoirs et ceux de tout un monde se sont peut-être éteints avec l'arrivée de cette petite impure. J'en suis désormais réduite à espérer qu'elle enfantera un jour et réussira là où j'ai failli, ce qui doit être le cas puisque tu me lis aujourd'hui. Tu ne peux savoir la joie que m'aurait procurée le fait de savoir que ma fille a réussi ce que je croyais pratiquement impossible. J'espère aussi qu'elle pourra me pardonner de l'avoir abandonnée. D'ici là, j'aurai probablement fait la paix avec moi-même, avant de disparaître.

Tu sais, jamais une Élue n'avait échoué à concevoir une enfant magique ; je fus la première. J'ai espéré jusqu'à la toute dernière minute qu'un Être d'Exception n'était plus essentiel à la conception d'une Fille de Lune, comme Uleric, l'un des derniers Sages, me l'avait laissé entendre. Il m'avait pourtant juré que, dans cet autre monde, la première fille serait magique, peu importe le géniteur. J'avais donc repoussé mes craintes au plus profond de moi pour ne pas sombrer, mais elles m'ont bien vite rattrapée, face à l'évidence. M'a-t-on délibérément flouée pour que la lignée s'éteigne ? Me serais-je trompée à ce point sur ceux en qui j'avais confiance ? J'ose espérer que non, mais il me faut absolument le savoir. De toute façon, je ne peux rester de ce côté-ci pour m'assurer que d'autres petites filles naîtront, puis veiller sur elles.

Les humains de Brume sont incapables de concevoir la vie autrement que ce qu'ils en connaissent. Je me suis retrouvée enfermée pour aliénation, ayant eu le malheur de trop parler de ce que je suis réellement et d'où je viens ; ce que je regrette amèrement. Mon retour là-bas équivaudra sûrement en une condamnation à mort, puisque je reviendrai seule, mais c'est toujours mieux que de mourir ici, loin des miens et sans espoir. Ces lettres sont en quelque sorte mon testament et la dernière chose que je ferai avant de partir, cette nuit.

Nous ne nous sommes jamais rencontrées, fille de Brume, mais je suis convaincue que le sang qui coule dans tes veines est aussi noble que le mien. Je souhaite seulement que ton cœur soit aussi pur que le nécessite le fardeau que je souhaite te confier. Si tu désires sincèrement t'acquitter de cette tâche, tu devras lire les lettres suivantes, sinon abstiens-t'en. Assure-toi de prendre ta décision avant de lire la suite puisque tu ne pourras pas revenir en arrière. Puisses-tu avoir une ouverture d'esprit et une grandeur d'âme à l'image de celles qui t'ont précédée...

Miranda

Décidément, les femmes de la famille n'avaient pas leur pareil pour s'entourer de mystère et de complications ! Nul doute qu'Hilda était la fille de Miranda. Quoi que puisse en penser ma chère aïeule, je n'allais pas accepter de me lancer dans cette aventure tête baissée, sans savoir ce qui m'attendait. Je lirais avant et prendrais la décision après. Je cherchai donc le feuillet suivant. J'étalai les lettres devant moi et regardai aux quatre coins. Je trouvai rapidement le signe qui me permit de les remettre en ordre. Je m'apprêtai à poursuivre ma lecture, mais je ne pus déchiffrer que les deux premières lignes avant que les suivantes ne disparaissent sous mes yeux.

Je n'y comprenais absolument rien. J'eus beau tourner et retourner le papier dans tous les sens, la feuille demeurait obstinément vierge. Je devais avoir des hallucinations, il n'y avait pas d'autre explication possible. Je laissai finalement la feuille tomber sur l'édredon, où un autre phénomène étrange se produisit. De nouveaux signes se formèrent un à un, comme si l'on rédigeait une nouvelle lettre à la place de l'ancienne. Je fermai les yeux et les rouvris, mais je savais déjà que cela ne changerait rien. Il semblait bien que la rationalité ne serait pas au rendez-vous et que je devrais m'habituer à de plus en plus d'événements qui dépassaient l'entendement. Autant faire preuve d'une plus grande ouverture d'esprit, comme me le suggérait mon étrange aïeule, si je voulais parvenir à progresser. Je repris donc le parchemin, mais sa lecture me laissa sans voix. La lettre n'occupait plus que le quart de la surface.

Eh bien, je suis profondément déçue d'apprendre que ma descendance n'est pas à l'image de ce que j'avais espéré. Je t'avais pourtant prévenue que ta décision se devait d'être prise avant que tu ne lises les lettres suivantes. En raison de ta peur et de ton refus d'affronter ton destin, pourtant déjà tout tracé, tu viens probablement de mettre un terme à mes espoirs et à ceux des peuples que notre lignée se devait de protéger. À moins que tu ne parviennes à racheter ta faute par toi-même, je crois que notre collaboration se termine ici. Les femmes comme nous ne peuvent se permettre le doute et l'incertitude puisque ceux-ci nécessitent du temps et des énergies qui nous font cruellement défaut. Sache que je ne perds pas totalement espoir en toi, mais que je ne peux t'aider davantage à accepter ce que tu es et peux devenir. Ce chemin, tu dois le parcourir seule dorénavant... Je serai encore là si tu en viens à croire en toi.

Miranda

De mieux en mieux ! Un coup d'œil aux deux derniers écrits me permit de constater qu'ils étaient tous vierges désormais. Seule restait intacte la lettre d'introduction. Je jetai le tout pêle-mêle dans la boîte, d'un geste rageur. Pour ma part, je trouvais plutôt intelligent le fait que je désire prendre une décision éclairée plutôt que hâtive, mais il semblait bien que ce n'était pas l'avis de mon arrière-grand-mère. Pas étonnant qu'elle se soit retrouvée en situation de détresse si elle ne prenait jamais le temps de penser avant d'agir ! Je ne voyais pas comment je pouvais me sortir de ce mauvais pas si elle refusait de m'aider et d'agir avec plus de discernement.

Et voilà ! J'en étais à souhaiter qu'une feuille de papier jaunie me vienne en aide alors que son auteure devait avoir rendu l'âme depuis belle lurette. Je me demandai soudain si je ne sombrais pas, moi aussi, dans la folie. Peut-être que la démence était héréditaire dans ma famille si dysfonctionnelle. Je quittai ma chambre et descendis pour dîner. Un changement d'environnement m'aiderait peut-être.

Alors que je me préparais un petit quelque chose à grignoter, un détail revint me hanter. Miranda avait mentionné que les lettres seraient la dernière chose qu'elle ferait avant de partir pour là-bas, mais, selon ce que j'en savais, elle avait perdu la vie dans l'incendie de l'établissement psychiatrique où elle était internée. Quelque chose clochait. Je retournai chercher la première lettre.

Assise à la table avec mon sandwich, je contemplais bêtement, en alternance, la lettre de mon aïeule et la coupure de journal de 1939. Miranda avait écrit sa lettre le 27 février alors que le gigantesque incendie de Saint-Michel-Archange avait eu lieu le 16, soit onze jours plus tôt. Mon arrière-grand-mère n'avait donc pas réellement péri là-bas. Comment était-elle revenue jusqu'ici ? Son mari l'avait-il recueillie ? Hilda savait-elle que sa mère avait survécu ? Je soupirai. Il me faudrait attendre le retour de Tatie pour cela aussi.

- 5 -

Miranda

Alors même que Naïla se questionnait sur son arrière-grand-mère, cette dernière pensait avec amertume qu'elle allait bientôt mourir, loin de tous ceux qu'elle avait aimés. Dans ce lieu inhospitalier où elle s'était réfugiée en catastrophe à son retour de Brume, il y avait quelque soixante ans, elle attendait la mort comme une délivrance, espérant qu'elle lui apporterait la paix intérieure qu'elle avait tant cherchée. Elle n'avait jamais eu le courage de rechercher sa petite-fille Andréa, après qu'elle eut appris son retour, jamais osé demander ce qu'il était finalement advenu de cette femme exceptionnelle de par ses dons et ses pouvoirs. Tout ce qu'elle savait, c'est ce qu'elle avait appris, les rares fois où elle s'était risquée à faire une apparition à Nasaq, ville mal famée par excellence. Les vieilles femmes comme elle n'y attiraient pas plus l'attention que les nombreux chiens-loups errant dans les innombrables ruelles. Elle était chaque fois revenue se terrer avec un espoir nouveau, celui que cette descendante tant attendue réussisse là où elle-même avait si lamentablement échoué, mais jamais elle n'avait su. Vivait-elle encore ? Avait-elle, elle aussi, disparu mystérieusement comme tant d'autres ? S'était-elle au moins rapprochée du but, c'est-à-dire racheter la faute de ses exécrables aïeules ?

Laissant échapper un soupir qui lui arracha un gémissement, Miranda repensa aux circonstances de son propre retour sur cette terre qu'elle chérissait et qu'elle aurait tant aimé sauver de sa lente déchéance. Presque malgré elle, elle se retrouva encore une fois plongée dans ses souvenirs.

27 février 1939

La lune est pleine ce soir, comme une invitation à la suivre. Je m'apprête enfin à rentrer chez moi après quatre longues années d'exil où la vie ne m'a pas accordé ce que je lui demandais, me contraignant plutôt à accepter une série de revers humiliants pour une femme de mon rang. Même si je ne sais pas ce qui m'attend réellement de l'autre côté, ce sera tout de même mieux que de mourir ici, dans le déshonneur et le regret. L'incendie de l'établissement dans lequel on m'avait enfermée a été pour moi le signe que mon voyage touchait à sa fin. Je dois partir.

Par chance, je n'ai eu aucun mal à convaincre mon mari de ne pas ébruiter ma réapparition soudaine ; il craint plus que jamais que je ne me venge magiquement de sa trahison à mon égard. Il sait trop bien que je ne me laisserai plus abuser comme le jour qui a conduit à mon internement. Le fait que l'on me croie morte dans l'incendie me permet facilement de passer inaperçue ; personne ne me recherche.

Les dix derniers jours, passés en recluse dans un grenier faiblement éclairé, m'ont permis de mettre de l'ordre dans l'héritage que j'abandonne derrière moi. Je crois avoir laissé suffisamment de notes et de renseignements pour qu'une possible Fille de Lune puisse comprendre ce qui l'attend. Je nourris encore l'espoir qu'Hilda, ou l'une de ses descendantes, parvienne à réussir là où j'ai lamentablement échoué. Je sais aujourd'hui cependant que, pour ce faire, il faudrait qu'un Être d'Exception puisse traverser jusqu'ici, et les hommes capables de cette prouesse n'ont jamais été légion. J'espère au moins avoir la possibilité, avant de me voir condamner, de prévenir les Sages restants que j'ai laissé une enfant dans le monde de Brume, une enfant capable de concevoir une véritable héritière.

Même si Uleric m'avait convaincue que je n'avais pas besoin d'un Être d'Exception pour donner naissance à une Fille de Lune, j'avais demandé l'avis de Maxandre, le jour même de mon départ. J'espérais être rassurée, parce que je me savais la dernière femme de la lignée maudite capable de procréer. Elle m'avait avoué son scepticisme face à un tel optimisme. Elle ne croyait pas qu'il fût possible d'enfanter une Fille de Lune avec un humain ordinaire ; cela aurait représenté une trop grande menace pour l'équilibre des sept mondes. Les règles étaient les mêmes pour tous. Sachant que la lignée maudite ne devait pas s'éteindre, mais que je devais tout de même disparaître au plus vite de cette terre devenue trop dangereuse pour moi, Maxandre avait fait apparaître un parchemin. Pendant de longues minutes, elle avait tourné et retourné entre ses douze doigts sillonnés de rides le rouleau jauni. Deux fois, elle me l'avait tendu avant de se raviser. Puis, dans un soupir, elle me l'avait enfin remis. Elle s'était ensuite expliquée.

– Si tu parviens à donner la vie à une enfant de l'autre côté et que, comme je le crois, elle n'est pas une véritable Fille de Lune, cette ancienne incantation te permettra de lui transmettre ce qu'il faut pour qu'elle puisse un jour réussir là où tu auras échoué. Mais il te faut savoir qu'elle ne deviendra pas une Fille de Lune pour autant ; tout ce que cette formule permet, c'est de garder en dormance ton propre bagage génétique dans le corps de ta fille. Elle aura donc nécessairement besoin d'un Être d'Exception pour créer une véritable héritière.

– Pourquoi hésites-tu autant à me le remettre alors ? lui avais-je demandé.

– Parce que chaque copie de cette formule ne peut servir qu'une seule fois et que je ne sais pas combien d'exemplaires il en existe réellement. Le grand Sage Darius était le seul à pouvoir la retranscrire, et sa mort remonte à plus de six cents ans déjà. Inutile de te préciser que, si tu reviens un jour et que tu ne l'as pas utilisée, il serait souhaitable que tu la rapportes.

J'avais acquiescé, heureuse et fière de la confiance que me témoignait Maxandre. J'avais rangé le document avec soin dans mon maigre bagage, avant de disparaître, certaine qu'Uleric avait raison. Je ne l'avais regardé que le jour où, la mort dans l'âme, je m'étais résolue à accepter mon échec à concevoir une Fille de Lune véritable. Plusieurs semaines s'étaient écoulées depuis la naissance d'Hilda, que je ne parvenais pas à aimer. Je lui en voulais, comme j'en voulais à mon mari de ne pas avoir été à la hauteur de mes attentes. Je ne voulais pas regarder la réalité en face, sachant que je devrais alors admettre que Maxandre m'avait prévenue, mais que je me croyais plus forte que la magie de la Terre des Anciens ; j'avais une confiance aveugle en Uleric, que je voyais comme le plus grand Sage de notre terre.

Par un soir de pleine lune, sur la colline derrière la maison, j'avais suivi à la lettre les instructions du parchemin. À la vision de la lumière blanche qui avait soudainement enveloppé ma fille, j'avais poussé un soupir de soulagement. Au moins, il restait une chance que la lignée d'Acélia puisse un jour racheter sa faute sur la Terre des Anciens. Le parchemin s'était ensuite embrasé, ne laissant que des cendres éparses. J'avais ramené Hilda dans sa chambre, n'ayant plus qu'à attendre que la vie suive son cours et à espérer.

Mais c'était trop demander. Au fil des jours, j'étais de plus en plus angoissée, craignant de m'être trompée, d'avoir failli à l'utilisation du parchemin, même si tout semblait s'être bien déroulé. Lentement mais sûrement, je sombrai dans la dépression. J'ai finalement été internée. Tout cela me semblait si loin désormais, comme les souvenirs d'une autre vie, même si seulement deux années s'étaient écoulées depuis la naissance de ma fille.

Je marche lentement sur la grève, m'imprégnant de cette tranquillité et de ce calme que je sais ne pas pouvoir retrouver lorsque j'émergerai du néant pour faire face à mon destin. Mélijna aura sûrement déjà senti mon désir de revenir ; ses pouvoirs sont grands quand il s'agit de mettre le grappin sur une Fille de Lune de la lignée maudite. Wandéline a beau dire que la magie ne traverse pas les frontières entre les mondes, je crois que la sorcière des Canac a plus de pouvoirs que sa consœur ne le croit.

Émergeant de mes pensées, je regarde vers le large la marée qui achève de se retirer. Il est temps...

Des larmes glissaient doucement sur ses joues ridées lorsque Miranda revint à la réalité. Que n'aurait-elle pas donné pour connaître le destin de ses descendantes avant de quitter ce monde...

- 6 -

Obsidienne et perles

Je descendis du grenier tous les volumes que j'avais découverts et les classai par ordre de priorité. Il n'y avait que dans ces livres que je pourrais trouver des réponses à mes questions en attendant le retour de Tatie. Une fois mon tri effectué, je me plongeai dans la lecture, bien installée dans le fauteuil préféré de ma tante. J'y passai les six heures suivantes, incapable de m'arrêter.

Ce que je découvris, au fil des pages, ne cessa de me stupéfier. Les multiples et précieuses annotations de Miranda, en langage lunaire, ajoutaient des explications et des corrections aux différents écrits. Elle avait dû y consacrer un temps précieux afin de s'assurer que sa descendance puisse comprendre une partie de ce monde d'où elle venait. J'y trouvai tout : nos origines, nos caractéristiques physiques, nos soi-disant pouvoirs de guérison et d'autres, plus étranges encore. Certains volumes ne contenaient que quelques lignes sur les Filles de Lune, d'autres, un chapitre entier. Je feuilletai également deux livres de sorcellerie pleins de formules magiques, de potions aux ingrédients parfois dégoûtants et aux résultats supposés fort surprenants, de même qu'un ouvrage traitant de la guérison par les plantes. J'avais aussi refermé, bien avant la fin, un volume décrivant des êtres vivants des plus bizarres et des plus fantastiques, certains inoffensifs, mais d'autres terrifiants et carrément dangereux.

Au fil de mes lectures, je tâchai de faire abstraction du côté fantastique ou ésotérique de ce que je lisais pour me concentrer sur la signification de ce que j'apprenais. Je me surpris à espérer que tout cela puisse avoir des fondements véridiques tellement ce que je découvrais me passionnait. Petite fille, comme toutes celles de mon âge, j'avais souvent rêvé de mondes fantastiques peuplés de créatures étranges, de sorcières, d'êtres maléfiques et de princes charmants. Même si ce qui se dévoilait en différait quelque peu, les ressemblances étaient quand même bien présentes. Dans ma soif d'évasion et de fuite découlant de mon passé récent, je ne pouvais que trouver du charme à l'existence éventuelle d'un monde parallèle, ou même de plusieurs.

Je refermai l'avant-dernier livre avec un pincement au cœur. Si j'avais découvert bien des choses, je ne savais toujours rien de la mission que mon aïeule désirait me confier ni des raisons de sa fuite. En fait, j'avais surtout découvert un portrait de l'histoire de ce monde oublié des hommes.

Il y a bien longtemps, la Terre des Anciens et mon monde étaient en harmonie et en constante évolution l'un par rapport à l'autre. Le monde de Miranda, que certains nommèrent la Terre des Anciens, abritait les grands de notre univers : ses Sages, ses magiciens et ses Êtres d'Exception. C'était un immense continent où les connaissances, l'histoire et les pouvoirs exceptionnels se transmettaient aux êtres dignes de les recevoir, afin de les perpétuer dans le temps et l'espace, et entre les six peuples qui l'habitaient. Sa gouvernance n'avait été confiée à personne en particulier puisque l'on préconisait l'entraide et le soutien mutuel plutôt qu'une hiérarchie ne pouvant conduire qu'à l'anarchie. On voulait à tout prix éviter que l'un des surdoués ne soit pris d'une soif insatiable de domination et de pouvoir. Mais, comme dans toute concentration d'êtres pensants dans un environnement insuffisamment grand, les peuples commencèrent bientôt à se quereller et à guerroyer les uns contre les autres sans que leurs différends aient de fondements réels. Les Sages décidèrent donc de séparer ces univers trop différents les uns des autres en créant cinq nouveaux mondes parallèles, les humains ayant déjà le leur. Seuls une poignée d'Élues et les Sages pourraient désormais effectuer des voyages entre les différents univers.

La garde des rares passages restés ouverts entre ces mondes et celui des Anciens fut confiée aux Filles de Lune ; des femmes hors du commun, des magiciennes qui n'avaient jamais cessé de prouver leur loyauté aux Sages veillant sur la Terre des Anciens. Quelques femmes donc, de sang métis, se virent remettre des pouvoirs accrus, nécessaires à la réussite de cette tâche colossale, qui n'offrait pas le droit à l'erreur. Pendant quatre siècles, les descendantes de ces Élues, choisies d'abord avec soin parmi les différents peuples, ne rencontrèrent que des problèmes mineurs et de petits accrochages. Peu à peu, les souvenirs communs de ces mondes se perdirent, faute de véritable tradition écrite, et chacun d'eux en arriva à croire que l'univers dans lequel il vivait était unique. Les Anciens, de moins en moins nombreux, jugèrent que c'était probablement beaucoup mieux ainsi.

Ils continuèrent cependant de former la relève à partir des Êtres Exceptionnels qu'ils envoyaient quérir, par ces messagères, dans cinq des six mondes. Aucun nouveau-né aux dons particuliers ne leur échappait. Mais les naissances se firent de plus en plus rares, le sang métis nécessaire à leur procréation se diluant chaque siècle davantage et les unions entre habitants de ces peuples si dissemblables n'étant plus possibles puisqu'ils ne se fréquentaient plus. Les Anciens cherchèrent une solution à ce problème qui menaçait à long terme la survie et l'équilibre de leur monde, mais aussi de ceux dont ils assuraient la protection. Si on ne formait plus véritablement les Êtres d'Exception et les Sages, ceux qui restaient risquaient d'avoir envie de dominer les êtres composant la Terre des Anciens, de même que les autres peuples habitant les mondes parallèles. Ces érudits avaient finalement trouvé une solution pour enrayer leur déclin. Ils envoyèrent quérir, par les Filles de Lune, les meilleurs sujets de chacun des peuples afin de forcer le métissage dans un contexte surveillé et tenter ainsi d'obtenir des enfants particulièrement doués. Mais cela allait bientôt causer leur perte. Il se produisit un événement qui bouleversa à jamais leur vie et menaça, à partir de ce moment-là, la survie de ces mondes parallèles. À cet endroit, la page était déchirée et je ne sus pas ce qui était réellement arrivé. Il semblait que le sort de ces univers reposait maintenant entre les mains quasi néophytes des dernières descendantes des Filles de Lune. C'est un fragment de la page que j'avais précédemment vue dans le livre *Magie lunaire* qui me fournit cette explication.

> *...femmes qui devront désormais mettre un terme à cette quête de pouvoir et d'asservissement. Il ne reste plus que les gardiennes des passages pour y parvenir. La route à parcourir sera périlleuse et les obstacles nombreux, mais seule la délivrance de nos plus grands Sages et la destruction des trônes mythiques pourront permettre le retour de la paix et de la prospérité. Nous remettons donc l'avenir de plusieurs milliers de vies entre les mains de ces femmes exceptionnelles. Puissent leurs pouvoirs, leur courage et leur loyauté leur insuffler la force nécessaire à la réussite de cette mission. Nous tenterons de les seconder de notre mieux par la réunion de nos pou...*

Je devais me contenter de ce peu de renseignements. Par contre, deux choses m'intriguaient. La première, c'est que Miranda, de même que l'auteur de ce livre, avaient insinué que seules les Filles de Lune pouvaient écrire et comprendre ce langage étrange. Or, la personne qui avait rédigé cette page n'en faisait vraisemblablement pas partie. Elle nous assurait de son aide, mais semblait s'exclure des rangs. La deuxième chose, c'est que ce texte datait, selon les archéologues qui l'avaient découvert, de plus de trois cents ans ; une éternité ! Comment pouvais-je espérer venir en aide à des gens qui n'existaient sûrement plus ?

D'un autre côté, Miranda était apparue il y a soixante-quatre ans, cherchant toujours de l'aide. Il devait donc y avoir encore de l'espoir à ce moment-là, mais aujourd'hui ? Que restait-il de cette terre oubliée et des autres mondes ? Compte tenu du fait que les humains avaient prospéré, avec plus ou moins de succès, je présumai qu'il devait en aller de même pour ces peuples dont je ne savais rien. Par ailleurs, pourquoi était-il si important que survivent ces Sages et leurs semblables si notre survie à nous ne dépendait plus vraiment d'eux ? Plus j'ajoutais d'informations à celles que je possédais, plus les interrogations se faisaient nombreuses. Au lieu d'avancer, j'avais l'impression de m'enfoncer davantage...

Afin de me changer un peu les idées après ces leçons d'histoire quelque peu ésotériques, j'allai chercher la boîte à chaussures dans la cuisine d'été, puis revins prendre place dans mon fauteuil. Je me saisis, parmi la quinzaine éparse sur le plancher, du dernier volume. C'était un traité sur les pierres, précieuses ou non, et leurs particularités. C'est pourquoi j'avais besoin de la chaînette d'argent découverte plus tôt cette semaine. Je feuilletai rapidement, en survolant les images, et découvris bientôt ce que je cherchais. Une illustration de la pierre noire, comme celle qui était au centre du pendentif, occupait toute une page. J'appris qu'elle se nommait « obsidienne œil céleste ». Miranda avait noté, en marge, que le spécimen du bijou que j'avais en main était d'une rare perfection. Le texte décrivant ses caractéristiques mentionnait qu'elle était le témoin divin de la quête de la vérité et de la connaissance.

Une pierre à l'énergie positive, qui accorde sa protection à ceux qui la portent. Elle repousse les esprits du mal et les énergies négatives en formant un bouclier pour sa détentrice. Elle est la pierre de l'équilibre puisqu'elle pourfend les ténèbres en donnant accès à la lumière, mais peut aussi apporter l'obscurité qui transcende cette même lumière ; tout dépend de son porteur et de ses intentions. Elle ne supporte que les êtres vrais, châtiant les hypocrites et les impurs. Elle favorise le passage d'un corps énergétique à un autre et représente l'œil de l'esprit suprême. Par ailleurs, elle se recharge en puissance les soirs de pleine lune, qu'elle affectionne particulièrement.

Mon aïeule précisait que le pendentif était nécessaire à la traversée vers l'autre monde. Sa protection permettait de franchir la barrière du temps et de l'espace sans dommage pour le porteur. Il fallait cependant que la pierre soit en contact avec la peau pour être totalement efficace. L'absence de cette petite pierre causerait très certainement la perte de l'individu ayant omis de s'en munir. Miranda avait ajouté : « *Croyez-moi, vous ne désirez pas savoir ce qu'il advient des impurs qui osent voyager sans cette puissante protection. Pour l'avoir malheureusement vu, je ne désire surtout pas que cela arrive, par ignorance, à l'une de mes descendantes, bien qu'elles soient tout de même protégées par le seul fait d'être ce qu'elles sont.* »

Encore des phrases pleines de sous-entendus, mais sans véritables explications. J'avais besoin de vérités plutôt que de ces écrits portant à interprétation. Ma chère arrière-grand-mère aurait fait une politicienne formidable : beaucoup de texte sans sens véritable, bien peu de faits clairement expliqués et concrets. Je me pris à espérer que ma tante possédait autre chose que ces semblants d'informations parce que, si c'était le cas, je renoncerais certainement bientôt à aller plus loin.

Je mis de côté cette sombre pensée et cherchai plutôt la signification des deux autres variétés de petites pierres. Une intuition soudaine me conduisit vers la lettre « L » pour l'une. J'avais vu juste ! En effet, quel meilleur accompagnement pour cette puissante obsidienne que des pierres de lune. Ces dernières, jolies et presque translucides, conféraient à leur porteur un lien privilégié avec l'astre nocturne et favorisaient les rêves prémonitoires. Mais Miranda mettait en garde contre l'émotivité accrue que ces pierres suscitaient lors des nuits de pleine lune. Comme nous pouvions difficilement nous passer de leurs bienfaits et de la protection spéciale qu'elles accordaient aux Filles de Lune, nous devions donc aussi composer avec les effets non désirés qu'elles engendraient.

Les dernières pierres étaient plus étranges. Au toucher, elles n'offraient pas la surface dure des deux autres. D'un noir intense mais mat, elles n'avaient pas été polies. Je pensai que ce pouvait être du jais ; il en avait été fait mention plus d'une fois dans les livres que j'avais parcourus au cours de l'après-midi. Cette pierre était décrite comme une puissante protection contre les influences néfastes, les énergies négatives, les mauvais sorts, les sortilèges et les hallucinations. Bref, contre tout ce qui menaçait les pauvres gens aux croyances désuètes. Une pierre qui brûlait supposément la peau des « méchantes » sorcières dans l'imagerie populaire. Le fait que les descendantes des Filles de Lune puissent la porter impliquait cependant que ce charbon de bois fossilisé savait faire la différence entre la bonne magie et la mauvaise. Décidément, je devais faire preuve de plus d'ouverture d'esprit que je ne l'avais imaginé.

Les dernières lignes du texte me parurent plus importantes puisqu'on y précisait que le jais était un puissant talisman pour les voyageurs et une façon d'entrer en contact avec les disparus. Un instant, j'espérai établir un contact avec ma mère ou Miranda, afin d'avoir plus rapidement les réponses que je cherchais. Mais j'abandonnai vite cette idée. Je savais très bien que je n'oserais jamais essayer pareille folie.

La seule et unique fois où j'avais tenté une expérience de ce genre, c'était avec un groupe de copines du secondaire, et la soirée avait rapidement tourné au cauchemar, dans le sous-sol de ma meilleure amie. Nous étions jeunes et insouciantes. L'une d'entre nous avait apporté un jeu d'Ouija et nous avions décidé de l'essayer, convaincues que cela ne fonctionnerait jamais. Nous avions quitté la cave dans une bousculade monstre, vingt-cinq minutes plus tard, en proie à une terreur sans nom. Tout ce dont je me souvenais, c'est que l'esprit avait émis le souhait de s'adresser à moi. Stupéfaite et incapable de répondre, c'est une amie qui l'avait alors fait à ma place, et notre visiteur n'avait pas du tout apprécié. Des objets s'étaient mis à voler dans toute la pièce en nous frôlant dangereusement. La suite était floue dans ma mémoire, mais j'avais retenu la leçon. Et j'étais prête à parier qu'aucune d'entre nous n'avait jamais recommencé.

Je revins à ma lecture. Deux caractéristiques particulières unissaient ces trois pierres ; elles se rechargeaient toutes avec la puissante lumière lunaire et avaient un lien privilégié avec mon signe astrologique, le Cancer. On aurait dit que ce pendentif avait été formé spécialement pour moi, ce qui ne pouvait être le cas. Je contemplai le bijou en silence, puis le glissai à mon cou. Je ne sais trop pourquoi, sa présence m'apporta soudain une profonde paix intérieure. Comme si le simple fait d'avoir consenti à le porter m'engageait déjà à autre chose, mais je l'acceptais. Je fermai les yeux quelques instants, m'imprégnant de cette tranquillité que je savais éphémère. Mes pensées glissèrent lentement vers Tatie et son passé, et je sombrai bientôt dans le sommeil...

Je me réveillai au milieu de la nuit, en nage et le cœur au galop. J'étais tombée de mon fauteuil et je mis quelques minutes avant de réaliser que j'étais toujours dans le salon de la maison de Tatie. Mon cœur reprit progressivement son rythme normal et la panique céda lentement sa place au calme. Le cauchemar que je venais de faire avait marqué mon esprit d'images, toutes très réalistes, de créatures de légendes, de sorciers maléfiques et de passages noirs et sans fin vers des mondes inconnus et terrifiants. Je préférais, et de loin, mes cauchemars des derniers mois où, au moins, je pouvais mettre des noms et des visages sur les personnes qui me hantaient.

Même si j'avais toujours eu, à intervalles plus ou moins réguliers, des rêves étranges, celui-ci était trop réaliste à mon goût : c'était comme si j'avais réellement été sur place ! J'avais toujours associé mes cauchemars à mon imagination trop fertile et à mes lectures souvent coupables. Quand on lit du Stephen King avant de s'endormir, il ne faut pas être surprise si nos nuits sont habitées par des bestioles monstrueuses. Mais pour la première fois depuis mon enfance, je me demandais s'il n'y avait pas une part de vérité dans tout cela : les rêves prémonitoires, les gens qui pouvaient voir dans le passé...

Je gagnai la cuisine avec appréhension, incapable de chasser de mon esprit ces images effrayantes. Je me préparai machinalement un chocolat chaud et crémeux pour m'apaiser. Assise au bout de la table, je repensai aux événements des derniers jours et envisageai de me pincer, pour me convaincre que je ne rêvais pas. Je terminai mon chocolat, l'imagination toujours à la dérive, et montai me coucher.

Je me levai tard et la tête vide. Une douche chaude me permit de refaire le plein d'énergie dont ma nuit agitée m'avait privée. Je déjeunais tranquillement quand la porte d'entrée s'ouvrit timidement, laissant le passage à une Tatie au visage défait et aux traits tirés. Je lui ouvris les bras avant même qu'elle ne dise quoi que ce soit et nous nous serrâmes avec tendresse. Je lui suggérai d'aller nous asseoir au salon. Une fois installées, je pris la parole.

– Je suis contente que tu sois revenue si vite. Je ne voyais pas très bien comment je supporterais une autre journée de découvertes étranges et de questions accumulées.

– C'est aussi ce que je me suis dit, alors j'ai décidé de revenir plus tôt. J'ai pensé que plus vite nous ferions le tour de la question, plus vite tu pourrais prendre une décision.

Elle jeta un coup d'œil aux livres épars, avant de continuer.

– Je vois que tu n'as pas chômé. Contrairement à moi par le passé, tu es sans doute parvenue à déchiffrer les annotations de ma mère en marge des pages...

C'était davantage une affirmation qu'une accusation. Je vis immédiatement, dans ses grands yeux bleus, qu'elle s'était résignée à ne pas faire partie de celles qui pouvaient changer le destin du monde. D'une certaine façon, je l'enviais. Elle n'avait pas eu à choisir comme moi ; la vie en avait décidé pour elle au tout début.

– Je crois savoir ce que tu penses, mais tu te trompes. J'aurais aimé pouvoir choisir moi-même, même si je sais maintenant que je n'aurais jamais eu le courage et la force de me lancer dans cette folie. Mais quand j'ai découvert la vérité avec ta mère, je n'avais pas encore acquis cette sagesse que je possède aujourd'hui et je maudissais le sort qui avait voulu m'éloigner de cette destinée fantastique.

Elle remarqua mon air surpris et me sourit.

– Je vois que j'ai vu juste dans mon interprétation de tes pensées. Ne t'inquiète pas, je ne possède aucun don de voyance. C'est juste que ça me semblait tellement évident. Je me suis mise à ta place, et c'est aussi ce que je me serais dit.

– Tu as découvert tout cela en même temps que ma mère ?

– Bien sûr ! Ne faisant pas partie des Élues, j'ai dû attendre que ta mère soit en âge de m'aider à déchiffrer tout ça puisqu'elle était née, comme toi, une nuit de pleine lune.

D'un geste de la main, elle engloba les livres et la boîte à chaussures en poussant un soupir. Ma question était d'une bêtise évidente. Si je m'étais donné la peine de réfléchir, je ne l'aurais même pas posée.

– Andréa avait seize ans lorsque nous avons abordé le sujet. Elle avait découvert, par hasard, les lettres de sa grand-mère, qu'elle avait tout de suite lues et comprises. Joshua l'avait surprise en pleine lecture, un soir de décembre. Elle n'avait pas songé une minute à nier qu'elle avait fouillé dans ses tiroirs. Andréa était comme ça ; quand elle faisait quelque chose, elle en acceptait toutes les conséquences, quelles qu'elles soient. Mon frère ne lui avait pas confisqué les feuillets, croyant à tort que, comme lui, elle n'y comprendrait rien. Quand elle a commencé à lui poser des questions sur cette femme étrange, Joshua n'a pas su quoi lui répondre.

Elle soupira.

– Il avait tout fait pour chasser Miranda et ses agissements bizarres de ses pensées, comme de sa vie, et voilà qu'elle revenait le hanter par la voix de sa fille adoptive. Las d'éluder les questions de cette dernière et dépassé par cette soudaine passion pour son aïeule, il a fini par perdre patience. Ils se sont violemment disputés ce soir-là, et Andréa ne lui en a plus jamais reparlé ; elle s'est plutôt tournée vers moi. Nous en avons discuté par correspondance pendant des mois. Je recevais parfois quatre, et même cinq lettres, en une seule semaine. Elle m'a aussi envoyé la traduction de la première lettre, mais jamais celle des quatre autres, malgré mes demandes répétées. Elle m'a parlé de tous ces volumes, qu'elle avait découverts au grenier en l'absence de son père, et de leur contenu ésotérique, de la malle et de ses trésors d'un autre temps. Tout ce que j'avais moi-même trouvé un jour et dont je n'avais jamais saisi la portée véritable. Mais pas une fois, pendant tout ce temps, elle ne m'a fait part de son désir de partir vers ces contrées lointaines... Jamais.

Les larmes coulaient maintenant sur les joues de Tatie, mais je ne bougeai pas, de peur de briser ce moment intense qu'elle revivait, par la pensée, avec sa fille.

– Ce n'est qu'après sa disparition, un an et demi plus tard, alors que je suis revenue ici en catastrophe consoler mon frère et son épouse, que j'ai découvert la liste des bibliothèques et des historiens à qui elle avait écrit pour se renseigner, de même que la documentation qu'elle avait accumulée au fil des mois. Avec la fougue de sa jeunesse et sa détermination, elle a finalement foncé, tête baissée, chercher là-bas les réponses qu'elle n'avait pu trouver dans son monde à elle. Elle est finalement réapparue, un mois plus tard, enceinte et passablement amochée... En la voyant, j'eus l'impression qu'elle avait considérablement vieilli en très peu de temps.

Les sanglots se firent de plus en plus intenses. Je ne pouvais ignorer son chagrin plus longtemps et je lui tendis les bras, une fois de plus. Elle pleura un long moment, la tête au creux de ma poitrine. Je ne bougeai pas. Je savais trop bien à quel point une crise de larmes peut être salutaire, et même nécessaire, pour nous permettre d'affronter les aléas de la vie. Mais je savais surtout que l'on n'avait pas besoin d'entendre quoi que ce soit dans ces moments-là ; on ne désirait qu'une présence silencieuse pour nous soutenir. J'attendis donc que Tatie retrouve son calme.

Elle s'excusa de s'être ainsi laissée aller, mais je lui assurai que je comprenais beaucoup plus qu'elle ne pouvait l'imaginer. Après s'être mouchée et avoir épongé ses larmes, elle reprit son récit.

– Je n'ai rien pu faire pour lui venir en aide. J'ai regagné le couvent après qu'elle se fut totalement renfermée sur elle-même. Elle a toujours refusé de parler de son escapade à mon frère et à sa femme. Je crois que je suis la seule qui ait réellement su où elle avait passé ces longues semaines d'enfer qui l'avaient anéantie. Andréa n'a plus jamais été la même par la suite. J'ai bien tenté de la questionner à quelques reprises, mais elle m'a chaque fois opposé un refus catégorique. Elle disait qu'il valait mieux que je ne sache rien et, qu'en fait, j'avais de la chance de ne pas être l'une de ces Filles de Lune. La dernière fois que j'ai abordé le sujet après ta naissance, elle m'a fait promettre de ne jamais parler, à qui que ce soit, de ce que nous avions découvert toutes les deux. « Si je viens à disparaître, je veux que tu te débarrasses de tout ce que j'ai pu trouver concernant la Terre des Anciens et les mondes qui lui sont rattachés. » Comme j'hésitais à lui répondre, elle a ajouté : « Promets-le-moi, pour l'amour de ta fille et surtout pour la survie de ta petite-fille. »

Le regard de Tatie se voila à nouveau.

– Ce fut le coup de grâce. Je ne m'étais jamais douté qu'elle pouvait connaître la vérité. Quand je lui ai demandé comment elle l'avait sue, elle m'a simplement répondu que c'était une déduction logique. Elle devait descendre directement de Miranda pour être ce qu'elle était et, pour que cela fût possible, elle devait nécessairement être ma fille et non celle de Joshua. Dans mon enthousiasme pour nos échanges, je n'avais jamais pris le temps de vraiment réfléchir à cet aspect des choses. Ses parents adoptifs ne savaient rien. Elle m'a également fait promettre de veiller sur toi s'il lui arrivait quelque chose. Je n'ai pu qu'acquiescer à sa demande. Nous ne sommes jamais revenues sur le sujet par la suite. Puis elle est entrée en psychiatrie...

Détournant le regard, Tatie soupira bruyamment et laissa couler les larmes qu'elle avait retenues à l'évocation de ces douloureux épisodes de sa vie. Quelques minutes passèrent avant qu'elle ne reprenne.

– Le poids de son secret était devenu trop lourd à porter pour Andréa, et mon frère a cru qu'elle perdait la raison, comme son aïeule l'avait supposément fait avant elle. Aujourd'hui, nous savons qu'elles étaient saines d'esprit, mais à ce moment-là, ce qu'elles racontaient dépassait l'entendement pour des gens ordinaires. Andréa s'est finalement enfuie, on ne sait comment, un soir d'été, en 1981. Un promeneur a retrouvé ses vêtements sur la grève, rejetés par la marée. Tous ont cru à un suicide par noyade, dans un instant de folie. Mais elle avait plutôt choisi de retourner là-bas, Dieu seul sait pourquoi... En y pensant bien, je crois qu'aussi affreuse qu'avait pu être sa vie là-bas, elle devait lui paraître tout de même moins pire que l'internement dans ce monde-ci.

- 7 -

Andréa

Alana, déesse protectrice des Filles de Lune, suivait avec attention la quête de vérité de cette Élue tant attendue par les défenseurs de la Terre des Anciens. Elle ne pouvait pas intervenir, il est vrai, dans le cheminement de Naïla vers son destin, mais elle ne put s'empêcher, à son retour de Brume où elle avait observé la jeune femme, d'effleurer du bout de ses longs doigts de lumière ses cristaux de souvenirs.

Elle contempla la vaste collection qui s'étalait sur d'innombrables tablettes dans une immense salle céleste. Chacun de ces fragments provenait des entrailles de la terre d'origine de l'être à qui avait appartenu le souvenir qu'il contenait et protégeait ce dernier du passage du temps et de la mémoire souvent défaillante des êtres pensants. Défaillance, il est vrai, très souvent provoquée. C'était pour cette raison qu'Alana se permettait de ravir, à différents êtres habitant les sept mondes, des souvenirs qu'elle ne voulait surtout pas voir se perdre. Mais le fragment de Brume qu'elle regardait en ce moment même n'avait rien de commun avec la plupart de ceux qui reposaient en ce lieu sacré. Elle savait que ce petit cristal emprisonnait en son sein toute la douleur et la tristesse d'une mère et qu'il avait été créé à la demande même de sa propriétaire, près de deux décennies auparavant. Andréa, ayant appris par le père de Naïla l'existence des cristaux de souvenirs, avait demandé à ce que l'un de ses propres souvenirs soit ainsi recueilli. Elle disait qu'elle ne serait jamais capable de réussir ce que tous attendaient d'elle si elle n'effaçait pas ce moment précis de sa mémoire.

Le cristal scintilla un instant dans la lumière, comme s'il avait conscience que la maîtresse des lieux pensait à lui. Alana soupira. Elle n'avait nul besoin de sonder le petit fragment contenant une part d'éternité pour se remémorer ce qu'il renfermait. Elle le savait par cœur.

Été 1981

Comme ma grand-mère il y a quarante ans, je quitterai ce monde sur la pointe des pieds. Il n'y a plus de place ici pour moi, que de l'incompréhension et du déni. Seules ma mère et ma fille me manqueront réellement. Hilda sait par contre où je vais, et je suis persuadée qu'elle prendra bien soin de Naïla. Je laisse ainsi une véritable Élue derrière moi, afin que jamais ne s'éteigne l'espoir. Je pars donc l'esprit tranquille, sachant que son avenir est entre bonnes mains. J'espère de tout cœur que je réussirai à racheter la faute de deux de mes aïeules envers la Terre des Anciens et les autres peuples avant que Naïla ne découvre qui elle est. Ma réussite assurerait non seulement la prospérité de ces mondes dont je me sens aujourd'hui responsable, mais aussi la paix future à ma fille. Je ne veux pas qu'elle ait ce fardeau à porter à son tour, même si je sais que c'est fort possible. Penser que l'on pourrait traquer ma fille jusque dans le monde de Brume bien avant qu'elle ne soit en âge de comprendre ce qui lui arrive me donne le vertige.

Il y a plus de sept cents ans que ma lignée tente de retrouver la noblesse et la fierté qui doivent normalement accompagner le fait d'être une Fille de Lune. Pendant toutes ces années, mes ancêtres ont dû affronter les critiques et les reproches venant des Sages et des Êtres d'Exception, ainsi que des autres peuples, pour avoir trahi ce que nous étions et la mission que l'on nous avait confiée. Encore aujourd'hui, même si je connais toute l'histoire et que je suis d'accord avec le fait qu'Acélia, puis Éléoda, ont mal agi et causé des torts immenses, je ne vois pas pourquoi ces fautes nous suivent encore. Il me semble entendre sans arrêt la voix d'Uleric, cet hypocrite, me répéter ad nauseam *: « Lorsque quelqu'un commet une faute grave envers les membres d'une communauté différente de la sienne ou envers l'un des mondes qui compose notre univers, ses descendants seront responsables du rachat de cette faute à perpétuité. » En d'autres termes, tant que je n'aurai pas retrouvé les trônes de Darius et d'Ulphydius ET mis un terme à la descendance de Mévérick, je ne pourrai espérer vivre en paix. Pourquoi une loi aussi injuste se perpétue-t-elle, dans le temps et l'espace, empêchant des mondes et des peuples de progresser et de se reconstruire, mais surtout, pourquoi suis-je seule responsable des bêtises de mes aïeules ?*

Jamais, quand je me suis rendue là-bas pour la première fois, je ne me serais doutée de l'ampleur de la tâche que l'on rejetterait sur mes épaules innocentes. Le résultat de mes recherches parlait bien de ces mondes étranges, de Sages, de magie et de certains problèmes, et je savais pertinemment que je ne faisais pas un voyage d'agrément, mais je ne pensais pas me retrouver en plein Moyen Âge.

Je marche lentement vers le large, mes yeux voyant dans l'obscurité comme en plein jour. Ce don précieux de la déesse Alana à ses filles me facilite la vie ce soir, comme bien des fois auparavant. En effet, la lune refuse d'éclairer mes pas vers la pierre lunaire, me donnant l'impression de réprouver mon retour à la Terre des Anciens. Peut-être sait-elle ce qui m'attend ?

Les yeux levés vers le ciel, je touche des doigts le pendentif mystique à mon cou et je ne peux m'empêcher de soupirer. Ce bijou est la réplique exacte de celui que laissa autrefois Miranda dans une malle du grenier, avant de partir. Il me rappellera sans cesse, lorsque je serai là-bas, que j'ai laissé derrière moi l'original en espérant qu'il ne sera que parure pour une petite fille devenue adulte et non le commencement d'une vie d'enfer. Peut-être n'aurais-je pas dû le laisser ; j'aurais ainsi évité que Naïla ne veuille un jour suivre mes traces. Mais je craignais qu'elle ne tente le voyage dans l'ignorance de sa nécessité ou dans l'arrogance de croire qu'il n'était pas indispensable à la traversée. Je dois aussi m'avouer mon désir qu'elle porte du jais, seul espoir que je puisse entrer en contact avec elle si je disparaissais.

Je ferme les yeux quelques instants, me remémorant pour la énième fois le visage souriant d'une gamine de sept ans que je ne reverrai sans doute jamais plus. La douleur me submerge et les larmes inondent mes joues. J'ai l'impression que chacune de ces larmes est un moment de la vie de Naïla que je ne pourrai partager avec elle. Je suis condamnée à vivre avec cette tristesse, en plus de ce qui m'attend par-delà la marée. C'est dans des moments comme celui-ci que je me sens réellement différente des êtres humains de mon monde à moi, celui que les Sages appelaient le monde de Brume. Je ne suis pas comme les autres, et cette différence a un prix beaucoup trop élevé à payer.

Je rouvre les yeux, chassant les images troublantes qui m'habitent. Il ne me reste que quelques dizaines de mètres à franchir. Les eaux semblent reculer au fur et à mesure que j'avance, comme si elles craignaient ma présence, et j'ai soudain la chair de poule. J'hésite encore une fraction de seconde, mais je sais qu'il est trop tard, je partirai. Je garderai cependant l'espoir de revenir un jour vers ma fille ; un espoir qui deviendra ma raison de vivre... ou de survivre.

- 8 -

Une pierre lunaire

Catie se retourna lentement vers moi pour poursuivre.

– J'ai tenu ma promesse ; j'ai quitté le couvent pour prendre soin de toi, ce que je n'ai jamais regretté. Par contre, c'est la mort dans l'âme que j'ai brûlé toute la documentation que ta mère avait amassée sur la Terre des Anciens avec tant de volonté et de persévérance. J'aurais préféré la conserver pour que tu puisses toi-même prendre une décision éclairée, mais je n'ai pu trahir la mémoire de ma fille. Je suis désolée, Naïla...

– Eh merde !

La phrase m'avait échappé. J'avais espéré jusqu'à la toute fin de son récit qu'elle n'ait pas exaucé le souhait de ma mère. Mais voilà que je me retrouvais au point de départ, une fois de plus. Par ailleurs, j'avais appris que ma mère avait sûrement hésité, elle aussi, à foncer sans réfléchir dans cette aventure puisqu'elle avait refusé de parler des autres lettres à Hilda. J'en déduisis qu'elle n'avait pu les lire, elle non plus. J'étais de plus en plus indécise.

Rien ne me permettait d'avancer et je n'avais guère envie de me lancer dans des recherches sans fin, dans toutes les bibliothèques et les centres d'archives de la province.

Internet était également hors de question ; Tatie n'avait pas d'ordinateur et le cybercafé le plus proche devait être à Québec. Je ne pouvais tout de même pas abandonner ma tante à son sort, sous prétexte que je devais sauver une civilisation que je ne connaissais même pas et dont je n'avais aucune véritable preuve d'existence...

– Je ne te suis pas d'une très grande aide, n'est-ce pas ?

Je sursautai. J'étais tellement plongée dans mes pensées que j'en avais oublié la présence d'Hilda pendant quelques minutes. Je lui souris.

– Non, en effet, mais tu n'y peux rien. C'est juste que je ne sais plus vraiment où j'en suis. La situation est tellement.... tellement...

– Étrange... Oui, je sais. Et tu ne peux malheureusement compter que sur toi-même. Même si nous n'enfermons plus systématiquement les gens au discours bizarre et incroyable, je doute fort que l'on t'offre appui et soutien dans tes démarches.

Ma tante avait raison et je n'avais aucune envie de devenir la risée de toutes mes connaissances, ni d'inspirer la pitié autour de moi. Je devrais me débrouiller seule si je choisissais de persévérer... ce dont je n'étais pas du tout certaine.

– Peut-être que faire autre chose, pour une journée ou deux, t'aiderait. Nous pourrions aller à Québec ou encore...

Je l'arrêtai avant qu'elle ne me propose Tombouctou ou Paris, en désespoir de cause. Je ne voulais surtout pas quitter ce coin de pays que j'aimais tant. Je préférais encore passer mes journées à me questionner, plutôt que de m'éloigner.

– Non, sincèrement, je ne veux pas partir. Je crois que je suis en train de me passionner pour cette histoire. Dis-moi, Tatie, ma mère ne t'a jamais dit comment elle avait fait pour se rendre là-bas ?

Je la regardais avec espoir, mais je craignais d'être déçue une fois de plus. Je n'avais rien vu dans les écrits de Miranda qui puisse me renseigner à ce sujet, aussi étrange que cela puisse paraître. À ma grande surprise, Hilda se leva et quitta la pièce sans un mot. Je la suivis, curieuse de voir ce qui la plongeait dans une telle réflexion. Elle se rendit dans sa chambre et entreprit de grimper sur une vieille chaise pour repêcher je ne sais quoi sur la tablette du haut de sa garde-robe. Je l'arrêtai avant qu'elle ne monte sur cette antiquité et ne se rompe le cou.

– Laisse-moi faire, tu n'as qu'à me dire ce que tu désires.

Je montai et attendis pendant qu'elle regardait, d'en bas, les multiples boîtes qui encombraient cet espace restreint. Elle pointa finalement une petite boîte rouge que l'on apercevait à peine parmi les autres. Je dus d'abord lui en donner quatre avant d'atteindre la bonne. Je remis les autres en place, puis rejoignis Tatie, maintenant assise sur le lit. Elle avait déjà ouvert la boîte métallique et en avait sorti une pile de lettres jaunies et attachées avec un ruban de velours rose. Je compris immédiatement qu'il s'agissait de la correspondance échangée avec ma mère, il y a plusieurs années. Je n'osais pas rompre le silence, de peur de troubler ce moment d'émotion. J'attendis plutôt qu'elle m'adresse la parole.

– Je les ai relues, maintes et maintes fois, après la première disparition de ta mère, cherchant un indice, une phrase ou un mot qui aurait pu me mettre la puce à l'oreille sur son envie de partir. Jamais je n'ai trouvé la moindre indication sur ses intentions. Pour être honnête, je crois que je désirais avant tout me déculpabiliser. Pendant longtemps, je me suis sentie responsable de son départ, croyant avoir inconsciemment encouragé cette folie. Mais un jour, j'ai fini par comprendre que rien ni personne n'aurait pu y changer quoi que ce soit. Je crois que cette fuite était inévitable...

Elle leva des yeux pleins de larmes vers moi et son regard empreint de souffrance m'alla droit au cœur.

– ... tout comme le sera probablement ton départ dans un avenir rapproché.

J'aurais voulu la rassurer, mais je ne le pouvais pas. Je savais pertinemment qu'il y avait de fortes chances pour qu'elle ait raison, tôt ou tard. Je passai mon bras autour de ses épaules et l'embrassai sur la joue. Si je ne pouvais pas lui promettre de ne jamais partir pour ce monde lointain, je devais au moins profiter au maximum du temps que nous passions ensemble. Nous gardâmes le silence quelques instants avant qu'elle ne reprenne.

– Je suppose que je dois m'estimer heureuse de t'avoir eue près de moi toutes ces années...

Elle poussa un long soupir avant d'enchaîner :

– Bon, assez de jérémiades et de lamentations. On n'avancera jamais si je continue de cette façon.

Elle déplia quelques lettres tout en parlant.

– Lorsque j'ai entendu ta question tout à l'heure, je me suis souvenue d'une lettre au contenu différent des autres. Je l'ai reçue après la mort de ta mère ; elle faisait partie des papiers de succession te concernant. Elle était accompagnée d'une note où Andréa me disait qu'elle se sentait incapable de me la remettre sachant ce qu'elle s'apprêtait à faire, c'est-à-dire t'abandonner de ce côté-ci de la frontière... Si je peux la retrouver....

Elle dépliait les lettres, dont elle ne lisait que l'en-tête, avant de les déposer sur le couvre-lit.

– Je suis pourtant certaine de l'avoir rangée avec les autres. Ah ! La voilà. J'aurais dû me souvenir que le papier à lettres était différent.

Elle tenait plusieurs feuilles, plus grandes que les autres et au papier de meilleure qualité. Je reconnus les grandes lettres rondes de ma mère. Je n'osai pas lui prendre les pages des mains, j'attendis qu'elle me les tende. Ce qu'elle ne fit pas immédiatement, elle semblait y chercher une information particulière. Elle finit par se tourner vers moi.

– Je crois que ce passage t'intéressera particulièrement. Il me semblait bien que j'avais vu quelque chose de ce genre...

Elle me montra un paragraphe, au bas de la troisième page.

> « *Sache seulement que c'est une pierre de grande taille, d'origine lunaire selon la légende, qui permet de "voyager" entre notre monde et celui de nos aïeules, aussi étrange que cela puisse paraître. Elle n'est apparue qu'à la suite du tremblement de terre de 1663 et ne m'était accessible qu'à marée basse. Par ailleurs, elle peut changer de place selon le bon vouloir des grandes marées et des glaces d'hiver. Elle se distingue des autres par ses incantations gravées sur deux de ses faces et par sa pierre granitique noire encastrée. Le seul fait de la toucher, pour les femmes de notre rang, suffit à nous projeter de l'autre côté. Elle ne possède cependant aucun effet sous la lumière*

de l'astre solaire et ne retrouve ses pouvoirs de voyage que sous les rayons lunaires. Elle n'est d'aucune utilité pour les gens ordinaires, quand bien même ils le voudraient. J'ose espérer que ces quelques informations ne te seront jamais nécessaires, mais, pour avoir l'impression d'avoir déjà vécu plusieurs vies au cours des dernières années, je sais qu'il se pourrait fort bien que tu en aies un jour besoin ; ne serait-ce que pour renvoyer là-bas quelqu'un qui se serait aventuré de ce côté-ci de la frontière. (Je ne m'étendrai pas sur le sujet, ce serait beaucoup trop long et complexe, mais je désire que tu sois consciente que tout est possible...) »

Je relevai la tête et regardai Tatie, consciente de l'importance de ce que je venais de lire, mais il me semblait que cela n'avait aucun sens. Comment une telle roche pouvait-elle passer inaperçue, compte tenu de ses particularités ? Il devait bien y avoir quelqu'un qui s'était interrogé sur ses origines. Il me paraissait impossible que personne n'ait jamais signalé sa présence sur nos berges depuis le temps qu'elle s'y trouvait. Je secouai la tête en signe de dénégation, au fur et à mesure que les objections se formulaient dans mon esprit. Hilda ne dit mot, attendant que je lui fasse part de mes réflexions ; ce que je fis bientôt. Elle m'écouta, puis soupira.

– Au risque de me répéter, tu sais que je ne peux guère t'aider...

– Oui, oui, je sais...

Le ton de ma voix se fit beaucoup plus impatient que je ne l'aurais voulu et je m'excusai. En fait, je ne savais trop quoi penser de ce nouvel élément du casse-tête. Ou plutôt si, je penchais de plus en plus vers la thèse de la douce folie ou du complot pour m'y pousser. Je me levai avec un soupir exaspéré et quittai la pièce d'un pas rageur en marmonnant.

Je traversai la cuisine et sortis sur la galerie, où je me laissai choir sur le banc de bois. Les bras croisés, je regardai au loin le fleuve tranquille.

Je ne pouvais logiquement croire que, face à cette vieille demeure, sur les berges de ce cours d'eau qui avait accompagné les plus difficiles moments de ma vie, se cachait une porte d'entrée vers une autre dimension de l'existence. Ça n'avait tout simplement aucun sens. Je fermai les yeux, tentant de faire le vide dans mon esprit sans cesse assailli de nouvelles informations, plus improbables les unes que les autres. Le fait que Tatie y croie – du moins, c'est ce qu'elle voulait que je croie, moi – ne me rendait pas plus certaine de la véracité de mes trouvailles. La folie peut frapper à tout âge que je sache. Je me relevai et me mis à faire les cent pas vers une extrémité de la galerie, puis vers l'autre, jusqu'à ce qu'Hilda m'arrête, posant une main sur mon avant-bras.

– Tu ne crois pas que tu devrais plutôt t'asseoir pour réfléchir ?

Je me détachai d'elle et lui répondis, d'une voix où perçait l'exaspération, que c'est tout ce que j'avais l'impression de faire depuis quelque temps ; m'asseoir et réfléchir et, qu'à ma connaissance, cela ne m'avait guère servie jusqu'à présent... Je réalisai trop tard, en voyant ses yeux se remplir à nouveau de larmes, que je n'avais aucune raison de m'en prendre à elle. Tout autant que moi, elle avait été impliquée dans cette histoire de fous sans l'avoir désiré. Je me rassis sur le banc et lui fis signe de me rejoindre.

– Je suis sincèrement désolée, Tatie. Je crois que toute cette histoire me monte à la tête et je perds patience...

Je ne pus poursuivre puisqu'elle pouffa de rire, détendant du même coup l'atmosphère.

– Pour perdre patience, ma chérie, il faut d'abord en avoir, ce qui, je crois, n'est pas ton cas...

J'éclatai de rire à mon tour devant l'évidence ; j'aimais que les choses soient claires et sans ambiguïté. Je détestais les contretemps, les imprévus et les impondérables. Bref, tout ce qui échappait à mon contrôle, et dans cette histoire, il n'y avait que cela ; de quoi me rendre hystérique !

– J'ai bien peur que tu ne doives apprendre à vivre dans l'incertitude et l'ignorance si tu désires te lancer dans cette quête insolite. Si tu attends les certitudes, tu te condamnes toi-même à stagner indéfiniment...

Elle avait retrouvé son sérieux et prononcé la dernière phrase sur un ton des plus sévères. Je la regardai et vis au fond de ses yeux la gravité de ses paroles. Je la soupçonnai d'en savoir plus long qu'elle ne voulait bien le dire. Sa volonté de me voir évoluer par moi-même, sous prétexte qu'elle ne pouvait m'aider, me parut soudain trop facile. Je choisis cependant de ne rien dire pour le moment ; j'aurais bien le temps d'y revenir en d'autres circonstances. Nous décidâmes de laisser de côté, dans la mesure du possible, cette histoire d'ancêtres et de Filles de Lune pour le reste de la journée. Nous nous consacrâmes plutôt à avancer nos rénovations, ce jour-là et les deux jours suivants. Le travail m'empêchait de trop réfléchir et c'était parfait ainsi, pour le moment du moins...

- 9 -

Sur le rivage

Le troisième jour, n'en pouvant plus, j'informai ma tante que je consacrerais ma journée à des recherches sur ce monde lointain qui hantait mes jours, et surtout mes nuits. Elle se contenta de hocher la tête en signe d'assentiment. Nous n'avions pas osé reparler de tout cela depuis notre dernière discussion. Je sentais que Tatie n'en avait pas vraiment envie. Je crois qu'elle espérait sincèrement que je me désintéresse de la question, même si elle savait que je n'en ferais rien. Je percevais, dans son regard, une sorte de résignation qui me faisait de la peine, mais je n'y pouvais pas grand-chose. Elle savait, probablement même mieux que moi, que le sang qui coulait dans mes veines me poussait inexorablement vers ces contrées étranges...

Je descendis à la course jusqu'à l'église, où je m'arrêtai pour regarder vers le large. Le tremblement de terre de 1663 avait considérablement modifié le paysage de la région, ajoutant un cap d'au moins un kilomètre de long sur une berge préalablement rectiligne. La montagne qui surplombait le village, vue du large, portait encore la cicatrice des grands pans de terre qui avaient glissé, laissant comme un creux dans son flanc, témoin silencieux d'un séisme destructeur. Reportant mon attention sur le rivage dénudé, je soupirai. Ce passage que je désirais retrouver dépendait d'une seule pierre, qui avait probablement suivi le mouvement vers le bas à ce moment-là. J'avais décidé que je consacrerais ma journée à la recherche de cette fameuse roche, même si je savais pertinemment que cette entreprise relevait de la folie. Comment parvenir à mettre la main sur une roche ? Eh oui, une roche ! Un gros caillou bête et sans attrait, dont j'ignorais le diamètre, et qui pouvait se trouver n'importe où, sur plusieurs centaines de mètres sur les battures de Saint-Joseph-de-la-Rive. Autant chercher une aiguille dans une botte de foin...

Selon ce que j'en savais, il pouvait avoir été déplacé des dizaines de fois depuis que ma mère l'avait elle-même retrouvé, près de vingt ans plus tôt. Les glaces pouvaient fort bien l'avoir entraîné jusqu'à Rimouski. Cette pensée me mit de mauvaise humeur et je doutais fort que mes recherches améliorent la situation.

Je choisis finalement de commencer par le côté gauche de la rivière des Boudrault, en suivant le courant du fleuve vers le cap Martin. J'espérais ainsi couvrir une bande de terre s'étendant sur environ un kilomètre. J'avais plus ou moins deux heures devant moi, avant que la marée n'inverse son mouvement. Je me mis à la tâche avec un optimisme et un espoir qui diminuèrent au fur et à mesure que le temps passait. Les jours suivants s'annonçaient longs et mornes. Je rentrai bredouille vers midi trente. Tatie ne posa aucune question, mon air maussade parlant de lui-même.

* *
*

Deux jours de recherches à marée basse ne m'ayant pas permis de dénicher la perle rare, je me retrouvais sur le quai, l'esprit vide et sans entrain. Je regardais la plage en contrebas où des dizaines de roches toutes semblables n'avaient rien pour me remonter le moral. Je n'avais aucune envie de recommencer cette fouille inutile et irréelle. Le fait était cependant que je n'avais pas vraiment le choix puisque je ne connaissais aucun autre moyen de parvenir à mes fins. Je mis dix bonnes minutes à me décider avant de descendre sur la plage. Je prévoyais pouvoir couvrir la distance entre le quai et la rivière au centre du village avant que la marée ne recommence à monter. Je rejoignis la section la plus éloignée du rivage et j'entrepris de couvrir une nouvelle bande de terre de cinq mètres environ, tout en me fixant des points de repère pour déjouer les mouvements du courant, des vagues et de la marée.

Je réussis à parcourir la distance escomptée dans le laps de temps prévu, mais sans succès. Je me retournai pour constater avec désarroi que la mince bande parcourue semblait tout à fait ridicule en comparaison de la surface restante. Je m'assis sur l'un de ces innombrables rochers et soupirai longuement. La tâche relevait en fait du hasard et, au rythme où j'avançais, je serais encore là l'année prochaine, à moins d'être bénie des dieux. Le doute me rongeait sans répit. Et si j'avais oublié un amas de roches où se trouvait justement ce que je cherchais désespérément ?

Le découragement m'envahit telle une vague déferlante. Je songeais sérieusement à rentrer. Je n'avais plus envie de reprendre en sens inverse, sur une deuxième bande de sable, et portai plutôt mon attention sur la rivière près de moi. Elle s'élargissait considérablement lors du retrait des eaux à son embouchure. Près de sa rive droite, les petites marées créaient une île uniquement composée de roches de toutes les tailles, sans sable ni boue argileuse. Au temps de mon adolescence, nous nous y retrouvions souvent, avec quelques amis des environs, pour pêcher la sole. Nous devions nous y rendre, de l'eau souvent plus haut que la taille, et surveiller attentivement le retour des vagues ascendantes pour ne pas être obligés de retourner sur la terre ferme à la nage, notre équipement de pêche à bout de bras. Nous nous étions fait prendre plus d'une fois et étions rentrés trempés des pieds à la tête, mais le cœur à la fête. Nous organisions parfois même des concours pour savoir qui resterait le plus longtemps sur cet îlot rocheux, avant de retraverser. Je ne crois pas que nous étions pleinement conscients de la force du courant les jours de grand vent ou de grandes marées. Nous aurions pu nous noyer des dizaines de fois, mais nous étions jeunes et inconscients du danger.

La marée d'aujourd'hui faisait partie de ce que l'on appelait les grandes mers, jours où l'élément liquide se retirait jusqu'à laisser moins d'un mètre d'eau, alors que les petites mers en laissaient deux ou trois. Je gagnai l'île par l'étroite bande de terre dégagée tel un sentier et regardai vers le large, la tête pleine de souvenirs. Je ne savais plus très bien quoi faire pour me redonner du courage et pour espérer encore en cette quête étrange. La vie autour de moi ne semblait guère affectée par mes états d'âme ; des mouettes se disputaient les restes d'un corégone avec énergie et des cormorans plongeaient à la recherche de nourriture. Un héron pêchait à quelques mètres, insensible à mes tourments.

Le ressac eut finalement un effet apaisant sur mon corps tendu et mon esprit torturé. Lorsque le traversier sonna le départ pour l'Île-aux-Coudres, je sursautai et regardai dans sa direction, le temps de le voir quitter le quai, chargé de touristes. Un porte-conteneurs apparut au même moment, descendant le fleuve vers les eaux internationales. Je pris immédiatement les jumelles pendues à mon cou et tentai d'apercevoir son pavillon, lorsque mon attention fut détournée par des cris de mouettes exaspérées. L'algarade pour se partager la chair en décomposition du pauvre corégone menaçait de tourner à la guerre. Elles étaient maintenant une dizaine à voler autour des restes, chacune espérant avoir la plus grosse part.

En les observant, je compris que le problème venait du fait que les vagues avaient poussé la dépouille contre un rocher de bonne taille, et les nageoires s'étaient accrochées dans le varech. Les mouettes ne pouvaient donc plus se saisir de la chair à la surface de l'eau, tout en reprenant leur vol, comme elles le faisaient en temps ordinaire. Je m'amusai un moment de cette problématique, mais leurs cris, de plus en plus stridents, me portèrent rapidement sur les nerfs. Sans trop y penser, j'entrepris de rejoindre l'objet de leur convoitise. J'avais de l'eau froide jusqu'à la taille lorsque j'atteignis la masse d'algues dans laquelle le poisson s'était empêtré. N'ayant pas vraiment envie d'y toucher, je tirai sur la base des plantes aquatiques afin de les arracher. J'avais oublié à quel point ces saletés pouvaient se fixer avec force aux rochers et je dus redoubler d'ardeur. Je me retrouvai bientôt sur le dos, glacée jusqu'aux os, une poignée de varech à la main, et tout ça dans le but de satisfaire une bande d'oiseaux criards. La situation me parut si ridicule que j'éclatai de rire en reprenant pied. Je laissai partir à la dérive la masse gluante et son butin empêtré et je m'apprêtais à regagner mon îlot de cailloux quand un reflet attira mon attention.

Juste à l'endroit où j'avais arraché les algues bulbeuses, les chauds rayons du soleil s'attardaient étrangement. Je m'approchai pour mieux voir et constatai qu'une partie de la pierre n'était pas de la même composition que le reste, comme si on y avait encastré une plaque noire et lisse de petite dimension. J'arrachai davantage de plantes, avec énergie, pour me retrouver avec une surface d'environ cinquante centimètres carrés, luisante comme le marbre poli. Je refusais de croire à ma chance, mais j'espérais tout de même ne pas me tromper. Oubliant le froid qui m'engourdissait, je continuai mon travail de nettoyage avec une énergie nouvelle et trouvai bientôt ce que je cherchais sur la face opposée : une gravure des différentes phases de la lune, de même qu'une série de signes étranges, couvrant le tiers de la surface. Elle était enfin là... devant moi.

Je savais que cette roche ne possédait ses pouvoirs de voyage que lorsque la lune remplissait le ciel, mais j'hésitais tout de même à la toucher, comme si le seul fait de la sentir sous mes doigts suffirait à me projeter vers un futur incertain. Je tendis finalement la main et effleurai du bout des doigts certains signes gravés. À peine avais-je senti le contact de la pierre que l'image d'une très vieille femme s'imposa à mon esprit, une femme que j'avais déjà vue dans mes récents cauchemars. Cette vision ne dura qu'une fraction de seconde, le temps que je suspende mon geste, mais ce fut suffisant pour m'effrayer. Si, comme l'avait dit ma mère, cette pierre n'avait aucun pouvoir de voyage en plein jour, elle en possédait vraisemblablement dans d'autres domaines.

* *
*

Du fond de son repaire, Mélijna exultait. L'héritière avait retrouvé un passage du monde de Brume et pas n'importe lequel : le passage maudit et condamné par Ségolène, une ancienne grande Gardienne des Passages. La Fille de Lune n'avait pas tenté de traverser cependant, le contact ressenti par la sorcière étant beaucoup trop éphémère. Par contre, Mélijna comprit qu'elle devrait se concentrer sur un retour plus imminent qu'elle ne le croyait. C'est Alejandre qui serait heureux d'apprendre que la fille d'Andréa s'était enfin manifestée après toutes ces années d'attente. Cette nouvelle exceptionnelle, en ces temps de disette, donna à la sorcière un regain d'énergie. Les derniers mois avaient été difficiles pour elle.

Malgré ses pouvoirs sans cesse grandissants depuis des siècles et la capture récente, sur la Terre des Anciens qui ne comptait pourtant que des lacs, d'une océanide – nymphe qui protégeait les océans –, elle se sentait décliner. Les vies qu'elle parvenait à ravir aux rares Filles de Lune restantes n'avaient plus la longévité des précédentes. Après de si longues années à chercher le secret de l'immortalité, Mélijna ne parvenait toujours pas à s'en rapprocher véritablement. Au contraire, si elle se sentait aussi mal en ce moment, c'est qu'elle ne réussissait même plus à soutirer suffisamment de vie à ses victimes pour lui permettre d'oublier sa vie mortelle pendant plus de soixante ans. Tout un recul pour celle qui avait gagné cent cinquante ans à la première tentative.

Il est vrai que cette situation n'était pas uniquement due à ses pouvoirs, mais aussi au fait que les Filles de Lune restantes n'avaient pas la même longévité qu'avant. Plus aucun enseignement ne leur était dispensé, à partir de leur jeune âge, puisqu'il ne semblait plus rester de Sage digne de ce nom dans les mondes en périphérie. À l'image d'Andréa, la Fille de Lune et de Brume qui avait franchi la frontière pour une première fois vingt-cinq ans auparavant, les Filles de Lune des autres mondes ignoraient tout de leurs pouvoirs en dormance, de leur importance et, surtout, de leur possible longévité. Elles croyaient toutes que la traversée leur permettrait de comprendre ce qu'elles étaient, mais elles ne parvenaient bien souvent qu'à finir leurs jours dans les cachots froids du château des Canac ou entre les griffes d'Uleric, ce fourbe qui réussissait encore à abuser tant de monde sur cette terre.

Mélijna soupira. Dans un avenir rapproché, elle devrait se mettre en chasse une fois de plus, mais elle se demandait bien dans quel monde elle parviendrait à trouver une Fille de Lune cette fois-ci. Il y avait bien longtemps que ses traqueurs ne lui avaient plus donné de nouvelles. Par ailleurs, il était hors de question de se servir de l'héritière pour prolonger sa propre vie. La Fille de Brume qui préparait son retour appartenant à la même lignée qu'elle, elle ne pouvait en faire une victime. De toute manière, elle en avait besoin pour des raisons beaucoup plus importantes. À quoi bon vivre plus longtemps si l'héritière disparaissait ? Elle seule pouvait retrouver le talisman de Maxandre, et donc conduire un véritable prétendant au trône des Terres Intérieures, sans oublier qu'elle devait être, selon la prophétie, la mère du successeur de Mévérick. Dommage qu'une femme aussi exceptionnelle n'ait pas fait son apparition soixante-dix ans plus tôt.

L'homme auquel la sorcière avait juré allégeance et fidélité à ce moment-là n'avait pas su transmettre à ses enfants, ni à ses petits-enfants, la détermination et la volonté nécessaires à la poursuite de son rêve et de celui de son illustre ancêtre. Mélijna ne se leurrait point. L'actuel sire de Canac n'avait pas l'étoffe requise pour détenir un pouvoir aussi grand que celui qu'il convoitait ; il lui fallait plutôt espérer engendrer l'enfant de la prophétie s'il voulait l'obtenir. Mélijna considérait d'ailleurs que le frère du sire avait beaucoup plus de chances de réussir, mais ce dernier avait refusé toute offre d'alliance de sa part. Cet imbécile se croyait investi de la mission de sauver la Terre des Anciens, et les mondes qui la composaient, plutôt que de la dominer. Le gaspillage d'un tel talent faisait grincer les dents de la vieille sorcière chaque fois qu'elle y pensait.

Pourquoi avait-il fallu que tous les dons exceptionnels reviennent à un seul des frères ? Et surtout à celui qu'elle ne servait pas...

* *
*

Je restais là, immobile, les yeux fixés sur cette masse si semblable aux autres, mais si particulière en même temps. Je me sentais sous hypnose, incapable de penser de façon rationnelle, me demandant si tout cela n'était pas un rêve. Si j'avais cherché avec espoir, je me rendais compte que je n'y avais pas vraiment cru.

Le désir de penser que ma mère était saine d'esprit avait prédominé sur le reste, et c'était avant tout pour la réhabiliter à mes yeux que je m'étais lancée dans cette quête insensée.

Le fait de réaliser que ce que tous avaient pris pour des divagations avait un fondement réel me fit remettre en question tout un pan de ma vie. J'avais, en effet, préféré être orpheline de mère plutôt que de subir les moqueries et les sarcasmes des autres parce que l'auteure de mes jours vivait dans un hôpital psychiatrique. À l'âge de six ans, on comprend difficilement les problèmes d'ordre psychologique, mais on apprend vite à trouver des parades pour échapper à la méchanceté des plus âgés. Pour moi, il valait mieux ne plus avoir de mère qu'en avoir une qui me gâcherait la vie.

Je revivais cette douloureuse époque de mon enfance, le regard vague et le corps insensible à la froideur de l'eau, lorsque je me rendis compte que la marée avait inversé son mouvement. L'eau m'arrivait maintenant sous les aisselles et je me hâtai de regagner mon île rocheuse. J'examinai rapidement les environs, cherchant des points de repère pour la prochaine fois, au cas où. Je ne savais trop si j'aurais le courage de revenir maintenant que je connaissais l'existence de cet endroit mystique. Je ne pouvais plus me cacher derrière les « si », les « peut-être » ou les « on verra si je trouve ». J'avais effectivement trouvé et j'en étais presque terrifiée.

La marche à mon retour me permit de faire le point sur ce que je venais de découvrir. Le soleil, très chaud en ce début de mai, m'aida à supporter mes vêtements trempés, et l'effort physique me permit d'éviter l'engourdissement. J'envisageai sérieusement, pour la première fois, la possibilité de faire le voyage. Je compris que ce que je m'étais d'abord fixé comme objectif, trouver la pierre lunaire, ne représentait en fait qu'une étape vers quelque chose de beaucoup plus difficile. J'eus le temps d'échafauder une dizaine de scénarios en montant vers la maison ; tous, sans exception, comprenaient beaucoup plus d'éléments inconnus et d'incertitudes que je ne me croyais capable d'en supporter pour le moment. Je devais, avant tout, revoir ce que je possédais comme informations à la lumière de cette nouvelle découverte. Après seulement, je serais en mesure de prendre une décision. Mais, quoi qu'il advienne, j'avais déjà l'impression de vivre dans un monde totalement à part.

Arrivée chez Tatie, je déverrouillai machinalement la porte et entrai dans la cuisine d'été, la tête ailleurs. Je ne savais trop par quoi commencer et je n'entendis pas tout de suite ma tante qui m'appelait de la cuisine contiguë. Elle devait crier depuis un moment déjà puisque sa voix se teintait maintenant d'inquiétude. Je lui répondis que j'arrivais et me dépêchai d'enfiler des vêtements chauds et secs. Le moment était venu de parler sérieusement avec ma tante...

– Tu en as mis du temps avant de me répondre !

– Désolée, je suis continuellement ailleurs depuis le début de toutes ces révélations, lui répondis-je. J'ai d'ailleurs achevé ma quête, il y a environ une heure...

Je laissai la phrase en suspens, attendant de voir quelle serait sa réaction. Elle ne tarda pas. Elle laissa tomber le pinceau dans le contenant de peinture, où il glissa jusqu'à la moitié du manche, et leva vers moi des yeux surpris.

– Tu veux dire que tu as réussi à mettre la main sur cette fameuse roche ?

– Il n'y a aucun doute possible. Le problème, c'est que je ne suis pas certaine de savoir quoi faire de ma trouvaille. Malgré tout ce que j'ai appris dernièrement, je ne suis toujours pas convaincue de vouloir franchir la frontière qui sépare ma vie réelle de cette possibilité ésotérique.

Je la regardai dans les yeux un instant, tentant d'y lire ce qu'elle en pensait. Depuis le début de cette quête étrange, elle s'était contentée de me soutenir, de m'appuyer et parfois de me renseigner. Elle avait également avoué sa crainte de me voir partir, mais sans plus. Jamais elle ne m'avait fait part de sa véritable opinion. Et c'est de cette dernière dont j'avais le plus besoin en ce moment. Je voulais un avis extérieur, venant de quelqu'un qui me connaissait depuis toujours et qui comprendrait devant quel dilemme je me retrouvais. Personne, à part Hilda, ne pouvait me donner cela. Sauf peut-être ma vieille amie Nancy, mais je ne voulais pas faire appel à elle pour le moment... Je revins à Tatie.

– Pourquoi ne me confies-tu pas ce qui te trotte dans la tête depuis le début de cette histoire ? Je sais pertinemment que tu t'es forgé une opinion sur la question et je désire l'entendre, sans faux-fuyant. Je ne suis plus une enfant, je peux très bien entendre ton point de vue, même s'il diffère du mien.

Elle se passa la langue sur les lèvres, cherchant une réponse adéquate. Je crois qu'elle se sentait un peu dépassée par les événements.

– Tu comprendras aisément que je ne peux te fournir une opinion exempte de considérations personnelles. J'ai déjà perdu ta mère dans cette quête ésotérique et je n'ai nulle envie de perdre une autre personne qui m'est chère. D'un autre côté, je sais que, quoi que je dise, tu choisiras ce qui te semble le mieux ou ce qui te tente le plus. Tu es encore jeune et la vie t'a cruellement rendu ta liberté. Rien ne te retient plus vraiment de ce côté-ci...

Je l'arrêtai, le temps de lui dire qu'elle oubliait que je l'avais toujours, elle. D'autant plus que je venais de découvrir, après toutes ces années, qu'elle était ma grand-mère. Elle m'arrêta d'un geste de la main, en faisant « non » de la tête.

– Tu sais aussi bien que moi que c'était déjà le genre de relation que nous avions toutes les deux ; le fait de lui donner un nouveau nom n'y changera rien. Sois réaliste ! Tu ne peux renoncer à autant de mystère et d'inconnu uniquement pour ne pas me faire de peine. J'ai déjà été jeune moi aussi, il y a bien longtemps. Je me souviens d'ailleurs trop bien de la flamme qui animait ta mère lorsqu'elle parlait de là-bas dans ses lettres ; sa fougue et son enthousiasme transparaissaient même dans son écriture. Je le sais, je le sens, tu es habitée de cette même passion. Tu n'en es pas encore pleinement consciente, voilà tout. Si je n'ai pas su reconnaître les signes du départ chez ta mère, parce qu'elle était trop loin de moi, je les vois très bien poindre chez toi aujourd'hui. N'attends pas de moi que je te retienne ou que je te donne le feu vert pour quitter ce monde qui t'a déçue. Sache seulement que, quoi que tu fasses, je t'appuierai comme j'ai toujours tâché de le faire, avec tout mon amour...

– Ça ne m'aide pas beaucoup, lui dis-je en souriant.

– J'en suis consciente, mais...

Elle hésita un instant avant de continuer.

– Je sais que ce que je vais te dire ne m'aidera pas à te garder près de moi, mais tu dois le savoir... Il y a bien des années, quand j'ai compris tout ce qui m'avait échappé en n'étant pas l'une de ces Filles de Lune dont je descendais pourtant directement, j'ai ragé pendant des semaines ; j'en voulais à la terre entière pour cette occasion ratée. J'ai jalousé Andréa pendant un certain temps, ne répondant même pas à ses lettres. Pourtant, à ce moment-là, j'avais largement dépassé l'âge que tu as. C'est une occasion unique qui t'est offerte, que bien peu d'humains connaîtront au cours de leur vie. Tu sais, peu importe ce qu'il y a là-bas, je pense que cela vaut la peine de s'y risquer, ne serait-ce que pour dire que tu l'as essayé. Malgré le danger et l'inconnu, je crois sincèrement que tu le regretteras toute ta vie si tu ne le fais pas.

– Justement ! Je sais très peu de choses sur ce qui m'attend de l'autre côté...

Elle me coupa la parole.

– En tout cas, on sait que c'était suffisamment important pour que ta mère choisisse d'y retourner, malgré ta présence ici... Et qui sait, ajouta-t-elle doucement, elle y est peut-être toujours ?...

Le coup porta durement ; je ne l'avais pas vu venir. La justesse de sa remarque, et de tout ce qu'elle impliquait, me fit fléchir les genoux. Je me sentis prise de vertige et dus m'asseoir pour ne pas tomber.

– Tu n'avais jamais envisagé qu'Andréa puisse être toujours là-bas ?

– Bien sûr que non ! Sinon je n'aurais pas réagi aussi fortement à ta remarque...

Dans mon analyse simpliste des derniers jours, je n'avais tenu compte d'aucun autre facteur que celui du mystère et du fantastique. J'avais oublié la demande d'aide de Miranda, les créatures de cauchemars dont j'avais lu la description, et parfois rêvé, ainsi que les problèmes qui semblaient hanter les habitants de cet autre monde. Je n'avais gardé que l'exotisme de la destination et j'avais fait abstraction de la possibilité qu'il existe plus d'un monde parallèle, en plus de carrément reléguer aux oubliettes le fait que je serais probablement recherchée, si ma fameuse lignée avait toujours autant d'importance, malgré le temps écoulé. Il était grand temps que je redescende sur terre.

Ma tante me regarda attentivement puis, certaine que le malaise avait disparu et que la leçon avait été efficace, me sourit franchement.

– Je constate avec soulagement que tu es maintenant prête à entendre le peu que je sais encore et dont tu ne sembles pas réaliser la portée.

Je fus immédiatement toute ouïe, curieuse, mais aussi frustrée qu'elle m'ait caché une partie de ce qu'elle savait, même si je m'en doutais.

– Tu dois d'abord garder constamment en mémoire que ta mère n'est jamais revenue de là-bas... et que ton père s'y trouve peut-être également.

Si le choc fut moins grand cette fois-ci, je réalisai une fois de plus qu'elle avait raison. Ma mère étant revenue enceinte de son premier voyage, je ne pouvais donc guère avoir été conçue de ce côté-ci de la frontière. Décidément, je n'avais pas réfléchi très fort ces dernières semaines... Je me maudissais intérieurement pour ce manque inhabituel d'analyse de ma part. Pendant un temps, je crois que j'étais redevenue une adolescente en manque de sensations fortes, inconsciente des conséquences de ses actes, trop heureuse d'avoir enfin autre chose que les deuils pour occuper ses pensées. La voix de ma tante me tira de ma réflexion.

– Tu te doutes bien que les Filles de Lune ne mènent pas une existence de princesse sur ces terres de mystère. Ta mère avait fini par avouer aux psychologues qu'elle avait été recherchée, poursuivie et maltraitée. Elle pouvait difficilement nier la présence des blessures, bien visibles sur son corps, de même que les trop nombreuses cicatrices. Je le sais, malgré le secret professionnel, puisque les spécialistes ont enquêté sur mon frère et sa femme pour s'assurer que les marques de coups et les lésions ne venaient pas d'eux. Tu dois aussi savoir que le temps ne se déroule peut-être pas de la même manière qu'ici et que l'on peut probablement choisir le moment où l'on veut revenir.

Je haussai les sourcils.

– Ta mère ne peut pas n'avoir passé qu'un mois là-bas. Les médecins ont vu deux anciennes fractures sur des radiographies alors que ta mère ne s'était jamais rien cassé depuis sa naissance. Il est impossible que cela se soit produit en l'espace d'une trentaine de jours seulement. Et je suis certaine que mon impression qu'elle avait vieilli n'était pas seulement due à son état dépressif et à sa grossesse. Je pense qu'elle a passé, Dieu seul sait comment, plusieurs mois là-bas, voire des années.

– Tu lui as posé la question ? demandai-je.

– Bien sûr, mais lorsque j'ai tenté d'interroger Andréa sur son absence réelle, beaucoup plus longue que l'on croyait, elle m'a simplement répondu : « Si seulement je pouvais t'expliquer l'étendue de ce que j'ai vécu... Mais je ne crois pas que tu comprendrais. C'est beaucoup trop.... C'est tout simplement trop... » Puis elle a éclaté en sanglots et n'a jamais voulu revenir sur le sujet, malgré mes tentatives répétées. Et finalement...

Elle détourna les yeux et prononça la dernière phrase dans un murmure, comme si ce qu'elle énonçait était trop difficile à supporter.

– ... il y a la possibilité que tu ne survives pas à la traversée...

Elle se tourna vers moi avec appréhension, comme si elle s'attendait à ce que je réagisse fortement à sa dernière remarque, mais mon aïeule et ma mère avaient survécu, alors pourquoi pas moi ? Par ailleurs, Miranda avait mentionné que les femmes comme moi étaient protégées naturellement de par leurs origines et qu'avec la présence du pendentif, je n'avais rien à craindre. J'en fis part à Tatie, mais elle insista tout de même d'une voix douce :

– Tu ne vois vraiment pas ce que je veux dire, Naïla ?

Je la regardai, de plus en plus surprise par la tournure que prenait la conversation. Non, je ne voyais vraiment pas. J'avais beau interroger ma mémoire quant aux événements des dernières semaines, rien ne me venait. Je m'apprêtais à le lui dire lorsqu'une image me traversa l'esprit. Je pâlis.

– Je vois que tu as saisi...

Mais je n'écoutais déjà plus Tatie, plongée dans ce souvenir lointain.

- 10 -

Recherchée

Tout à coup, je me rappelais trop bien cet événement survenu alors que je n'avais que treize ans. La journée était fraîche et venteuse, comme souvent au large. Je me promenais sur les battures, à marée basse : une habitude chez moi. Je contemplais l'horizon, plongée dans des rêveries d'adolescente, le cœur léger. Je me souviens clairement du brusque changement de temps, surtout que rien ne le présageait. En fermant les yeux, je pouvais presque sentir le vent et les embruns salés, de même que les cailloux sous mes pieds nus. Un énorme nuage s'était soudain formé sur l'horizon, masquant le soleil. Le vent redoubla d'ardeur et un roulement de tonnerre lointain se fit entendre. Le ciel devint rapidement opaque et d'un gris d'orage. C'était incompréhensible et terrifiant en même temps. La météo avait pourtant annoncé une journée ensoleillée, un mercure de vingt degrés et une brise légère. En mon for intérieur, je me dis que je devrais rentrer. Je n'avais pourtant jamais craint les tempêtes ou les orages et je n'étais pas du genre à me cacher sous mon lit au premier grondement du ciel. En cet après-midi de juin, la situation était différente, sans que je sache pourquoi. Il y avait dans l'air un je-ne-sais-quoi d'oppressant et d'angoissant. Le vent ressemblait étrangement à une longue plainte déchirante et une terreur sourde s'empara graduellement de moi. J'aurais voulu courir à toutes jambes, mais celles-ci refusèrent d'obéir, comme prises dans le ciment. Je sentais que quelque chose de terrible allait se produire dans un avenir proche, mais j'aurais été bien incapable de dire quoi, comment ou pourquoi.

Rapidement, les grondements du ciel s'intensifièrent et le vent redoubla de violence. Les vagues se brisèrent avec fracas sur les rochers et les embruns eurent tôt fait de tremper mes vêtements. Un sentiment de panique m'envahit et une boule se forma dans mon estomac. La pluie se mit à tomber à grosses gouttes, en un épais rideau, et des éclairs zébrèrent le ciel. Je ne voyais plus rien devant moi et le ressac devenait assourdissant. Je ne pouvais regagner la berge par un temps pareil, le mieux était encore de rester où j'étais et d'attendre la fin ; un orage violent et subit conserve rarement sa force très longtemps. Je m'accroupis, dos à un énorme rocher, fermai les yeux et attendis. La pluie me fouettait le visage et mes vêtements collaient à mon corps comme une seconde peau. Je ne sais combien de temps dura cet intermède, mais je présumai qu'une dizaine de minutes, au plus, devaient s'être écoulées depuis le premier roulement de tonnerre. La pluie cessa aussi rapidement qu'elle avait commencé et je rouvris les yeux. Je me relevai, résolue à regagner le rivage, quitte pour une bonne frousse, et surtout une bonne douche. Je fis un pas, un seul, en direction des goélettes du musée et mon sang se glaça dans mes veines. Sur les galets couverts d'algues, à un mètre de moi, gisait le corps d'un homme.

J'aurais voulu hurler, mais aucun son ne monta de ma gorge, soudain sèche. Je regardai autour de moi, mais il n'y avait personne. Et pour cause ! J'étais seule avant la venue de cette tempête, j'en étais certaine. Je m'accroupis près de l'homme pour vérifier s'il était toujours en vie. Le corps que je touchai du bout des doigts était frais, parce qu'il reposait dans l'eau, mais ce n'était pas le contact morbide auquel je m'attendais. Je tâtai rapidement son cou et je trouvai difficilement ce que je cherchai, un pouls battant faiblement. Mais d'où pouvait bien venir cet homme ?

Je ne savais que faire. J'étais loin du rivage, la marée n'allait sûrement pas tarder à reprendre sa course en sens inverse et comme nous étions dans les grandes mers, je ne pourrais jamais le traîner suffisamment loin, toute seule, pour qu'il soit hors de danger. Je sentais la panique revenir sournoisement lorsque l'homme émit une sorte de râle et ouvrit les yeux. Il les referma aussitôt, ébloui par le retour du soleil. Il déglutit et tenta d'articuler quelque chose. Un murmure inintelligible suivit et je me penchai pour mieux saisir ses paroles. Encore aujourd'hui, je ne sais pas s'il m'avait aperçue ou si ses dernières paroles ne s'adressaient qu'à lui-même, mais le souvenir de ces mots, à la lumière de mes récentes découvertes, me donna soudain la chair de poule.

> « *La dernière de ces Filles doit revenir bientôt, sinon nous sommes tous perdus, tous... Il ne nous restera aucune chance. Elle doit revenir avant la prochaine pleine lune... la prochaine plei...* »

Je savais aujourd'hui, avec le recul, que la dernière Fille n'était malheureusement pas revenue, puisque j'étais toujours de ce côté-ci de la frontière, à nager entre le réel et l'irréel, incertaine et incapable de prendre une décision sensée. Je sortis de ma rêverie pour retrouver Hilda qui attendait, le regard encore plus triste que tout à l'heure. Je lui posai la question qui me hantait, même si je connaissais la réponse :

– Est-ce qu'ils ont jamais su qui c'était ?

– Je ne crois pas. Mais je dois dire que je n'ai jamais vraiment cherché à me renseigner par la suite puisque je le savais, moi, avec certitude. Il ne pouvait venir que de ce monde qui m'avait déjà ravi ma fille, des années auparavant. J'ai cru comprendre, à la lumière de ce que tu m'as dit ce jour-là, que l'objet de sa quête était la gamine même qui l'avait vu mourir sur la grève. Tu comprendras que je ne pouvais, vu ton jeune âge, te révéler tout ce que tu sais aujourd'hui. Par la suite, les événements, et la vie en général, ont fait que jamais l'occasion de t'en parler ne s'est présentée... jusqu'à aujourd'hui.

Je soupirai, me sentant de plus en plus lasse. Je comprenais fort bien, mais j'aurais voulu hurler de dépit devant les multiples détours que nous fait parfois prendre l'existence avant de nous conduire où elle le désire vraiment. Bien des souffrances pourraient nous être évitées si elle allait au plus court, tout simplement...

– Que comptes-tu faire maintenant que tu as tous les éléments en main ? Du moins, je crois que tu les as...

Je lui souris, malgré mon exaspération.

– Réfléchir et... réfléchir. De toute façon, je n'ai nulle envie de partir demain matin, je dois d'abord te donner un coup de main pour terminer ce que l'on a entrepris.

– Excellente idée. On pourra toujours en discuter en travaillant.

Nous dînâmes avant de nous lancer avec une ardeur renouvelée dans les rénovations, l'esprit occupé par un projet de voyage hors du commun.

- 11 -

Clairvoyance

Les six semaines suivantes furent occupées de la même façon, c'est-à-dire à discuter de cette possible folie tout en progressant dans la restauration de la vieille demeure. Je n'avais pas le temps de m'ennuyer et encore moins celui de faire de quelconques recherches. Je voulais être certaine que les travaux seraient terminés, ou du moins fort avancés, advenant le fait que je me lance dans cette folle épopée. Je ne voulais surtout pas que Tatie se retrouve seule avec une charge de travail trop grande pour son âge avancé. La seule chose que je me permis, ce fut de prendre rendez-vous pour recevoir tous les vaccins disponibles pour les voyageurs dans les cliniques de vaccination.

Je m'étais inventé un projet de voyage humanitaire dans un pays d'Afrique où pratiquement tous les vaccins étaient nécessaires. J'avais ensuite mentionné que je voulais également ceux qui n'étaient pas sur la liste de ce pays, prétextant que je continuerais sûrement à voyager par la suite et que je préférais les avoir tous tout de suite. La facture avait été joliment salée, mais bon ! Je ne savais toujours pas si je partirais, mais si je tentais l'aventure, je serais au moins immunisée contre les pires maladies d'aujourd'hui et d'hier. Je savais pertinemment que ce que je risquais de rencontrer là-bas n'aurait peut-être rien à voir avec ce contre quoi je me protégeais, mais je préférais ne pas prendre le risque.

Tout en appliquant la peinture dans la chambre du fond, je songeais à la journée du lendemain. Je devais à tout prix me rendre dans les Cantons-de-l'Est chez une vieille amie et ce, avant la prochaine pleine lune... Je terminai finalement la pièce tard dans la soirée. Je montai faire mes bagages avant de dire au revoir à Tatie puisque je partirais tôt le lendemain, puis allai me coucher. Au matin, je déjeunai en hâte et quittai la maison vers six heures.

Tandis que je me rendais chez Nancy, je me remémorai notre première rencontre, dans la cour arrière de ma maison d'alors. Elle, souriante et tenant une jolie poupée aux longues tresses et moi, timide, qui tendait une main incertaine vers le nouveau jouet. Malgré le fait que je n'aie que trois ans à l'époque, je ne doutais pas un instant que mes souvenirs soient exacts et je souris. Même si cette pensée impliquait que je songe également à ma mère, je me sentais sereine. La vieille dame d'aujourd'hui avait été ma nounou jusqu'à ce que je fasse mon entrée à l'école secondaire et j'en gardais de magnifiques souvenirs.

Quand j'arrivai chez Nancy, une délicieuse odeur de brioches à la cannelle et de pain frais flottait dans l'air. Il y avait longtemps que nous ne nous étions pas vues, et son accolade chaleureuse et son sourire sincère me firent du bien. Elle avait été un soutien pour moi au moment du décès d'Alicia, puis de celui de Francis, mais elle avait par la suite pris ses distances, respectant mon besoin de solitude. Nous ne nous étions pas revues depuis décembre dernier.

Ses cheveux gris, aux magnifiques reflets argentés, étaient ramenés en chignon sur sa nuque et ses yeux bleus avaient toujours cette lueur malicieuse. Malgré sa bonne humeur et son accueil enthousiaste, elle ne put cacher son inquiétude en me voyant. Je savais que je devais avoir les traits tirés, mais je lui expliquai que j'avais fini tard la veille, puis lui souris simplement. La connaissant, je savais qu'elle ne poserait pas de questions et attendrait que je lui fasse part de l'objet de ma visite.

Elle m'invita à m'asseoir pendant qu'elle branchait la bouilloire. Je me préparai une tisane en silence, ne sachant trop comment aborder la raison de ma présence chez elle. Elle se versa de l'eau chaude et s'assit en face de moi. Je savais qu'elle m'observait tout en choisissant son sachet de tisane. Elle fit mine de fouiller dans la boîte à la recherche d'un sachet à la camomille, mais je ne fus pas dupe. Elle étirait le temps, ayant compris que mon entrée en matière s'annonçait difficile. Finalement, je pris une grande inspiration et me lançai.

– Tu es une amie de longue date, Nancy. Tu m'as vue grandir, tu as assisté à la majorité des événements marquants de ma vie, les phases agréables comme les plus difficiles. Tu m'as toujours comprise et épaulée, même quand la vie ne t'avait pas préparée à la nature de certaines de mes frasques. Tu n'as jamais posé de questions auxquelles je ne pouvais ou ne voulais répondre, et, en échange de ta patience et de ton dévouement, je me suis toujours montrée sincère avec toi. Aujourd'hui, par contre, c'est un peu différent. Si je suis venue ici en amie chercher des réponses, je ne peux tout te dire sur les raisons qui me poussent à vouloir obtenir ce genre d'informations et cela me met dans une situation embarrassante. J'ai l'impression de trahir ta confiance et cela me rend mal à l'aise.

Je parlais vite, reprenant à peine mon souffle, craignant d'être incapable de dire tout ce que j'avais à dire. Elle m'interrompit en posant sa main sur la mienne. Cette dernière était chaude et douce, et une paix intérieure m'envahit immédiatement, calmant mes appréhensions.

– Pourquoi ne pas simplement me dire ce que tu es venue chercher ? Laisse-moi juger de ta requête et je verrai bien si je puis t'être d'une aide quelconque. On avisera ensuite pour le reste.

Je poussai un soupir résigné. Je n'étais toujours pas convaincue du bien-fondé de ce que je voulais lui demander. Lorsque j'étais adolescente, elle avait plus d'une fois refusé de lire mon avenir. Des dizaines de fois, en fait. Elle m'avait chaque fois fait comprendre que les gens pour lesquels elle le faisait étaient des adultes consentants, et surtout conscients, de ce que cela pouvait impliquer pour leur vie personnelle. Et que s'ils ne l'étaient pas, eh bien, elle n'avait pas à l'assumer elle-même ni à se sentir coupable, puisqu'elle ne les connaissait pas intimement. Mon cas était différent. Elle n'était pas convaincue que je pourrais discerner les limites de ses interprétations et de ses lectures et que je puisse faire la juste part des choses. J'avais compris beaucoup plus tard qu'elle avait raison, à plus d'un égard. Par la suite, quand j'ai été mariée, elle refusa toujours, prétextant qu'elle ne pourrait rien me cacher de ce qu'elle lirait puisqu'elle me connaissait depuis trop longtemps.

Je l'entendais encore me dire : « Il y a des éléments de mes lectures que je dissimule à mes clients, par professionnalisme, mais aussi parce que les gens sont rarement prêts à apprendre la vérité. Ils viennent d'abord me consulter afin d'entendre ce qu'ils veulent entendre : des rentrées d'argent fabuleuses, de l'avancement pour leur carrière, des enfants en santé et excellant dans différentes disciplines, des maris fidèles, et je ne sais combien d'autres châteaux en Espagne. Ils sont rarement préparés à ce que je prononce les mots maladie, chômage, dépression, infidélité, solitude ou pauvreté ; peu importe que cela les touche de près ou de loin. Parfois, je cache ces portions non désirées parce que je sais que la personne assise en face de moi ne le supportera pas. D'autres fois, ce sont les clients eux-mêmes qui me demandent de taire ces sombres éléments de leur vie, comme si le fait de les cacher pouvait les éloigner d'eux à tout jamais. » Elle me l'avait dit et répété des centaines de fois : « Jamais je ne pourrai en faire autant avec toi, Naïla. La tristesse, la consternation ou le désespoir seraient trop facilement lisibles sur mon visage, que je ne pourrais rendre impénétrable en ta présence, tout simplement parce je t'aime. Et même si j'y parvenais, je ne pourrais vivre avec ces terribles secrets, sachant à quel point tu as confiance en moi et en mes capacités de divination. »

Je n'avais jamais osé aller voir quelqu'un d'autre, même si elle me l'avait offert. Elle connaissait plusieurs « diseuses de bonne aventure », toutes aussi bonnes, sinon meilleures qu'elle, mais je savais que ce ne pourrait être la même chose. Seule Nancy me connaissait depuis suffisamment longtemps, selon moi, pour ne pas se tromper, et c'est bien ce qui me faisait peur aujourd'hui. À l'époque du décès de Francis, avec le recul, nous avions toutes les deux convenu que son refus d'antan avait été une excellente chose pour moi. J'avais affronté en temps et lieu ce que me réservait la vie sans appréhension puisque j'étais ignorante de ce qui m'attendait. Certains disent que nous provoquons le destin pour qu'il puisse se conformer à ce que l'on nous a prédit afin de se convaincre des pouvoirs occultes de certaines personnes. Je ne crois pas que cela aurait pu s'appliquer à mon cas, mais j'aurais vécu dans la terreur de voir ce genre de prédiction se réaliser et la vie de tous les jours serait rapidement devenue un enfer. J'étais reconnaissante pour le passé, mais aujourd'hui, la situation était différente et ma vie avait changé. Je n'avais plus rien à perdre, alors...

– Je voudrais que tu me lises mon avenir, Nancy. C'est pour cela que je suis venue...

– Tu ne crois pas que la vie t'a suffisamment éprouvée, Naïla ?

La question avait quelque chose de douloureux et je vis une ombre passer dans ses yeux. Elle savait, autant que moi, que les épreuves antérieures ne garantissaient pas une paix future, aussi importantes ces dernières puissent-elles avoir été. L'effort considérable qu'elle faisait pour se contenir me serra le cœur, mais je n'avais pas le choix.

– S'il te plaît, Nancy. Je sais ce que tu en penses ; nous en avons débattu des milliers de fois. Aujourd'hui, plus rien n'est pareil. Je ne suis plus une adolescente entêtée, ni une jeune femme innocente. Je sais parfaitement ce que je te demande et je suis prête à en accepter les conséquences, quelles qu'elles soient. Je ne suis pas venue sur un coup de tête, ni parce que je suis en mal de sensations fortes.

Je soupirai et la regardai avec espoir.

– Tu connais mon cheminement mieux que personne, ma vie et mes épreuves. Je te le demande en amie proche puisque je n'ai plus rien à perdre, ni à attendre, de cette vie ou d'une autre. Mes illusions sont depuis longtemps aux confins de ma mémoire, sans possibilité de réhabilitation.

Elle poussa un soupir résigné. Je savais d'ores et déjà qu'elle accéderait à ma demande, même si c'était à contrecœur. Elle se leva et se rendit dans son petit bureau, au fond du couloir. Elle revint deux minutes plus tard, portant un étrange sac en tissu en bandoulière, et me fit signe de la suivre au sous-sol.

– Je préfère que cela se passe dans mon cabinet. Au moins, si ça tourne mal, je ne revivrai pas la scène chaque fois que je m'assiérai à ma table de cuisine. En bas, je peux toujours fuir l'endroit pour quelque temps.

Je savais qu'il lui arrivait de ne plus recevoir de clients pendant des semaines entières, après une interprétation difficile, que la personne ait su ou non ce qui l'attendait ; Nancy, elle, l'avait vu et c'était largement suffisant.

Nous descendîmes l'escalier lentement. Nancy n'était pas pressée, souhaitant probablement que je change d'avis à la dernière minute, mais je n'en avais nullement l'intention. Nous nous rendîmes complètement au fond, à droite. Elle tira une clé de sa poche et déverrouilla la porte. Je n'avais jamais mis les pieds dans son antre ; elle disait que la tentation de céder à mes désirs serait moins forte si je me tenais éloignée de son lieu de travail. Elle avait probablement raison. Me connaissant, je lui aurais sûrement rendu la vie impossible.

La pièce était de dimensions respectables : une table et deux chaises en occupaient le centre. Sobrement décoré, l'endroit était chaleureux et accueillant. Une armoire, sur le mur opposé, devait contenir tout ce qui était nécessaire à l'art de la divination qu'elle pratiquait depuis sa prime jeunesse. Sa renommée n'était plus à faire dans ce domaine et sa réputation était depuis longtemps solidement établie. Elle avait une clientèle fidèle ; certaines personnes venaient la consulter depuis plus de trente ans. Je savais qu'elle n'avait transmis son savoir à personne puisque, disait-elle, le poids de ce type de connaissances devenait de plus en plus lourd à porter, et ce qu'elle apprenait parfois sur ses visiteurs lui glaçait le sang et hantait ses nuits, de plus en plus souvent au cours des dernières années.

Elle s'affairait maintenant dans la pièce, allumant des bougies et un diffuseur d'huiles essentielles. Elle ouvrit l'armoire pour en retirer les éléments dont elle aurait besoin. Je ne lui avais pas demandé une discipline en particulier, contrairement à la majorité de ses clients. Certains préféraient les cartes, d'autres le tarot ou les lignes de la main ; elle possédait même une boule de cristal et des runes des pays nordiques. Elle avait su diversifier ses connaissances au fil des années, mais je savais que l'apprentissage ne suffisait généralement pas à faire un bon devin. Il fallait un don qui dépassait les limites du réel et se situait bien au-delà. Un don qui pouvait se révéler plus proche de la malédiction...

Je m'assis en face d'elle à sa table de travail. Celle-ci était recouverte d'une nappe couleur café au lait. C'était un meuble rond, comme on en voit dans les bistros. Elle s'assit en face de moi, la mine grave et le regard indéchiffrable. Elle se préparait déjà une carapace, au cas où...

– Je ne sais trop si je fais bien, Naïla, mais je te l'ai refusé si souvent par le passé... C'est vrai que les circonstances sont différentes aujourd'hui de ce qu'elles étaient il y a tout juste un an. Je...

Elle cherchait ses mots, le regard vague, incapable d'exprimer clairement ce qu'elle voulait me transmettre. Finalement, elle préféra laisser tomber, tendit la main vers moi et se saisit de ma main gauche. Je compris qu'elle regarderait d'abord les lignes de mes mains. Comme j'étais gauchère, elle avait pris celle qui refléterait le plus fidèlement ma personnalité actuelle. En effet, elle m'avait un jour expliqué que la main dominante nous montre ce que l'on fait de sa vie, alors que l'autre nous renseigne sur ce qui nous a été donné à la naissance. La comparaison entre les deux peut être fort révélatrice du cheminement d'une personne.

– Si je choisis cette option pour commencer, Naïla, ce n'est pas tout à fait désintéressé de ma part. Tu dois certainement te souvenir que les lignes de la main se transforment tout au long de notre vie, pendant l'enfance, l'adolescence et notre cheminement d'adulte ?

Elle leva les yeux vers moi et j'acquiesçai.

– Selon les choix que nous faisons et les multiples décisions que nous prenons, les tracés se modifient, signifiant parfois le meilleur et parfois le pire. L'objet principal de l'étude des lignes de la main, c'est avant tout de saisir la personnalité. On peut y discerner l'ambition de la personne que l'on a en face de nous, son sens du devoir, son talent ; bref, tout ce qui va façonner sa destinée. C'est pourquoi je veux d'abord voir si tu es préparée, par ton destin et ton tempérament, à entendre la suite.

Elle se pencha sur ma paume ouverte et suivit lentement du doigt chacune des lignes qui la parcouraient. Elle haussa parfois un sourcil étonné, ou afficha une mine perplexe, mais rien de plus. Elle resta ainsi concentrée cinq bonnes minutes, avant de relever la tête, visiblement étonnée, voire inquiète.

– Je commencerai par tes doigts. Ton pouce montre que la logique a une plus grande influence sur ta personnalité que la volonté ; ton mental contrôle pratiquement toujours tes passions. On le voit aux longueurs différentes de tes phalanges. Par contre, je ne reviendrai pas sur ton mont de Vénus...

Elle me fit un sourire entendu et je rougis malgré moi. Il y a quelques années, elle avait accepté de me dire certaines choses qui ne pouvaient faire de mal ou porter à interprétations douteuses. Parmi celles-là, elle m'avait confié, devant Francis, que mon mont de Vénus était développé de façon telle que mon conjoint pourrait espérer beaucoup de nos soirées passées en amoureux. J'étais de celles, semble-t-il, qui aimaient avoir du plaisir et ne s'en privaient pas. J'avais rougi jusqu'aux oreilles et Francis était devenu carrément cramoisi. De fait, celui-ci l'avait déjà remarqué et ne semblait pas trop savoir comment composer avec cette « particularité ». La remarque était devenue source de taquineries entre lui et moi puisque son propre mont de Vénus était plutôt plat, dénotant une personnalité plus cérébrale que charnelle. De ce point de vue, nous étions rarement sur la même longueur d'onde lui et moi. Je m'étais souvent demandé ce qu'il adviendrait d'une relation où mon compagnon aurait les mêmes caractéristiques que moi...

– Ta ligne de vie principale porte une cassure très nette, à peu près au tiers de sa trajectoire, ce qui implique habituellement un accident grave ou une maladie, peut-être celle d'Alicia. Par contre, je m'interroge car l'événement doit normalement affecter directement le corps de la personne, et non son entourage. Si, comme je le crois, il ne s'est pas encore produit, cela ne saurait tarder.

Nancy fit une pause de quelques secondes, mais ne releva pas la tête.

– Ta ligne de vie se mélange à la ligne de tête, ce qui signifie que tu es intelligente et perspicace. Tu as cependant une deuxième ligne de vie, ce qui est un bon présage dans la mesure où cela indique une double vitalité, de même qu'une double protection. Certains charlatans te diraient que cela implique plutôt une double vie ou une double personnalité, mais je porte peu d'attention à ce genre de bavardage, surtout dans ton cas. Le fait que je te connaisse depuis si longtemps me permet de démêler le vrai de la spéculation. Ta ligne de tête plonge vers le mont de la Lune et dénote un caractère intelligent, mais plus imaginatif et créatif que si elle était passée au-dessus. La cassure en son centre suggère une réorganisation complète de ta pensée et de ton mode de vie. Je crois que cela se confirme avec les derniers événements marquants qui jalonnent ton parcours. Je peux te certifier que ta ligne de cœur confirme la révélation de ton mont de Vénus puisqu'elle se termine entre le majeur et l'index, indiquant un sain intérêt pour le sexe...

Elle me fit un clin d'œil complice et je sentis une fois de plus le rouge me monter aux joues. Décidément, la question me donnait des chaleurs, je ne savais trop pourquoi. Il est vrai que je n'avais encore jamais rencontré quelqu'un pour partager cette passion avec le même enthousiasme que moi, si l'on pouvait s'exprimer ainsi. La plupart de mes compagnons passés étaient plutôt distants de ce point de vue. J'en étais même venue à me demander si le problème n'était pas de mon côté plutôt que du leur. J'avais toujours cru que les hommes étaient, de par leur nature, plus portés vers la sexualité que les femmes. Je ne pouvais quand même pas n'avoir croisé que des exceptions... Nancy me tira de ma réflexion quand elle prononça les mots « compliquée et difficile » :

– Excuse-moi, Nancy. Je crois que j'étais ailleurs.

– Je m'en suis bien rendu compte. Les souvenirs ont parfois le don de ressurgir au moment où l'on s'y attend le moins. Ça va aller ?

Je lui fis un sourire rassurant.

– Oui, bien sûr. Continue, s'il te plaît.

– Je disais qu'une ligne de cœur en chaîne avec de lourds maillons, comme les tiens, indique une vie amoureuse compliquée et difficile.

Je devais avoir l'air surprise parce qu'elle se hâta de préciser que lesdits maillons ne commençaient pas au cours de mon adolescence, mais bien plus tard dans ma vie, environ au tiers de la ligne, une fois encore. En fait, à peu près au même moment que l'accident de ma ligne de vie. Je fis une remarque à ce propos qui tomba à plat. Nancy avait remarqué cette particularité elle aussi et ne semblait pas la prendre aussi à la légère que moi.

Pour ma part, j'avais décidé, avant de venir, de ne pas prendre les choses trop au sérieux au cas où Nancy me ferait d'étranges révélations, pour ne pas lui faire regretter d'avoir accepté. Par contre, je me rendais compte que je ne les prenais peut-être pas suffisamment au sérieux justement.

– Ta ligne de destin tend fortement vers Apollon, l'annulaire, indiquant une renommée certaine, mais sans la fortune qui l'accompagne souvent. Je vois aussi que tu pourrais suivre mes traces si tu en avais vraiment envie. La possibilité est là, il ne manque que l'élément déclencheur. Cette ligne-ci – elle me montra une ligne qui partait d'une autre et montait droit vers mon petit doigt – représente la ligne de l'intuition. Toutes les « sorcières » et les voyantes extra-lucides en sont dotées. Certains disent que c'est une manière de distinguer les charlatans et les abuseurs dans notre étrange profession.

Elle tendit sa propre main, pour me montrer la ligne dont elle venait de parler. Elle en profita pour prendre une pause, relevant la tête vers moi, la mine contrite.

– Je t'ai promis la vérité, Naïla, et je tiendrai parole. Mais je veux que tu saches que je ne le fais pas de gaieté de cœur. En fait, pour être honnête avec toi, il y a plusieurs signes vraiment inquiétants dans ta paume. Ils étaient déjà là il y a plusieurs années et j'ai toujours cru qu'ils disparaîtraient avec le temps, tous étant quasi indistincts pour un œil non averti. Il semble, au contraire, que la plupart se soient affermis avec le passage des ans, devenant bien définis. Je ne sais trop qu'en penser...

Elle contemplait ma main, songeuse.

– Chacun pris individuellement peut sembler anodin et on peut toujours tenter de l'expliquer sans crainte. Mais il y en a tout simplement trop dans ta main pour les ignorer. Par ailleurs...

Elle prit ma main droite et la regarda un instant, avant de revenir à la gauche.

– Ces signes sont présents dans les deux mains, ce qui porte à croire que la droite savait déjà ce que la gauche tend à confirmer.

Elle soupira.

– Regarde... Il y a d'abord cette étoile sur le mont de Saturne. Traditionnellement, on y voyait la marque des meurtriers, au même titre que les mains avec des lignes simiennes étaient autrefois l'apanage des criminels. Depuis quelques années, on y voit plutôt le signe d'un terrible destin. Si l'interprétation s'est adoucie, le fond demeure. Mais encore une fois, je crois que l'on peut rattacher cela à des événements antérieurs. Enfin... je l'espère. Par contre, ces croix sur le mont de la Lune et le mont de Mercure me dérangent davantage. Elles sont signes de dangers, de déceptions et de changements catastrophiques. Pour la Lune, c'est au point de vue amoureux et sexuel ; une relation difficile, voire destructrice, qui rejoint en fait le prélude annoncé par ta ligne de cœur. Pour Mercure, c'est la souffrance. Par ailleurs, il y en a deux autres qui semblent se dessiner doucement : l'une sur le mont de Mars, signe d'ennemis dangereux qui espèrent notre perte ou notre soumission et l'autre, sur le mont de Saturne, signifiant une mort violente. Si j'étais toi, ma puce, je m'enfermerais dans une maison, fenêtres et portes barricadées, et j'attendrais patiemment que ce cimetière disparaisse de ma main.

Je crus d'abord que le tout n'était qu'une plaisanterie, mais je vis, à sa mine déconcertée, que cette lecture lui coûtait vraiment. En soupirant, elle poursuivit :

– Je terminerai avec les lignes de voyage. Il y en a plusieurs, et elles sont toutes bien démarquées, ce qui signifie habituellement que ces voyages seront réels et non imaginaires ou espérés. La plupart des traits sont longs et tous portent une ou plusieurs marques distinctives ; un carré indique normalement la présence de danger, une croix, la déception ou un échec, les interruptions signifient des retards, des obstacles et des malheurs, et les îles ou maillons sont synonymes de pertes matérielles ou relationnelles. Chacun de tes voyages est riche en émotions et en aventures. Il semble bien que tu vivras dangereusement dans des endroits méconnus pendant pratiquement tout le reste de ta vie. Décidément, je ne suis plus certaine de te reconnaître...

Je ne savais trop quoi dire, sinon que j'avais eu ce que je voulais. Encore heureuse que je sache que l'avenir que l'on lit dans une main est modifiable et ne représente que ce qui nous arrivera si l'on poursuit dans la même direction. Si l'on choisit par contre de reculer, tout peut changer en un rien de temps. C'était à moi de décider...

Je me préparais à me lever, certaine que Nancy refuserait d'en dire davantage, mais elle m'arrêta d'un geste de la main.

– Non, ne pars pas tout de suite. Je voudrais vérifier le bien-fondé de tous ces présages au tarot. Il m'arrive très rarement de remettre en question une lecture, surtout lorsque les signes sont aussi clairs, mais je crois que c'est un mal nécessaire dans le cas qui nous occupe.

Voyant que j'étais indécise, ne sachant si c'était une bonne chose, elle poursuivit.

– Ne me dis pas que tu te contenteras de cette seule lecture. Je sais que ta requête avait un but tout autre que le simple fait de satisfaire un rêve de jeunesse trop longtemps refusé. Je ne te demande pas de me dire exactement pourquoi tu es venue, mais je crois que tu ne devrais pas repartir sans tous les éléments nécessaires pour prendre une décision éclairée.

Je ne pus dissimuler ma surprise devant sa perspicacité. Elle réprima un sourire, malgré les circonstances.

– N'oublie pas que je travaille dans ce domaine depuis plusieurs dizaines d'années et que j'ai appris à observer les gens pendant tout ce temps. Le langage du corps nous apprend souvent beaucoup plus sur ceux qui nous visitent qu'une heure de questions, aussi pertinentes soient-elles. Je te connais depuis bien plus longtemps que je ne connais la majorité des gens qui viennent me voir, Naïla. Je sais que quelque chose te hante en ce moment et que cela n'a rien à voir avec ton passé, ou si peu. Je désire seulement t'aider, dans la mesure de mes moyens.

Force me fut d'admettre que sa proposition n'était pas dénuée de sens. Et puis, je pourrais toujours faire fi de ce que j'avais appris une fois partie. Par ailleurs, je savais que je le regretterais si je n'allais pas jusqu'au bout. J'acceptai donc, avec tout ce que cela impliquait.

Nancy me tendit ses cartes de tarot, me demandant de les brasser. Elle m'expliqua qu'elle utiliserait la donne en croix celtique, ainsi nommée parce que la lecture fait un cercle autour des cartes disposées en croix. Elle déposa au centre de la table une carte qu'elle avait préalablement gardée : la reine de Coupes.

– Je choisis toujours de représenter le questionneur à l'aide des signes astrologiques. Les Coupes étant associées à l'eau, de même que le signe du Cancer sous lequel tu es née, j'utilise donc la reine de Coupes pour débuter.

Elle me demanda de séparer les cartes, à l'aide de la main gauche, en trois différents paquets, en partant de la droite. Elle les ramassa, en sens inverse et s'arrêta. Elle me regardait étrangement et j'étais de moins en moins sûre d'avoir envie de poursuivre. J'avais beau me dire que je le faisais avant tout pour le plaisir, encore eut-il fallu que je puisse éprouver une quelconque joie à l'idée de l'expédition qui m'attendait vraisemblablement. D'un autre côté, la crainte de ne pas entendre ce que j'étais venue chercher me tiraillait. Je décidai d'avoir confiance et lui souris. Elle me questionna donc sur la requête que je désirais formuler. Je lui avouai enfin que je désirais entreprendre un étrange voyage – j'insistai sur le mot étrange – et que je voulais savoir si cette décision était judicieuse.

– C'est tout ? demanda-t-elle.

– Oui. Enfin, je crois...

– Je dois te dire qu'à l'instar des lignes de la main, le tarot n'est pas un gage de vérité absolue ou d'un futur irrévocable. Il montre plutôt le résultat probable d'une série d'événements ou de comportements. Si ces derniers changent, les résultats font de même.

Sur ce, elle plaça d'abord le neuf de Deniers sur le coin supérieur droit de la reine de Coupes et mit en croix pardessus le huit de Bâtons. Elle disposa ensuite aux points cardinaux – d'abord le sud, puis l'ouest, l'est et enfin le nord – la Mort, le Chariot, le Pendu et le trois d'Épées. Elle plaça finalement quatre autres cartes en une ligne verticale, à la droite du cercle ainsi formé, en commençant par le bas : le six d'Épées, l'Ermite, le cavalier de Bâtons et l'as de Bâtons. Elle abandonna finalement le reste des cartes sur la table et entreprit de répondre à mes interrogations. La vue de la Mort et du Pendu avait encore davantage refroidi mon désir de savoir. Si je ne connaissais pas grand-chose à l'interprétation du tarot, je savais que ces cartes avaient mauvaise réputation.

– Parce que c'est toi, je te donnerai plus que l'interprétation de la carte, je te dirai aussi ce qu'elle devrait signifier de par sa position dans la donne. La première carte représente la situation générale du demandeur par rapport à la question qui est posée. C'est la base de la lecture. Le neuf de Deniers me dit que tu as désormais fait la paix avec ton passé difficile et tourmenté, et que tu es aujourd'hui à la croisée des chemins. Il y a une possibilité de grand changement qui s'offre à toi, mais tu dois faire face et décider si tu fonces... ou pas. La décision n'appartient qu'à toi, et à toi seule. Personne ne peut choisir à ta place, même s'il semble que ce soit ce que tu souhaites...

Je m'abstins de relever le judicieux de sa remarque ; ma présence ici parlait d'elle-même.

– La carte suivante, celle qui est en croix, montre les obstacles sur ton chemin. Elle me confirme qu'un changement bouleversant s'est récemment produit dans ta vie et qu'il peut en ressortir beaucoup de positif, mais du négatif aussi. Les deux s'équilibrent souvent dans ce genre de situation. Tu crains, par contre, de ne pas être capable d'affronter ce qui t'attend, tu as peur de ce changement et tu n'es pas convaincue que cette voie soit la bonne. Tes démons sont intérieurs ; le monde autour n'a rien à y voir. C'est en toi que la tempête se déchaîne, et ce tumulte n'a de cesse de grandir depuis des semaines. Je me trompe ?

– Non... non, non.

Je ne savais que répondre, tellement les mots étaient justes. Je cherchais consciemment quelqu'un, ou quelque chose, pour choisir à ma place. Je ne voulais pas porter la responsabilité de trancher, me ménageant ainsi une porte de sortie si ça tournait mal. Quelqu'un pour porter le blâme en quelque sorte... Je souris timidement à Nancy, refusant de m'ouvrir davantage. Elle respecta mon silence et poursuivit.

– La Mort représente à la fois le début et la fin d'un cycle, une renaissance si tu préfères. Elle a déjà trop fait partie de ta vie au sens propre, en t'enlevant ceux que tu chérissais, mais elle t'offre aujourd'hui la possibilité de recommencer, de t'appuyer sur de nouvelles bases. Qui sait, une chance de refaire ta vie à travers ce voyage ?

J'ignorai son regard interrogateur et elle continua tout simplement sa lecture.

– Surtout qu'elle est suivie du Chariot. Ce dernier confirme la carte précédente. Il annonce un changement d'attitude survenu dans ta vie. L'acceptation de tes deuils et de ton passé peut-être ?

Elle avait posé la question d'une voix douce et empreinte de compassion. Je ne pus que confirmer d'un signe de tête, les yeux humides. Oui, mon cheminement en ce sens portait ses fruits. J'apprenais à vivre chaque jour un peu plus facilement avec mes deuils.

– Il ne faut plus revenir en arrière. Je sais que c'est difficile, mais tu es sur la bonne voie. Si tu reviens sur tes pas, tu risques de ne plus pouvoir t'en sortir ensuite. Je n'ai pas besoin du tarot pour savoir ce que te coûte cette paix avec toi-même. Je t'ai vu grandir et t'épanouir, Naïla, mais j'ai aussi assisté, impuissante, à ta descente aux enfers. Accepte le changement que veut t'offrir la vie, quel qu'il soit. Cela ne peut que te faire du bien... à long terme.

Les derniers mots avaient mis plus de temps à franchir ses lèvres, comme sous le coup d'une soudaine réticence. Il y eut également un subtil changement dans la physionomie de Nancy. Je haussai un sourcil, attendant une suite qui tardait à venir. Elle se reprit rapidement, s'excusant.

– J'aurais dû me souvenir que les bonnes nouvelles sont souvent suivies de bémols, surtout maintenant que je connais en profondeur les lignes de ta main. Dans la perspective que tu puisses enfin aspirer à autre chose, j'ai trop vite oublié les cartes suivantes dans mon interprétation. S'il est vrai que ta vie est sur la pente ascendante et que le changement te fera sûrement le plus grand bien, il te faudra tout de même composer avec des obstacles et des contretemps. Le Pendu ne fait pas de cadeau, il éprouve pour amener au dépassement de soi. La patience sera ta plus grande alliée et...

Elle perçut mon soupir exaspéré et éclata de rire, malgré la tension. Comme toute personne me connaissant suffisamment, Nancy savait que cette vertu ne faisait pas partie de mon héritage génétique. La seule évocation du mot suffisait habituellement à me la faire perdre. Je lui souris néanmoins, avec un second soupir, de résignation cette fois.

– Malheureusement, la patience ne te suffira probablement pas puisque le trois d'Épées t'annonce un futur chaotique, où la mésentente, la trahison et la désillusion feront partie intégrante de ton quotidien. Je te l'annonce avec un peu moins de réticence que je ne le fais habituellement, parce qu'il est suivi du six d'Épées et que j'ai l'impression que rien n'est entièrement noir ou blanc dans le cas qui nous occupe. Je vois une continuité dans les ennuis et les difficultés, mais je perçois également des moments beaucoup plus calmes, je dirais même plus doux. Tu devras plus que jamais affronter tes peurs et tes démons. Tu bénéficieras très certainement d'un protecteur, de quelqu'un qui t'accompagnera et te guidera. Si la tradition dit que ce dernier n'est habituellement pas vivant, je peux t'affirmer qu'il existe bel et bien, en chair et en os, dans ton cas, et que c'est même un homme, j'en suis convaincue. Mais c'est aussi ce qui te retiendra : la peur de t'attacher à cette personne, de souffrir de nouveau dans cette aventure. Tu pourrais perdre beaucoup en choisissant de fuir...

Son regard de plus en plus insistant me mettait mal à l'aise, comme si elle voyait en moi, à travers mon âme. Je détournai les yeux.

– J'ai plus de difficulté avec la carte suivante, si je tiens compte de celles déjà vues. L'Ermite suggère fortement qu'il y a des éléments de ton passé que tu dois prendre le temps d'intégrer avant de te lancer de nouveau. Tu as besoin de temps, mais l'ensemble des cartes précédentes indique clairement que la paix avec ton passé difficile, tu l'as déjà faite. Il y a quelque chose qui cloche et...

– Ne t'en fais pas, Nancy, la carte dit la vérité. C'est juste que le passé dont il est question ici est totalement étranger à celui que tu connais de moi et qui était vrai pour les autres cartes. Je ne peux te dire exactement de quoi il retourne, puisque je préférerais avoir tous les éléments nécessaires avant. Sache seulement que ton interprétation est juste et reflète ma réalité. Cette paix-là est loin de m'être acquise et interfère beaucoup dans ma décision.

– Si tu le dis, je m'incline...

Elle me lança tout de même un regard interrogateur, mais ne posa pas de questions.

– Je peux te dire, avec la carte suivante, que tu souhaites ardemment obtenir cette paix, et que ce voyage te tente plus que tu n'oses l'avouer. En fait, le cavalier de Bâtons symbolise ce besoin de mouvement et de changement chez toi, cette nécessité de remanier ta vie, peu importe ce qu'il t'en coûtera. Cet espoir d'aventure guide actuellement ton existence et la dernière carte le confirme. Malgré ta question, ta décision est inconsciemment prise, ma belle. Cette carte – elle tapota du doigt le Cavalier – est une carte de commencement, de nouveau départ. Tout peut arriver, le meilleur comme le pire.

Mais tu y es préparée, plus que tu ne le crois, et prête à les affronter. Tu refuses simplement de voir tout ce qui est en faveur de ce changement, préférant tenir compte de ce qui est contre et espérant que cela pèsera plus lourd dans la balance. C'est la synthèse de tout le reste. Il n'y a que du changement dans ton avenir, qu'il soit proche ou lointain, bon ou mauvais. Il ne te reste plus qu'à plonger, c'est quasi inévitable.

Le ton était presque fataliste, comme si les dés étaient déjà jetés et que je ne pouvais revenir en arrière. Bizarrement, je n'étais pas surprise, mais plutôt soulagée. Même si les dieux me prédisaient un avenir digne des douze travaux d'Hercule, je sentais que cela en valait la peine. De toute façon, rien ne me retenait plus ici à part Tatie et je ne pouvais pas baser mon avenir sur elle. Je devais suivre ma propre voie.

Nancy laissa échapper un cri de surprise, me tirant de mes pensées. Elle avait entrepris de ramasser ses cartes et avait, dans les mains, deux d'entre elles, qu'elle contemplait d'un air ahuri.

– Elles étaient collées l'une à l'autre. C'est vraiment bizarre, cela ne m'est jamais arrivé avant. Le neuf de Bâtons était sous le six d'Épées. Si cette nouvelle carte reflète l'anxiété, elle suggère aussi fortement de faire confiance à son entourage. Je dirais par contre que, dans ton cas, elle renforce plutôt ma conviction que ton protecteur est bien réel et que tu devras apprendre à lui faire confiance. Il te sera d'un précieux secours et deviendra plus qu'un simple compagnon, à long terme. Quelque chose de très fort vous unira, Naïla, c'est une certitude. Et je peux t'affirmer que votre relation tumultueuse durera de très nombreuses années.

Malgré moi, je frissonnai. Pour la première fois, je pris conscience que je ne pourrais probablement pas cheminer seule pour toujours, et la peur de m'attacher à nouveau me noua le ventre. Je n'étais pas du tout certaine d'avoir envie d'un compagnon et la perspective d'avoir besoin d'un protecteur n'avait rien de bien rassurant. De toute façon, je ne pouvais rien modifier de ce qui avait été dit et si des changements devaient survenir dans l'avenir, ce serait à moi de les amorcer. Je devais donc voir les lectures de Nancy comme une option de voies à suivre et à explorer plutôt que comme un chemin de croix parsemé d'embûches. Le fait était que je partirais, je le savais aussi bien que Nancy. Restait à savoir quand et comment...

- 12 -

La mission

Dans une grotte à la limite des Terres Intérieures, la discussion entre Alix, protecteur désigné des Filles de Lune, et Uleric, Sage présumé du défunt Conseil de Gaudiore, menaçait de déraper à tout moment. Le jeune homme, de retour de mission, n'avait pas du tout envie de se voir confier une tâche comme celle que son supérieur voulait lui imposer. Même s'il avait tout d'abord été recruté afin de faire revivre l'ancienne confrérie des protecteurs des Filles de Lune, les Cyldias, et que ses nombreux dons et talents lui conféraient un avantage certain dans ce domaine, il préférait de loin continuer de traquer ceux qui contrevenaient aux lois de la Terre des Anciens. De cette façon, il ne se retrouvait pas responsable de femmes qui ne savaient jamais qui elles étaient réellement et ce que l'on attendait d'elles dans ce monde de fous. À trois reprises déjà, il avait pu échapper à pareilles fonctions, mais chaque fois il avait dû essuyer les reproches d'Uleric. De fait, les trois Élues avaient trouvé la mort avant de parvenir jusqu'au Sage, leur protecteur attitré n'ayant pas réussi à contrecarrer les plans des nombreuses personnes qui désiraient, elles aussi, mettre la main sur une des femmes de cette valeur.

– Je te rappelle, Alexis, que je ne t'ai pas tiré des griffes de la Quintius pour que tu ne cesses de remettre en question les missions que je te confie. Tu me dois la vie et donc allégeance pour de nombreuses années encore. Tâche de t'en souvenir !

Uleric bouillait littéralement devant l'obstination d'Alix.

– Oh ! Mais je ne risque pas de l'oublier puisque vous me le rabâchez sans cesse, répliqua Alix avec insolence. Je me permets cependant de vous rappeler à mon tour que vous n'avez guère les effectifs nécessaires pour vous passer de mes précieux services...

Le jeune homme laissa sa phrase en suspens, sachant pertinemment que le vieillard ne pouvait le contredire. Si ce vieux fou croyait possible de se servir de lui comme d'une vulgaire marionnette, il se trompait. C'était sa nature rebelle et indisciplinée qui lui avait valu de rester en vie jusqu'à ce jour et non l'aide de cet homme. Si Alix entretenait l'illusion contraire, c'était parce que cela servait ses propres intérêts ; un point, c'est tout. Il était hors de question qu'on lui dicte sa conduite, surtout pas un Sage qui ne parvenait à se faire obéir que par une poignée d'hommes malgré son statut et ses pouvoirs. En effet, comment craindre un mage qui hésitait à user de sa magie pour défendre sa cause, préférant se terrer dans sa montagne, loin des affrontements et des réalités de la vie sur cette terre ?

Les deux générations s'affrontèrent du regard de longues minutes, refusant, de part et d'autre, de céder. Uleric reprit finalement avec colère.

– Cette femme ne peut espérer rester en vie longtemps si elle revient sans protection aucune. Il lui faut quelqu'un pour veiller sur elle et la ramener jusqu'ici saine et sauve le jour où elle décidera de franchir le passage conduisant à notre terre. Tu es le seul capable de réussir cet exploit et tu le sais très bien. Pourquoi faut-il donc sans arrêt te prier de faire ce pourquoi tu as été formé ?

Insensible au haussement de ton d'Uleric, Alix répliqua vertement.

– Parce que les femmes que vous me demandez de protéger n'ont rien de commun avec les véritables Filles de Lune de notre passé. Elles arrivent ici démunies, sans pouvoirs fonctionnels et totalement ignorantes de notre histoire et de leur importance. Comment voulez-vous parvenir à leur expliquer tout cela, de même qu'à leur enseigner comment se servir de leurs dons naturels avant qu'elles soient capturées par un quelconque descendant de Mévérick, la Quintius ou je ne sais quel autre mécréant qui désire la marchander au plus offrant. Et c'est sans compter Wandéline et Mélijna, qui nous réservent toujours un coup fourré. C'est une mission vouée à l'échec avant même qu'elle ne commence. Vous devriez plutôt vous arranger pour que ces femmes ne voyagent pas avant d'être prêtes ; ce qui nous simplifierait drôlement la tâche et leur sauverait probablement la vie.

– Tu sais aussi bien que moi que je ne peux intervenir que lorsqu'elles sont déjà de ce côté-ci de la frontière. Mais, cette fois, c'est différent.

Alix leva les yeux au ciel.

– C'est ce que vous avez dit pour chacun des cas précédents et la seule chose qui changeait réellement, c'était le nombre de bêtises que ces Élues parvenaient à faire avant que quelqu'un ne les réduise au silence. Je ne tiens pas à être témoin de ce genre d'exploits. Vous me le ferez savoir quand une Fille de Lune digne de ce nom se présentera enfin.

Sur ce, Alix tourna les talons et se dirigea vers la sortie. Uleric l'avertit cependant.

– Ne m'oblige pas à employer la manière forte avec toi, Alexis. Tu pourrais le regretter...

– Ça ne me fera qu'un regret de plus...

Et sans plus de cérémonie, le jeune homme disparut.

- 13 -

La visite au cimetière

Nancy et moi roulions sur la route vers un petit bistro du coin. Les non-dits quant aux raisons de ma visite flottaient dans l'air et m'oppressaient plus que je ne voulais l'admettre. Je ne savais pas jusqu'où je pouvais aller dans mes révélations, sans me compromettre ou m'attirer des questions auxquelles je ne pourrais ou ne voudrais répondre. Je me devais de lui donner des précisions, mais le fait de pratiquer un métier comme le sien n'impliquait pas nécessairement une ouverture d'esprit à toutes les formes de paranormal ou d'ésotérisme. Je connaissais des gens qui croyaient dur comme fer aux ovnis, mais qui riaient de bon cœur lorsqu'on leur parlait de réincarnation ou de divination. Certains ne juraient que par le tarot, traitant de charlatans ceux qui lisaient dans les lignes de la main, d'autres encore craignaient les vampires ou les loups-garous, mais ne redoutaient nullement l'invasion de petits hommes verts. Je préférais donc attendre d'être devant un bon repas, l'esprit étant plus réceptif à l'inhabituel quand le physique est satisfait.

Notre repas commandé, nous nous retrouvâmes bientôt patientant, ne sachant comment briser ce silence qui devenait de plus en plus lourd. Je savais que je devais faire les premiers pas, mais je ne voyais pas d'entrée en matière efficace. Je pensai soudain au pendentif que je cachais sous ma chemise sans manches. J'avais préféré le dissimuler aux yeux de Nancy, sachant qu'elle m'interrogerait sur ce bijou particulier. Elle connaissait suffisamment les pierres pour pouvoir les identifier facilement ; elle en possédait plusieurs qu'elle conservait précieusement, les ayant choisies avec soin pour leurs propriétés diverses. C'était peut-être le point de départ dont j'avais besoin. Je fis lentement tourner la chaîne, ramenant à la vue les pierres que j'avais précédemment fait glisser sur ma nuque, mes cheveux longs les dissimulant aux regards. Mon initiative porta ses fruits.

– Depuis quand portes-tu ces pierres, Naïla ? s'enquit Nancy, les sourcils légèrement froncés.

– Depuis que je les ai trouvées, au cours des travaux au gîte de ma tante. Je crois que c'est un bijou très ancien, ayant appartenu aux femmes de la famille. Je me suis dit qu'il me revenait de droit puisque je suis la dernière de la lignée.

Je restais délibérément évasive. Je désirais d'abord entendre ce qu'elle en pensait.

– Est-ce que je peux les voir de près ?

Je détachai la chaîne et la lui tendis sans hésitation. Elle les examina avec soin avant de me les rendre et de me fournir l'occasion que j'attendais.

– Ces pierres ont chacune une signification particulière. Tu ne devrais pas les porter à la légère, ma belle. Si elles sont mal utilisées, elles peuvent nuire davantage qu'elles ne viennent en aide, surtout celle du centre. L'obsidienne « œil céleste » est une pierre puissante qui mérite le plus grand respect.

– Si je les porte, c'est justement pour m'assister au cours du voyage que je désire entreprendre. Je ne peux espérer réussir sans leur précieuse aide. Elles me serviront à la fois de guide, de passeport et de protection.

Tout en parlant, je surveillais sa réaction. Je crus discerner de la curiosité dans la réaction d'incrédulité de ma vieille amie. Restait à savoir si la suite me donnerait raison...

J'attendis que la serveuse revienne avec les assiettes avant de plonger dans le vif du sujet. Je tentai de m'en tenir à l'essentiel, ne mentionnant que ce qui était absolument nécessaire. Je terminai en même temps que le dessert. Je croisai les mains devant moi et attendis. Nancy, qui m'avait écoutée sans m'interrompre depuis le début, ne fit d'abord qu'un seul commentaire, qui me laissa bouche bée.

– Ainsi, elles existent vraiment. Je ne l'aurais jamais cru...

Elle n'ajouta rien sur le moment, mais me sourit et m'observa plus attentivement, maintenant perplexe. Puis elle s'expliqua.

– Tu vois, je ne t'ai jamais vue sous cet angle. Je te connais depuis tellement longtemps que jamais je n'aurais pensé que tu pouvais faire partie de ces femmes exceptionnelles. Non pas parce que je ne pouvais confirmer leur existence, mais bien parce que l'on croit rarement que des êtres si distincts, de par leur origine, peuvent vivre si près de nous sans que l'on soit au courant.

Devant mon air de plus en plus étonné, elle éclata de rire. Je m'étais attendue à des dénégations, à un refus de croire à ces idioties ou à une mise en garde contre l'endoctrinement d'une quelconque secte, mais jamais à une compréhension de ce genre. J'en étais complètement baba ! Retrouvant son sérieux, Nancy mit ses mains sur les miennes, avant de reprendre :

– Tu sais que l'on doit faire preuve d'une ouverture d'esprit hors du commun pour travailler dans un domaine comme le mien. Je me dois d'être à l'écoute des gens et de ce qu'ils croient, sans porter de jugement. C'est de cette façon que l'on reçoit les confidences et les secrets des personnes que l'on côtoie.

J'étais de plus en plus intriguée par cette amie qui semblait en savoir aussi long que moi sur ce que je m'apprêtais à vivre.

– Il y a déjà une dizaine d'années que je suis entrée en contact avec une personne qui connaissait l'existence de ces femmes que l'on appelait Filles de Lune. Je dois te dire, cependant, que cette dame étonnante est décédée depuis ; elle avait plus de soixante-dix ans à l'époque et sa santé était fragile. Myriam s'est présentée chez moi, un soir d'hiver, très agitée et disant qu'elle avait besoin de se confier à quelqu'un de fiable. Elle était ma cliente depuis de nombreuses années et je ne l'avais jamais vue dans un état aussi fébrile. Elle m'a d'abord fait promettre que je ne trahirais pas son secret, du moins jusqu'à sa mort. Par la suite, elle me laissait le soin de juger de la situation. Elle n'avait aucune descendance directe ; je ne pouvais donc pas porter atteinte à la réputation de sa famille si je parlais de tout cela à la mauvaise personne. J'étais de plus en plus intriguée, mais comme j'entendais chaque jour des choses abracadabrantes, je ne savais trop à quoi m'attendre. Je dois cependant dire que son histoire avait un troublant accent de sincérité. Je mis plus d'une semaine ensuite avant de pouvoir penser à autre chose. Son récit m'obséda longtemps. Il m'arrive encore fréquemment d'y repenser. Elle t'aurait sûrement été d'une grande aide dans cette quête surnaturelle.

– Et toi, ne peux-tu pas m'aider en me racontant son histoire ? demandai-je.

– Probablement, mais je trouve triste qu'elle ne puisse le faire elle-même... Par ailleurs, je crois que ce que je sais ressemble beaucoup à ce que tu as déjà appris... Je vais tout de même tenter de me remémorer le plus fidèlement possible ce qu'elle m'a dit ce soir-là. On verra bien ce que tu pourras en tirer...

J'attendis patiemment que ses souvenirs remontent à la surface. Elle me résuma de façon extrêmement claire le contenu de cette conversation. Malheureusement, je ne pus en tirer autant que je l'aurais souhaité. Par contre, un passage de son récit retint mon attention ; la vieille dame avait mentionné l'existence d'une famille maudite qui avait trahi, par deux fois, sa confrérie et s'était ralliée à ceux qui désiraient régner sans opposition sur ces univers fabuleux. Elle s'était alors emportée, disant que les descendantes de cette famille, ayant causé un tort immense à ces mondes mystérieux et à leurs protecteurs, auraient dû, pour se racheter, délivrer la Terre des Anciens de la situation qui la faisait lentement mourir au lieu de se cacher dans le monde de Brume.

– Mais qui était-elle si elle n'était pas l'une de ces Filles de Lune ?

Étonnamment, Nancy connaissait la réponse à cette question, que j'avais formulée à haute voix sans même m'en rendre compte.

– Vois-tu, je lui ai posé cette question parce qu'elle m'intriguait moi aussi. Myriam avait dit que seules les Filles de Lune pouvaient espérer voyager sans dommage entre les mondes, mais elle était là, à me raconter son histoire, sans séquelles apparentes résultant de sa traversée. Sa réponse a un rapport avec cette famille maudite... Elle m'a regardée avec un sourire infiniment triste et m'a expliqué :

« Oh ! J'aurais dû en faire partie, mais j'ai échoué aux épreuves. La garde de ces mondes exceptionnels et des passages entre eux, en des temps troubles, ne peuvent souffrir la présence d'une femme moins douée dans les rangs des Élues, ce que j'étais. Dans ma quête de reconnaissance et ma soif de gloire, j'ai cru pouvoir prouver seule que je méritais une place dans la défense de cet univers que j'aimais tant. Je me suis donc lancée à la recherche des possibles descendantes de la lignée maudite par nos ancêtres. À vingt-neuf ans, je n'avais cependant pas prévu que je souffrirais du voyage et ne pourrais pas retourner sur mes pas. Je me suis retrouvée coincée ici, incapable de faire savoir à mon peuple ce que j'avais finalement découvert : que la lignée maudite s'était éteinte, emportant tout espoir avec elle. »

La lignée s'était éteinte... Est-ce qu'elle parlait de ma lignée ? Étais-je une descendante de cette famille maudite par les Anciens ? Non, c'était impossible puisque que j'étais là, bien vivante ; ma lignée respirait la vie. Enfin, une vie... Je devais plutôt faire partie de la famille affectée à la garde du passage de Saint-Joseph-de-la-Rive. Il fallait que cette explication soit la bonne, sinon je me voyais mal me pointer là-bas. Je doutais fort que l'accueil y soit alors des plus cordiaux. Nous continuâmes de discuter de tout ça jusque tard dans l'après-midi. Nous nous quittâmes chez Nancy, en début de soirée, et je me rendis chez moi, en banlieue de Sherbrooke.

Je n'y avais pas mis les pieds depuis plusieurs semaines et l'intérieur sentait le renfermé. Pour le reste, rien n'avait changé ; tout était comme je l'avais laissé. Je choisis de dormir dans ma chambre ; j'étais maintenant plus forte et plus sereine qu'à mon départ, même si la tristesse m'habitait toujours. J'évitai par contre d'ouvrir la porte de la chambre d'Alicia, craignant subitement de fissurer ma carapace encore fragile. Je dormis comme un loir et partis le lendemain, après m'être assurée auprès de ma voisine que je pouvais m'absenter sans crainte pour ma maison. Par ailleurs, j'étais certaine qu'Hilda accepterait de veiller sur l'ensemble de ce que je laissais derrière moi, jusqu'à ce que je revienne. Si je revenais...

Il ne me restait qu'une dernière chose à faire avant de reprendre la route pour Charlevoix, mais je savais qu'elle serait la plus difficile. Une demi-heure plus tard, je garai ma voiture dans le stationnement adjacent au cimetière, mais je ne descendis pas tout de suite. Je m'appuyai au dossier de mon siège quelques instants, les yeux clos. J'avais besoin de cette courte période de réflexion avant de me rendre devant la pierre tombale qui marquait la fin d'une période intense de mon existence. Il y avait maintenant plus de deux mois que je n'étais pas venue me recueillir, deux mois au cours desquels ma vie avait emprunté un chemin tout à fait différent de ce que j'aurais imaginé.

Malgré mon cheminement, il y avait toujours une partie de moi qui regrettait. Regrettait le temps où tout semblait si simple, où tout me souriait, où je n'appréhendais pas l'avenir ; ce temps où je vivais, tout simplement. Il me fallait cependant parvenir à tourner la page, puisque je faisais toujours partie du monde des vivants, contrairement à mes amours. En soupirant, je sortis finalement sous le soleil de cette fin de matinée. Je marchai lentement jusqu'à l'emplacement où, sous les chênes centenaires, reposaient à jamais ma fille et mon mari. Je déposai doucement la gerbe de fleurs que j'avais apportée au pied du monument de marbre. Tant de souvenirs remontèrent à la surface lorsque je fermai les yeux que je me sentis prise de vertige. Je dus m'appuyer au tronc d'un des immenses arbres qui m'entouraient pour ne pas vaciller. Mes yeux se remplirent de larmes, comme à chaque visite, mais je ne luttai pas cette fois-ci. Je les laissai glisser aussi longtemps qu'il me parût nécessaire pour retrouver une certaine sérénité. Après seulement, j'eus réellement l'impression de pouvoir passer à autre chose. Je me croyais maintenant capable d'affronter la vie et ce qu'elle pouvait me réserver. Je m'avouai cependant qu'il me faudrait sûrement de longues années encore avant de retrouver cette inébranlable confiance qui m'habitait auparavant.

Je restai immobile de longues minutes dans cet endroit qui méritait le respect ; le silence autour de moi n'était troublé que par le bruissement du vent dans les feuilles et la promenade de deux écureuils. Alors que je m'apprêtais à quitter les lieux, je me retournai une dernière fois vers la pierre granitique et, sans réfléchir, je posai la question qui me hantait.

– Et toi, Francis, demandai-je à voix haute, que ferais-tu à ma place ?

Même si je savais pertinemment que je ne pouvais recevoir de réponse, il me semblait que je devais lui demander son avis. Lui seul pouvait comprendre comment je me sentais, comprendre ce besoin de m'éloigner, de partir, lui qui avait partagé tant de choses avec moi. Mais peut-être aussi, avais-je besoin de sentir qu'il ne me garderait pas rancune de les abandonner tous les deux pour tenter cette folie.

Les cloches de l'église adjacente sonnèrent soudain l'angélus, me faisant sursauter. Étrangement, je regardai ma montre, comme pour m'assurer qu'il était bien midi et que ce tintamarre n'était pas le signe que j'espérais de la part de mon amour. Une bourrasque passa alors, laissant un emballage vide de friandises M&M se coller contre la gerbe de fleurs que j'avais déposée plus tôt. Je compris que ce ne seraient pas les cloches qui répondraient à mon appel, mais plutôt Éole et je ne pus m'empêcher de sourire en voyant le papier jaune oscillant dans la brise. Francis me disait toujours qu'il n'achetait pas ces arachides enrobées pour le plaisir, mais par nécessité. Il me semblait l'entendre encore m'expliquer, avec tout le sérieux dont il était capable :

« Tu ne comprends pas, Naïla. C'est un moyen infaillible pour prendre une décision difficile. Alors que le sachet est encore fermé, tu choisis au hasard une friandise que tu retiens entre le pouce et l'index. Tu ouvres ensuite l'emballage et laisse sortir toutes les arachides, sauf celle que tu as choisie. La couleur de cette dernière te donnera la réponse que tu cherches. »

La première fois, j'avais haussé les sourcils et l'avais regardé comme s'il perdait la tête tant l'idée paraissait farfelue. Mais ma curiosité l'emportant, je n'avais pu m'empêcher de lui demander la signification de chaque couleur. L'air solennel, il m'avait répondu :

« Les rouges, c'est la négation. Exemple, tu refuses une proposition. Les jaunes, c'est l'acceptation, comme dans "oui, je me marie". Les bleues, c'est l'hésitation ; prends le temps de réfléchir encore avant de te lancer. Les orange te disent, par contre, de demander conseil à quelqu'un en qui tu as confiance pour te guider. Les brunes... »

Je me souvenais que Francis avait marqué une pause, l'air de réfléchir intensément, avant de hausser les épaules et de me dire : « On les oublie, je n'en attrape jamais, de toute façon. » À ce moment, j'avais éclaté de rire, lui disant que je ne pouvais pas croire qu'un esprit aussi sérieux et pragmatique puisse avoir une technique de décision aussi futile. Il avait levé les yeux au ciel et secoué la tête en soupirant, avant de continuer : « Mais cela n'a rien de futile. C'est très scientifique, au contraire. La preuve ? Il faut toujours que tu choisisses un sac de M&M arachides parce que j'ai fait mes expérimentations avec cette sorte. Les autres n'ont pas le même pourcentage de chaque couleur, alors cela fausserait nécessairement les résultats. »

Seule dans ce cimetière, je ris doucement et j'eus l'impression qu'il était avec moi. Sereine, je m'apprêtais à tourner les talons quand une idée folle me traversa l'esprit. Je me penchai et ramassai l'emballage. À la sensation d'une bosse sous mes doigts, je sursautai et mon cœur battit plus vite. Je retournai le sachet au-dessus de ma paume ouverte et y vis atterrir une petite boule verte.

« Tu oublies les vertes, mon amour... », avais-je dit avec malice, croyant le prendre en défaut.

« Tu as raison, chérie, m'avait-il répondu, sourire en coin. Probablement parce que ce sont les pires. »

Surprise, j'avais demandé : « Les pires ? Ah bon ! Et pourquoi ? »

« Parce qu'elles veulent dire que ta décision est déjà prise et qu'il ne te reste qu'à espérer ne pas t'être trompée... »

- 14 -

Samuvel

Je revins en milieu d'après-midi, l'esprit ailleurs. Je savais désormais, hors de tout doute, que je voulais me rendre là-bas, mais j'étais terrifiée par ce qui m'attendait. Trop de pièces du casse-tête manquaient. En fait, si j'analysais les choses avec réalisme, je devais me rendre à l'évidence : je ne savais pratiquement rien, que des semi-vérités. Mes lectures manquaient cruellement de faits établis, en dehors des annotations de Miranda, et tout semblait tellement invraisemblable. Je soupirai d'exaspération en me garant dans l'allée menant à la maison et ramassai mon bagage distraitement. Je gravis les marches et lançai un bonjour retentissant.

Hilda apparut bientôt dans la cuisine, visiblement ravie de mon retour. Nous discutâmes du peu que j'avais appris, et elle me demanda des nouvelles de Nancy. Tatie n'avait jamais entendu parler de cette famille maudite, ni de la présence de cette Myriam dans notre monde humain. Nous établîmes finalement un résumé du peu que nous savions, puis nous regardâmes l'éventualité de mon départ par rapport à ce que je devrais encore savoir avant de partir. Nous en vînmes assez rapidement à la conclusion que si j'attendais d'avoir tous les éléments nécessaires à la réalisation de cette bizarrerie, autant dire que je ne partirais jamais. Tatie demeura un long moment silencieuse après que nous eûmes terminé, mais je ne le remarquai pas immédiatement. Quand je m'aperçus qu'elle ne répondait pas à ma dernière question, je levai la tête et vis qu'elle était perdue dans ses pensées. J'attendis patiemment qu'elle se ressaisisse. Elle émergea finalement et m'adressa la parole, le regard trouble.

– Il y a encore une chose qu'il serait important que tu saches avant de partir...

Elle laissa sa phrase en suspens, comme si le temps pouvait la compléter pour elle...

– Le père de ta mère venait de ce monde lointain qui t'attire tant...

C'était bien la dernière révélation à laquelle je m'attendais aujourd'hui ! Surtout qu'Hilda avait éludé la question lorsqu'elle m'avait dit qu'elle était la mère biologique de la mienne, en me faisant promettre de ne vouloir en savoir davantage. J'avais tenu ma promesse facilement, trop de choses ayant occupé mon esprit depuis pour que je m'attarde à cette composante du problème. Par ailleurs, j'avais cru que l'homme venait de Saint-Joseph-de-la-Rive et ce seul fait suffisait à l'éloigner de mes recherches. Qui sait ? Ce nouvel élément pourrait changer la donne une fois sur place. Je réfléchis à toute vitesse, oubliant presque la présence de Tatie, et réalisai que j'aurais dû m'en douter. Miranda avait échoué à mettre au monde une Fille de Lune en partageant le lit d'un homme de mon monde, alors pourquoi ma tante aurait-elle réussi ?

Lorsque je la regardai enfin, la douleur voilait son regard et une infinie tristesse s'était emparée d'elle. Je compris qu'elle n'était pas tout à fait prête à dévoiler cette partie de l'histoire, mais que la quasi-certitude de mon départ prochain ne lui donnait pas vraiment le choix. Elle me dit simplement qu'elle avait besoin de quelques heures, seule avec ses souvenirs, avant de tout me révéler. Puis elle s'éloigna.

Je l'avais vue, par la fenêtre du deuxième, se diriger vers le sentier derrière la maison et disparaître dans les bois. Je savais que c'était dans cette nature qu'elle se réfugiait lorsque la vie lui jouait de bien mauvais tours. Je la regardai s'éloigner, de tout cœur avec elle.

Elle reparut peu avant dix-huit heures. Elle se prépara un sandwich sans dire un mot, se versa un verre d'eau et sortit sur la galerie. C'est dans sa chaise berçante que je la rejoignis peu après, un peu inquiète.

– Je suis désolée de te bousculer ainsi, énonçai-je simplement.

Il n'y avait d'ailleurs rien d'autre à ajouter. Je me sentais coupable de lui faire dire ce qu'elle n'avait manifestement pas envie de raconter.

– Non, c'est moi qui le suis, Naïla. J'aurais dû savoir que le peu d'informations que je donnais ne suffirait pas et que je devrais rectifier les faits, tôt ou tard. J'ai naïvement cru que ce ne serait pas nécessaire, que tu ne choisirais jamais de partir. J'ai joué à l'autruche et j'ai eu tort.

Ne sachant que dire, j'attendis la suite. Le regard de ma tante se porta au loin, vers le fleuve où avançait lentement, à contre-courant, un pétrolier. Elle soupira si fort que mon cœur se serra, et je faillis lui dire de laisser tomber, que je pourrais très bien vivre sans savoir. Une petite voix me soufflait pourtant que cela me serait maintenant impossible. Trop de questions resteraient sans réponse et, loin de s'éclaircir, le mystère ne ferait que s'épaissir.

– Le récit que je vais te faire aujourd'hui n'a rien d'un conte de fées moderne, même s'il en possède de nombreux éléments, parce qu'il finit bien mal. Si j'ai gardé ces informations pour moi, tout au long de ces nombreuses années, c'est parce que je savais pertinemment, tout comme tu le sais également, que personne ne prêterait foi à mon histoire. Je ne voulais surtout pas finir mes jours dans un hôpital d'aliénés... Ma propre mère et plus tard ma fille avaient eu droit à ce traitement de paria et de misère, et je ne rêvais nullement de marcher dans leurs traces de ce point de vue.

La sirène de départ du traversier se fit entendre au loin et je tournai la tête dans cette direction. La marée descendait doucement, au rythme des vagues, et le vent du large soufflait à peine. C'est sur cette vision annonciatrice des beaux jours qu'elle commença, replongeant dans son propre passé.

– C'était en 1955. J'avais dix-huit ans et plusieurs prétendants. Je refusais obstinément les responsabilités et les devoirs des jeunes filles de mon époque ; je voulais m'amuser. Le féminisme commençait très lentement à poindre et j'étais convaincue d'avoir la vie devant moi. En fait, je voulais m'instruire et les tâches de la femme au foyer ne me disaient rien du tout. J'étais rebelle et la seule personne qui pouvait me faire entendre raison, c'était Joshua et encore... Il devait y mettre une bonne dose de persuasion. J'adorais par-dessus tout me promener sur la grève, admirant les marées. Ces dernières exerçaient sur moi une sorte de magnétisme, une attirance. Je pouvais rester des heures entières, perdue dans la contemplation de l'horizon, des vagues et du ressac. J'y avais passé la plus grande partie de mon adolescence et je ne m'en lassais toujours pas. Je crois que tu comprendras aisément ce que je veux dire puisque tu m'es en tous points semblable.

Elle me sourit. Oui, je savais mieux que quiconque les sentiments qui avaient dû l'habiter et la griser dans sa jeunesse. Cette liberté et ce bonheur tranquille que l'on aurait voulu préserver indéfiniment, mais qui finissaient toujours par nous quitter, nous laissant durement affronter la vie... Nous soupirâmes à l'unisson et éclatâmes finalement de rire. Il me vint soudain à l'esprit que j'aurais dû me rendre compte bien avant que nous nous ressemblions beaucoup trop pour qu'elle soit seulement ma tante. Si... Si... Avec des « si », on mettrait Paris en bouteille. Je ne pouvais pas revenir en arrière, de toute façon.

– Un soir où la lune était pleine, reprit-elle, alors que l'eau s'était fortement retirée, je flânais sur la grève, cherchant un prétexte pour ne pas rentrer. Je savais que mon frère m'attendait de pied ferme à la maison et je n'avais nulle envie de le rejoindre. J'avais refusé d'aller occuper un emploi très intéressant à la Malbaie. De plus, j'avais osé évincer un énième « prétendant sérieux », comme se plaisait à les appeler Joshua, et je ne tenais pas à lui expliquer pourquoi. Je savais qu'il me parlerait également de Charles Bouchard et je préférais éviter cet épineux sujet. Bref, toutes les raisons étaient valables pour étirer le temps. Je regardais au large lorsque j'aperçus quelqu'un. La mince silhouette, au loin, me fit frissonner. Personne ne pêchait au large à une heure aussi avancée, les touristes étaient rares en ce temps-là et ma manie des marées était une étrangeté que je ne partageais avec personne, ici au village. Je savais pertinemment que certains me prenaient au mieux pour une paresseuse qui fuyait ses responsabilités, au pire pour une illuminée. D'autres murmuraient même que l'on ne tarderait pas à m'enfermer, comme ma mère avant moi...

Elle haussa les épaules pour me montrer qu'elle n'y pouvait pas grand-chose à l'époque. Les gens étant ce qu'ils sont...

– J'aurais pourtant juré que j'étais seule un instant auparavant. Je connaissais ces berges comme ma poche, de même que tous les chemins qui y conduisaient. J'aurais certainement remarqué cette présence avant qu'elle ne soit si loin au large, surtout sur une étendue aussi nue. Je décidai donc d'attendre, afin de voir qui pouvait bien se promener si tard.

Ma tante sortit un instant de sa transe et me regarda d'un air triste et résigné. Je savais trop bien ce que signifiait être différente des autres, ne pas entrer dans le moule de son temps. Je savais également que cette impression d'être seule et incomprise ne s'estompait jamais vraiment, même des années plus tard.

– Mon attente fut de courte durée puisque, dix minutes plus tard, l'inconnu n'était plus qu'à quelques mètres de moi. Il titubait et semblait avoir le plus grand mal à rester debout et à conserver son équilibre. Il était entièrement vêtu de noir et une longue cape lui descendait aux chevilles. Ses cheveux longs et pâles contrastaient avec sa tenue sombre. De grande taille, il devait mesurer un bon mètre quatre-vingt-dix, il marchait la tête basse. Je ne sais s'il me vit derrière la goélette ou s'il sentit ma présence, mais il s'arrêta soudain, regardant nerveusement autour de lui. Il était trempé et son corps, secoué de frissons Des morceaux de glace flottaient encore, ici et là, à la surface du fleuve. Je me dis qu'il avait toutes les chances d'être malade avant longtemps s'il ne se réchauffait pas immédiatement. Je ne sais si c'est de l'altruisme ou plutôt la possibilité d'imposer une diversion à mon cher frère, mais, en un instant, ma décision fut prise et je sortis de l'ombre pour m'approcher de lui. Il sursauta en me voyant et regarda autour de lui, semblant craindre de voir arriver toute une horde. Je lui souris néanmoins, et il me le rendit. Maintenant que je le voyais de près, je constatai qu'il était jeune, beau et fort bien bâti ; on pouvait deviner sa puissante musculature sous ses vêtements trempés qui lui collaient à la peau. À cet âge, on se pâme rapidement pour les beaux garçons, surtout lorsque les nouveaux sont rares, comme dans ce petit village perdu de la rive nord du fleuve. Je ne sais ce qui me passa par la tête, mais je lui offris de me suivre jusque chez moi pour se sécher. Il acquiesça d'un signe de tête et je me mis en route, l'inconnu sur mes talons. Nous fîmes le trajet en silence et ne mîmes pas longtemps à gagner la maison. J'avais l'étrange impression de cheminer avec un survenant et je me surpris à me demander si ce n'était pas un grand amour, comme celui qu'Angélina Desmarais avait finalement perdu, que je ramenais ce soir-là à la maison.

Je souris à l'évocation de ce roman des années 1940, qui avait eu son heure de gloire à la radio, et je compris enfin la fascination de Tatie pour cette histoire. Elle me rendit mon sourire, sachant vraisemblablement ce qui m'avait traversé l'esprit, mais elle préféra ne pas s'y arrêter.

– Mon frère, qui entendit la porte d'entrée s'ouvrir en grinçant, se chargea de me ramener sur terre en se lançant immédiatement dans une tirade qui s'annonçait longue et ennuyeuse, puis il se retourna et se rendit compte que je n'étais pas seule. En fait, la stupeur sur son visage se mua rapidement en méfiance, et il dévisagea l'inconnu. Il savait pertinemment que ce n'était pas un homme du village, ni des villages environnants non plus. Il resta un court instant sans voix, regardant alternativement ma propre personne et ce jeune homme. Puis, sa décision prise semble-t-il, il offrit le gîte et le couvert à mon compagnon, de même que des vêtements secs puisés dans sa garde-robe. Si son sens de l'hospitalité demeurait ainsi intact aux yeux de ceux qui apprendraient les faits, sa demi-sœur ne faisait pas partie des présents à offrir. De fait, il m'agrippa par un bras et m'entraîna sans ménagement jusqu'à ma chambre, au deuxième. Là, j'eus droit à un discours sur le danger que représentait un inconnu pour une jeune fille de mon âge, des sévices de toutes sortes que j'avais probablement évités de justesse, et que je n'étais qu'une écervelée pour m'être promenée avec un étranger, le soir de surcroît. Et si quelqu'un m'avait vue ? Que dirait-on de moi au village, le lendemain matin, et de mon frère surtout, qui était incapable de retenir chez lui sa délurée de sœur et patati et patata. La diatribe n'en finissait plus et le ton montait dangereusement. C'est finalement la femme de Joshua qui y mit fin en rappelant à son mari qu'il y avait un étranger dans la cuisine et que cette scène ne ferait sûrement pas très bonne impression sur lui. Cet argument de poids suffit à raisonner mon frère, qui redescendit d'un pas lourd au rez-de-chaussée, non sans m'avoir préalablement consignée dans ma chambre pour la soirée. Pour ma protection, semble-t-il. Peuh ! Quand on est jeune, on craint peu de choses, et c'était mon cas.

Je claquai bruyamment la porte de mon antre et collai rapidement l'oreille au plancher. Ma chambre était juste au-dessus de la cuisine et je ne voulais rien manquer de la suite des événements. Mon frère posa les questions d'usage en la circonstance et les réponses furent quelque peu étranges. Enfin, pour moi, à l'époque, elles l'étaient. L'homme refusa de dire d'où il venait et où il comptait se rendre, alors que la politesse la plus élémentaire dictait des réponses franches de sa part. Il se contenta de révéler qu'il se prénommait Samuvel, qu'il cherchait sa jeune sœur, disparue depuis quelques jours avec un jeune homme de sa connaissance qu'elle désirait épouser. Il raconta que ses parents étaient morts d'inquiétude et qu'il s'était proposé pour faire le tour des villages des environs. La voix de Joshua était chargée de méfiance lorsqu'il lui répondait. Je savais que mon frère flairait le mensonge à des kilomètres à la ronde. On voyageait peu encore dans les années 1950, et il y avait trop de temps morts dans le court récit de l'inconnu pour qu'il soit vrai. Il semblait sans cesse chercher ses mots, et son étrange accent ne ressemblait à rien de ce que j'avais entendu jusque-là. Mon frère lui réitéra tout de même son offre de gîte pour la nuit, mais dans la cuisine d'été. Je savais qu'il verrouillerait la porte contiguë, à double tour, pour plus de sécurité. Notre étrange visiteur n'ajouta pas un mot et alla se coucher tôt, après avoir soupé.

Tatie prit une longue gorgée d'eau, avant de poursuivre son récit.

– Le lendemain matin, je fus debout à l'aube, incapable de me rendormir. Mon cloître forcé ne pouvait durer éternellement et je mourais d'envie de voir notre visiteur de plus près. Je descendis préparer le déjeuner et Mireille me rejoignit bientôt devant le fourneau. Elle parlait peu et semblait nerveuse, jetant sans cesse des coups d'œil inquiets vers la porte de la cuisine d'été. Elle se demandait manifestement à quel moment Samuvel allait faire son apparition. Je la soupçonnais d'espérer que son mari serait levé bien avant ou que notre visiteur aurait disparu pendant la nuit. De fait, lorsque Joshua fit son entrée, quelques minutes plus tard, je perçus immédiatement un relâchement dans sa posture tendue et elle laissa échapper un soupir de soulagement. Mon frère s'assit à la table et pris son déjeuner, sans piper mot. Il se contenta de me regarder à la dérobée, cherchant probablement à lire mes intentions sur mon visage. Je fis mine de ne rien voir et continuai de vaquer à mes occupations. Je le sentais tendu lui aussi. Il semblait sur le point de dire quelque chose, lorsque la poignée de la porte mitoyenne tourna et que notre visiteur entra. Il avait les cheveux en bataille, les vêtements fripés et sa barbe naissante lui donnait l'air franchement moins amical que la veille au soir. Il me regarda en premier, et c'est à ce moment seulement que je remarquai un détail troublant, qui me donna la chair de poule. Ses yeux avaient chacun leur couleur propre ; l'un était d'un bleu foncé, presque noir, alors que l'autre était d'un vert émeraude brillant et irréel. Je n'avais entendu mentionner qu'une seule fois des yeux comme les siens : ceux de ma mère. Mon père n'en parlait que très rarement ; il disait qu'ils portaient inévitablement malchance à ceux qui en héritaient à la naissance et mettaient mal à l'aise les gens qui les côtoyaient. Les yeux de ma mère, par contre, étaient bleu et brun.

Tatie se tourna vers moi.

– Mon frère, qui s'en souvenait très bien, m'avait souvent répété, en te voyant grandir, qu'ils étaient étrangement semblables aux tiens et que ce ne pouvait être bon signe, compte tenu du passé de ma mère...

Tatie s'arrêta un instant pour manger une bouchée, mais aussi pour regarder ces yeux si étranges qu'étaient les miens. Elle savait que j'avais fait des recherches lorsque j'étais plus jeune pour en découvrir l'origine. J'avais fait une crise magistrale, à l'âge de douze ans, pour que ma tante me permette d'avoir un verre de contact, un seul, pour dissimuler aux yeux de mes camarades, avant mon entrée au secondaire, cette anomalie dont la nature m'avait dotée. Par chance, contrairement à bon nombre de gens, cette caractéristique n'était, chez moi, accompagnée d'aucune maladie. J'avais en effet appris que l'hétérochromie était un symptôme possible de diverses maladies plus ou moins rares. Étrangement, je n'en avais aucune. Mais, à l'adolescence, le simple fait d'être différent suffit souvent à nous mettre à l'écart ; ma tante avait finalement accédé à ma demande. Ce n'est qu'à l'université, sur les conseils de Francis, que j'avais accepté de ne plus cacher cette particularité. Il trouvait que cela me donnait un charme unique et une raison d'être fière de ce que j'étais. Comme je manquais alors cruellement de confiance en moi, cette acceptation tardive de mon regard dérangeant me permit d'acquérir cette assurance qui me faisait défaut.

– Tu es dans la lune, ma chérie...

Je revins sur terre, tirée de ce voyage dans le passé par une Hilda légèrement inquiète.

– Je repensais seulement à cette époque où j'avais tant de difficulté à vivre avec ces yeux dissemblables. Cela me semble si loin aujourd'hui ; j'ai l'impression qu'il s'est écoulé un siècle ou deux depuis mon adolescence, alors que c'était il y a une dizaine d'années seulement. C'est étrange comme le temps ne s'écoule pas toujours de la même façon, selon ce qui le meuble.

– Oui, je sais, soupira Hilda.

– Je t'en prie, continue, dis-je à Tatie. J'ai hâte de connaître la suite.

– Où en étais-je ? Ah, oui ! Ses yeux...

Je détournai rapidement les miens pour cacher mon trouble et ne pas être témoin du sien, me concentrant exagérément sur le fleuve.

– Il se proposa pour donner un coup de main aux corvées, avant de descendre au village pour voir si quelqu'un n'aurait pas aperçu cette sœur dont il avait parlé la veille. Joshua grogna quelque chose qui ressemblait à un assentiment. Finalement, ce n'est qu'en fin de matinée qu'il partit. Mon frère lui avait proposé de revenir le soir, s'il le voulait, lui disant qu'il pourrait continuer son périple le lendemain, s'il s'avérait qu'il soit revenu bredouille. Il n'avait pas répondu, se contentant de hocher la tête. Sitôt l'homme parti, mon frère était retourné à ses occupations. J'exécutai mes tâches en un temps record et je filai ensuite à mon tour vers le village, avant que Joshua n'ait pu faire quoi que ce soit pour m'en empêcher. De toute manière, je crois que son impression première sur notre visiteur s'était modifiée en sa faveur et qu'il ne verrait pas d'inconvénients, enfin pas trop, à ce que ce dernier croise mon chemin, en plein jour surtout. Ayant jeté un coup d'œil à la rue principale sans l'apercevoir, je me préparais à partir à sa recherche sous un quelconque prétexte lorsqu'Anaïs Langlois sortit du magasin général en compagnie de sa fille. *« Je t'interdis de t'approcher de cet étranger. Tu m'entends, Bélinda ? On ne sait pas d'où il vient, ni s'il est respectable. Avec des yeux comme les siens, mieux vaut se méfier. Viens, prévenons les autres de sa venue. Mme Tremblay le retiendra bien assez longtemps au magasin pour nous permettre de prendre de l'avance.* » Et elle se lança, tout en marchant, dans un monologue sur la façon de reconnaître un homme digne de confiance parmi tous ces jeunots dangereux qui peuplaient supposément les environs, etc, etc. Ma quête serait donc de courte durée ; restait à trouver une raison de l'aborder. Je cherchais fébrilement lorsqu'il poussa la porte et m'interpella. Je sursautai et rougis comme une écolière prise la main dans le pot de biscuits. Il me demanda malicieusement : « Votre frère sait-il que vous êtes ici ? » Déjà intimidée, j'étais devenue carrément cramoisie, incapable de défendre ma présence, alors que je n'avais pas l'habitude d'avoir la langue dans ma poche. La question qu'il me posa ensuite me prit au dépourvu ; il voulait savoir si je connaissais un endroit où nous pourrions bavarder tous les deux, sans constamment attirer les regards. « Je pense que je suis un peu trop voyant pour rester ainsi au milieu du village », me dit-il. Je me souviens d'avoir ri. Il détonnait effectivement beaucoup et je craignais que la mère Langlois ne rapplique bientôt avec des renforts pour chasser l'intrus, avant qu'il ne devienne une menace pour la vertu des pauvres filles innocentes. Je décidai donc de le conduire à une petite chute, en suivant le chemin de fer vers Baie Saint-Paul, celle que l'on appelle aujourd'hui la chute Simon. Je savais que nous y serions tranquilles. En route, j'aurais voulu lui poser un tas de questions, mais j'étais encore trop intimidée par sa taille, son accent et son étrange regard.

Je pouvais presque voir ma tante sur ce chemin quelque cinquante ans plus tôt. J'avais l'impression de refaire ce bout de route avec eux, de revivre ces événements passés. Le timbre de sa voix changea soudain et je compris que nous étions rendues à un moment important de son récit. Je fus plus attentive, si tant est que la chose soit possible. Tatie avait oublié ma présence, ses yeux lointains revoyaient des images connues d'elle seule. Je l'écoutais, fascinée.

– La voie ferrée était longée, d'une part, par le fleuve et, de l'autre, par une étroite bande d'arbres qui se muait progressivement, à mesure que l'on s'éloignait plus haut vers la droite, en un flanc de montagne plus ou moins escarpé, selon les endroits. Nous arrivâmes bientôt à une petite clairière, où coulait, à travers la roche, une source d'eau claire. Il se désaltéra, puis s'assit par terre dans l'herbe et me dévisagea. Il n'avait pas dit un traître mot depuis le magasin général. Je me sentais soudainement idiote, et inquiète par-dessus le marché. Il parla finalement mais, à ses curieuses révélations, je me dis que j'aurais préféré le silence.

Tatie soupira et termina la première moitié de son sandwich en silence.

– Tu sais, Naïla, c'est étrange de revivre tout cela aujourd'hui avec toi. La situation me paraît toujours aussi irréelle après toutes ces années...

J'aurais voulu lui poser des questions, lui demander comment on se sentait, seule face à un inconnu aussi étrange, si elle avait eu l'impression de le connaître ou la certitude qu'elle pouvait lui faire confiance, et plusieurs autres encore, mais je me retins. Je ne voulais surtout pas que ma curiosité mette prématurément fin à son histoire.

– En gros, il me dit qu'il venait de très loin, beaucoup plus loin qu'on ne pouvait l'imaginer et que c'était moi qu'il cherchait. Il avait sorti de sa poche une photo en noir et blanc de moi, datant de trois ans environ. Les coins cornés et les plis qui parcouraient le portrait témoignaient d'un périple difficile ou de multiples changements de mains. Je restai bouche bée devant ce petit carré de papier puisque je savais pertinemment qu'il n'en existait qu'un seul exemplaire. À ma connaissance, il aurait dû se trouver dans l'album de famille, fort peu garni, du salon de mon demi-frère. Je ne savais pas quoi dire et je le regardais sans comprendre. Je ne sais plus qui, de lui ou de moi, rompit le silence, mais il s'écoula un long moment où plus rien ne se passa. Je me souviens lui avoir demandé comment il était entré en possession de ce portrait. Il me répondit simplement qu'il y avait bien des choses que j'ignorais et qu'il n'était pas du tout certain d'être la personne la mieux placée pour me mettre au fait de ce que je ne savais pas. Je lui demandai tout de même ce qu'il avait l'intention de faire maintenant qu'il m'avait retrouvée. À ce moment-là, mes mains tremblaient et je me demandais si je ne devais pas tout simplement fuir. Je dois cependant avouer que je ressentais une attirance étrange pour ce jeune homme. Il dégageait une force que je n'avais jamais perçue chez aucun des garçons que j'avais rencontrés jusque-là. Je ne pouvais me résoudre à l'abandonner là, comme si une part de moi comprenait que ma place était à ses côtés. Tu sais, Naïla, à mesure que je revis ces instants, je retrouve cette sensation de sécurité et de confiance que j'ai ressentie alors et qui n'avait aucune commune mesure avec le fait que j'étais face à un étranger dont je ne savais rien.

J'observai ma tante en silence, tentant de m'imaginer dans la même situation, à la même époque, et je compris que ce devait être extrêmement étrange. D'un autre côté, jamais je n'aurais cru que Tatie puisse être aussi peu encline à respecter les traditions et la manière de vivre de son temps. Qu'elle prenne autant de risques et de liberté me stupéfiait ! J'avais toujours vu en elle une ancienne religieuse un peu prude et ignorante de la complexité des relations sentimentales. À la lueur de ce que je croyais être la suite de son récit, je devais réviser mes positions. Elle souriait, attendant toujours que je sorte de ma réflexion.

– Je préfère ne pas savoir ce que tu es en train d'imaginer sur mon compte...

Je me sentis rougir jusqu'à la racine des cheveux et son sourire s'élargit.

– Je constate que je peux toujours lire dans tes pensées... Mais permets-moi de terminer mon récit avant que tu ne te lances dans de trop grandes spéculations.

Je lui souris à mon tour.

– Je me souviens de ses tentatives pour m'expliquer, très succinctement, mon importance dans une certaine prophétie dont j'ai oublié la teneur exacte. Pour être franche avec toi, je n'avais rien découvert encore de mes origines véritables et je croyais qu'il me relatait cette histoire à dormir debout pour me séduire ou se rendre intéressant. Je n'écoutais qu'à moitié, le regard perdu dans ses yeux dissemblables, mais combien magnifiques. En fait, je crois que je me fichais éperdument de ce qu'il pouvait raconter, j'étais tout simplement sous le charme. Rapidement lasse de ses bavardages, que j'aurais dû écouter attentivement – mais je ne m'en suis rendu compte que bien des années plus tard – je me suis approchée et je l'ai embrassé.

C'était au tour de ma tante de rougir à ce souvenir. La scène était assez cocasse.

– Je te serais reconnaissante de ne pas faire de commentaires...

Je me contentai donc de sourire à pleines dents, les yeux pétillants de malice. Elle fit mine de ne pas le remarquer.

– Toujours est-il que la tournure des événements a dû lui convenir puisqu'il a répondu avec enthousiasme à cette attaque inattendue. La suite n'a rien de bien extraordinaire. Il a fini par avouer à Joshua ne pas chercher sa sœur, mais plutôt un endroit où rester pour quelque temps. Je ne sais pas ce qu'il lui a raconté exactement, mais ce devait être assez convaincant puisque mon frère a accepté de l'héberger pour une période indéterminée. Il nous fut d'une grande aide pour les animaux et l'entretien de la ferme et des bâtiments au cours des trois mois où il resta chez nous. Sa présence a plus d'une fois fait jaser dans le village, mais il semblait imperméable aux méchancetés qu'il entendait et aux chuchotements incessants sur son passage. Nous avons développé une relation en cachette, dont je n'ai pas l'intention de te parler en détail. Je sais que tu comprendras que je désire conserver ces souvenirs pour moi seule. Tu as seulement besoin de savoir que je me suis rapidement retrouvée enceinte, mais que Joshua a d'abord soupçonné Charles Bouchard parce que nous nous voyions déjà au moment de l'arrivée de Samuvel à la maison. Par ailleurs, mon frère nous avait surpris à quelques reprises auparavant, Charles et moi, dans la tasserie, en train de nous embrasser un peu trop passionnément à son goût.

Sa voix changea soudain. Je levai les yeux vers elle et je vis son regard se noyer doucement. Cela lui arrivait si souvent ces derniers temps que j'eus peur un instant qu'à force de ressasser de vieux souvenirs cette mélancolie ne finisse par devenir permanente. Je m'obligeai à chasser ces sombres pensées de mon esprit.

– Préfères-tu que nous en reparlions une autre fois, Tatie ? lui demandai-je avec douceur.

– Non. Ça ira... Le temps presse et je pense qu'il vaut mieux que je termine maintenant, au cas où je n'aurais pas le courage de revenir sur le sujet plus tard. C'est juste que je me rends compte que le passage du temps ne parvient jamais à guérir totalement certaines blessures...

Je regardai au loin, laissant les minutes s'écouler, le temps que Tatie se ressaisisse. Je comprenais mieux que quiconque que certaines plaies ne cicatrisent qu'en surface, laissant dessous une douleur quasiment perpétuelle. Je me doutais qu'il avait dû repartir pour son monde étrange et que c'est ce qui avait brisé le cœur de Tatie. Je me demandais ce que j'aurais moi-même fait lorsqu'elle amorça la dernière partie de son récit.

– Un soir, au début du mois d'août, je lui ai avoué que je croyais être enceinte. Je savais que je me retrouvais dans une situation précaire et je craignais sa réaction. Si cette dernière ne fut pas celle que je redoutais, elle ne fut pas non plus celle que j'espérais. Il ne me dit rien, tout simplement, et quitta la grange où nous étions. Je ne fis pas un geste pour le retenir sur le moment, croyant qu'il avait besoin de réfléchir, et surtout d'encaisser la nouvelle. Je te rappelle que nous n'avions jamais reparlé de l'endroit d'où il venait, ni de ce qu'était la véritable raison de son arrivée dans mon monde à moi. J'avais même chassé de ma mémoire la photo et l'abracadabrante histoire des premiers jours. Au souper, rien ne parut et il se comporta comme à son habitude avec moi. Le soir, nous nous retrouvâmes une fois de plus dans la tasserie, où nous partageâmes nos derniers moments de passion, mais je ne le savais pas encore. Nous n'abordâmes pas une seule fois le sujet de ma grossesse et je préférai faire comme si je ne lui avais pas encore appris, profitant simplement de sa présence et pensant que nous en reparlerions bien assez tôt. Par ailleurs, je me disais que le fait que nous nous soyons revus ce soir-là, quelques heures à peine après que je lui eus annoncé, voulait sûrement dire que tout irait bien et qu'il avait seulement besoin de temps pour réfléchir à ce que nous ferions. Je me trompais cruellement. Il me regarda longuement ce soir-là, mon visage entre ses mains, et je compris plus tard qu'il voulait fixer mes traits dans sa mémoire. Il me dit « Je t'aime » pour la première et la dernière fois. Je me couchai pleine d'espoir pour découvrir, au petit matin, qu'il avait disparu. Je trouvai un mot sur les balles de foin, lorsque je me rendis à la grange dans la matinée, à l'endroit exact où nous nous étions aimés la veille. Il n'y avait que trois phrases et je mis des années avant d'en comprendre la signification : « *J'ai rempli la mission que l'on m'a confiée et je dois rentrer, pour éviter les représailles. Sache cependant que je t'ai réellement aimée. Puisses-tu un jour me pardonner cet abandon. Samuvel* »

Les larmes roulaient à présent sur ses joues et elle ne fit rien pour les retenir.

– J'ai voulu mourir après ça. J'étais convaincue que je ne pourrais plus jamais aimer avec passion, de peur d'être trahie une fois de plus ; c'est pourquoi je suis restée chez les religieuses après mon accouchement. Je n'ai fait la paix avec cet épisode de ma vie que de nombreuses années plus tard, et c'est ta mère qui me l'a permis.

– Ma mère ?

La question m'avait échappé sous l'effet de la surprise. Je ne voyais pas ce que ma mère venait faire dans le récit d'événements survenus avant même sa naissance. Tatie m'éclaira.

– Oui, Andréa... Quand elle est revenue de là-bas, elle a refusé de discuter de son voyage, mais elle m'a remis un petit rouleau de parchemin fort endommagé, scellé par un sceau de cire. À l'intérieur, il n'y avait que cinq petits mots, mais ils me permirent de tourner la page une fois pour toutes. D'une écriture que j'avais immédiatement reconnue, malgré le temps écoulé, il était écrit : « Je ne t'ai jamais oubliée. S. » Je n'ai jamais su si elle avait rencontré son père en personne ou si le message lui était parvenu d'une autre façon et, pour être franche, cela n'avait plus la moindre importance...

Elle prit ma main dans la sienne et me regarda ardemment.

– Si jamais tu le croisais là-bas, tu veux bien lui dire que je ne l'ai pas oublié non plus ?

Je ne pus qu'acquiescer à sa demande, la gorge nouée. Je ne lui dis pas que je doutais que l'on puisse vivre, ou plutôt survivre, plus de quarante ans dans ce monde étrange, si ce que j'en savais était véridique. Il était inutile de la décevoir...

- 15 -

Des recherches ?

Le lendemain matin, je me levai la tête encore pleine des images du récit de ma tante. En soupirant, je descendis de mon lit et me rendit à la salle de bain, l'air plutôt hagard. Alors que je m'apprêtais à rejoindre Tatie, que j'entendais s'affairer dans la cuisine, je me rendis compte que je n'avais pas vraiment envie de travailler aujourd'hui, que ce soit dans la maison ou à l'extérieur. Habituellement, pourtant, l'avancement des travaux me stimulait. Avec Francis, quand je sentais la fin approcher, je redoublais d'ardeur pour enfin voir le résultat de semaines ou de mois de labeur. Mais là, je savais que cette fin annoncerait l'obligation de passer à autre chose, et c'est justement ce qui me paralysait. Autant, hier encore, j'étais certaine de partir et que rien ne pourrait m'arrêter, autant, à cet instant, je cherchais des raisons de tout remettre en question.

J'entrai dans la cuisine, plongée dans mes pensées, lançant un bonjour machinal à ma tante. Je mis deux tranches de pain dans le grille-pain, puis ouvris distraitement la porte du réfrigérateur pour y prendre la confiture et le jus d'orange. Saisissant au passage un couteau et un verre, je m'assis ensuite au bout de la table, attendant mes rôties.

– Je constate que tu n'es pas au meilleur de ta forme... releva Tatie, sourire en coin.

– Et qu'est-ce qui te fait dire cela ? demandai-je en étouffant un bâillement.

– Oh ! Deux ou trois petites choses, me répondit-elle, le sourire maintenant fendu jusqu'aux oreilles. Comme le fait que tu aies, semble-t-il, décidé de manger des rôties couvertes d'une généreuse couche de relish, étendue vraisemblablement à l'aide d'une fourchette, et accompagnées d'un verre de soda gingembre...

Je la dévisageai un instant, sourcils froncés, avant de me rendre compte que sa description de mon futur déjeuner était en tous points exacte. Je souris bêtement, avant de reprendre le chemin du réfrigérateur pour revenir avec la bonne combinaison.

– Qu'est-ce qui te tourmente ainsi, ma belle ?

Regardant par la fenêtre, je soupirai une fois de plus. Je ne répondis pas tout de suite, cherchant une réponse adéquate.

– Au tout début de cette histoire, je me suis demandé si je ne devais pas faire quelques recherches avant de me lancer, tête baissée, dans cette aventure. Puis je me suis dit que je devais d'abord t'aider dans les rénovations de la maison pour que tu ne te retrouves pas devant une trop lourde charge de travail, advenant mon départ. Et pour être honnête, je ne savais pas vraiment comment m'y prendre pour obtenir des résultats dignes de ce nom. Aujourd'hui, alors que je m'apprête à partir dans une quinzaine de jours, il me semble que je suis revenue au point de départ...

Nous avions en effet convenu, à la fin du récit de Tatie la veille, qu'il valait mieux que je tente ma chance à la prochaine pleine lune. J'avais suffisamment tergiversé...

– Tu te rappelles que ta mère avait entrepris de trouver les réponses aux questions qu'elle se posait en écrivant aux historiens et aux bibliothèques ? demanda Hilda.

– Bien sûr ! répondis-je. Mais tu ne crois pas qu'il est un peu tard pour me lancer dans ce genre de quête ? Je sais bien que je pourrais toujours repousser mon départ, dans l'attente de résultats satisfaisants, mais je te rappelle que tu as dit toi-même que ma mère était allée chercher directement là-bas les réponses qu'elle n'avait pas trouvées dans son propre monde. Je risque donc davantage de perdre mon temps que de réussir à amasser de l'information vraiment pertinente.

– Je dois avouer que tu n'as pas tort. Je me demande...

Je la regardai, attendant qu'elle aille au bout de son idée.

– Comment se fait-il que les lettres de ma mère ne contenaient pas les renseignements pour permettre à l'une de ses descendantes de se rendre là-bas avec des connaissances suffisantes ? Je croyais que ces écrits devaient servir à vous expliquer votre mission par rapport à l'histoire de la Terre des Anciens, conclut-elle, confondue.

Je lui expliquai alors pourquoi les lettres de sa mère ne pouvaient me venir en aide et elle comprit pourquoi sa fille ne lui avait jamais envoyé de traduction de ces mêmes lettres ; elle aussi avait probablement décidé de les lire avant de prendre sa décision.

– Est-ce que je peux les voir ?

Arrachée à ma réflexion, je haussai les sourcils en signe d'incompréhension.

– Les lettres... Est-ce que je peux les voir ?

– Bien sûr.

Je courus les chercher, puis les étalai sur la table. Trois des feuilles étaient toujours vierges, la lettre d'introduction n'avait pas changé non plus. Par contre, celle qui s'était écrite sous mes yeux la dernière fois que je l'avais regardée me parut différente. Fronçant les sourcils, je la repris. Le texte occupait effectivement tout l'espace, contrairement au seul paragraphe de ma dernière lecture, et le langage utilisé n'était plus celui des Filles de Lune. C'était vraiment très étrange. J'expliquai à Tatie ce qu'il en était.

– Peux-tu lire cette nouvelle forme d'écriture ?

– Je n'en ai pas la moindre idée, mais je peux toujours essayer.

Je me concentrai sur les caractères pendant quelques minutes, fixant intensément certains mots en espérant qu'ils prennent soudain une signification particulière, mais rien ne vint.

– Il doit bien y avoir un moyen de comprendre ce qui est écrit, dis-je avec exaspération. Je ne peux pas croire que cette lettre ait changé simplement pour son bon plaisir !

Regardant toujours le papier jauni, je demandai à Tatie :

– Au fait, pourquoi voulais-tu voir ces lettres puisque tu m'as dit que tu ne pouvais pas les lire ?

Après quelques minutes, comme elle ne répondait toujours pas à ma question, j'abandonnai ma contemplation inutile et me tournai vers elle. Tatie, contrairement à moi, regardait toujours la feuille posée sur la table. Sourcils froncés, elle me parut excessivement concentrée pour une personne qui ne savait pas lire cette forme d'écriture. À la fin de ce qui me sembla une éternité, le visage de Tatie s'éclaira.

– Je crois que je vais enfin servir à quelque chose dans cette histoire. Je n'y croyais plus...

– Tu veux dire que tu comprends ce qui est écrit ? demandai-je, incrédule.

Elle hocha lentement la tête, en signe d'assentiment, ne lâchant toujours pas l'étrange écriture des yeux.

– Mais comment est-ce possible ? Je croyais que...

Elle ne me laissa pas terminer ma phrase.

– Ce n'est pas une lettre de Miranda cette fois-ci, même si elle est écrite sur le même papier ; c'est une missive d'Andréa...

Je secouai la tête. Cela n'avait pas de sens. Qu'une lettre disparaisse pour être remplacée par une seconde, différente mais du même auteur, passe encore, mais que cette lettre soit maintenant écrite par une autre personne...

– Andréa a utilisé une très vieille forme de magie pour réaliser cet exploit. Elle explique que seule la personne à qui est destinée la lettre pourra la lire. Cette dernière restera incompréhensible à toute autre personne.

– Est-ce que je peux tout de même savoir ce qu'elle te dit ou je risque d'être transformée en une créature monstrueuse ?

J'étais à deux doigts de la crise de nerfs.

– Bien sûr que tu peux savoir. C'est justement pour te renseigner que ta mère a écrit cette lettre.

Je la regardai, sourcils froncés, mais ne lui demandai pas pourquoi maman ne me l'avait pas écrite à moi tout simplement ; je ne voulais pas la blesser, surtout que, pour une fois, elle avait l'impression d'être vraiment impliquée à part entière dans cette aventure. Mais comme toujours, Tatie sembla lire dans mes pensées.

– Elle ne pouvait pas t'écrire directement puisqu'elle aurait ainsi enfreint les règles de Miranda concernant les lettres. Elle ne pouvait aller à l'encontre de ce que cette dernière avait décidé, c'est-à-dire ne rien révéler à celle qui n'accepterait pas d'abord la mission qu'elle désirait lui confier. Craignant que tu n'en viennes un jour à commettre la même erreur qu'elle, Andréa a voulu éviter que tu perdes tout, à ton tour. Mais je te préviens, elle ne répond pas vraiment à tes interrogations actuelles ; elle te donne plutôt les moyens de trouver des réponses une fois là-bas. C'est tout ce qu'elle a la possibilité de faire sans contrevenir aux souhaits de sa grand-mère.

Je soupirai. Pourquoi fallait-il que tout soit toujours aussi compliqué ?

– Eh bien, je t'écoute, dis-je, résignée.

– Je vais aller directement aux passages qui te concernent ; inutile de te répéter ce que je viens de te dire...

> *... Naïla doit d'abord savoir que la seule personne en qui elle puisse avoir totalement confiance sur la Terre des Anciens, c'est elle-même. Une fois sur place, elle ne pourra se fier à quiconque puisque tous, les bons comme*

les mauvais, convoitent l'allégeance d'une Fille de Lune, et les moyens pour l'obtenir n'ont rien de commun avec le savoir-vivre et la chevalerie. Par ailleurs, ce n'est pas la vie que l'on peut observer chaque jour, dans ce monde parallèle, qui est une menace et un danger permanent, mais bien celle que le commun des mortels ne voit quasiment jamais, celle qui se vit dans l'ombre : dans les donjons des vieux châteaux, dans les grottes au sommet des montagnes, sous les mers, dans les îles perdues ou aux confins des Terres Intérieures. Partout où l'on est loin de la civilisation, mais près du pouvoir, le monde est dur et cruel ; seuls les forts arrivent à survivre, les faibles sont piétinés sans aucune pitié. Il ne faut donc jamais croire que cette terre a changé et qu'elle n'est plus qu'un monde parmi d'autres. Tout ce qu'elle a été par le passé somnole simplement, se réveillant parfois quelques jours ou quelques années et se rendormant finalement parce que, de part et d'autre, il manquait encore quelque chose d'essentiel.

Il ne faut surtout pas, non plus, que ma fille oublie qu'il existe cinq autres mondes, à part celui de Brume et la Terre des Anciens soit : Mésa, la terre des nains et des mondes marins ; Elfré, le monde des elfes, des nymphes et des très rares fées ayant existé ; Golia, le domaine des géants ; Dual, la terre de prédilection de tous les mutants naturels, comme les centaures ; et le plus intrigant de tous, l'univers de Bronan d'où nul ne semble jamais revenir. Une fois sur place, Naïla comprendra et parlera, sans apprentissage aucun, toutes les formes de langage de la Terre des Anciens et des autres mondes. C'est un don extrêmement précieux pour une Fille de Lune, même s'il nous vient d'une ascendance qui nous enchaîne. Je me dois maintenant d'être brève et concise pour les recommandations puisque c'est la seule page à laquelle j'ai droit.

Pour survivre, Naïla devra impérativement se rendre à la montagne aux Sacrifices peu de temps après son arrivée, afin que ses pouvoirs lui soient accordés dans leur totalité ; elle pourra ainsi mieux se défendre. J'y laisserai un message pour elle si la vie me le permet. Il lui faudra aussi retrouver la Recluse pour qu'elle lui raconte la vieille histoire des Filles de Lune, son histoire. C'est essentiel. Je suis certaine que la sorcière des Canac sera toujours en vie ; plus Naïla s'en tiendra loin, mieux elle se portera. Je ne sais pas s'il en ira de même pour Wandéline, mais elle doit savoir que cette dernière change continuellement de camp ; mieux vaut s'en méfier. Je ne peux pas lui révéler l'identité de son père puisque je l'exposerais ainsi à un grave danger, mais elle doit savoir qu'elle n'aura aucun doute sur son identité si elle le rencontre un jour. Il faut aussi qu'elle sache qu'un dénommé Uleric prétend être le dernier Sage encore en vie sur la Terre des Anciens, mais qu'il n'en est rien. Au moment où je suis revenue de là-bas, il y en avait au moins deux autres ; ces derniers ont d'excellentes raisons de se cacher dans les Terres Intérieures. Uleric tentait également, en 1973 du monde de Brume, de recréer l'ancienne confrérie des protecteurs des Filles de Lune, les Cyldias. Même s'il avait réussi, je ne suis pas certaine que ce soit une bonne nouvelle pour les rares Filles de Lune restantes. La formation de ces hommes redoutables de par leurs pouvoirs et leur puissance prenait plusieurs années et n'acceptait que des Êtres d'Exception possédant des talents devenus excessivement rares. N'aurons-nous que des semblants de gardes du corps ? Mieux vaut se méfier que de confier notre vie à ces hommes, s'ils existent réellement. Le dernier conseil que je puisse donner à ma fille est de ne jamais cesser de croire en elle et en ses capacités, mais surtout de faire preuve d'une ouverture d'esprit totalement hors du commun. Ce n'est qu'au prix de grands efforts que nous pourrons peut-être un jour mettre un terme à la quête des trônes et à la descendance de Mévérick. Puisse Alana lui venir en aide et la protéger si elle choisit de venir me rejoindre...

Andréa

P.-S. Il ne sert à rien de reprendre les recherches que j'avais menées en 1972. Même si je me doute que les moyens ont évolué et que de nouveaux faits ont probablement vu le jour, rien ne pourrait la préparer réellement à ce qui l'attend de l'autre côté. Que Naïla garde son énergie, elle en aura bien besoin.

– C'est tout ? demandai-je bêtement, même si je savais qu'une seule page ne pourrait pas répondre à toutes les questions que je me posais.

– Malheureusement, oui.

Tatie avait l'air aussi déçue que moi, mais elle me fit cependant remarquer que ces informations valaient mieux que rien. Force me fut d'admettre qu'elle avait raison. Nous discutâmes tout au long du déjeuner, surtout du fait que je comprendrais vraisemblablement toutes les langues de ces mondes étranges.

Par le passé, je m'étais souvent interrogée sur cette facilité que j'avais à apprendre et à maîtriser rapidement différentes langues, sans avoir à fournir beaucoup d'efforts. C'est ce don qui avait guidé mon choix à l'université. Il semblait donc que je devais cette particularité à ma curieuse ascendance.

Je sortis prendre l'air pour le reste de la matinée. La marée descendait et mes pas me conduisirent immanquablement vers la pierre lunaire. Même si, de mon îlot rocheux, je n'en voyais que le sommet, je sentais maintenant sa présence, comme si elle était vivante. J'hésitais cependant à m'en approcher ; j'avais toujours en mémoire la vision de la vieille femme.

Cette dernière m'avait à nouveau visitée dans mes songes, ces dernières semaines, mais jamais elle n'avait été nommée. Je me demandais maintenant si ce n'était pas l'une des sorcières que ma mère avait mentionnées dans sa lettre de ce matin. Prise de curiosité, je passai de pierre en pierre, évitant de marcher dans l'eau encore froide, afin d'atteindre celle qui me fascinait. J'y pensais chaque jour, me demandant ce qu'il arriverait au moment où je viendrais de nuit. Debout sur une roche, je la regardais d'en haut, indécise. Puis, instinctivement, je m'accroupis et tendis la main pour la toucher. Contrairement à ma tentative précédente, j'y laissai mes doigts plusieurs secondes. Certaines images s'imposèrent encore une fois à mon esprit avec une clarté presque irréelle.

Si la vieille fit un retour logique, elle disparut presque aussitôt, remplacée par le visage d'un jeune homme dans la vingtaine. Mais je ne pus l'identifier tellement il passa rapidement, immédiatement éclipsé par l'apparition d'un homme dans la quarantaine. Il portait une longue robe bourgogne avec une large ceinture. Il avait les oreilles légèrement étirées vers le haut, comme les lutins du père Noël, et de longs cheveux châtains bouclés qui me rappelèrent étrangement ceux de ma fille, Alicia. Ses yeux, dont je ne parvenais pas à distinguer la couleur, étaient empreints de tristesse. Il fronçait les sourcils, comme s'il se concentrait intensément. De sa main à six doigts, pendait un cordon de cuir où un étrange médaillon était accroché. Cette vision resta en suspens dans mon esprit bien après que j'eus retiré ma main et regagné la maison.

- 16 -

Une douleur

Dans la cour arrière d'une vaste propriété, le bruit des épées qui s'entrechoquaient résonnait depuis près d'une heure maintenant, mais il fut subitement interrompu. La douleur qui frappa l'un des protagonistes fut si subite qu'il se plia en deux sous le choc et lâcha son arme. Les mains appuyées sur les genoux, Alix respirait difficilement. Il avait l'impression d'avoir reçu un coup de glaive en plein flanc ; cela n'avait aucun sens. Même si la sensation ne dura pas plus d'une minute, elle le déstabilisa complètement. Un instant auparavant, il s'exerçait simplement à l'épée avec Zevin, un ami d'enfance, et voilà qu'il parvenait à peine à reprendre son souffle, et contact avec la réalité.

– Qu'est-ce qui se passe, Alix ? demanda Zevin, légèrement inquiet. Qu'est-ce qu'il y a ?

Le jeune homme fronça les sourcils ; il n'avait pourtant pas atteint Alix avec son arme. Par ailleurs, son compagnon n'avait pas l'habitude de se comporter de cette façon. Alix était reconnu pour sa grande endurance physique et sa robustesse ; il ne se plaignait pas sans raison.

Reprenant le contrôle de lui-même, Alix se redressa, respirant toujours bruyamment, comme s'il était essoufflé. Il tourna son étrange regard vers Zevin, mais ne dit rien. Il se pencha simplement pour récupérer son arme, s'apprêtant vraisemblablement à reprendre l'exercice. Zevin ne l'entendait cependant pas de cette oreille.

– Un instant ! Si tu crois que je vais faire comme si je n'avais rien vu, tu te trompes. Qu'est-ce qui s'est passé ?

– Oh ! Ce n'est rien. Un malaise passager. Tout va bien maintenant... Allez, on continue.

Les bras croisés sur la poitrine, Zevin s'obstina.

– Je n'ai pas l'intention de continuer quoi que ce soit avant de savoir ce qui t'arrive.

Il marqua une pause, attendant qu'Alix réponde, mais rien ne vint. Il réfléchit alors à haute voix, se frottant le menton.

– Peut-être devrais-je te sonder ? Si...

Mais Alix balaya la réflexion du revers de la main. Que Zevin exerce ses dons de guérison sur lui était bien la dernière chose dont il avait besoin en ce moment ! Non pas qu'il n'ait pas confiance en lui, cela n'avait rien à voir. C'était plutôt le fait qu'Alix se targuait de n'avoir recours à ce genre de magie qu'en cas d'extrême urgence. De guerre lasse, il lui expliqua donc que c'était la deuxième fois, en quelques semaines, qu'il ressentait une douleur aussi forte et brève que celle-ci, mais qu'il n'en connaissait pas la raison. Zevin l'observa longuement, comme s'il voulait se convaincre que son ami disait la vérité.

– Et tu n'as pas de vieilles blessures qui pourraient ainsi se rappeler à ton bon souvenir ? N'est-ce pas de ce côté que tu as reçu le coup d'épée d'Alejandre, il y a une dizaine d'années ?

Alix haussa les épaules.

– Ce n'est pas du tout le genre de douleur que cause une ancienne blessure, même magique. Crois-moi, je suis plutôt bien placé pour le savoir, ajouta-t-il dans un sourire.

De fait, le jeune homme avait une série assez impressionnante de cicatrices et de marques lui rappelant sans cesse que la vie qu'il menait n'était pas de tout repos.

– Peut-être est-ce la façon qu'a trouvée Uleric de me faire regretter mon refus de protéger la prochaine Fille de Lune, énonça Alix, soudain songeur.

Ce ne serait pas la première fois que le Sage aurait recours à la magie pour tenter d'exercer des pressions sur lui, même si cela n'avait guère eu de résultat probant jusqu'à maintenant.

– Je me demande..., commença Zevin.

Ce fut au tour d'Alix de croiser les bras sur la poitrine en souriant malicieusement.

– Si tu as peur de continuer cet exercice, tu n'as qu'à le dire. Inutile de chercher une défaite...

Tiré de sa réflexion, Zevin lui répondit promptement.

– Moi, peur ? Il semble donc que tu aies déjà oublié la raclée que tu as prise la semaine dernière.

Et l'entraînement reprit, l'incident étant clos...

- 17 -

À travers le néant

La veille de mon départ, il devint évident, pour moi comme pour ma grand-mère, qu'il valait mieux nous dire au revoir ce jour-là, plutôt que le lendemain. Chaque moment qui nous rapprochait de la date fatidique amenait avec lui son lot de souvenirs déchirants, ses inquiétudes, ses interrogations, mais surtout un sentiment grandissant de perte imminente qui nous accablait. Nous savions toutes les deux que je ne changerais pas d'avis, mais nous aurions aimé suspendre le cours du temps, juste pour être un peu plus longtemps ensemble.

Dans l'après-midi, nous nous rendîmes sur les berges du fleuve jusqu'à la limite de la marée descendante, regardant d'un même mouvement vers le large. L'Île-aux-Coudres, le fleuve, les bateaux, le quai, le cap Martin, l'ancien chantier maritime, le village des Éboulements : tout ce qui avait bercé les moments forts de nos vies respectives et accompagné nos peines et nos plus grandes joies. À ce moment-là, tout ce qui nous entourait et que nous connaissions depuis toujours ne faisait plus partie d'un simple paysage, mais devenait la scène où se déroulait la fin d'une vie et le début d'une autre, complètement différente. Rien ne serait plus jamais pareil et nous devions dès maintenant apprendre à vivre avec ce changement. Silencieuses, nous soupirâmes à l'unisson, puis nous nous tournâmes l'une vers l'autre dans un sourire résigné.

Alors qu'elle m'avait toujours opposé un refus catégorique lorsque je lui demandais si elle voulait voir la pierre lunaire, ce jour-là, ma tante en fit la demande. Je la conduisis sur l'îlot rocheux, puis lui indiquai l'emplacement. Elle ne s'en approcha cependant pas au point de la toucher puisque la marée ne descendait pas suffisamment. Elle se contenta de la fixer du regard, de loin, et j'étais prête à jurer sur la pierre tombale de Francis qu'elle reviendrait ici des centaines de fois, au cours des semaines et des mois à venir, dans l'espoir de me voir reparaître. Cette pensée me fit m'interroger sur ma capacité à vivre de l'autre côté de cette frontière étrange. Y resterais-je plus longtemps que ma mère ne l'avait fait ? Comme souvent, Tatie capta mes tourments.

– Je sais que c'est très égoïste de ma part, mais...

Tatie s'interrompit, gênée. Je me tournai vers elle, intriguée. Elle poursuivit.

– Tu... tu crois qu'il est possible que tu reviennes un jour ? Je veux dire... C'est que...

Je haussai les épaules.

– Pour être honnête... je ne sais pas. Mais je suppose qu'il serait prétentieux de ma part de dire que je réussirai là où ma mère a probablement échoué...

– En tout cas, elle aurait été très fière de toi.

Je passai le bras autour des épaules de Tatie avec tendresse. Elle ajouta simplement :

– Tout comme je l'ai toujours été...

* *
*

Il y avait plusieurs jours, j'avais descendu la malle du grenier, avec Hilda, et entrepris de faire un tri afin de déterminer ce qui me serait le plus utile. Le matin de mon départ, je choisis de porter la jupe couleur de jute, de même que le corsage crème au beurre. J'enfilerais chemise et jupons dessous. Les bottes de cuir et la cape à capuchon compléteraient le tout. Je devrais cependant ne porter que la chemise pour traverser. Si je me retrouvais en difficulté, je n'aurais pas à me débattre dans l'eau avec des vêtements lourds et incommodants, quitte à me retrouver à demi-nue si je perdais mon sac. J'entrepris ensuite de constituer ledit sac de voyage. J'ajoutai une couverture de laine épaisse, des amandes et des fruits secs, de même qu'un petit savon à l'ancienne et la dague, dont j'avais finalement déchiffré l'inscription. Cette dernière ne m'avait cependant pas appris grand-chose. Je ne pouvais que spéculer sur la signification véritable de « Avec la bénédiction d'Alana ». Mais je voulais l'avoir sur moi comme moyen de défense afin de me sentir plus en sécurité, même si je n'étais pas du tout certaine d'être capable de m'en servir contre un autre être vivant.

J'avais réfléchi à plusieurs reprises à cet aspect du voyage au cours de mes derniers préparatifs et je n'étais pas encore parvenue à me convaincre que, si ce monde était comme je le croyais, je devrais, un jour ou l'autre, défendre ma vie dans le véritable sens du terme. Force m'était d'admettre que cet aspect me préoccupait. Rien dans mon monde actuel ne m'avait préparée à cela.

En soupirant, je revins à mon maigre bagage ; il n'y avait guère de place pour autre chose. Je doutais fort qu'un porteur m'attende à l'arrivée, ce qui signifiait que je n'apporterais pas de vêtements de rechange ni d'épicerie pour une semaine. Je refermai mon baluchon et le déposai sur la chaise près de la porte.

Une fois cette étape terminée, je passai cette ultime journée en semi-errance, dans la maison qui m'avait vue grandir au fil de mes vacances d'été. Je ne savais comment occuper ces dernières heures de liberté et de nonchalance, avant de plonger dans l'inconnu. Tout ce que je commençais tournait court, autant la lecture que l'écoute de la radio ou l'écriture d'une dernière lettre à Tatie. Je ne pus rien avaler de consistant de la journée, grignotant du bout des lèvres. Il me semblait que mes entrailles n'en finissaient plus de se nouer dans l'attente et l'anxiété. Je parcourus des dizaines de fois, en diagonale, les notes et les points de repère que j'avais accumulés, relisant la transcription de la lettre de ma mère faite par Tatie, cherchant je ne sais quoi. En fait, j'avais l'impression de tourner en rond.

Dans la soirée, je sortis finalement marcher sous cette pleine lune tant attendue, mais aussi redoutée pour tout ce qu'elle impliquait. Je poussai jusqu'au kiosque, près de l'église, et m'y assis un temps, regardant les eaux se stabiliser avant d'entreprendre la descente que j'attendais. Je me surpris un instant à espérer que ce moment ne viendrait jamais et que le temps demeurerait suspendu indéfiniment sur ces vagues paisibles, au bord des foins salés. Ce fut peine perdue... Je vis bientôt le début du retrait des eaux et les sables se découvrir lentement vers le large. Je me levai en soupirant et repris le chemin de la maison, prête pour les ultimes préparatifs.

Mon sac de toile en bandoulière, je quittai la maison aux environs de minuit. J'eus un pincement au cœur en refermant la porte derrière moi, ne sachant pas si je reviendrais un jour. Les adieux faits à ma grand-mère, la veille, me peinaient et, malgré sa bénédiction, je savais qu'elle se ferait du mauvais sang chaque jour à partir d'aujourd'hui. Je n'y pouvais pourtant rien. J'avais choisi et j'assumais.

J'entrepris ma dernière descente vers le village d'un pas assuré. Je parvins rapidement jusqu'au Musée maritime et traversai la propriété. La marée descendait inexorablement, découvrant déjà de larges bandes de terre au loin. Cependant, j'avais encore deux bonnes heures devant moi puisqu'elle ne serait stable que vers deux heures du matin. J'enlevai mes vêtements loin des lampadaires, ne gardant que la chemise, et je gagnai plus lentement le large, m'imprégnant de tout ce qui avait bercé mes joies et mes peines jusqu'à ce jour. Ces battures m'avaient tellement de fois accueillie que j'eus un instant l'impression de les trahir en les quittant. Je cherchai à me convaincre que ce n'était qu'un au revoir et non un adieu, mais j'étais loin d'en être sûre. J'atteignis bientôt la limite des eaux descendantes.

C'était une nuit sans nuage, une vraie belle nuit de pleine lune. Mais cet astre lumineux semblait davantage me reprocher mon départ que l'encourager. Avais-je fait le bon choix ou courais-je à ma perte ? Je ne savais plus. Autant j'en étais certaine, il y a quelques heures encore, autant je ne jurais plus de rien maintenant. La seule chose dont j'étais convaincue, c'est qu'il n'y avait plus rien pour moi de ce côté-ci ; que le vide et l'impression d'étouffer ! J'avais tout donné par le passé, et aussi pratiquement tout perdu, et je ne pouvais vivre éternellement avec des regrets.

Je cherchai du regard mon point de salut, que je repérai facilement, à l'embouchure de la rivière ; on ne voyait encore que quelques centimètres du sommet de la pierre. Je ne savais pas si c'était le vent qui soufflait continuellement sur la grève, ou seulement mon imagination, mais j'avais la nette impression d'entendre mon nom au loin, comme un murmure perpétuel et dérangeant. J'avançai doucement, mon sac à bout de bras, espérant conserver au sec le peu que j'avais choisi d'emporter avec moi. Je sentais les algues frôler mes jambes nues sous le fin tissu, et les galets, sous mes pieds, semblaient plus glissants qu'à l'habitude, comme si la nature s'était concertée pour me rendre la traversée difficile, pour m'éprouver...

Je me repérai une fois de plus et marchai, droit devant moi, pendant les quinze derniers mètres, jusqu'à ce que j'aie de l'eau à hauteur de la taille. Je rejoignis l'îlot rocheux d'où je voyais maintenant un quart de la pierre. Je ne pouvais pas tergiverser longtemps, le fleuve n'est normalement stable qu'une heure durant. Il arrive même qu'il ne le soit pas du tout.

Je me retournai une dernière fois, puis j'avançai une main tremblante vers la marque des voyageuses, mon sac en équilibre précaire au bout d'un bras, mon pendentif semblant soudain peser plus lourd à mon cou. J'effleurai à peine le symbole sacré et je me sentis défaillir. Mes jambes se dérobèrent sous moi et j'eus la sensation que la vie me quittait. Une lumière aveuglante déchira la nuit et je fus aspirée vers le néant. Un gouffre noir s'ouvrit sous mes pieds et je me laissai glisser dans les profondeurs, ne sachant que faire d'autre...

J'eus l'impression d'être en apesanteur. L'obscurité qui m'enveloppait était de plus en plus fréquemment traversée d'éclairs blancs. J'étais ballottée comme dans un manège de parc d'attraction, et mon cœur commença à faire des siennes. La pression qui s'exerçait sur mon corps s'intensifiait de minutes en minutes, comme si un étau invisible se resserrait sur moi. Des cris et des pleurs résonnaient à mes oreilles, s'amplifiant jusqu'à devenir assourdissants. Au bout de longues minutes de ce calvaire, je perdis connaissance...

- 18 -

L'annonce

Au moment même où Naïla franchissait la frontière entre le monde de Brume et la Terre des Anciens, une onde de choc se fit sentir dans un périmètre de deux cents kilomètres autour de son point de chute. Mais c'est à une centaine de kilomètres en amont que l'incident eut des répercussions plus importantes. Au château de la famille Canac, sur les rives du lac Kyr, ce tremblement du sol prit une tout autre signification. Le maître des lieux fut parcouru d'un long frisson lorsque la vibration atteignit son corps. Sans perdre de temps, il descendit dans les profondeurs du château retrouver sa sorcière, Mélijna. Il n'eut cependant pas le loisir de se rendre jusque dans son antre puisque elle-même venait à sa rencontre, dans le long escalier de pierre. Un seul regard de Mélijna suffit pour qu'il sache qu'il ne s'était pas trompé. Ainsi, l'héritière maudite revenait finalement sur la terre de ses ancêtres.

Quand Mélijna lui avait dit, quelques semaines plus tôt, qu'une nouvelle Fille de Lune traverserait sûrement bientôt, Alejandre n'avait pas mis sa parole en doute. C'est seulement quand elle lui avait précisé que celle-ci serait différente des précédentes qu'il avait froncé les sourcils. « C'est une Fille de Brume... », avait-elle dit. Alejandre s'était soudain montré plus attentif. « ... Une Élue de la lignée maudite. » À ce moment-là, le sire de Canac avait carrément jubilé. Jamais il n'aurait cru que la vie lui ferait pareil cadeau, après de si nombreuses années de disette, sur ce continent de périls. Nul besoin d'être devin pour savoir que lui, Alejandre de Canac, ne laisserait pas passer cette chance de régner sur les peuples insoumis des autres mondes et sur les mutants des terres plus à l'est, loin au centre du continent. Lui, qui avait si souvent rêvé de venger ses ancêtres de ce que ces infernales femmes de pouvoir leur avaient fait subir au cours des siècles, voyait enfin l'heure des règlements de compte approcher...

Chaque nouvelle Fille de Lune qui faisait son apparition arrivait seule désormais. Elle n'avait personne pour l'accueillir et l'épauler. Et avant que les « mauvaises » personnes ne la prennent en charge, le sire de Canac s'arrangeait pour la retrouver. Seule, l'Élue était donc déjà perdue à ses yeux. À moins qu'elle n'accepte simplement, comme sa très lointaine aïeule, de se joindre à la famille Canac, descendante directe de Mévérick.

Depuis des centaines d'années, cette famille habitait le château au bord du lac. De père en fils, ils se transmettaient non seulement les propriétés s'étendant sur des centaines d'hectares et les servitudes des nombreuses familles qui y habitaient, mais aussi le désir de poursuivre la quête de Mévérick. Ce dernier rêvait de régner en maître absolu sur la Terre des Anciens et les six autres mondes. Aujourd'hui, c'était à Alejandre, dernier sire de sa lignée, qu'incombait cette tâche colossale.

Sourire aux lèvres, Mélijna le contemplait. Elle savait fort bien ce qui occupait ses pensées en ce moment d'allégresse. Mieux que quiconque, elle connaissait les moindres détails de l'histoire de cette famille et ses mésaventures. Ce n'est pas par hasard qu'elle avait choisi de se réfugier chez un Canac autrefois. Elle ne pouvait donc ignorer tout ce que cette arrivée impliquait pour lui, et pour le continent entier. Par contre, contrairement à lui, elle n'était pas persuadée qu'il suffisait que cette Élue revienne pour que tout s'enchaîne facilement. Elle ne voulait surtout pas qu'il le devine dans son attitude, mais cette nouvelle venue s'était annoncée beaucoup plus fortement que la dernière. Les entrailles de la terre ne mentent jamais pour ces femmes hors du commun.

Compte tenu des problèmes qu'elle-même, Mélijna, et le père d'Alejandre avaient rencontrés avec la dernière Élue maudite, elle prévoyait que la partie serait encore plus difficile cette fois-ci. Nul ne savait ce qu'Andréa avait raconté à son retour, la première fois, sur les terres de Brume.

D'un autre côté, le temps écoulé depuis les derniers essais de prise de pouvoir avait sûrement fait des ravages équivalents dans tous les peuples. Déjà, lors de la venue d'Andréa, peu se souvenaient de cette lignée de femmes d'exception. Dix-huit ans plus tard, le souvenir se serait encore estompé dans la mémoire collective, les civilisations parallèles n'ayant rien su de la jeune femme. Ces êtres avaient voulu échapper à la domination et à la conquête, repoussant les menaces d'esclavage au plus profond d'eux-mêmes, forçant ainsi la perte de souvenirs pourtant essentiels à leur survie. Dans leur hâte d'oublier, ils avaient omis un fait primordial : la menace ne s'était jamais réellement éteinte et les passages n'avaient pas disparu. Tant que des descendants directs, de part et d'autre, survivraient, la menace persisterait.

Il n'y avait que quelques vieillards pour se souvenir et raviver cette souffrance de temps à autre. Malgré leurs bonnes intentions – soit préserver les générations futures de la menace et leur donner la chance d'apprendre à se défendre –, les plus jeunes faisaient la sourde oreille et qualifiaient de légendes et de contes ces histoires de Filles de Lune, de magie et de sorcières. Ils ne croyaient pas que de simples femmes puissent ainsi détenir entre leurs mains la destinée de tous ces peuples auxquels ils ne croyaient pas non plus. Il ne restait plus, aujourd'hui, qu'une poignée de survivants des derniers vrais affrontements hors des Terres Intérieures, et tous étaient considérés comme séniles par leur entourage, qui ne portait plus la moindre attention à leurs élucubrations. Tant mieux pour Alejandre et Mélijna. L'avenir était déjà suffisamment difficile et incertain, l'ignorance des paysans concernant leur propre histoire ne pourrait qu'aider à entraîner leur perte et à servir la cause des Canac et de leur sorcière.

De fait, plus d'une centaine d'années s'étaient écoulées depuis la bataille de Milburge. Pour sa part, Mélijna se souvenait que ce n'était qu'une cinquantaine d'années plus tard qu'elle avait définitivement perdu la trace de la lignée maudite. Miranda avait réussi à fuir vers le monde de Brume, sachant que la sorcière ne la poursuivrait pas au-delà. Cette dernière avait trop à faire pour se lancer tête première dans l'un des deux mondes qu'elle connaissait le moins, surtout qu'elle était fort affaiblie à ce moment-là et qu'elle devait surtout penser à sa survie.

Aujourd'hui, la soif de pouvoir des Canac et de Mélijna couvait toujours sous les cendres, attendant patiemment l'heure de renaître et de s'exprimer. Un court instant, une image s'imposa à l'esprit de Mélijna, mais elle chassa de ses pensées le frère d'Alejandre et ceux qu'il fréquentait. Il était le seul véritablement capable de nuire à ses projets, et l'incapacité qu'elle avait de le réduire à jamais au silence la rendait irascible et colérique. Qu'une sorcière de sa trempe ne puisse venir à bout d'un simple être humain n'avait aucun sens ! Malgré tous ses efforts, elle ne parvenait pas à saisir ce qui distinguait tellement le jeune homme de son frère. Elle était incapable de le sonder ou de lire dans ses pensées, malgré des essais répétés. Il semblait protégé par une magie que la sorcière ne connaissait pas.

Alejandre tira Mélijna de ses pensées en lui demandant si elle avait pu voir une partie de son avenir dans ce signe des dieux. Elle préféra amorcer son retour vers les entrailles de la forteresse, sachant fort bien que l'ambitieux jeune homme la suivrait. Les marches n'en finissaient plus de s'enfoncer dans la terre. Tous deux atteignirent bientôt un palier, puis un long couloir défila devant eux. Des dizaines de cachots, aux ouvertures traversées de barreaux métalliques, s'alignaient de chaque côté de l'allée centrale. Il y avait plusieurs années que ces pièces ne servaient malheureusement plus. Il n'y avait que quelques squelettes épars pour rappeler, aux très rares visiteurs, leur utilité d'antan. Des années glorieuses dans l'esprit d'Alejandre, mais des souvenirs atroces pour les quelques dépositaires du savoir du peuple.

À cette vue, le sire poussa un soupir de résignation, mais aussi d'espoir. Il était soudain convaincu de la prochaine remise en fonction des cachots. Il pensa aussi qu'il lui faudrait trouver un homme de confiance pour les tâches plus délicates dans la dernière salle, tout au fond du couloir... Richcard se ferait sûrement un plaisir de s'en acquitter, lui qui disait souvent regretter de n'avoir point connu la glorieuse époque des bourreaux.

Mélijna, toujours silencieuse, suivait le cours des pensées de cet homme étrange. Le lien particulier qui les unissait, et lui permettait de connaître ses moindres états d'âme, la terrorisait parfois, elle qui avait pourtant le cœur aussi noir que la nuit. Elle n'appréciait pas toujours cette faculté de lire dans l'esprit des autres dont lui avait fait don les divinités de sa noble famille. Elle aurait préféré un cadeau moins empoisonné, à l'instar de sa défunte sœur Séléna. Elle savait que sa rancœur ne lui apporterait pas la paix, pas encore, mais un jour peut-être...

Elle obliqua dans la direction opposée aux cachots pour reprendre sa descente, Alejandre sur les talons. Une dernière volée d'une centaine de marches les mena aux confins du bâtiment. Une porte de bois d'une épaisseur non négligeable s'ouvrit sous la poussée de la vieille femme.

La chaleur qui régnait dans l'immense salle était suffocante. Un énorme foyer occupait le centre de la pièce ; un chaudron y trônait, comme toujours, dont s'échappaient des volutes de fumée bleue, sous l'action des bouillons qui troublaient la surface du liquide qu'il contenait. Seule la couleur de la mixture différait à chaque visite d'Alejandre. Un ravel, grand oiseau gris bleu à tête de loup d'une espèce extrêmement rare, attendait patiemment le retour de sa maîtresse sur son perchoir. Son cri se fit entendre au moment où Mélijna pénétra dans la pièce. Elle lui rendit ses salutations par un croassement étrangement semblable, qui glaça le sang de son visiteur. Constater qu'il existait toujours des ravels, plus de quatre cents ans après leur disparition présumée, était chaque fois troublant pour Alejandre. Ces volatiles, fort recherchés autrefois pour leurs étranges pouvoirs, avaient la réputation de n'être fidèles qu'à une seule personne jusqu'à leur mort. Le jeune homme frissonna à la pensée de l'âge de celui qu'il contemplait. Il espéra, compte tenu du peu de sympathie de l'oiseau à son égard, que les pouvoirs de celui-ci n'augmentaient pas au même rythme que ceux de sa maîtresse. Mélijna sourit à la dernière pensée du sire. « Bien sûr que les pouvoirs de cet oiseau augmentent à la même vitesse que les miens. »

Alejandre avait appris, très jeune, à respecter et à craindre cette sorcière. Elle avait rendu d'immenses services à sa famille par le passé et sa collaboration lui était essentielle. Il ne pouvait nier qu'il avait besoin d'elle plus que jamais, mais si on lui avait dit qu'il pourrait mener à bien ses projets sans son aide, il n'aurait pas hésité à s'en débarrasser sur-le-champ. Elle possédait beaucoup trop de connaissances et de pouvoirs pour ne pas représenter un danger, si elle décidait de changer de camp. Comme son père avant lui, il ignorait tout des origines de cette étrange femme. Ce dernier lui avait confié, sur son lit de mort, qu'elle était arrivée un jour d'hiver au château, complètement gelée et affamée, quelque soixante ans plus tôt. Elle avait promis une aide et une loyauté indéfectibles à son arrière-grand-père s'il acceptait de la recueillir avant que la mort ne le fasse. Son ancêtre avait dit ne jamais l'avoir regretté.

Comme chaque fois qu'il pouvait l'observer, il semblait à Alejandre que Mélijna ne portait pas le poids des ans. Elle était en tous points semblable au portrait qu'elle avait elle-même exigé et qui avait été peint quelques années après son arrivée. Comme si, à un moment précis, son corps avait atteint une limite qu'il n'avait jamais franchie. Ses longs cheveux blancs, sa silhouette mince et ses innombrables rides ne se modifiaient plus. Se pouvait-il qu'elle ait trouvé le moyen d'arrêter les ravages du temps ?

Il ne le saurait probablement jamais puisqu'il n'oserait pas lui demander, de peur de provoquer une de ces colères dont elle avait le secret. C'est cet étrange pouvoir sur le vieillissement, de même que de nombreux autres faits inexplicables, qui lui faisait craindre cette créature. Comme Mélijna n'avait pas les yeux dissemblables des Filles de Lune, elle n'aurait pas dû vivre si longtemps et posséder autant de dons. De fait, elle parlait aux animaux, lisait l'avenir, se guérissait par la seule force de sa pensée et bien d'autres choses encore. Seule la sorcellerie, la vraie, la noire, pouvait expliquer ces grands pouvoirs et il ne connaissait qu'une infime partie de ce qu'elle était capable de faire. Il devait absolument la garder comme alliée.

Suivant toujours sa réflexion, Mélijna se dit qu'il valait mieux pour lui, en effet, qu'elle soit ici. Elle ne lui révélerait certainement pas qui elle était réellement ni qu'elle pouvait lire dans ses pensées. Elle conservait ces armes pour s'assurer de sa loyauté, comme elle s'était assurée de celle de ses ancêtres, à divers moments. Mais Mélijna ne servait pas ces hommes naïfs par générosité ni pour les remercier de l'avoir recueillie chacun à leur tour au fil des décennies, elle le faisait parce qu'elle avait besoin d'eux pour assouvir sa propre vengeance, qui couvait depuis tellement longtemps déjà : anéantir les Filles de Lune. Elle laisserait cependant le temps au dernier Canac de mener à bien ses projets.

* *
*

Pendant que Mélijna et Alejandre jubilaient dans les entrailles du château, Alix tentait, tant bien que mal, de saisir la signification de ce qui lui arrivait. Il s'était réveillé en sursaut, au beau milieu de la nuit ; la douleur avait été encore plus vive que les deux fois précédentes. Mais c'était ce qui était arrivé ensuite qui l'inquiétait davantage ; un tremblement de terre avait presque immédiatement suivi la disparition de son mal, annonçant vraisemblablement l'arrivée d'une Fille de Lune par le passage maudit. Sachant qu'il n'arriverait jamais à se rendormir, le jeune homme s'était habillé et était sorti prendre l'air.

Assis sur la clôture de perche de l'enclos à chevaux, il regardait distraitement au loin, agitant la tête, perplexe.

– Ça n'a aucun sens..., murmura-t-il pour lui-même. Il n'y a plus de Cyldias désigné depuis près de deux siècles.

En soupirant, il leva les yeux vers la lune.

– Alors pourquoi moi, douce Alana ? Et surtout, pourquoi maintenant ?

- 19 -

Traquée

Je percevais la lumière sous mes paupières closes, mais je n'osais ouvrir les yeux, ne sachant ce qui m'attendait. Je fis d'abord l'inventaire de ma personne, en remuant lentement les bras et les jambes. J'étais couchée sur le dos et le bruit des vagues que j'entendais distinctement me rassura sur mon ouïe et ma probable position. Je frissonnai cependant et me rendis compte que j'étais trempée. La sensation d'engourdissement devait s'être répandue doucement dans mes membres endoloris et je me demandai soudain depuis combien de temps j'étais là. Je sentais le soleil sur mon visage, signe que le jour s'était levé, de même qu'une brise fraîche qui venait probablement du large. Mieux valait que je m'active avant d'attraper froid ; être malade était la dernière chose dont j'aurais besoin, compte tenu des circonstances et de ma position précaire, s'il s'avérait que j'avais réussi.

J'ouvris donc les yeux et les refermai aussitôt, blessée par la force de l'astre solaire. Je me redressai lentement, m'assis et levai doucement les paupières. Je m'aperçus que j'étais sur la grève, à marée haute. Le paysage autour de moi était très différent de celui que j'avais quitté pendant la nuit. Aucune trace de village à l'horizon, ni d'une quelconque habitation. Pas âme qui vive, non plus. Le sol, couvert de sable, de gravier et de galets, se prolongeait à perte de vue le long du cours d'eau, parsemé, ça et là, de foins salés et de grosses pierres. À cent mètres en amont, une falaise escarpée se dressait sur environ un kilomètre. Devant moi, c'était plutôt une forêt de feuillus qui s'étendait loin en aval et qui semblait s'enfoncer dans les terres. Je ne savais quelle direction prendre. Longer la berge me sembla la meilleure solution, pour le moment, puisque je pourrais toujours revenir sur mes pas en cas d'échec. Je devais cependant me trouver un point de repère.

La pierre dont j'avais besoin pour mon voyage de retour était, de ce côté-ci du monde, bien en vue sur la rive plutôt que dissimulée sous l'eau. Elle occupait probablement sa place d'origine, contrairement à son alter ego. Sa taille imposante me suffirait pour la retrouver en cas de besoin. Par ailleurs, il me sembla que sa présence faisait ici partie du paysage et était acceptée pour ce qu'elle était ; son apparence différente n'avait pu échapper aux civilisations qui devaient habiter ces lieux, et le fait qu'elle soit toujours en place présumait de son importance.

Je cherchai mon sac à dos et le retrouvai à quelques mètres de moi, appuyé contre une roche couverte de mousse. Je savais déjà que son contenu serait trempé et donc inutilisable. Je pensai d'abord me contenter de ma chemise mouillée, mais, après réflexion, j'enfilai la jupe et le corsage, que j'essorai de mon mieux en espérant qu'ils sècheraient sur moi, grâce au soleil. Je restai pieds nus par contre : le cuir mouillé n'étant pas très confortable. Mon sac sur l'épaule, je me mis en route, choisissant de descendre avec le courant. On verrait bien.

Je devais marcher depuis une heure environ lorsque je perçus un bruit de galop derrière moi. Surprise, je ne pensai pas à me cacher. Je me retournai, intriguée plutôt qu'inquiète, et je vis un cavalier venant à ma rencontre. Il s'arrêta bientôt à ma hauteur et me fis un signe de tête. Je ne pus réprimer un hoquet de stupeur ; tout, dans son attitude, indiquait qu'il s'attendait à me trouver là ! Je ne savais quel comportement adopter, me balançant d'un pied sur l'autre. Je choisis finalement de me taire, n'ayant de toute façon rien à dire qui puisse être d'un quelconque intérêt en la circonstance. Par ailleurs, la seule présence de cet homme imposait étrangement le silence et le respect.

Ses cheveux noirs lui arrivaient aux épaules, tout juste un peu plus courts que les miens. Avec d'épais sourcils, une barbe de plusieurs jours, les traits tirés et des cicatrices en quantité, il avait tout du mauvais garçon. Son habillement franchement médiéval et son épée bien visible n'avaient rien pour améliorer son image. Il correspondait totalement à l'image que l'on se faisait des guerriers et des chevaliers des siècles passés, ceux qui combattaient sans aucune pitié. Mais, bizarrement, sa présence me rassurait. Je présumai que ses intentions devaient être amicales puisque, dans le cas contraire, il aurait certainement déjà réclamé son dû. De fait, il esquissa un sourire narquois et me tendit la main pour que je monte devant lui. J'eus un mouvement de recul instinctif et fronçai les sourcils. Malgré la confiance qu'il m'inspirait, je n'étais pas prête à le suivre bêtement. Ma mère m'avait bien prévenue de ne me fier qu'à moi-même dans ce monde inconnu.

– Qui êtes-vous ? demandai-je, bras croisés sur la poitrine. La langue que j'utilisai instinctivement résonna étrangement à mes oreilles, mais je choisis de ne pas m'attarder à cet aspect de la situation.

Devant ma réaction, il fronça les sourcils à son tour et son sourire disparut.

– Un Cyldias, même si je doute que ce nom signifie quelque chose pour vous, et vous, vraisemblablement une

Fille de Lune, même si je ne suis pas convaincu de votre légitimité à porter ce titre. Maintenant que les présentations sont faites, fit-il avec une certaine exaspération, dépêchez-vous de monter. Les hommes d'Alejandre ne doivent plus être loin et je doute que vous ayez envie de faire leur connaissance.

« Un Cyldias... » Ce nom me rappelait vaguement quelque chose, mais quoi ? Alors que je tentais de réfléchir, malgré l'impatience grandissante de l'homme à cheval, des éclats de voix nous parvinrent, de même qu'un bruit de galopade. Nous tournâmes la tête, en même temps, pour voir une dizaine de cavaliers foncer droit sur nous. Je cessai de réfléchir et acceptai de monter. Je préférais composer avec un homme seul plutôt qu'avec une bande. Je ne tenais pas à lier trop de nouvelles « amitiés » en même temps. Une source d'ennuis potentiels à la fois...

– Accrochez-vous ! me dit-il avec son fort accent.

Nous fonçâmes droit devant nous, à une allure folle. Je ne regrettai pas un instant les cours d'équitation de ma jeunesse. S'ils m'avaient, un temps, semblé d'un ennui profond, je leur découvrais aujourd'hui une utilité certaine, me permettant au moins de tenir en selle sans nuire à mon cavalier.

Je m'attendais à ce que nos poursuivants nous rejoignent d'un instant à l'autre. Je ne cessais de me retourner, tentant d'évaluer la distance qui nous séparait. J'aurais cru qu'avec deux cavaliers notre monture serait moins rapide, mais la chasse dura peu et nos poursuivants disparurent bientôt à l'horizon. Je ne savais pas s'ils avaient abandonné ou si nous les avions distancés, et je préférais rester dans l'ignorance. Je poussai un soupir de soulagement malgré moi. Je ne connaissais pas les raisons de leur présence, ni de celle de mon cavalier d'ailleurs.

Je laissai s'écouler un long moment, espérant que mon compagnon m'adresse la parole, mais ce fut en vain. Tout en jetant de fréquents coups d'œil derrière moi, craignant tout de même la réapparition de nos poursuivants, je cherchai la signification du mot « cyldias », mais rien ne se manifesta à ma mémoire. Je rompis finalement le silence.

– Je peux savoir où l'on va ?

– Non ! Et ne me demandez pas non plus de descendre de cheval pour continuer seule, ce serait de la folie.

Le ton sans réplique ne me dissuada pas, au contraire. J'abandonnai mon ton conciliant.

– Et je peux savoir ce qui vous donne le droit d'être aussi désagréable avec moi ?

Le jeune homme soupira bruyamment.

– Probablement le fait que ma vie dépende, semble-t-il, de la durée de la vôtre et que cette situation me déplaît souverainement. Alors si vous pouviez tout simplement vous tenir tranquille jusqu'à ce que je puisse me décharger de cette pénible responsabilité, je vous en serais grandement reconnaissant.

Je m'apprêtais à répliquer, mais me ravisai. Ma mémoire venait de me donner la réponse que j'attendais, dans un passage de la lettre de ma mère à Tatie :

> « *Uleric tentait également, en 1973 du monde de Brume, de recréer l'ancienne confrérie des protecteurs des Filles de Lune, les Cyldias.* »

Ainsi donc, ce mage présumé avait réussi. Je me souvenais cependant que ma mère n'était pas certaine que nous aurions des gardes du corps dignes de ce nom. Au vu de ce que venait de mentionner le jeune homme qui m'accompagnait, je pensai que, si sa vie dépendait vraiment de la prolongation de la mienne, il ferait un protecteur tout à fait acceptable dans les circonstances actuelles. Il valait peut-être mieux, dans ce cas, ne pas trop le contrarier. Par ailleurs, cela eût été bien joli de vouloir partir ou de lui fausser compagnie, mais pour aller où ? Je ne savais même pas si j'étais là depuis la veille ou l'avant-veille, et j'avais cru comprendre que les gens qui nous poursuivaient n'étaient pas des plus heureux de ma présence... ou de la sienne. Je soupirai. J'allais devoir attendre pour obtenir des réponses...

Nous chevauchâmes toute la journée. Je me sentais de plus en plus lasse, sans compter la faim qui me tenaillait. Le soleil descendait vers l'horizon et je me demandais où nous allions passer la nuit. Depuis le début de la journée, nous n'avions pas croisé la moindre habitation ; les champs succédaient aux forêts, et les forêts aux champs.

Nous fîmes finalement halte sur la rive d'un cours d'eau. Nous descendîmes de cheval et je m'étirai avec bonheur, mais avec une certaine raideur aussi. J'avais oublié à quel point l'équitation pouvait être physiquement exigeante pour quelqu'un qui n'était pas au meilleur de sa forme. Je regardai en direction de mon compagnon ; je m'attendais à ce qu'il m'adresse enfin la parole et soit plus loquace, mais il me dit simplement :

– Ne vous éloignez pas trop.

Il se détourna ensuite et commença à ramasser du bois et des brindilles. Devant son intention manifeste de faire du feu, mais surtout de m'ignorer, je décidai de descendre vers la rivière.

J'étais complètement couverte de poussière et mes vêtements collaient toujours à ma peau. Mon inquiétude d'être poursuivie et rattrapée m'avait momentanément fait oublier mon piteux état. Il y avait un accroc à ma jupe, fait au moment de monter en selle, et sur ma chemise, couverte des boues du large, des algues étaient encore collées. Quant à mes cheveux, ils étaient si emmêlés et poisseux que j'avais peine à y passer la main. Si je m'étais vue dans un miroir, je me serais effrayée moi-même.

Je jetai un coup d'œil à mon compagnon d'infortune. Ce dernier s'était accroupi et, tout à ses futures flammes, ne me prêtait pas la moindre attention. S'il était responsable de ma protection, comme je le croyais, le fait qu'il ne me surveille pas davantage voulait sans doute dire que je ne risquais rien. L'eau, ainsi que la chaleur prochaine du feu, offraient une perspective tentante. Si je faisais un brin de toilette ? Peut-être que j'aurais les idées plus claires ensuite... Je m'apprêtais à me diriger vers le cours d'eau quand le crépitement des flammes naissantes me fit tourner la tête. Le regard de mon acolyte était fixé sur moi. Il me fit signe de le rejoindre. Tant pis, le débarbouillage attendrait encore...

– Surveille le feu pendant que je cherche quelque chose à nous mettre sous la dent. Je préférerais conserver mes provisions, au cas où... Et je te le répète, ne t'éloigne surtout pas.

Je haussai les sourcils, croisai les bras et l'examinai des pieds à la tête d'un air hautain. Il leva les yeux au ciel, avant de me tourner le dos, sans rien dire.

– Je peux savoir ce qui vous autorise tout à coup à me tutoyer et à me donner des ordres ? Je ne suis pas votre animal de compagnie que je sache...

Il s'arrêta, se retourna et m'examina à son tour des pieds à la tête. Il esquissa finalement un sourire insolent.

– Désolé, me dit-il alors qu'il n'avait pas du tout l'air de l'être, avant d'ajouter, franchement moqueur, vous voulez bien surveiller le feu et ne pas vous éloigner, s'il vous plaît.

Il appuya fortement sur le « s'il vous plaît », avant de s'éloigner en soupirant et en hochant la tête de gauche à droite, comme s'il n'en revenait tout simplement pas que je puisse m'opposer à lui. Je soupirai à mon tour ; notre collaboration forcée risquait d'être difficile.

Il abandonna sa cape noire près du feu et disparut dans les buissons, me laissant seule. Le ciel s'obscurcissait lentement et je me demandais si les nuits étaient fraîches à cette époque de l'année, dans ces contrées. Comment le savoir ? Je ne savais même pas si les saisons et le passage du temps correspondaient à ce que je connaissais. J'étais partie à la fin juin du monde de Brume, mais je n'avais aucune idée du moment où j'étais arrivée sur la Terre des Anciens...

Il est vrai que la nature environnante ressemblait drôlement à celle que j'avais quittée. Les arbres étaient couverts de feuilles d'un vert éclatant, et l'on pouvait aisément remarquer les pousses nouvelles à leur couleur vert clair et à leurs feuilles plus pâles. Il me sembla également que la journée avait été interminable, caractéristique des longues journées d'été. J'en conclus que, si les modes de vie étaient différents, les saisons, elles, devaient être parallèles. Je remettais quelques branches sèches sur le feu quand mon cavalier réapparut avec... du poisson déjà nettoyé et de petites fraises des champs, confirmation de ma théorie sur les saisons. Je m'interrogeai cependant sur la façon dont il s'y était pris pour pêcher si vite. Je ne voyais ni canne à pêche, ni filet, et sa chemise trempée collait à son corps puissamment musclé. J'ouvris la bouche pour lui demander des explications, mais je changeai finalement d'avis. Je me voyais mal le questionner sur ses méthodes de pêche après notre curieux accrochage de tout à l'heure.

Pour sa part, il me jeta à peine un regard, s'affairant à ses préparatifs, comme si je n'étais qu'un accessoire dans son environnement. Son comportement commençait à me porter sérieusement sur les nerfs et mon irritation de ne rien savoir prit rapidement le dessus. Oubliant mes réticences, je lui lançai :

– Est-ce que vous allez me fournir une quelconque explication sur le fait que vous soyez venu à ma rencontre ou dois-je me contenter du peu que vous m'avez dit ?

« Je vous répondrai quand vous m'expliquerez ce que vous faisiez vous-même là-bas » fut son seul commentaire, ce qui eut le don de m'exaspérer au plus haut point. Je ne voyais pas pourquoi je devais lui fournir une explication. Je ne lui avais pas demandé d'aide, que je sache ; c'était lui qui était venu à la rencontre d'une supposée Fille de Lune, pas l'inverse. Pourquoi semblait-il si réticent à l'idée de devoir me protéger si c'était la raison pour laquelle, selon ma mère, il avait été formé ? Je sentis soudain monter une irrépressible envie de pleurer, autant de rage que de désespoir. Je me détournai finalement et m'assis un peu plus loin, à mi-chemin entre le feu et la berge. Je fis de mon mieux pour retrouver la maîtrise de moi-même et me faire oublier. J'attendis en silence et, ne sachant que faire d'autre, je l'observai.

Il mit les poissons à cuire sur une branche au-dessus du feu, étala sa chemise pour qu'elle sèche et se dirigea ensuite vers son cheval, qui paissait à quelques mètres de nous. Il ne l'avait pas attaché ; j'en déduisis qu'il avait pleinement confiance en l'animal. Il détacha les sangles des sacoches et revint vers le feu avec son chargement. Il me tendit mon sac à dos, avant de tourner de nouveau les talons, toujours sans un mot. Pire qu'un homme de Cro-Magnon... Je sentais que j'étais un poids pour lui, une emmerdeuse. Je poussai un soupir exaspéré.

Il avait déroulé deux grandes couvertures près du feu et il remplissait maintenant sa gourde à même la rivière. J'appris ainsi que la pollution environnementale de ma vie précédente n'était pas encore une réalité de ce monde perdu. Il m'offrit ensuite des poissons, toujours sur leur branche, comme en camping. Pas d'assiette ni d'ustensiles, mais je n'en éprouvai aucune gêne et je me rendis compte que j'étais affamée. Je mangeai, avec appétit, deux poissons et lui laissai les quatre autres. Je goûtai l'eau, puis en bus la moitié. Elle était fraîche et sans arrière-goût : un délice. Je terminai mon repas avec une poignée de fraises.

Je me levai peu après, constatant que mon compagnon ne semblait toujours pas avoir envie de converser... Pour ma part, je n'avais pas totalement oublié la crasse dont j'étais couverte et me dis qu'une baignade nocturne serait meilleure pour mon équilibre psychologique que cet oppressant silence. Je me dirigeai donc vers le courant avec mon sac à dos, sous le regard indifférent de monsieur. J'aimais mieux courir le risque de croiser des prédateurs nocturnes que de rester avec ce malotru.

Le contact de l'eau fraîche sur ma peau nue me fit un bien indicible. Je me lavai du mieux que je pus, compte tenu de mon peu de ressources, et je fis de même pour mes vêtements. Je les roulai en une boule que je déposai sur une grosse roche pour ne pas les salir de nouveau. Je fis quelques brasses dans l'eau peu profonde, puis je sortis, légèrement apaisée. Je constatai alors que mes vêtements, même ceux qui venaient du sac à dos, avaient disparu et qu'ils avaient été remplacés par une grande couverture de laine épaisse. L'air avait beaucoup rafraîchi, et je frissonnai. Je m'enroulai rapidement dans la couverture, cherchant de la chaleur, et m'empressai de rejoindre le feu de camp qui, bien alimenté, avait pris de l'ampleur.

Mes vêtements avaient été mis à sécher sur des arrangements de fortune. Le fait que je n'aie pas entendu venir le jeune homme me mit légèrement mal à l'aise, même si je me doutais que le bruit de la rivière m'en avait sans doute empêchée. À mon arrivée, ce dernier me jeta un étrange regard et ce que je crus y distinguer, à la lueur dansante des flammes, me figea sur place. Se pouvait-il que... Je secouai la tête en signe de négation. Ce devait être les reflets du brasier qui créaient cette illusion car, dans le cas contraire, je m'en serais certainement aperçue plus tôt. Je devais cependant admettre que je ne m'étais pas attardée à ce genre de considération depuis notre rencontre.

Je tentai de réfléchir à ce que cela pouvait impliquer s'il avait réellement des iris hétérochromes. Y avait-il un équivalent masculin des Filles de Lune ? Était-il un parent de Samuvel, l'amant de Tatie ? J'en eus la chair de poule. On ne possède pas cette particularité sans raison ; j'étais bien placée pour le savoir, moi qui en avais hérité.

– Je peux savoir ce qui vous fascine autant chez moi ? demanda-t-il, narquois.

Le son de sa voix me fit sursauter et je me rendis compte que je le fixais beaucoup trop intensément. Je détournai le regard, embarrassée. Je crus toutefois apercevoir une lueur amusée au fond de son regard troublant, et autre chose aussi, que je ne pus identifier, mais qui accentua mon impression de malaise. Ne sachant que dire, je me dirigeai vers les couvertures qu'il avait étalées près du feu.

Je m'arrêtai cependant en chemin. Dans mon empressement à vouloir fuir sa présence et à me débarrasser de la saleté accumulée, j'avais oublié que je n'aurais plus de vêtements secs. Enroulée dans cette couverture qui ne m'appartenait même pas, je me sentis soudainement très lasse, mais surtout ridicule, et je soupirai bruyamment. Je ne savais pas à quoi je m'étais attendue exactement pour ma première journée dans ce monde étrange, mais certainement pas à ça !

Mon problème ne fit qu'empirer lorsque je voulus contourner le brasier, tentant d'éviter mon compagnon, afin d'aller chercher le sommeil dans un semblant de dignité. Je trébuchai dans une aspérité et m'étalai de tout mon long sur le sol dur et parsemé de pierres. Je lâchai un cri de surprise. La douleur de la chute, ajoutée à celle de l'humiliation, ne tarda pas à se faire sentir dans tout mon être et j'éclatai en sanglots rageurs. Décidément, ça allait de mal en pis.

Avant que j'aie pu faire un mouvement de plus, mon compagnon fut près de moi et m'aida à me relever, oubliant vraisemblablement son indifférence à la vue de ma détresse. Cette chevalerie spontanée et surprenante ajouta à ma désagréable impression de vulnérabilité ; comme si j'avais besoin de me sentir encore plus encombrante et gauche ! Incapable de m'arrêter de pleurer et de reprendre le contrôle de moi-même, je me pressai contre son torse nu et me laissai aller. Surpris par cet abandon soudain, il me serra maladroitement dans ses bras, me murmurant d'une voix étrangement douce que j'avais simplement besoin de sommeil. Je me calmai finalement ; ma respiration devint moins saccadée et mes sanglots s'estompèrent.

Je ne sais lequel de nous deux réalisa le premier l'étrangeté de cette proximité, mais je me sentis soudain envahie par autre chose que le désespoir et je n'osai plus faire un geste, de peur de voir mes doutes se confirmer.

Le corps parcouru d'un long frisson, il se détacha lentement de moi, comme hypnotisé. Je n'eus qu'à baisser les yeux pour savoir que je ne m'étais pas trompée. La couverture, qui me recouvrait précédemment, avait glissé sur le sol à mes pieds et la chaleur que je ressentais émanait de moi-même, mais surtout de mon compagnon. Lorsque je me décidai à lever la tête, je revis cette étrange lueur au fond de ses yeux si particuliers et je me sentis troublée plus que je ne l'aurais dû. Que m'arrivait-il, moi qui n'avais rien ressenti de semblable depuis des mois, sinon des années ?

J'avais trop souvent éprouvé cette chaleur enivrante et cette appréhension particulière lorsque j'étais jeune et éprise de liberté pour que je puisse me tromper. Mais ce qu'elle annonçait aujourd'hui me glaça jusqu'aux os, plutôt que de me griser comme autrefois. Après mon mariage, je m'étais crue à jamais immunisée contre les histoires d'un soir, et la tournure que semblaient prendre les événements m'effrayait. Je me dis d'abord qu'il s'agissait sans doute d'une réaction normale à la peur, à la fatigue et à l'insécurité, au même titre que ma crise de larmes, mais la tension palpable entre nous et le silence qui s'éternisait révélaient aussi autre chose : une attirance sexuelle aussi soudaine que réelle, et qui n'avait rien à voir avec l'amour.

Incapable de détacher mes yeux des siens, je le sentis faire un effort considérable, de son côté, pour ignorer ma nudité. Il se pencha lentement, récupéra la couverture, se releva et étira les bras pour me couvrir, tentant même de conserver une certaine distance entre nous. Il arrêta finalement son geste et je me sentis frissonner, frissons partagés entre la sensation de froid sur mon corps nu et quelque chose de plus dérangeant. Je tendis la main pour récupérer le tissu, mais, au même moment, il m'attira doucement à lui. Il me couvrit pour me protéger du froid, mais la douceur avec laquelle il le fit n'avait rien d'impersonnel. Il semblait vouloir se protéger lui-même.

– Je pense qu'il vaudrait mieux, pour vous comme pour moi, que vous vous reposiez..., dit-il d'une voix rauque, les yeux à demi fermés, tentant de se détacher lentement.

Un moment passa avant qu'il n'ajoute simplement :

– La chevauchée de demain risque d'être encore plus longue que celle d'aujourd'hui ; vous aurez besoin de toute votre énergie.

Comme si cela pouvait rompre la magie du moment précédent ! Pendant ce qui sembla une éternité, aucun de nous deux ne fit un geste, comme si le temps s'était soudainement arrêté. Puis, sans que je le réalise vraiment, je relevai la tête pour rencontrer ses yeux étranges, mais surtout ses lèvres, qui se joignirent aux miennes pour un baiser trop bref... Il recula précipitamment, faisant « non » de la tête et jurant à voix basse.

Alors qu'il s'éloignait, je crus l'entendre marmonner quelque chose qui ressemblait à « Mais qu'est-ce qui m'arrive ? Ça n'a pas de sens ». Sans même un regard vers moi, il se réfugia de l'autre côté du feu, où il s'assit la tête entre les mains, les coudes appuyés sur les genoux. Je renonçai rapidement à comprendre et pensai que je ferais mieux de dormir, comme mon compagnon me l'avait conseillé. J'aurais besoin de toutes mes forces pour continuer ce périple si les journées à venir ressemblaient un tant soit peu à celle-ci. Je m'enroulai dans une couverture, à même le sol, après avoir enfilé une chemise à peine sèche. Je mis peu de temps à sombrer dans un sommeil agité, peuplé de créatures étranges et inconnues.

Je me réveillai en sursaut, au milieu de la nuit, soudain inquiète. Un rapide coup d'œil me permit de constater que je me trouvais seule près du feu ; nulle trace de mon compagnon d'infortune. Je tendis l'oreille et crus percevoir des voix à proximité. Je n'osai me lever, de peur de faire une mauvaise rencontre. Je préférai me recroqueviller sur moi-même, soudain prise de frissons. J'entendis des pas s'approcher du brasier. Je fermai à demi les yeux, la tête enfouie dans ma couverture. Je vis deux silhouettes murmurer, penchées l'une vers l'autre. Puis elles se séparèrent, et l'une marcha dans ma direction, tandis que l'autre disparaissait dans la nuit. C'était mon compagnon qui revenait au coin du feu, et cela me rassura. J'aurais largement le temps de lui poser des questions le lendemain matin. Je me rendormis bientôt, d'un sommeil sans rêve cette fois.

Le jour pointait à peine lorsque je m'éveillai. Je sentis tout de suite que quelque chose clochait. Le temps clair et l'absence de nuages n'y étaient pour rien, pas plus que la douceur du temps. Le crépitement du feu se faisait toujours entendre, signe qu'il éloignait les bêtes sauvages et qu'il avait été nourri peu de temps auparavant. Je me tournai de côté et compris brusquement : j'étais seule, absolument seule. Je bondis sur mes pieds, scrutant les alentours, affolée. Mon compagnon avait beau ne pas beaucoup parler, ce genre de voyage est toujours plus facile à deux, surtout si l'autre connaît les contrées dans lesquelles on s'est aventuré.

Je tentai de me rassurer : il devait simplement être parti chercher de quoi manger ou alimenter le feu. Mais un examen rapide des alentours me détrompa ; il y avait plus de bois d'amassé que la veille, et un petit monticule de fruits et de viande séchée attendait patiemment qu'on lui fasse honneur, à côté de mes vêtements maintenant secs. Mon compagnon était parti avec son cheval, armes et bagages, ne me laissant que mon sac à dos. Était-ce la visite de cette nuit qui était la cause de cette désertion ? Il avait pourtant repris sa place auprès du feu. Avais-je manqué une autre visite ? Inutile de m'attarder sur la question puisque personne ne pourrait me répondre. Je soupirai bruyamment.

Je me retrouvais donc dans une situation plus incertaine que la veille, car je n'avais aucune chance de retourner d'où j'étais venue. Je n'avais pas la moindre idée de la distance parcourue, ni des changements d'orientation effectués pendant le trajet. Je fondis en larmes une nouvelle fois, ne sachant que faire ni espérer de cette folie. Mon hypersensibilité commençait sérieusement à m'irriter, moi qui avais l'habitude de bien contrôler mes sentiments.

Je n'avais pas d'autre possibilité que de choisir une direction et me remettre en route sans tarder. Je n'allais pas attendre indéfiniment ici. Tôt ou tard, je rencontrerais bien une habitation sur mon chemin. Je mangeai sans appétit et conservai, dans mon sac, les quelques fruits restants. Je m'habillai, prenant soin de mettre mes bottes cette fois-ci. Je rangeai ma cape enfin sèche, n'en ayant pas besoin pour le moment. Je remis un verre de contact, ayant perdu celui qui dissimulait mon œil brun au cours de ma baignade de la veille. Dans ce monde étrange, je ne savais pas si mes yeux seraient une bénédiction ou s'ils ne m'apporteraient que des ennuis. Lasse, j'éteignis le foyer et le recouvris de terre avant de prendre la route vers l'est. C'est dans cette direction que nous nous dirigions hier, avant de faire halte, et je présumai qu'il serait préférable de continuer par là.

* *
*

Non loin de l'endroit où Naïla avait repris la route, Alix avait attendu patiemment qu'elle s'exécute. La Fille de Lune ne pouvait aucunement percevoir sa présence, et c'est ce qu'il souhaitait. Il avait dû lui fausser compagnie peu avant le lever du jour puisque les hommes d'Alejandre allaient certainement bientôt la rejoindre, et il ne voulait pas être dans les parages quand cela se produirait. Puisqu'il ne pouvait éviter que cela arrive, il avait choisi de tirer profit de la situation en laissant Simon et sa bande faire un bon bout de chemin avec la jeune femme, jusqu'à ce qu'elle soit facile à reprendre, en fait. Cela lui éviterait bien des tourments et, surtout, lui permettrait de ne pas être trop près de l'Élue. Il se méfiait plus que jamais depuis sa réaction primitive de la veille et ne voulait pas risquer que son corps vienne une fois de plus contredire son esprit et sa vision pragmatique de la situation. Le jeune guerrier se passa une main dans les cheveux et soupira bruyamment. Les semaines à venir risquaient d'être longues et pénibles...

* *
*

Je marchai droit devant moi, jusqu'à ce que le soleil atteigne son zénith, tentant de garder le cap, malgré les ruisseaux, les arbres et tout le reste. Mes talents naturels pour l'orientation en forêt me furent utiles pour la première fois depuis mes cours au cégep. Le temps était chaud et sec. Je mangeai quelques fruits tout en marchant mais, malgré mes efforts, je n'avais pas d'appétit. Je continuai sur ma lancée jusqu'en fin d'après-midi, moment où je commençai à m'inquiéter de la venue inexorable de la nuit, de ma solitude et de mon manque de ressources pour me chauffer et me protéger. Par ailleurs, je me sentais de plus en plus ridicule. C'était bien beau de marcher ainsi, mais je n'avais aucune idée de ce que j'espérais exactement et je n'avais pas non plus rencontré âme qui vive dans ces contrées désolées. À l'évidence, j'étais perdue.

J'entendis soudain un bruit de galopade derrière de moi et me pris à espérer le retour de mon singulier compagnon. Malgré ma rancune pour sa conduite quelque peu cavalière, sa présence serait rassurante. Puis je réalisai que, pour ma protection, je devrais plutôt me mettre à l'abri, afin de voir qui apparaîtrait cette fois. Un regard autour de moi me fit cependant réaliser que ce serait impossible. J'avais quitté le dernier couvert d'arbres depuis un certain temps et je ne voyais rien qui puisse me permettre de me fondre dans le paysage ; il n'y avait que des champs et des prairies. J'allais devoir faire face.

Je me retournai et compris que j'étais perdue. Ce n'était pas un, mais plusieurs cavaliers – sans doute les mêmes que la veille – qui fonçaient droit sur moi. Ils s'arrêtèrent net à ma hauteur et, comme je le craignais, je fus bientôt encerclée de manière fort peu amicale. Ils étaient sept et, à voir leurs visages fermés et leurs airs de brutes, je me dis qu'il n'y aurait probablement rien à attendre de civilisé de leur part. Dans ma situation, la fuite était hors de question et le dialogue... Je pouvais toujours essayer.

– Est-ce...

À peine avais-je ouvert la bouche que je fus interrompue par un grand brun, costaud et on ne peut plus sale. J'avais la désagréable impression qu'il me déshabillait du regard, et sa voix bourrue et arrogante n'augurait rien de bon.

– Tiens, tiens, on est perdue ? On cherche son chemin peut-être ? Vous aimeriez un peu de compagnie, ma jolie ?

Il utilisait le même langage que mon Cyldias, dont je ne connaissais pas le nom d'ailleurs. Il me regarda d'un air moqueur pendant que ses compagnons éclataient de rire ; tous, sauf un. Un homme plus âgé, de grande taille lui aussi, aux cheveux longs et châtains attachés sur la nuque, et au visage couturé de cicatrices, à l'instar de mon compagnon de la veille ; décidément, la vie devait être difficile dans ces contrées ! Il me fixait de ses yeux noirs et calculateurs.

– Ça suffit, Rufus. Nous n'avons pas le temps de nous amuser. Nous devons la ramener rapidement et je ne supporterai aucun nouveau retard. Nous aurions dû la rattraper hier si cet imbécile ne s'en était pas mêlé. Garde tes belles propositions pour les filles du château.

À l'autorité du ton, le silence s'abattit sur le groupe et certains baissèrent même la tête. Je pensai que Rufus était un prénom fort à propos pour cet homme, qui faisait davantage penser à un pit-bull qu'à un être humain. L'autre se tourna vers moi, la mine sombre. Il utilisa cependant un langage différent pour me servir son petit discours.

– Quant à vous, ne dites rien et écoutez-moi bien puisque je sais que vous parvenez à me comprendre. Ne tentez surtout pas de nous fausser compagnie. Contentez-vous de vous tenir bien sage et de nous suivre sans poser de questions. Votre présence doit passer inaperçue et je compte bien y arriver, avec ou sans votre collaboration. La première option éviterait cependant bien des ennuis, à vous comme à nous.

La menace était à peine voilée et je déglutis péniblement, en baissant la tête. Leur nombre incitait à la prudence et à la retenue. Ce n'était vraiment pas le moment de fanfaronner, d'autant que je ne savais pas s'il avait l'ordre de me ramener en un seul morceau ou si la seule condition était que je sois toujours en vie.

– Ne parlez pas, même si l'on vous adresse la parole. Contentez-vous, pour répondre, de hocher la tête en signe d'assentiment ou de dénégation. Votre accent, même faible, et votre capacité à comprendre tous les dialectes seraient trop facilement repérables, même pour les ignorants qui composent le peuple environnant, donc dangereux pour nous comme pour vous. En fait, votre vie repose entre mes mains et, croyez-moi, je n'hésiterai pas une minute à vous réduire au silence si le besoin s'en fait sentir. J'ai des ordres à respecter et je ne tolérerai aucun écart de conduite. Suis-je assez clair ?

Je répondis d'un signe de tête, incapable de dire quoi que ce soit. Il me regarda plus attentivement, de la tête aux pieds, avant de poursuivre.

– Je vois que vous avez appris à masquer vos yeux dissemblables par vous-même, ça nous facilitera grandement la tâche, surtout devant mes hommes. Par ailleurs, vos vêtements ne sont pas représentatifs de votre rang, c'est encore mieux que je ne l'espérais. N'oubliez surtout pas que votre obéissance est gage de notre survie à tous, mais davantage de la vôtre. S'il y a quoi que ce soit, vous ne vous adressez qu'à moi et à personne d'autre.

Se tournant finalement vers ses hommes, il revint au premier dialecte pour leur donner des instructions, que je ne compris qu'à demi puisqu'il me tournait le dos et les sons ne me parvenaient que par bribes. Ainsi, nul, à part lui, ne savait qui j'étais réellement puisque ses hommes ne connaissaient pas la langue que nous parlions. Ces derniers se contentaient donc d'obéir à ses ordres...

Un des hommes me fit signe de monter en selle avec lui et me tendit la main. Cette fois, je ne m'opposai pas. Une fois installée, un autre déposa une grande cape sur mes épaules qui, une fois déployée, me couvrait entièrement. Il rabattit le capuchon sur ma tête et s'éloigna pour juger de l'effet produit. Satisfait, il reprit sa place à côté de mon cavalier, sans un mot, mais en m'adressant un bref sourire gêné. Quelque peu abasourdie par cette tirade et ce besoin de me dissimuler aux regards, je me dis que le mieux était encore de suivre les ordres et d'attendre la suite. Je fis signe au chef présumé de ma soumission temporaire et nous nous remîmes en route, dans la direction d'où ils étaient venus, mais en obliquant un peu plus vers le nord.

Je repensai à cet étrange discours et me dis que j'avais bien hâte de savoir à quoi m'en tenir. Cet homme savait que je comprenais les deux langues qu'il utilisait et que j'avais normalement des yeux dissemblables. Savait-il beaucoup d'autres choses à mon sujet ? Et pourquoi cette remarque sur ma capacité à « masquer » mes yeux ? Je ne pensais pas que ce monde arriéré connaissait les verres de contact, alors que voulait-il dire ? Il avait parlé d'un château ; était-ce là qu'ils me conduisaient ? Je ne cessais de m'interroger et je me demandais si j'aurais un jour la réponse à toutes ces questions. Je ne pus que repenser à ma situation de la veille et soupirer. Mon compagnon précédent n'était peut-être pas très loquace, mais au moins, je ne me sentais pas menacée...

Nous chevauchâmes en silence ; seuls quelques mots furent échangés de temps en temps. J'appris ainsi que l'homme qui m'avait donné des instructions s'appelait Simon. Mais je trouvais étrange que les hommes ne parlent pas davantage. Ce n'est qu'en début de soirée que je compris pourquoi. L'un des cavaliers posa à Simon une question, que je n'entendis qu'à demi. Ce dernier se retourna furieux et lui rappela de tenir sa langue jusqu'à ce qu'ils soient enfin débarrassés de leur encombrant colis. Ainsi, c'était ma présence qui les contraignait au silence. Qu'aurais-je bien pu apprendre de si compromettant puisque eux-mêmes ne savaient probablement rien de moi ?

À la tombée de la nuit, alors que je commençais à me demander si cette terre n'était pas déserte, nous atteignîmes enfin un village. Nous le traversâmes sans attirer l'attention, puis nous obliquâmes vers la droite et empruntâmes un étroit chemin de terre battue. Nous gagnâmes ainsi une chaumière de taille modeste où Simon entra, nous ordonnant d'attendre à l'extérieur. Il jugea inutile de donner des ordres à mon sujet, les cavaliers ayant d'eux-mêmes resserré les rangs autour de moi au moment où leur chef mettait pied à terre. Il valait mieux ne pas penser à leur fausser compagnie...

Le balafré revint quelques minutes plus tard et ordonna à tout le monde de descendre de cheval. Nous passerions vraisemblablement la nuit là. La plupart des hommes se dirigèrent avec les chevaux vers les écuries, un peu plus loin. Je me retrouvai seule avec Simon et deux autres de ses hommes, celui qui m'avait adressé un sourire timide et mon compagnon de selle. Nous pénétrâmes à l'intérieur, où la maîtresse de maison me jeta un regard curieux, mais sans plus. Je me contentai de lui sourire, tout en m'asseyant à l'endroit que l'on me désigna. Je n'avais pas été autorisée à enlever ma cape, pas même mon capuchon. Je me demandais bien ce que Simon avait pu raconter pour justifier cet accoutrement déplacé à table.

Nous fûmes bientôt tous assis autour d'une longue table ou sur des bancs de fortune le long des murs. Les hommes entamèrent la conversation, mais leur chef y mit rapidement fin, craignant que l'un d'eux ne révèle, d'une quelconque façon, un renseignement important. Le repas fut donc servi dans le silence. À croire que j'étais une menace pour l'ensemble de la civilisation... Nous nous couchâmes ensuite, Simon ayant pris soin de me rappeler que je devais me faire oublier. On me conduisit à l'écart dans une chambre sans fenêtre, où je restai seule. Je dormis relativement bien pour une prisonnière et me réveillai à l'aube.

D'après les bruits qui me parvenaient, j'estimai que les hommes étaient déjà tous debout, s'activant probablement à ramasser les couvertures et les sacoches et peut-être à faire le plein de provisions. J'avais l'impression de séjourner dans une auberge. Je refermai les yeux et m'étirai lentement ; certains muscles dont j'avais oublié l'existence se rappelaient à mon bon souvenir après mes deux jours de marche et de chevauchée. Je me demandais si je tiendrais le coup encore longtemps, n'étant pas habituée à autant d'exercice en si peu de temps. Je remis cependant à plus tard ces considérations physiques puisqu'une conversation attira mon attention. Je reconnus la voix de Simon.

Il expliquait, vraisemblablement au propriétaire de l'endroit, qu'il devait se rendre au plus tôt au lac Kyr, le sire de Canac y attendant avec impatience la femme qu'ils avaient recueillie. Je tiquai sur le mot « recueillie ». Belle façon d'interpréter la réalité ! Son interlocuteur lui rappela alors de faire bien attention à ce que les hommes ne viennent pas à connaître la valeur de la femme qu'ils conduisaient. « Tu sais à quel point tu aurais de la difficulté à la mener à bon port, vu le prix qu'ils pourraient en tirer » furent ses paroles exactes. Simon lui répondit que ces crétins croyaient simplement que c'était une des nombreuses maîtresses du sire qui avait déserté.

– Ils sont certains qu'elle n'a pas opposé de résistance parce qu'elle est trop heureuse de regagner le château plutôt que de servir de proie dans la nature sauvage des environs. Comme les jolies filles cultivées sont plutôt rares, ils ne s'étonnent pas d'être grassement payés pour la retrouver.

– Sois tout de même prudent, Simon. Je ne voudrais pas perdre l'un de mes meilleurs hommes... Ils ne sont peut-être pas les plus futés, mais ils sont rudement efficaces dans le genre de besogne que je leur confie.

Simon lui donna sa parole, puis s'éloigna. Au moins, je savais maintenant pourquoi le grand brun crotté m'avait tenu ce petit discours lorsqu'ils m'avaient interceptée. Mais je préférais encore ça que de faire l'objet d'éventuels chasseurs de prime. Quoique, s'ils en venaient à s'entretuer pour ma possession, je pourrais peut-être m'éclipser. Je me levai et entrepris de rassembler mes maigres effets. Chaque chose en son temps...

Nous reprîmes la route immédiatement après que j'eus déjeuné. Je montai sur le même cheval que la veille, portant toujours cape et capuchon, qui me cachaient aux regards trop perspicaces. Nous chevauchâmes jusqu'après le coucher du soleil, dînant en selle et ne faisant que de très courtes haltes pour soulager les besoins naturels. Nous nous arrêtâmes finalement pour dormir, à la belle étoile cette fois, Simon prévenant ses hommes que certains assureraient la garde à tour de rôle. C'est un homme corpulent qui prit le premier ce poste, non loin des dormeurs.

Je ne pouvais fermer l'œil malgré la fatigue. Je surveillais la sentinelle, espérant bien inutilement qu'elle flancherait. J'avais conservé mon sac à portée de main, et la fraîcheur de la nuit, ainsi que la proximité de tous ces hommes, m'avaient fortement incitée à dormir tout habillée. Personne n'avait remarqué, cependant, que j'avais même gardé mes bottes. Je n'avais aucune idée de ce que je ferais s'il advenait que je puisse fuir, mais je me devais tout de même d'essayer. Quand on engage ce genre d'hommes pour retrouver une femme, ce n'est habituellement pas parce que l'on souhaite lui offrir des fleurs ou l'inviter à dîner. J'avais donc très peu envie de rencontrer le sire de Canac. Je réfléchissais toujours à un moyen de déguerpir lorsque le gros céda sa place au jeune homme au sourire timide. Peut-être ce dernier fermerait-il les yeux puisqu'il me semblait plus sympathique que les autres. Ses coups d'œil fréquents dans ma direction pendant le voyage, de même que ses attentions à mon égard lors des repas, me firent envisager cette possibilité avec sérieux.

J'en étais là dans mes réflexions lorsque je le vis quitter son poste, s'éloignant du campement, après un bref regard en arrière pour s'assurer que tous dormaient. Je ne pris pas la peine de réfléchir davantage. En moins de deux, j'étais debout, jetant mon sac sur mon épaule après avoir roulé en hâte ma couverture, tout en faisant le moins de bruit possible.

Je ne pouvais abandonner cette dernière, ne sachant combien de nuits je devrais ensuite passer à la belle étoile. J'avais pris soin de me repérer plus tôt dans la soirée. Je m'éloignai ensuite du feu le plus silencieusement possible. Lorsque les ténèbres furent en mesure de protéger ma fuite, je fonçai.

Je n'avais pas fait cent pas que je fus agrippée par une paire de bras beaucoup plus solides que les miens. Mon premier réflexe fut de crier et de me débattre, mais on ne m'en laissa pas le temps. Je fus bâillonnée et jetée en travers d'un cheval sans plus de cérémonie. Un cavalier tenait déjà en selle ; ils étaient donc deux. Je n'eus guère le temps d'analyser davantage la situation, car nous nous enfonçâmes au galop dans la nuit noire.

Le laps de temps qui s'écoula ensuite avant que nous ralentissions l'allure me parut une éternité. J'avais mal au ventre, la tête me tournait, mon bâillon me faisait souffrir et je sentais chaque mouvement du cheval me broyer un peu plus les côtes. Je n'en pouvais tout simplement plus. L'arrêt de la monture me fit pousser un soupir de soulagement. Je me fichais bien de savoir qui m'avait enlevée, pourvu que je puisse descendre avant d'être malade. Je me laissai glisser vers le sol, mais un bras musclé me retint afin que je puisse me tenir debout. Je gardai les yeux clos, mon cœur se soulevant dangereusement dans ma poitrine. J'arrachai mon bâillon et tombai à genoux, vomissant ce qui subsistait de mon dernier repas...

Je restai sans bouger quelques minutes, reprenant mes esprits et tentant de chasser le vertige. Je n'eus pas le temps de retrouver mon équilibre qu'une voix, que je reconnus, me demanda si ça allait. Je n'avais nulle envie de relever la tête, mais je saisis tout de même la main que le jeune homme me tendait, m'y appuyant pour me relever. Il me soutint fermement, le temps que je puisse y arriver seule. Il me demanda ensuite, d'un ton bourru, si je me portais mieux. Je lui répondis par l'affirmative, sans toutefois le regarder. Je lui en voulais de m'avoir lâchement abandonnée. Je n'avais pas envie d'entendre ses excuses, si excuses il y avait. Je lui tournai le dos et me retrouvai nez à nez avec le jeune homme qui devait supposément monter la garde un peu plus tôt. Je sursautai et il me sourit, franchement cette fois-ci, sous les rayons de la lune.

– Nous sommes désolés pour l'inconfort occasionné. Nous ne pouvions risquer que vos puissantes cordes vocales nous fassent repérer. Par ailleurs, nous avons dû agir différemment de ce qui était prévu puisque vous avez tenté de fuir avant que nous vous ayons fait part de nos intentions. Mais je crois que vous êtes en sécurité maintenant. Du moins... pour le moment. Vous pourrez donc remonter en selle de manière convenable et surtout plus confortable.

Je saisis la majeure partie de son laïus, mais ce n'est pas tant la teneur de ce qu'il me disait qui me surprit que le fait qu'il utilisait le même dialecte que Simon. Ce dernier semblait pourtant convaincu d'en être le seul détenteur dans son groupe de mécréants. Très intéressant...

– Je crois qu'avant de reprendre la route nous devrions nous présenter, puisque nous n'avons guère eu l'occasion de le faire précédemment.

Il me regarda et attendit, amusé de mon étonnement. Je me rendais soudain compte que personne ne m'avait encore demandé mon prénom depuis mon arrivée.

– Naïla, dis-je simplement.

– Eh bien, Naïla de Brume, je me nomme Zevin et voici mon illustre compagnon, Alexis.

Ce dernier hocha simplement la tête, l'air renfrogné. Un instant, j'eus envie de lui demander pourquoi il était venu à mon secours, si ma compagnie lui pesait tant, mais je m'abstins. Je finirais bien par connaître le fin mot de l'histoire. Zevin me tendit la main et je montai devant lui sans hésitation. Au moins, lui semblait décidé à converser avec moi, ce qui ferait changement.

– Je me doute que vous avez de très nombreuses questions à poser. Nous tenterons d'y répondre, mais seulement quand vous serez hors de portée des hommes d'Alejandre. Vous comprendrez aisément que nous devons repartir sur-le-champ. Plus nous nous éloignerons de mes compatriotes, mieux nous nous porterons tous.

Alexis avait, lui aussi, repris place sur sa monture. Fidèle à son habitude, il ne dit rien et s'enfonça bientôt dans la nuit. Nous lui emboîtâmes le pas sans que je sache vraiment, encore une fois, ce qui se passait. Je me demandais si je le saurais jamais.

Je m'émerveillais de voir à quel point ces hommes et leurs chevaux arrivaient à se diriger avec, pour seul éclairage, les pâles rayons lunaires. Pour ma part, je ne distinguais presque rien. Tout baignait dans une noirceur quasiment totale. On ne distinguait que des contours flous et des masses sombres. Je scrutais les alentours, tentant de m'habituer à l'obscurité, lorsque je distinguai, à quelques dizaines de mètres devant nous, une habitation éclairée. Je me pris à espérer que ce serait notre destination finale ; j'avais grand besoin d'un toit et d'un lit.

- 20 -

Douce Marianne

Nous nous arrêtâmes effectivement devant la porte. Zevin et Alexis sautèrent de cheval et se précipitèrent à l'intérieur, me laissant dehors. Alexis avait abandonné sa monture aux bons soins d'un garçon d'écurie, qui nous attendait vraisemblablement. Décidément, ces hommes n'en finissaient plus de me surprendre. Il faut croire que les menaces me concernant s'étaient considérablement estompées depuis quelques heures pour qu'on me témoigne soudain si peu d'attention. Je mis pied à terre à mon tour et confiai ma monture au jeune homme, qui attendait patiemment. Ce dernier me gratifia d'un « bonsoir milady », avant de disparaître dans la nuit. Je me demandai si ce milady faisait référence à mon statut dans ces contrées étranges ou si c'était seulement une formule de politesse générale.

Je me tournai vers la maison. Cette dernière était très grande ; peut-être appartenait-elle à de riches propriétaires terriens. Malgré la nuit qui nous enveloppait, je pouvais distinguer de grandes ouvertures au deuxième étage et des murs en pierre des champs. J'allais me décider à entrer, puisque Alexis ne semblait pas revenir, lorsque des éclats de voix me parvinrent de l'intérieur. Je n'étais plus certaine de ce que je devais faire. Je ne voulais pas m'imposer ni créer de malaise chez nos hôtes, quels qu'ils soient. Je n'avais pas la moindre idée de leur identité, et ma situation précaire ne me permettait pas de faire avorter la possibilité de passer inaperçue quelques jours. Le temps que je pris à analyser ma situation permit probablement aux protagonistes de se mettre d'accord puisque le silence régnait de nouveau sur la demeure. Comme je m'apprêtais à entrer, la porte s'ouvrit sur Zevin, quelque peu mal à l'aise.

– Désolé de vous avoir laissé en plan. Je pense que...

Je l'interrompis, pressée d'entrer, craignant que je ne sais quoi surgisse soudain de la nuit.

– Ne vous en faites pas, dis-je simplement, je commence à avoir l'habitude des comportements étranges en ma présence...

Il me sourit et s'effaça pour me laisser passer. La porte s'ouvrait sur une grande pièce chaleureuse, éclairée aux chandelles. Un feu de bois ronflait dans la cheminée, et la tiédeur de cet intérieur contrastait agréablement avec la fraîcheur de la nuit. Le couvert était mis pour trois et une délicieuse odeur me chatouillait les narines. J'étais exténuée, et peu m'importait où je me trouvais en ce moment. Les conditions de confort que je jugeais essentielles, à savoir le gîte, le couvert, la chaleur humaine et la sécurité, semblaient être réunies en un même endroit et, pour cette seule raison, je me serais contentée d'une cabane en bois rond. Inutile de dire que ce mini château était plus que parfait à mes yeux. Je restai sur le seuil, n'osant avancer.

– Asseyez-vous, me dit le jeune homme. Je crois que Freda ne va plus tarder. Pour ma part, il faut absolument que je file. Mais ne vous en faites pas, vous êtes en sécurité...

Sur ce, il tourna les talons et partit vraisemblablement vers l'écurie. J'étais à nouveau seule. On chuchotait à voix basse derrière une porte, au fond de la pièce, et je présumai que c'était la cuisine. Une dame d'un certain âge la franchit, en effet, quelques instants plus tard, avec une cruche, trois verres et une soupière en équilibre sur un plateau de service. Avec son tablier sale, ses fortes hanches et son sourire jovial, elle correspondait parfaitement à l'image que l'on se fait d'une cuisinière d'une autre époque.

– Asseyez-vous, mon enfant. Je me nomme Freda et je suis la cuisinière en titre de cette maison. Le maître m'a dit que vous deviez mourir de faim. Avalez-moi ça. Vous verrez, ça vous réchauffera l'estomac et le cœur.

Sur ce, et sans que j'aie pu dire quoi que ce soit, elle s'en fut par où elle était venue, se déhanchant gaiement. Je choisis de suivre son conseil, puisque mon deuxième compagnon de voyage n'était visible nulle part et que je mourais effectivement de faim. La soupe étant délicieuse, je me permis de me resservir, tout en regardant autour de moi. Je me trouvais, semble-t-il, au cœur de la maison. Si la cuisine se trouvait derrière, le « salon » était à ma gauche et un escalier, sur ma droite, montait au deuxième. Des bruits de pas se faisaient entendre ici et là, mais je ne vis personne.

De deux choses l'une, soit ma présence posait problème, soit le maître, comme l'avait appelé Freda, ne voulait pas que l'on me dérange. Bah ! De toute manière, je finirais bien par savoir de quoi il retournait. Je plongeai donc ma cuillère dans mon bol et mangeai à nouveau avec appétit. Je terminais lorsqu'Alexis descendit du deuxième, en compagnie d'une jeune femme d'une vingtaine d'années. Elle était très menue et ne devait pas mesurer plus d'un mètre cinquante, avec de longs cheveux bruns, des yeux légèrement en amande et un visage aux traits fins. Elle me sourit et se présenta.

– Bonjour, je suis Marianne, l'épouse d'Alexis. Il m'a expliqué votre... situation.

Le coup d'œil qu'elle lança alors à son mari était lourd de sous-entendus. Je soupçonnai mon protecteur d'avoir brossé un portrait fort grossier de la situation, mais je voyais mal comment il aurait pu s'en sortir. Peu importe l'époque, je ne crois pas qu'une femme puisse avoir envie d'en accueillir une autre sous son toit, en plein milieu de la nuit, et en compagnie de son mari de surcroît. Je haussai un sourcil interrogateur, mais je n'osai ajouter quoi que ce soit. De toute façon, Alexis ne m'en donna pas l'occasion ; il prit précipitamment la parole.

– Je pense que Naïla ferait mieux de se reposer un peu. Le voyage a été long et quelque peu...

– Mouvementé..., achevai-je pour lui.

Devant le froncement de sourcils de la jeune femme, j'ajoutai :

– Alexis a raison, je pense qu'il vaudrait mieux que je prenne quelques heures de repos. Si...

Tout en parlant, je me levai, ramassant mon sac au passage. Marianne nous jeta, en alternance, un regard légèrement soupçonneux, mais ne fit pas de commentaire.

– Si vous voulez bien me suivre...

Je lui emboîtai le pas, passant devant Alexis. J'eus l'impression que ce dernier voulait ajouter quelque chose, mais il se retint. Montant l'escalier, je tentais de réfléchir à tout ça. Qu'avait dit exactement Alexis me concernant ? Ma mère avait mentionné, dans sa lettre, que peu de gens connaissaient l'histoire de ce monde et notre existence. Mais si elle ignorait qui j'étais réellement, Marianne ne savait probablement pas, non plus, ce qu'était son époux ; un Cyldias. C'était vraiment très étrange.

Marianne s'arrêta devant l'une des portes du corridor. Elle l'ouvrit, puis me fit signe d'entrer en s'effaçant. La pièce était de taille modeste, meublée en tout et pour tout d'un lit et d'un bureau.

– Je suis désolée de ce confort relatif, vu vos origines, mais j'ai bien peur de ne pouvoir vous offrir davantage.

Je constatai qu'elle n'avait pas l'air réellement désolé, mais ne m'en offusquai pas. À sa place, j'aurais déjà dit ma façon de penser à l'étrange visiteuse que j'étais. Elle me quitta bientôt avec un « bonsoir, milady » qui, dans sa bouche, sonnait faux. J'avais de plus en plus hâte d'éclaircir cette situation.

J'enlevai mes vêtements sales et ne gardai que ma chemise. Je me lavai ensuite le visage et les mains, puis me couchai, épuisée. Cependant, malgré la fatigue accumulée, le sommeil me fuyait. Trop de questions se bousculaient dans mon esprit pour que je puisse aspirer au repos. Ce que j'avais appris, depuis ma traversée, se résumait au fait qu'un certain sire de Canac cherchait à me mettre le grappin dessus au point d'envoyer toute une troupe à mes trousses, mais rien de plus. Alexis et Zevin semblaient être des amis pour moi, mais je ne pouvais en être sûre. Selon ma mère, je devais me méfier de tous. Par ailleurs, comment se faisait-il que d'aussi jeunes personnes connaissaient mon existence et savaient que j'avais traversé ? Pour une époque si reculée, les communications étaient on ne peut plus efficaces. Je sombrai finalement dans une torpeur agitée qui dura peu.

Je me réveillai à l'aube, incapable de dormir malgré ma grande fatigue. Je ne savais que faire. Je restai de longues minutes dans la chambre, à tourner en rond, incapable de réfléchir. Finalement, j'enfilai mes habits sales et déchirés, n'ayant rien de mieux à me mettre, et descendis au rez-de-chaussée. Des bruits de casseroles provenant de la cuisine me rassurèrent ; je n'étais pas la seule debout à une heure si matinale. Je poussai la porte et me retrouvai dans une pièce de taille moyenne, fortement éclairée. L'endroit était beaucoup plus propre que je ne l'aurais cru possible en ces temps reculés et je soupçonnai Freda d'y veiller. Son imposante personne se mouvait avec une aisance déconcertante dans cet endroit pourtant exigu, compte tenu des tâches à y effectuer. Elle me détailla des pieds à la tête, arquant un sourcil interrogateur, puis se ravisa, se disant probablement que les invitées de son employeur, aussi étranges fussent-elles, ne devaient souffrir aucune critique de sa part. Elle lança plutôt un ordre, que je ne compris pas, et une jeune fille d'environ dix-sept ans apparut au seuil d'une porte qui donnait sur la cour arrière ; elle me jeta un œil et repartit aussitôt dans la direction opposée, vers la salle à manger.

– Asseyez-vous, ma chère, me dit la cuisinière, je vais vous servir à déjeuner.

J'aurais bien voulu lui expliquer que je n'avais pas très faim, considérant ce que j'avais ingurgité il y a quelques heures à peine, mais je ne voulais pas paraître impolie. D'un geste de la main, elle me désigna une chaise au bout du plan de travail où elle pétrissait du pain. Je pris place en la remerciant, ne sachant que faire d'autre.

– Vous ne dormez jamais ? ne pus-je m'empêcher de lui demander, considérant qu'elle était à son poste au moment de mon arrivée impromptue et qu'elle y était encore plusieurs heures plus tard.

Elle éclata d'un grand rire sonore en haussant les épaules.

– Dans cette maison, ma chère, il faut être prête à toute heure du jour et de la nuit et ne jamais demander pourquoi. Messire Alexis a l'habitude de partir et de revenir aux heures les plus incongrues...

Je n'en sus pas davantage, la fille de cuisine revenant à ce moment-là avec une pile de vêtements sur les bras. Freda lui fit signe de poser le tout sur une chaise. Elle lui dicta ensuite une courte liste de tâches à accomplir et la jeune fille disparut aussitôt. Interrompant son travail, la cuisinière me désigna les vêtements d'un geste.

– Je crois que vous feriez mieux de vous changer, jeune fille. Je suis convaincue que vous vous sentirez beaucoup mieux après avoir fait un brin de toilette et passé une tenue propre. Suivez-moi.

Ravie, je lui emboîtai le pas. Elle me reconduisit à ma chambre où une bassine d'eau fumante à demi-pleine m'attendait, de même qu'un pain de savon, une petite éponge de mer et une serviette. Elle déposa les habits sur le lit, me précisa que la jeune Maggie viendrait bientôt et s'en retourna vaquer à ses occupations.

La seule perspective de ce luxe, malgré la petite taille de la baignoire, me fit oublier tout le reste pour une courte période. Je me déshabillai rapidement et me lavai le sourire aux lèvres, me disant que cette vie, aussi rustique soit-elle, avait certains charmes. La douceur de l'éponge sur ma peau me fit un bien incomparable, et chaque couche de crasse qui disparaissait était remplacée par une sensation grandissante de bien-être.

Maggie cogna à la porte, portant deux seaux d'eau propre. Je remerciai la jeune fille, mais cette dernière ne m'entendit pas, le regard fixé sur ma poitrine et fronçant les sourcils. J'allais dire quelque chose lorsque je compris que mon anatomie ne l'intéressait pas. C'était l'obsidienne entre mes seins qui la fascinait, et je réalisai trop tard que je n'aurais pas dû me montrer ainsi devant des inconnus. Les yeux de Maggie, qu'elle levait vers mon visage, s'agrandirent de surprise. Et voilà, me dis-je malgré moi, difficile de jouer à l'autruche maintenant qu'elle avait également remarqué mes yeux, puisque j'avais enlevé mon verre de contact avant ma toilette. Il ne me resterait probablement plus qu'à disparaître dans les plus brefs délais, encore une fois... Je choisis de faire celle qui n'avait pas remarqué, continuant mes ablutions comme si de rien n'était. Je lui souris simplement et elle retrouva ses esprits, bafouillant des excuses en rougissant. Elle quitta précipitamment la chambre et je me retrouvai de nouveau seule. S'il était vrai que les habitants de ce monde ne se souvenaient plus des Filles de Lune, il semblait que dans cette maison il en allait autrement.

Je me séchai et enfilai les jupons et la robe. Je pris soin de remettre mon verre de contact et me promis de demander à Zevin s'il s'avait ce qu'avait voulu dire Simon, lorsqu'il avait parlé de la possibilité de masquer les yeux dissemblables.

Une fois vêtue de façon présentable, j'entrepris de redescendre, prête à affronter une fois de plus ce monde si différent. La maison s'était considérablement animée et une dizaine d'hommes, d'âges variés, déjeunaient à la table de la salle à manger. Je m'interrompis au milieu de ma descente. Personne n'avait encore remarqué ma présence et je m'interrogeai soudain quant à la pertinence de me montrer devant autant d'inconnus. Je décidai plutôt d'attendre que quelqu'un vienne me chercher. Je reculai prudemment et remontai les marches. J'étais à deux pas de ma chambre quand une lueur attira mon attention, un peu plus loin sur la droite. Une irrépressible envie d'aller voir s'empara de moi...

La porte était entrebâillée. Je m'approchai doucement, retenant mon souffle. Je poussai timidement le battant du bout de ma botte, puis jetai un œil. Avec un soupir de soulagement, je constatai qu'il n'y avait personne. La pièce devait servir de cabinet de travail au maître de maison, Alexis en l'occurrence. Un bureau trônait au centre. La lueur aperçue provenait de deux chandelles allumées qui brûlaient tranquillement. Consciente de mon indiscrétion, mais incapable de reculer, j'entrai. Une lettre inachevée attendait, une plume posée en travers. Un regard en biais me suffit pour constater que je ne connaissais pas cette forme d'écriture et, comme j'ignorais le temps qu'il me faudrait pour parvenir à la déchiffrer, je ne m'y attardai pas. Je balayai la pièce d'un rapide coup d'œil et remarquai une portion de cadre dans l'ombre de la porte ouverte.

Une gigantesque carte était dessinée sur plusieurs parchemins réunis. Elle occupait tout le mur derrière la porte. Elle devait représenter le monde où je me trouvais puisqu'il y avait d'immenses portions de terre, séparées par des étendues d'eau plus restreintes. Le tout ressemblait aux planisphères que l'on retrouve sur les murs des salles de classe de nos écoles. La différence étant que ce n'était plus exactement les mêmes formes ni les mêmes proportions de terre et d'eau. Le monde que je contemplais avec fascination comportait beaucoup plus de continents que d'océans.

Tout en regardant la carte, je me dis qu'il était dommage qu'elle ne fût pas plus petite ; je l'aurais roulée sur-le-champ et emportée pour mieux l'examiner. Vu sa taille, je devrais me contenter d'en fixer les détails dans ma mémoire. Mais comment savoir où je me trouvais ? Je n'avais aucun point de repère et ne connaissais aucun nom de lieu. Par ailleurs, je devais sans cesse tendre l'oreille de peur que quelqu'un vienne. Je fouillai rapidement ma mémoire, cherchant un nom, un terme, n'importe quoi qui me permettrait de me repérer. Peine perdue. Je continuai néanmoins à examiner la carte, espérant un quelconque déclic.

Pendant que je la fixais, un étrange sentiment de malaise s'empara de moi. Il y avait quelque chose de dérangeant dans ce que je regardais, mais j'étais incapable de dire quoi exactement. Je touchai la carte du bout des doigts, les laissant glisser d'une inscription à l'autre. Les noms que je voyais défiler ne m'étaient pas familiers et les rares tracés, délimitant probablement des frontières, n'avaient rien de commun avec mes repères habituels. Je reculai pour avoir une meilleure vue d'ensemble, et c'est à ce moment-là que je compris ce qui n'allait pas. La surprise fit vite place à une fascination encore plus grande que celle que j'avais éprouvée précédemment.

Je contemplais tout simplement une carte de mon propre monde, mais inversée. Ce qui était pour moi des continents sur les bancs d'école s'était ici mué en mers intérieures, et les océans étaient devenus de vastes étendues de terre. La sensation était plus qu'étrange, elle était déstabilisante. C'était pire que de découvrir un nouveau monde.

Un craquement me tira soudain de ma réflexion. Je tendis l'oreille, m'attendant à ce que quelqu'un arrive d'une seconde à l'autre, mais plus rien ne vint troubler le silence. Je voulus reporter mon attention sur la carte, mais une étrange sensation m'envahit. Je me retournai brusquement et fis des yeux le tour de la pièce très lentement, regardant même au plafond. J'avais l'impression de ne plus être seule et j'eus la chair de poule. Ce n'était pas la première fois de ma vie que j'avais pareille sensation, mais maintenant je ne pouvais plus penser qu'un esprit était venu me tenir compagnie. J'avais l'impression d'une présence bien réelle tout près de moi.

– Qui est là ? demandai-je à voix basse, me sentant tout de même un peu bête.

Un craquement se fit de nouveau entendre, mais cette fois dans la pièce où je me trouvais. Un long frisson me parcourut ; je ne voyais toujours personne. Incapable de bouger, j'attendis. Le sol vibra soudain sous mes pieds, comme si un train venait de passer juste devant la maison. La sensation ne dura que quelques secondes et je me demandai si je n'avais pas rêvé. Au même moment, une voix résonna dans ma tête :

– Attends mon retour, Fille de Lune...

Était-ce à moi qu'on s'adressait ? Si oui, qui me parlait ? Difficile de savoir. Était-ce Alexis ? Était-ce sa présence que j'avais ressentie dans la pièce, il y a un instant à peine ? Avait-il la faculté de disparaître ? Je n'avais guère le temps de réfléchir davantage et me glissai dans le corridor afin de regagner ma chambre. Je refermai la porte de mon refuge derrière moi et me laissai tomber sur le lit, la tête pleine et douloureuse. Plus que jamais, j'avais l'impression de m'être délibérément mise dans une situation qui dépassait ma compréhension. Combien de temps parviendrais-je à tenir avant de faire comme ma mère et de rentrer chez moi ? Je me postai finalement à la fenêtre en attendant que l'on vienne me chercher, observant les environs du manoir et la vie de ses habitants.

Les terres de la propriété semblaient s'étendre loin derrière l'habitation. Plusieurs bâtiments de ferme occupaient la cour arrière. Des vaches et des moutons paissaient tranquillement plus haut, sous la surveillance de jeunes garçons. Un grand jardin occupait un vaste espace sur la gauche. Deux femmes s'y affairaient, penchées sur ce qui me sembla être des plants de tomates. Je distinguai également des carottes, des betteraves, de la laitue et des pommes de terre. Un peu en retrait, un carré entouré d'une clôture de bois semblait jouir d'un statut particulier.

En y regardant de plus près, je crus reconnaître plusieurs des herbes décrites au cours de mes lectures récentes sur la médecine de jadis. Je présumai que c'était là ce que l'on appelait un jardin de simples. Une espèce de pharmacie végétale qui, dans ces contrées, représentait souvent la seule arme contre les blessures et les maladies. Bien des pays de mon propres univers n'avaient guère plus de ressources que ce que je voyais ici. Ce qui me fit penser que ce n'était peut-être pas l'ensemble des peuples de ce monde qui vivait comme au Moyen Âge, mais seulement une partie. Décidément, il fallait que je trouve quelqu'un qui puisse m'éclairer...

Mon attente se révéla vaine. Je ne vis personne de la matinée. La jeune Maggie m'apporta finalement à dîner, mais elle ne s'attarda pas, me lançant plutôt des regards inquiets. Je n'eus d'autre choix que de continuer à regarder, du haut de ma fenêtre, ce qui se passait dehors. Même s'il est vrai que ma porte n'était pas verrouillée, je me voyais mal faire mon apparition à l'étage inférieur, quêtant une attention particulière. Et je n'avais nulle envie de provoquer la jalousie de Marianne, que j'avais dangereusement senti couver la nuit dernière.

Plus tard, à force de repenser à la carte d'Alexis, les instructions de ma mère me revinrent en mémoire. Je pourrais peut-être tout simplement m'en aller, pour essayer de rejoindre la Montagne aux Sacrifices. Je n'aurais qu'à me glisser dans le bureau une fois de plus, pour étudier la carte. Même si je ne savais pas où je me trouvais exactement, je pourrais au moins tenter de trouver l'emplacement de la montagne. Je ne devrais pas avoir de difficulté à repérer la bande de terre représentant le fleuve Saint -Laurent. Je jonglai quelque temps avec cette idée, mais je finis par l'abandonner. Il y avait trop d'impondérables dans mon plan pour qu'il puisse se réaliser.

L'après-midi s'écoula, monotone, dans l'interminable vision des corvées que nécessitait l'entretien d'un domaine comme celui que je contemplais. Ce n'est que vers le début de la soirée, bien après que mon souper eut été monté par une Maggie toujours aussi peu encline à faire la conversation, que je pus apprendre quelque chose. Je somnolais sur ma chaise, assise près de la fenêtre, m'entêtant à rester éveillée même si personne ne semblait se préoccuper de mon existence, quand une conversation attira mon attention. Je tendis l'oreille, mais pris bien garde de ne pas me montrer à la fenêtre. Je reconnus la voix de Zevin, mais la seconde m'était étrangère.

– Puisque je te dis qu'il est introuvable !

Il y avait de l'exaspération dans le ton employé, mais moins que dans celui que Zevin prit pour lui répondre.

– Mais enfin, Edric, cela n'a pas de sens. Tu es absolument certain de ce que tu avances ?

Le dénommé Edric ne sembla pas apprécier que l'on remette en cause la véracité de ses propos. Il répliqua, presque agressif :

– Je te signale respectueusement que je ne suis plus un débutant. Il serait peut-être temps que tu t'en rendes compte. Je...

Zevin se calma sensiblement et le ton employé ensuite fut beaucoup plus modéré.

– Bon, bon, je te crois. Je suis désolé. Je ne remets pas en cause tes talents ; c'est juste que je ne comprends vraiment pas ce qui se passe. Nous étions supposés nous retrouver tous ici en début d'après-midi, après que j'eus rempli la seconde partie de ma mission. Pendant ce temps, Alix devait veiller sur la jeune femme ; les hommes d'Alejandre doivent maintenant savoir qu'elle est ici et ils ne tarderont sûrement pas. Le fait qu'ils ne puissent entrer sur la propriété ne garantit aucunement la sécurité de la Fille de Lune.

– Uleric lui a peut-être confié une mission urgente et il n'a pas...

Edric n'eut pas le temps de terminer sa phrase que Zevin l'interrompit.

– Rien n'est plus important aux yeux d'Uleric en ce moment que de voir la jeune femme se rendre jusqu'à lui. Il est donc impossible que l'absence d'Alix soit de son fait. Par ailleurs...

Zevin sembla hésiter avant de poursuivre puisque Edric lui demanda :

– Quoi ? Qu'est-ce qu'il y a ?

Zevin soupira bruyamment.

– Ce que je vais te dire doit rester entre nous parce que je ne suis pas encore tout à fait certain de ce que j'avance.

– Tu sais très bien que tu peux me faire confiance, Zevin. Je n'ai d'ailleurs pas intérêt, vu mon passé, à prendre le moindre risque de perdre ma place...

Zevin dut juger que la garantie de silence de son compagnon était suffisante puisqu'il continua.

– Je pense qu'Alix est un Cyldias, un vrai...

Zevin avait parlé très vite, comme si ce qu'il avait énoncé pouvait causer sa perte.

Je fronçai les sourcils.

– Un Cyldias inné, tu veux dire ? De ceux qui n'ont pas besoin d'apprentissage ? Edric émit un sifflement admiratif, avant de reprendre :

– Mais c'est impossible, Zevin. Il y a près de deux siècles qu'il n'y a plus de Cyldias désignés sur la Terre des Anciens. C'était une race à part, qui a disparu en même temps que les derniers vrais grands de notre monde. Comment serait-il possible qu'un homme d'ici en soit un ?

– Je ne sais pas comment c'est possible, mais je suis pratiquement certain de ne pas me tromper. Rappelle-toi que personne ne connaît les origines véritables d'Alix...

Un silence plana quelques secondes entre les deux hommes, avant qu'Edric ne reprenne.

– Si ce que tu viens de me dire est vrai, il est impossible qu'Alix ait quitté la propriété de son plein gré. Il connaissait les risques d'un tel comportement aussi bien que nous. Si je me souviens bien de ce que l'on nous a enseigné, un Cyldias désigné ne peut vivre loin de celle qu'il doit protéger, sous peine de voir ses pouvoirs le quitter à jamais et...

Ce fut Zevin qui continua.

– Certains disaient aussi que le protecteur ne pouvait continuer à vivre si sa protégée mourait. C'est d'ailleurs cela que les hommes qu'Uleric souhaitait former craignaient le plus. Même si le Sage affirmait que seuls ceux qui naissaient Cyldias étaient concernés, de nombreux hommes ont déserté. Personne n'a envie de vivre dans des conditions semblables !

Ainsi donc, contrairement à ce que croyait ma mère, je pourrais avoir pleinement confiance en Alexis. Ce dernier m'avait lui-même dit que sa vie dépendait maintenant de la mienne lorsque je l'avais rencontré sur la grève. Était-ce dans le vrai sens du terme ? Je me forçai cependant à revenir à la conversation des deux hommes.

– Qu'est-ce que tu proposes de faire maintenant ? demanda Edric. On ne peut tout de même pas la laisser indéfiniment dans sa chambre ; elle va finir par demander des explications et je doute que nous soyons en mesure de lui en donner. Par ailleurs, tu connais Marianne aussi bien que moi ; elle ne tardera pas à soupçonner la Fille de Brume d'être une conquête de son mari et elle nous fera encore une de ces crises de jalousie dont elle a le secret.

– Elle a déjà commencé ses menaces à notre arrivée hier soir, annonça Zevin avec lassitude, mais Alix y a rapidement mis un terme, à son grand déplaisir d'ailleurs. Inutile de te dire que cela fait partie des raisons pour lesquelles j'ai hâte d'emmener Naïla loin d'ici.

– Dans quelle chambre est-elle ?

– La première à l'avant de la maison. J'irais bien la voir pour lui expliquer la situation, mais Alix voulait le faire lui-même, craignant qu'elle ne ressemble aux trois autres.

Voilà donc pourquoi ils ne tenaient pas cette conversation à voix basse. Zevin ne me croyait pas dans la chambre au-dessus, mais beaucoup plus loin, à l'avant.

– Si Alix ne revient pas cette nuit, il nous faudra la conduire nous-mêmes à Uleric.

– Tu crois vraiment que nous pourrions en arriver là ?

L'inquiétude semblait percer dans la voix d'Edric et je compris qu'il n'avait nulle envie de cheminer avec moi, même si j'ignorais si c'était moi qui l'effrayais ou ceux qui me recherchaient.

– J'espère bien que non, mais cela fait un moment que je ne crois plus aux miracles. Si c'est Mélijna qui a réussi à profiter d'une inattention d'Alix pour l'enlever encore une fois, je doute que nous le revoyions avant la prochaine pleine lune... Cette folle a pris goût à son petit manège même si elle n'en retire jamais ce qu'elle...

La conversation continua mais, les deux hommes s'éloignant progressivement de la maison, je n'entendis bientôt plus qu'un murmure. Je me risquai à jeter un œil à l'extérieur afin de voir à quoi ressemblait l'autre jeune homme ; c'était un grand maigre, avec des cheveux d'un brun fade.

Tandis que la nuit tombait, je me couchai en pensant à ce que je venais d'entendre, mais dont je ne comprenais pas toute la signification. Des rêves étranges me tinrent compagnie, comme toujours, mais je me levai tout de même plus reposée que la veille.

On m'apporta mon déjeuner quelques minutes seulement après mon réveil, alors que je m'apprêtais à enfiler mes vêtements. Je grignotai, assise sur le rebord de la fenêtre. Je cherchai du regard Zevin ou Edric, mais ne les vis nulle part. Perdue dans mes pensées, je n'entendis pas immédiatement la porte de ma chambre s'ouvrir sur une femme, celle d'Alexis en l'occurrence, les yeux rougis, mais la tenue digne. D'une voix qu'elle voulait assurée, elle me délivra son message ; il était bref mais sans ambiguïté.

– Mon mari et moi croyons qu'il vaut mieux que vous ne restiez pas ici. Votre présence pourrait nous causer des ennuis, à nous et à l'ensemble des gens de nos fermes. Alexis vous a trouvé un endroit mieux adapté à votre statut, loin des regards indiscrets, en attendant que vous puissiez rejoindre les vôtres. Les gens auxquels il souhaite vous confier seront bientôt présents.

– Alexis est donc revenu ?

La question m'avait échappé, mais il était trop tard pour me reprendre. Marianne me détailla de la tête aux pieds ; sa tolérance lors de mon arrivée semblait avoir cédé la place à quelque chose de beaucoup moins prometteur pour notre relation. Mon protecteur désigné devait donc être revenu et lui avoir parlé de moi. Je ne savais pas ce qu'ils s'étaient dit au cours des dernières heures, mais je voyais bien que le vent ne soufflait pas en ma faveur ; inutile donc de vouloir m'incruster. Il valait peut-être mieux quitter cet endroit rapidement.

« Attends mon retour, Fille de Lune... » Les mots me revinrent cependant en mémoire et, pendant un instant, j'eus envie de m'opposer. Zevin et Edric avaient bien dit qu'ils m'accompagneraient si Alexis ne pouvait pas le faire. Or, aucun des trois n'était présent. D'un autre côté, je n'avais aucune idée de ce qui s'était passé au cours de la nuit.

– Y a-t-il un problème ?

La voix exaspérée de Marianne me tira de ma réflexion et je fis non de la tête, en récupérant mon sac. Je ne voyais pas ce que j'aurais pu dire. Il était hors de question de lui parler de la recommandation reçue ou de la conversation que je n'aurais pas dû entendre. N'ayant pas les connaissances nécessaires pour me débrouiller seule, et comme personne ne semblait en mesure de me les fournir, je présumai que la meilleure solution était encore d'accepter de partir vers je ne sais quelle destination et dans je ne sais quel but. Je devais cependant avouer qu'après soixante-douze heures de ce traitement désagréable, je commençais à en avoir assez.

Il n'y avait plus personne dans la pièce centrale lorsque je descendis. Marianne me conduisit jusqu'à l'écurie, où un cheval sellé m'attendait, de même que deux sacs, que je présumai remplis de provisions. Je n'avais vu personne sur notre parcours et l'attitude de la maîtresse de maison me parut quelque peu étrange. Je ne posai pas de questions ; je me voyais mal, en étrangère, m'opposer à ce que l'on veuille m'aider.

– Alexis m'a dit que vous montiez fort bien à cheval, je vais donc vous laisser quitter la propriété sans escorte. Vous suivrez le chemin qui descend vers l'ouest. En fait, vous continuerez comme si vous aviez seulement passé devant le manoir au lieu de vous y arrêter. Au sommet de la plus haute colline, que vous voyez au loin...

Elle me la montra du doigt, avant de poursuivre. Je voyais distinctement le chemin qui y menait, mais je n'étais pas du tout certaine d'avoir envie de m'y aventurer seule, surtout que je devais d'abord traverser un bois dense... Je dus faire un effort pour continuer à l'écouter.

– ... il y aura deux hommes à cheval qui vous attendront. Ils seront à la croisée des routes – les gens du coin l'appellent La Nuque Brisée. Vous ne pouvez vous tromper sur l'endroit puisqu'il y a pratiquement toujours un pendu qui y est exposé. Le dernier dont nous avons entendu parler remonte à deux jours à peine, il devrait donc être encore là...

Elle guetta ma réaction, mais je choisis de faire comme si j'avais vu des dizaines de pendus dans ma vie et j'attendis qu'elle termine.

– Ces hommes sauront vous aider et vous renseigner beaucoup mieux que nous ne pourrions le faire dans les circonstances...

Il me sembla que le ton de sa voix tenait davantage du sarcasme que de la simple information.

– À cette heure de la journée, vous ne devriez pas faire de rencontres sur la propriété, et le chemin principal évite les maisons des fermiers environnants. Par ailleurs, les hommes sont aux champs et les femmes ont trop à faire à ce temps-ci de l'année pour vous prêter la moindre attention.

Elle prononça la dernière phrase sur un ton qui sous-entendait clairement qu'elle se demandait bien qui pouvait avoir envie de me porter une attention quelconque. Zevin avait dit vrai, cette femme semblait cultiver la jalousie comme d'autres cultivent les légumes, avec une ardeur quasiment obsessionnelle. Si au moins elle avait eu une véritable raison de le faire à mon égard ! Elle termina ses instructions.

– Le boisé se trouve aux limites de nos terres et ne devrait pas poser de problème en plein jour. Comme vous savez dissimuler vos yeux, je vous recommanderai seulement de cacher votre pendentif dans votre corsage, afin d'éviter les ennuis, même si je doute que quelqu'un sache vraiment ce qu'il représente, en dehors des légendes et des mythes véhiculés. En espérant que vous trouverez ce que vous êtes venue chercher...

Mais le ton manquait singulièrement de sincérité. Ainsi donc, elle savait qui j'étais ; sa jalousie me sembla alors légèrement justifiée. Si Alexis lui avait dit être un Cyldias, il n'y avait pas de quoi être heureuse de savoir que son mari était maintenant lié à une autre femme et par des moyens beaucoup plus puissants que le mariage, semble-t-il.

Marianne me regarda monter sur mon cheval, puis installa les sacs de part et d'autre de l'animal. Je lui souris timidement et la remerciai, mais le sourire qu'elle me rendit n'avait rien de naturel. Je compris qu'il vaudrait mieux ne jamais revenir. Je posai tout de même la question qui me brûlait les lèvres.

– Zevin est-il dans les parages ? J'aurais eu besoin d'un renseignement avant de partir, un seul et...

Le regard qu'elle me retourna me figea sur place et je fus incapable de finir ma phrase. Sa voix se durcit.

– Ni Zevin, ni Alexis – elle appuya fortement sur le dernier prénom – ne sont disponibles ce matin. Ils ont dû partir précipitamment au cours de la nuit. Je crains malheureusement que vous ne soyez dans l'obligation de vous contenter de ma seule personne pour vous dire au revoir.

Nul besoin d'un dessin pour comprendre. Sans rien ajouter, et sans un seul regard en arrière, je lançai ma monture et quittai la propriété. Il ne me servait à rien de m'attarder davantage puisque ma présence dérangeait manifestement beaucoup.

Pendant que je traversais les terres, je restai sur mes gardes, prête à me servir de ma dague si le besoin s'en faisait sentir ; je gardais cette dernière dans la ceinture de ma jupe. Je ne me sentais pas en sécurité et je n'étais pas convaincue que c'était des alliés qui m'attendaient au bout de ma route. Après la conversation que j'avais surprise hier soir, je doutais qu'Alexis, Zevin ou Edric m'aient renvoyée ainsi, seule et sans escorte, même pour une courte distance. J'eus beau chercher une solution de rechange, je ne voyais rien de mieux que ce qui m'avait été proposé. Si seulement je connaissais une partie des pouvoirs que j'étais censée posséder, j'aurais peut-être une chance de m'en sortir.

J'atteignis le point de rencontre aux environs de midi, si j'en croyais la position du soleil, mais je ne vis personne. Enfin... il y avait effectivement un pendu, ou plutôt une, pour me tenir compagnie en attendant. Sa vue me dérangea cependant moins que je ne l'aurais cru. À l'exception du fait que ce macchabée m'informait que l'on n'hésitait pas à pendre aussi les femmes, j'étais plutôt fascinée. Je présumai que l'endroit servait à dissuader les gens des environs de commettre des actes répréhensibles. L'espace d'un instant, je me demandai si je ne m'étais tout simplement pas fait avoir avec ce rendez-vous, mais mon questionnement fut de courte durée. Un bruit de galop venant de la droite me tira de ma contemplation morbide et me fit tourner la tête. Ce n'était pas deux hommes, mais bien davantage, qui venaient à ma rencontre. Mon sang ne fit qu'un tour lorsque je les reconnus. Je m'étais bel et bien fait avoir, comme je le craignais depuis mon départ du domaine...

Je fermai les yeux un court instant et les rouvris, afin de m'assurer que je ne rêvais pas. Malheureusement, le cauchemar était bien réel. La bande à laquelle j'avais faussé compagnie deux jours plus tôt approchait dangereusement. Sachant fort bien que je ne parviendrais jamais à les distancer avec une monture que je connaissais si peu et en terrain inconnu, je tentai quand même de leur échapper contrairement à notre première rencontre. Je savais que je m'en voudrais terriblement si je n'essayais pas. Je lançai mon cheval au galop sur la route de droite, sans un regard en arrière. En cavaliers expérimentés, les hommes de Simon ne mirent que quelques minutes à me rattraper.

L'un d'eux sauta de sa monture sur la mienne et tenta de m'arracher les rênes pour l'immobiliser. Même si je me savais perdue, je tirai sur les rênes avec l'énergie du désespoir, tout en essayant de déstabiliser mon passager en le repoussant. S'ensuivirent des gestes désordonnés de part et d'autre qui finirent par m'envoyer rouler par terre, dans une chute douloureuse. J'essayai de me relever tout en voulant récupérer l'arme que je portais à la taille, mais je n'en eus pas le temps. Deux hommes m'empoignèrent chacun par un bras et me remirent debout sans délicatesse aucune. Fulminante, j'essayai une fois de plus de me défaire de leur emprise, mordant même l'un de mes agresseurs jusqu'à ce que je perçoive le goût métallique du sang. J'entendis alors distinctement une série de jurons et je reçus une gifle retentissante qui me fit venir les larmes aux yeux. Sonnée, mais toujours enragée, je toisai Simon avec arrogance, la tête haute.

– Il me semblait t'avoir expliqué que ton obéissance et ta docilité nous simplifieraient grandement la vie. Encore une scène de ce genre et je te jure que le sire de Canac aura peine à te reconnaître.

Pour toute réponse, je lui crachai au visage et le fixai avec mépris, le défiant de mettre sa menace à exécution. Même s'il m'avait juré, en ce moment même, qu'il me tuerait, je n'en aurais pas moins continué tellement je bouillais. Plus rapide, c'est le poing de Rufus qui s'élança alors avec force pour venger l'affront fait à son chef, mais il n'atteignit jamais sa cible. Les doigts refermés ne rencontrèrent que le vide, me traversant sans douleur aucune, comme si je n'avais été qu'une image en trois dimensions. Si je fus moi-même surprise de la tournure des événements, ce ne fut rien comparativement aux hommes qui m'entouraient. Tous firent un pas en arrière et une vague de murmures se répandit bientôt dans les rangs. Les deux hommes qui me tenaient relâchèrent singulièrement leur emprise, mais la resserrèrent dès que je fis mine de vouloir en profiter. Rufus regardait son poing comme s'il avait été trahi pour la première fois par un ami fidèle, mais c'est Simon qui était le pire. Il écumait littéralement de rage, sachant pertinemment que ses hommes risquaient maintenant de poser des questions quant à la supposée femme de petite vertu qu'ils devaient ramener au sire de Canac.

Il dut faire des efforts considérables pour ne pas perdre son sang-froid et le contrôle de ses troupes, qu'il rassembla à l'écart. Toutefois, avant de s'adresser à ses hommes, il ordonna à Rufus de me bâillonner et de me lier les mains derrière le dos. Le chien de garde s'exécuta avec brusquerie sans cesser de grogner et de me lancer des regards assassins. Simon mit de longues minutes à retrouver son autorité sur ses hommes. J'en profitai pour réfléchir à mon comportement, cherchant ce que j'avais bien pu faire pour éviter de si belle façon de me retrouver avec un nez cassé, mais je ne trouvai aucune réponse satisfaisante.

Je fus bientôt hissée sur un cheval et quasiment attachée à mon cavalier. Rufus donna une claque sur la croupe de ma monture, qui repartit par où elle était venue ; je présumai qu'elle regagnerait le domaine. Nous nous remîmes en route sans que Simon ne vienne me faire le moindre discours. Il avait probablement très hâte de se débarrasser de moi pour de bon. Il se contenta d'une simple phrase.

– Votre hôte risque, après votre courte escapade de l'autre jour et votre faible coopération de tout à l'heure, de démontrer beaucoup moins de patience à votre égard que je n'en ai eu.

Avec un ricanement mauvais, il prit la tête de la troupe. Dépitée, je réalisai que mon maigre avoir ne m'avait pas suivie, restant pendu à la selle de mon cheval et que je ne sentais plus le poids sécurisant de la dague d'Alana à ma ceinture ; elle avait dû glisser de son étui dans ma chute...

Le voyage dura deux jours ; nous ne nous arrêtâmes que pour manger et dormir. Les tours de garde, la nuit, se firent à deux, et même à trois quelquefois. Ces messieurs voulaient s'assurer que je ne disparaîtrais pas une fois de plus sans prévenir. Par ailleurs, je dormais attachée et bâillonnée. Simon craignait manifestement que je ne recommence mon petit manège de l'autre jour. Tout au long du trajet, nous ne croisâmes pas âme qui vive. C'était à croire que cette foutue Terre des Anciens était déserte... Je me prenais parfois à espérer que Zevin ou Alexis fasse leur apparition, mais je n'y comptai pas trop. Peut-être ces derniers ne savaient-ils même pas encore que je n'étais plus sur les terres de mon Cyldias.

C'est finalement vers le milieu de la deuxième journée que je compris que nous étions arrivés à destination. Sur la ligne d'horizon, un grand lac se profilait. Un rapide tour d'horizon me permit de repérer, avec une quasi-certitude, mon nouveau domicile ; un château de pierre se dressait fièrement sur la rive droite du lac. Nous obliquâmes en effet dans cette direction peu de temps après. Moins d'une heure plus tard, nous arrivions devant un pont de pierres à trois arches, qui enjambait un court bras d'eau et menait sur une petite île rocheuse, détachée des berges. La grande demeure occupait la presque totalité de l'espace disponible, ne laissant tout autour que quelques dizaines de mètres couverts de roches et d'herbes folles. Le groupe s'arrêta juste avant de franchir le cours d'eau, et mon cavalier détacha mes liens et mon bâillon. Je frottai mes poignets endoloris avec une grimace ; les cordes avaient laissé des marques. Les rangs s'étaient resserrés autour de moi, mais les hommes évitaient soigneusement de me regarder.

– J'espère que vous aurez la décence de vous tenir tranquille le temps que nous arrivions de l'autre côté, me dit Simon avec hargne. Vous serez ensuite libre de faire ce que vous voulez, ce ne sera heureusement plus mon problème...

Il eut un sourire mauvais avant d'ajouter avec une certaine jubilation dans la voix :

– Mais je doute que vous puissiez fanfaronner longtemps. Mélijna veillera à vous en faire passer l'envie.

Sur ce, il donna le signal de la traversée. Le nom de Mélijna me disait vaguement quelque chose, mais ma mémoire refusait de me restituer ce souvenir. Nous nous engageâmes bientôt sur le pont et nous franchîmes les grilles du portail afin de pénétrer dans la cour intérieure. Ma première impression fut que cela ne ressemblait pas à l'idée que je me faisais d'un château ; il est vrai que les seuls que j'avais vus étaient ceux des livres de Walt Disney ou sortaient de mon imagination fertile.

La cour n'était pas bien grande et les bâtiments environnants ne formaient pas un enclos carré autour de celle-ci. Il y avait plutôt trois bâtiments principaux, disposés aux trois angles d'une cour triangulaire ; les deux constructions plus basses, avec leurs appentis, devaient servir à la cuisine, à la forge ou aux écuries. La troisième, du double de la hauteur, abritait plus probablement les appartements des propriétaires des lieux, le sire de Canac et sa famille.

Pendant que je continuais mon bref inventaire des alentours, Simon descendit de cheval et disparut par une grande porte au centre de l'édifice principal. Les rangs se resserrèrent imperceptiblement autour de moi, encore une fois. Comme si j'étais assez stupide pour avoir attendu d'être dans l'enceinte pour tenter à nouveau de leur fausser compagnie... Pauvres imbéciles ! Je jetai un regard supérieur à mes gardes du corps, puis me retournai vers la porte.

Celle-ci ne tarda pas à s'ouvrir pour laisser passer un homme de très forte corpulence. Il ne devait pas mesurer plus d'un mètre et demi et n'avait rien de l'homme idéal ; il aurait plutôt fait partie des candidats parfaits pour le musée des horreurs. Il nous rejoignit au centre de la cour, Simon sur ses talons. Je remarquai que ce dernier avait abandonné ses airs supérieurs et semblait ne pas en mener bien large. Je me demandai *in petto* ce que ce gnome pouvait avoir de si effrayant, à part son apparence. Simon devait bien faire une quarantaine de centimètres de plus et sa stature d'athlète contrastait avec ce courtaud aux muscles mous. Parvenu à ma hauteur, le chef de la bande me dit de descendre de cheval et de m'incliner devant le gardien des lieux, Nogan. Je me permis un soupir de soulagement, avant de glisser de ma selle, poussée par mon cavalier. Au moins cet affreux cul-de-jatte n'était pas le sire de Canac. J'obéis à contrecœur aux ordres et me retrouvai face à face avec cet homme, qui me dévisageait avec impolitesse. Compte tenu des circonstances, j'en fis autant, mais je constatai rapidement que j'aurais mieux fait de m'abstenir.

Il avait le front dégarni, une énorme verrue sur le nez, et d'autres ça et là. Ses cheveux gras lui collaient au crâne et l'odeur qu'il dégageait me fit reculer bien malgré moi, ce qui lui arracha un semblant de sourire. Il me dévoila une multitude de dents jaunes et très mal en point, certaines manquant même à l'appel. Ses vêtements ne devaient pas avoir été lavés depuis des lustres, à l'image de sa personne. Malgré la distance que j'avais mise entre nous deux en reculant, je ne pus réprimer un haut-le-cœur. Je mis une main devant mon visage, n'osant plus respirer. Le nain éclata franchement de rire, avant de me faire signe de le suivre. J'hésitai avant d'obtempérer, mais le regard que me jeta Simon, qui gardait une main sur son épée, me fit comprendre que je n'avais guère le choix.

Tout en marchant vers la grande porte demeurée ouverte, je pensai que pour garder quelqu'un d'aussi répugnant à son service, il fallait avoir des goûts pour le moins étranges. Ou bien ce monstre avait des qualités bien exceptionnelles...

À peine avais-je passé le seuil, que j'entendis le bruit de chevaux que l'on pousse au galop. Je me retournai pour constater que mes gardiens des derniers jours franchissaient déjà le pont menant à la rive. Décidément, ils n'avaient pas choisi de s'attarder et semblaient même pressés de quitter cet endroit. Je fermai les yeux et soupirai bruyamment ; que n'aurais-je donné pour avoir la possibilité d'en faire autant ! Plus que jamais, je me demandai ce qui m'attendait...

- 21 -

Contretemps

Du haut de son perchoir rocheux, Uleric faisait les cent pas, jetant de fréquents coups d'œil vers le pied de la montagne et les sentiers y menant. Chaque fois, son tour d'horizon s'avérait vain. Le vieil homme aux traits fortement marqués par le passage du temps attendait des nouvelles d'Alexis et de ses compagnons depuis plus de deux jours déjà. Il s'impatientait de plus en plus, rageant contre les contretemps qui dérangeaient sans cesse ses plans depuis quelques centaines d'années. Cette Fille de Lune exceptionnelle aurait déjà dû être en son pouvoir alors qu'elle ne s'était toujours pas montrée. Comment cela se pouvait-il, alors qu'il avait envoyé le meilleur homme à sa rencontre, l'homme qui avait été formé uniquement dans le but de protéger une Élue pour qu'elle ne tombe pas entre de mauvaises mains ?

– J'espère que tu ne crois pas pouvoir contourner mes ordres une fois de plus, Alexis. Car si c'est le cas, il se pourrait bien que tu ne sois plus en état de remplir la moindre mission pour le reste de ta vie, grinça le vieillard entre ses dents, les poings serrés. Tu ignores encore beaucoup de choses à mon sujet, jeune homme...

Alors qu'il s'apprêtait à regagner son repaire dans les entrailles de la montagne, il perçut une arrivée. De fait, quelques secondes plus tard, un jeune homme apparut juste devant l'entrée de la grotte du vieux Sage. Le nouvel arrivant ne s'inclina qu'à demi, avant de se redresser et de croiser les bras sur sa poitrine, sourcils froncés.

– Où est-elle ? Je ne sens pas sa présence...

– Vous oubliez que vous êtes en présence d'un Sage, jeune homme. Vous devriez me montrer davantage de respect...

– Pardonnez-moi, ô Uleric – il y avait plus d'arrogance dans le ton que de respect –, mais je ne suis pas encore certain que votre statut dans ce monde soit réellement celui que vous affichez avec autant de...

– Il suffit, siffla le vieillard en allongeant le bras vers le nouveau venu, qui sembla recevoir un coup en pleine poitrine.

La douleur le plia en deux, mais il ne s'effondra pas comme l'espérait Uleric. Ce dernier regarda avec étonnement sa victime reprendre son souffle et se redresser dans les secondes qui suivirent. Normalement, l'utilisation de cette magie aurait dû paralyser celui qui en était atteint pendant de très longues minutes. Le sage plissa ses yeux gris, que la colère et la méfiance assombrissaient.

– Il semble qu'il y ait certains aspects de ta vie dont tu n'aies pas jugé bon de me parler, Madox. Peut-être serait-il temps que tu le fasses...

Le jeune Déüs, imperméable à la colère naissante de son vis-à-vis, sourit malicieusement.

– Je croyais que l'étendue de vos pouvoirs suffirait à faire la lumière sur ce que je suis de par mon ascendance.

Il marqua une pause, attendant que le Sage réagisse à l'insinuation. Le vieil homme se contenta d'inspirer profondément. Madox reprit donc.

– Je vous ai prévenu, lorsque je vous ai proposé mes services, que je garderais certaines informations pour moi-même si je jugeais qu'elles devaient rester secrètes. Par ailleurs, peut-être serais-je plus enclin à vous dire ce que je suis réellement si j'avais la certitude que vous en faites autant...

Madox laissa planer un silence avant de poursuivre, changeant complètement de sujet.

– Mais toute cette discussion sur mes origines ne répond pas à ma question première : où est-elle ?

Le Sage soupira avec exaspération.

– Il semble bien que son protecteur désigné n'ait pas été en mesure d'accomplir sa tâche avec succès jusqu'à maintenant. Ce qui veut dire que cette Élue n'est pas plus capable de se servir de ses dons que celles qui l'ont précédée. À moins...

Le Sage pencha la tête et observa Madox, soupçonneux.

– ... que vous ne vous soyez, toi et Alexis, mis d'accord pour qu'elle ne se rende pas jusqu'à moi et que ta petite visite de ce matin ne soit qu'une manigance pour me faire croire que tu n'en sais pas plus que moi. Ce ne serait pas la première fois que vous tenteriez un coup de ce genre...

Madox haussa les épaules et hocha la tête de droite à gauche.

– Contrairement à ce que vous semblez croire, je n'ai pas vu Alix depuis que le sol a tremblé pour annoncer la venue d'une nouvelle Fille de Lune. Tout ce que je sais, c'est qu'il semblait résigné, à ce moment-là, à accomplir la tâche que vous lui aviez confiée. Je me demande encore pourquoi, d'ailleurs..., ajouta Madox, songeur.

– Mais simplement parce qu'il a enfin compris qu'il n'avait pas d'autre choix, dit Uleric avec emphase. Je te rappelle que c'est pour cette raison que je l'ai fait s'évader des cellules secrètes de la Quintius. Je ne pouvais laisser disparaître un Être d'Exception avec autant de pouvoirs sans lever le petit doigt. En échange, il avait promis de mettre ses capacités hors du commun à mon service sans jamais s'opposer aux missions que je lui confierais. Inutile de te mentionner que, par trois fois déjà, il a refusé d'assurer la protection d'une Fille de Lune et que cet état de chose a, chaque fois, causé la perte de la jeune femme en question.

– Vous semblez oublier qu'Alix était déjà en mission quand une Fille de Lune décidait enfin de revenir sur la terre de ses ancêtres et qu'il lui était impossible de se libérer.

Le Sage balaya ses arguments d'une main rageuse.

– Des missions pour lesquelles il n'avait pas été désigné, mais qu'il s'empressait de s'approprier dès que l'homme qui en était responsable abdiquait, craignant manifestement pour sa vie. Ce n'est plus un secret pour personne qu'Alexis aime le danger et la sensation de puissance qu'il procure, mais qu'il préfère par-dessus tout fréquenter les éternels ennemis de la Terre des Anciens en espion. Il m'arrive parfois de me demander s'il est vraiment en froid avec son frère ou s'il veut simplement le faire croire...

Madox faillit éclater de rire devant cette description assez réaliste de son ami de longue date. Mieux que quiconque, il savait que jamais Alix ne se rallierait à son frère et il savait aussi pourquoi, mais Uleric n'avait pas à en être informé.

Alix et lui étaient à la tête d'un petit groupe d'hommes qui ne vouaient qu'une apparente obéissance au dernier Sage en poste. Contrairement aux quelques centaines d'êtres sous les ordres du vieil homme, ils ne parvenaient pas à éprouver à son égard un véritable sentiment de confiance et de respect et ce, pour plusieurs raisons. Tant qu'ils ne réussiraient pas à obtenir les réponses aux questions qu'ils se posaient à son sujet, ils seraient toujours aussi méfiants, même si cela leur coûtait parfois très cher. Gardant son sérieux, le jeune homme répondit au moment où une volée d'oiseaux passait tout près. Madox les suivit des yeux.

– Pour ce qui est de la haine qu'Alix voue à son frère, je peux vous assurer qu'elle est bien réelle. Quant à la nouvelle venue, je m'étonne que vous n'ayez pas simplement envoyé quelqu'un d'autre la chercher, si vous nous soupçonnez de manigancer quelque chose. Alix sait très bien que nous sommes incapables de la soustraire à votre emprise pour ce qui est de la localiser sur la Terre des Anciens.

Devant le soupir exaspéré du Sage, Madox fronça les sourcils.

– À moins que...

Une étrange lueur traversa alors le regard du jeune homme.

– Elle est revenue par le passage maudit, n'est-ce pas ?

Pour sa part, il n'avait pas ressenti le tremblement du sol, puisqu'il était dans les Terres Intérieures à ce moment-là. Alix s'était seulement matérialisé à ses côtés, le temps de lui dire qu'il allait chercher la Fille de Lune attendue, puis il avait disparu. Madox ignorait donc par quel passage la jeune femme était arrivée. Le Sage ne répondit pas, détournant la tête et fixant l'horizon à son tour.

– C'est donc une descendante de la lignée maudite, une Fille de Brume...

Le visage de Madox s'éclaira d'un large sourire. Contrairement à ce que pouvait penser le Sage, ce n'était pas pour la Terre des Anciens que le jeune homme se réjouissait en ce moment, mais pour lui-même. Il y avait tellement d'années qu'il espérait ce retour...

- 22 -

Confrontations

Je pensais que l'on me mènerait directement au sieur de Canac, mais je me trompais. Nous traversâmes le hall d'entrée et nous dirigeâmes vers un couloir sur la droite. Nous ne mîmes que quelques minutes avant de nous retrouver devant un grand escalier de pierre s'enfonçant dans les profondeurs du château. Je ne voyais pas comment on avait pu creuser un sous-sol alors que le château était entièrement entouré d'eau. La descente dura cependant plusieurs minutes et je ne vis nulle trace d'eau. C'était à n'y rien comprendre. Nous remontâmes bientôt par un second escalier beaucoup moins long. Le sinistre personnage s'arrêta devant l'une des nombreuses portes du couloir, que nous longions depuis quelques minutes. Il sortit un trousseau de vieilles clés de sa poche et en glissa une dans la serrure, qui protesta.

La créature ouvrit la lourde porte en bois massif et me poussa sans ménagements à l'intérieur d'une pièce minuscule. J'atterris durement sur le sol de pierre. J'entendis la porte se refermer derrière moi et me retrouvai aussitôt dans la pénombre. Une meurtrière, percée dans le mur orienté au sud, éclairait faiblement l'espace.

Je remarquai alors que je n'étais pas seule. Dans l'angle opposé de la pièce, un homme, autant que je pouvais en juger, était là, assis à même le sol recouvert de paille, le front appuyé sur les genoux. Je me relevai péniblement, mes genoux et mes bras encore endoloris par mon entrée mouvementée. Je regardai à nouveau mon compagnon d'infortune. L'incrédulité me coupa le souffle. Alexis ! Mon pseudo-protecteur...

Ses vêtements en piteux état, les traces de coups sur son visage et les fers qu'il portait aux poignets m'apprirent, si besoin était, que sa présence ici n'avait pas reçu son approbation. Il avait une vilaine coupure sur la tempe droite, et de nombreuses ecchymoses étaient visibles sous sa chemise déchirée. Je m'interrogeai sur le moment de son arrivée en ces lieux, puisque Marianne avait laissé entendre qu'il était passé au manoir le matin même de mon départ. Mais pour que sa présence ici s'explique, il fallait qu'il ait quitté le domaine bien avant que je ne le fasse moi-même ou qu'il ait voyagé de jour comme de nuit. Surtout, je me demandai pourquoi on l'avait capturé, si c'est moi que l'on voulait. Je n'y comprenais rien...

Je tournai le dos à ce fieffé traître, puis m'adossai dans le coin opposé, la tête appuyée au mur, les yeux à demi-fermés. La pierre humide et froide eut un effet apaisant sur le mal de tête que je sentais grandir. Je me demandais quelle attitude adopter lorsqu'il m'adressa la parole.

- Naïla... Comment se fait-il que vous...

Je ne lui laissai pas le temps d'ajouter quoi que ce soit et explosai, hors de moi.

– Il me semblait que la tâche des Cyldias était de protéger les Filles de Lune, et non de les livrer en pâture à je ne sais quel barbare...

– Croyez-moi, vous ne voulez pas savoir à quel type de barbare vous avez affaire...

Je bouillais littéralement de rage. Après cinq nuits dans ces contrées étranges et perdues, tout droit sorties de l'époque des chevaliers en armure, j'étais plus tendue et fatiguée que jamais auparavant. Je n'avais toujours rien appris de concret sur ce monde. Cela, plus que tout le reste, contribuait à porter ma frustration à son paroxysme. J'aurais voulu me précipiter sur Alexis et le frapper pour me défouler sur quelque chose de tangible, pour reprendre contact avec le réel, mais je ne pus finalement que me mettre à pleurer, décidément une fort mauvaise habitude en sa présence.

Je perçus, plus que je ne le vis, son corps près du mien, mais il ne fit pas un geste pour m'apaiser. Je continuai à sangloter, tentant de reprendre contenance, mais n'y parvenant qu'à demi.

– Vous allez vous apitoyer sur vous-même encore longtemps ?

La question m'obligea à me ressaisir, me faisant l'effet d'une gifle. Mais pour qui se prenait-il pour me parler de cette façon ? Je me retournai pour lui faire face, bras croisés sur la poitrine, le dévisageant d'un air hautain, malgré mes yeux rougis. Il ne cilla même pas devant ma fureur évidente. Nous demeurâmes ainsi de longues minutes, nous regardant droit dans les yeux, attendant que l'autre brise ce pesant silence.

Bêtement, une partie de mon cerveau en profita pour enregistrer le fait que j'avais bien interprété les nuances de couleur de ses yeux lors de notre soirée au coin du feu. Comme il se tenait exactement dans le rayon de lumière filtrant de la meurtrière, je ne pouvais pas me méprendre. Chaque iris était vert émeraude, mais la pupille était enchâssée dans une espèce d'étoile d'un bleu tellement éclatant qu'il en était dérangeant.

Ce fut moi qui rompis finalement le silence avant que je ne me noie dans ces yeux étranges. Je craignais que le trouble qui menaçait lentement de m'envahir ne devienne inconfortable et tout à fait contraire à mon envie première de l'étrangler pour sa remarque mordante.

– Qui êtes-vous ?

La question, directe et sans ambiguïté, le surprit et me valut un début de sourire, tout aussi narquois que par le passé.

– Je vous l'ai déjà dit, un Cyldias. Il semble que vous ayez la mémoire courte.

Ce fut à mon tour d'avoir un demi-sourire. Moi qui ne cultivais pas la patience, je devrais m'en armer pour arriver à obtenir quelque chose d'utile avant que l'on ne se rende compte de notre incarcération dans la même pièce. Mon intuition me disait que cette situation n'était pas voulue et je craignais que l'on ne rétablisse l'ordre très bientôt.

– Un vrai ? demandai-je.

– Tout dépend de ce que vous entendez par vrai.

Je haussai les sourcils, sentant que la collaboration s'annonçait plus tiède que je ne l'avais imaginé. Je tentai une approche différente.

– Comment se fait-il que vous sachiez qui je suis ?

Étonnamment, j'eus droit à une vraie réponse.

– Parce que la traversée d'une Fille de Lune d'un monde à un autre se fait toujours ressentir par un léger tremblement de terre et que vous étiez la seule aux alentours du passage quand je m'y suis rendu.

Tout en parlant, il avait gagné le coin opposé de la pièce et s'était appuyé au mur près de l'ouverture, regardant vraisemblablement au dehors.

– Ce qui veut dire qu'un nombre considérable de personnes sont au courant de mon arrivée sur cette terre.

– Effectivement, et principalement les mauvaises. Inutile de préciser que ça me complique singulièrement la vie si l'on considère que je suis censé vous protéger...

Il y avait de la lassitude dans sa voix, mais aussi une pointe d'exaspération, comme si j'étais l'unique responsable de cette situation.

– Le fait d'être affecté à ma protection n'a franchement pas l'air de vous plaire, remarquai-je.

– C'est le moins que l'on puisse dire...

Il délaissa le paysage extérieur pour se tourner vers moi, m'examinant de la tête aux pieds d'un œil critique. Puis il me posa une simple question.

– Et vous, vous savez qui vous êtes ?

– Honnêtement ? Pas vraiment, non.

– Je suppose que c'est pour répondre à vos interrogations que vous avez franchi la frontière entre la Terre des Anciens et le monde de Brume. Vous vous êtes dit que ce serait peut-être drôle de découvrir pourquoi vous étiez si différente des autres membres de votre espèce, et de savoir si vous étiez réellement capable de faire de la magie ou de vous guérir sans l'aide de personne. Je me trompe ?

Je le regardai, bouche bée, ne sachant pas si je devais répondre ou me taire. Je jetai un coup d'œil à mes mains, puis à Alexis de nouveau, avec une moue sceptique. Pour ce qui est de la magie, je me sentais loin d'être en mesure de réaliser quelque chose de ce genre. Il interpréta lui-même mon silence avec une impatience grandissante dans la voix.

– Vous n'êtes pas la première Fille de Lune, du monde de Brume ou d'ailleurs, qui traverse dans l'espoir de comprendre. En fait, vous êtes toutes, depuis plus d'un demi-siècle, aussi ignorantes qu'incompétentes... Mais le plus triste dans tout ça, c'est que vous finissez toujours par mourir de votre bêtise et que ce sont des hommes comme moi qui doivent en porter le fardeau.

Ayant énoncé cette vérité aussi crue que désagréable, il retourna à sa contemplation du paysage. Je restai un instant saisie par autant de franchise, refusant d'abord d'enregistrer la portée réelle de ce petit discours. Finalement, je me risquai à demander d'une voix timide :

– Aucune n'a survécu ?

– Aucune.

La réponse fut donnée avec un haussement d'épaules nonchalant, comme si ça lui était parfaitement égal. Je pensais qu'il me demanderait pourquoi je voulais le savoir, mais il jugea probablement que c'était juste de la curiosité de ma part. Il était vraisemblablement convaincu que j'étais aussi bête et nulle que l'avaient supposément été les Élues précédentes. Je me jurai, à ce moment précis, de lui prouver le contraire et de l'obliger, dans un proche avenir, à regretter ses propos.

Paradoxalement, je ne pouvais me résigner à abandonner mon envie d'en savoir plus simplement parce qu'il montrait fort peu d'enthousiasme à me répondre et que cela risquait de mettre encore plus en évidence mon ignorance. Je cherchais donc frénétiquement, dans ma mémoire, ce qu'il me serait le plus utile de savoir. Finalement, c'est une toute autre question que celles qui me vinrent à l'esprit que je formulai.

– Et puis-je savoir ce que je suis censée faire pour mettre un terme à la bêtise et à l'ignorance des rares Filles de Lune restantes, si je ne peux compter sur l'appui et les connaissances de ceux qui sont censés me protéger ? Pas étonnant que l'on finisse par mourir si nous sommes surveillées par des hommes dont l'arrogance n'a d'égale que la suffisance et la condescendance.

La vitesse à laquelle il délaissa sa meurtrière pour se tourner vers moi m'arracha un sourire de contentement. S'il croyait possible de m'insulter sans que je réagisse, il se trompait lourdement. Jamais je n'avais été prise pour une gourde dans ma vie d'avant et je ne tolérerais certainement pas que cela commence aujourd'hui. Un véritable sourire se dessina alors sur son visage à la barbe trop longue. Il était beaucoup moins rébarbatif lorsqu'il souriait franchement, découvrant même une dentition aux canines indisciplinées qui lui donnait un certain charme. La pensée qu'il était plutôt beau garçon m'effleura l'esprit avant que je ne me ramène mentalement à l'ordre. Ma situation actuelle ne se prêtait guère à ce genre de considérations. Bras croisés sur la poitrine, il avait profité de ma courte inattention pour me jauger de nouveau du regard, comme si sa compagne de cellule venait brusquement de changer.

– Vous avez plus de cran que je ne le croyais, je l'avoue...

– Contente que vous vous en rendiez compte, dis-je en levant les yeux au ciel. Pendant un moment, j'ai cru que vous étiez tellement borné que je ne parviendrais jamais à avoir une discussion digne de ce nom avec vous.

Cette fois, il éclata franchement de rire. Reprenant rapidement son sérieux, il se frotta le menton en marmonnant pour lui-même : « Finalement, ce vieux fou avait peut-être raison... »

Puis il toussota et reprit à voix haute :

– Je veux bien faire un effort pour vous renseigner, mais je vous préviens : à la première question stupide, j'abandonne.

Je soupirai, mais m'abstins de commenter. S'il promettait de faire un effort, c'était déjà un début. Je repensai aux questions qui avaient surgi tout à l'heure.

– Où est-ce que je pourrai trouver une femme répondant au nom de la Recluse lorsque je serai sortie d'ici ? Et où se trouve la Montagne aux Sacrifices ?

Mes questions ne devaient pas être stupides puisqu'Alexis haussa les sourcils, visiblement surpris.

– La première est une très vieille femme qui vit dans les montagnes au nord-est, mais je n'y suis jamais allé. Elle raconte à qui veut l'entendre qu'elle sait tout des traditions perdues de la Terre des Anciens et de leur signification, mais qu'elle ne parlera qu'à une Élue. Elle répète avec obstination que les ténèbres reviendront sur la Terre des Anciens, que la malédiction ne s'est pas éteinte, faute de son rachat par les survivants, et que la dernière bataille entre les Sages et leurs opposants ne pourra pas toujours être reportée ; bref, un charabia incompréhensible pour des êtres supposément sensés. Elle doit bien avoir plus de cent ans aujourd'hui, et toute personne qui l'a fréquentée s'est dit que, si elle n'était pas réellement folle, elle emporterait certainement son secret dans la tombe. Car les rares tenants des souvenirs de ces siècles lointains et perdus sont convaincus de la disparition de toutes les lignées de Filles de Lune qui peuplèrent un jour cette terre. Certains affirment même aujourd'hui que ces femmes n'ont jamais existé. Il me faut cependant avouer que cette obstination à nier la vérité est parfois très utile pour accomplir certaines choses sans attirer l'attention. Les gens ont la curieuse – mais pratique – habitude de ne pas voir ce qui saute aux yeux.

– Et la montagne...

– Elle se situe dans la direction opposée à la Recluse, au centre d'une chaîne de monts particulièrement élevés. C'est l'endroit où les Filles de Lune sont assermentées et reçoivent une confirmation de leurs pouvoirs. Toute Fille de Lune, quelle qu'elle soit, doit s'y rendre si elle veut avoir le plein usage de ses dons et privilèges. Satisfaite ?

Alexis avait posé sa question d'un air toujours un peu moqueur et je lui renvoyai un sourire en coin. Un instant, j'eus l'impression que le courant passait entre nous, malgré notre opposition apparente. Force m'était d'admettre qu'il me plaisait. Il était exactement le genre de voyou pour lequel j'avais sans cesse le béguin à l'école, même si je finissais toujours par me retrouver avec un jeune homme sage et studieux.

Je secouai la tête, m'obligeant à revenir à la réalité : prisonnière dans un cachot du Moyen Âge, en compagnie de quelqu'un que je connaissais à peine.

– Si vous êtes un vrai Cyldias, ça veut dire que, si nous parvenons à sortir d'ici vivants, vous devrez me protéger, peu importe où je voudrai aller, c'est ça ?

– Non.

Il avait retrouvé son ton revêche, signifiant clairement qu'il ne m'obéirait pas au doigt et à l'œil.

– Je vous ai déjà dit que je n'avais aucune envie d'être votre protecteur attitré, quoi que puissent en penser les Sages et les Dieux de ce monde, ni de me retrouver dans les ennuis jusqu'au cou parce que vous ne maîtrisez pas ce que vous êtes.

– Je croyais que les *vrais* Cyldias n'avaient pas le choix, dis-je, bien décidée à lui montrer que j'en savais tout de même un peu plus qu'il ne le pensait.

Il me lança un regard noir, que j'interprétai comme une confirmation.

– Je n'ai pas l'habitude de me faire dicter ma conduite par qui que ce soit, alors je ne vois pas pourquoi cet état de fait changerait avec votre arrivée. Je vous conduirai chez le vieux Sage lorsque nous sortirons d'ici et je compte bien être ainsi débarrassé de la tâche ingrate de devoir vous protéger. Vous verrez avec Uleric pour qu'il vous trouve un garde du corps *consentant*. Quant à moi, j'ai des choses plus urgentes à faire.

Il parlait comme si sa libération était imminente, mais je me doutais que ce n'était pas le genre d'homme à avouer qu'il était peut-être pris au piège. Ce fut plus fort que moi, je cherchai la confrontation.

– Eh bien ! Justement ! Vous comptez vous y prendre de quelle façon pour que nous sortions d'ici ?

Un grincement de gonds rouillés l'empêcha de me répondre. Je levai les yeux vers la porte, pensant que l'on venait me chercher et que je saurais à quoi m'en tenir. D'un autre côté, j'étais sûrement plus en sécurité avec Alexis qu'avec le sire de Canac. Ce n'est cependant pas la porte qui s'ouvrit plaintivement, mais une trappe à la base de celle-ci, permettant de passer de la nourriture. Je me rendis soudain compte que mon estomac criait famine et je récupérai les plats.

Il y avait un peu de viande et du pain, et également des fruits ; une cruche de vin accompagnait le tout. Il me semblait que l'on servait rarement une si bonne nourriture aux prisonniers, mais je remis ces considérations à plus tard. Je partageai les victuailles en deux parts égales et en offrit une à Alexis. Il jeta un œil soupçonneux à ce que je lui tendais et fit non de la tête. Je haussai les sourcils, surprise.

– Vous n'en voulez pas ?

Il me regarda comme si j'étais une gamine mentalement attardée.

– Connaissant beaucoup mieux que vous le propriétaire de ce château, je ne me risquerai certainement pas à manger ce qu'il me fait porter.

– Je doute qu'il ait empoisonné ma nourriture pour me faire bêtement mourir, alors qu'il a déployé tant d'efforts pour me mettre le grappin dessus, dis-je, sûre de moi. S'il avait simplement voulu que je disparaisse de la circulation, il aurait ordonné à ses hommes de faire le sale boulot pour lui. Non ?

– Oh, mais je ne dis pas qu'il veut nous voir mourir. Au contraire, il souhaite plutôt nous obliger à lui appartenir... C'est beaucoup plus pratique, croyez-moi.

Il observa ma réaction, mais je m'efforçai de ne pas montrer mon malaise. J'attendis qu'il poursuive.

– Sachez qu'il y a de multiples façons de s'approprier l'âme, ou de s'assurer de l'obéissance ou de la loyauté de quelqu'un par le biais de la sorcellerie. La seule chose qui soit immuable, c'est l'aspect particulièrement cruel et fort désagréable de ne plus être maître de sa vie.

Il me semblait que la faim qui me tenaillait, il y a quelques minutes à peine, avait disparu subitement. Je regardai le plateau, indécise. Le ton avec lequel il s'était exprimé avait quelque chose de douloureux, et je crus comprendre que non seulement il savait de quoi il parlait, mais qu'il l'avait probablement expérimenté.

Alors que je réfléchissais toujours à ce que je devais faire, il reprit son poste à la fenêtre. Pendant un certain temps, aucun de nous deux ne parla. Puis j'entendis Alexis murmurer :

– Je me demande...

Il se tourna vers moi, sourcils froncés.

– Prenez-en une bouchée.

Je le regardai, les yeux agrandis par la surprise.

– Mais vous venez de dire que...

Il ne me laissa pas terminer.

– Je sais ce que je viens de dire, mais si vous êtes bien celle que tous croient que vous êtes...

Il marqua une pause, une étrange lueur brillant au fond de son regard étoilé. J'ignorais si je souhaitais être effectivement celle-là, mais je n'avais guère la possibilité de peser le pour et le contre puisque je n'avais aucune idée de ce qu'il voulait dire.

– ... je ne crois pas que ce genre de sorcellerie puisse vous affecter.

– Et si vous vous trompiez ? demandai-je avec justesse.

– Si c'est le cas, une seule bouchée ne suffira pas à vous contraindre.

Je le regardai à nouveau droit dans les yeux, incertaine. Je choisis finalement de lui faire confiance. S'il s'avérait qu'il avait raison, je pourrais ensuite me sustenter ; je me voyais mal passer de longs jours de captivité sans rien avaler. Je pris donc un morceau de pain et en mangeai une partie du bout des lèvres. Alexis avait les yeux fixés sur moi, attendant manifestement un signe quelconque. Une fois ma bouchée avalée, j'attendis avec une certaine appréhension, mais je ne ressentis absolument rien. Alexis, toujours muet, m'observait avec attention. À ma grande surprise, son visage s'éclaira bientôt et ses lèvres s'étirèrent en un sourire triomphant.

– Il semble que, contrairement à moi, vous puissiez manger sans problème ce que l'on vous apportera.

Je le dévisageai sans comprendre. Je ne sentais pas le moindre changement dans ma personne, à part un léger picotement au niveau des lèvres.

– Qu'est-ce qui vous fait dire ça ?

Il soupira, les bras à nouveau croisés sur la poitrine. Son regard était malicieux et il avait de nouveau son sourire fantasque.

-Vous avez les lèvres bleues...

J'ouvris de grands yeux ronds et le regardai comme s'il avait perdu la raison. J'étirai la mâchoire le plus possible vers l'avant et tentai désespérément de voir mes lèvres. Je savais que je devais avoir l'air d'une parfaite idiote, mais il fallait que je voie. À force de grimacer, j'aperçus effectivement un bout de peau on ne peut plus bleu. Levant à nouveau les yeux vers Alexis, je constatai qu'il avait l'air de franchement s'amuser.

– C'est un don inné des Filles de Lune de votre lignée. Votre corps rejette les effets de ce sortilège sans même que vous ayez à en faire l'apprentissage. Très pratique, croyez-moi. Maintenant, mangez ! Vous aurez besoin de toutes vos forces.

Me sentant tout de même coupable de pouvoir me nourrir alors que lui devait continuer de jeûner, je m'assis dans un coin de la pièce, à bonne distance. Il ne me prêta pas la moindre attention, reprenant sa réflexion contemplative.

Je profitai de ce moment pour l'observer. Très séduisant, il devait être un peu plus vieux que moi. Il avait les épaules et les mains larges, de même qu'un corps puissamment musclé. Tout dans sa personne respirait la force et le pouvoir, même ses vêtements d'un autre temps et sa barbe trop longue. Ses longs cheveux dénoués lui glissaient parfois dans les yeux, ajoutant à son air de voyou. Il ressemblait à s'y méprendre aux durs à cuire des westerns de mon enfance ; ces êtres quasiment indestructibles que chaque femme rêve de voir se battre pour elle... Je soupirai bruyamment en me frottant le front du bout des doigts, m'obligeant à détourner mes pensées. Comment s'était-il retrouvé ici ?

Alexis tourna la tête vers moi, probablement conscient de mon examen, et esquissa d'abord un sourire malicieux. Je remarquai alors, stupéfaite, que la coupure qu'il portait à la tempe à mon arrivée avait pratiquement disparu. Fronçant les sourcils, je regardai les déchirures de sa chemise. Plusieurs de ses ecchymoses s'étaient considérablement estompées ; certaines n'étaient plus que de vagues marques légèrement jaunâtres. Qu'est-ce que ça voulait dire ? Alexis interrompit ma réflexion.

– Votre inspection est concluante ? Je suis le genre d'homme qui vous plairait ? Physiquement, je veux dire ?

Il avait posé ses questions avec une telle nonchalance que je faillis m'étouffer avec ma bouchée. Je pris une gorgée de vin pour faire passer la boule qui semblait prise dans ma gorge et détournai les yeux, mal à l'aise. Il n'abandonna pas pour autant.

– J'attends votre réponse...

Il y avait quelque chose d'étrange dans la question, comme si la réponse que j'allais donner était vraiment importante. Je ramenai mon attention sur lui, pour m'apercevoir qu'il me fixait presque avec appréhension maintenant.

– Je ne crois pas que mon appréciation physique de votre personne puisse changer quelque chose à celle que vous avez de moi.

Il éclata d'un rire sans joie.

– C'est fort probable, en effet. Quoi que...

Il balaya le reste de sa phrase d'un geste de la main, tout en hochant la tête, comme s'il avait été sur le point de me révéler quelque chose et qu'il s'était ravisé au dernier moment.

– Il se trouve que le problème se situe à un tout autre niveau.

Je le regardai sans comprendre. Quel rapport pouvait-il bien y avoir entre l'opinion que j'avais de son apparence physique et tout le reste ? Haussant les épaules, je décidai de lui répondre franchement. De toute façon, il y avait fort peu de chance que cela modifie nos relations puisque je savais d'avance l'opinion qu'il avait de moi : une emmerdeuse. Mon propre physique n'y changerait rien.

– Vous êtes exactement le genre d'homme qui m'attire normalement, si c'est ce que vous voulez savoir. Pourquoi ?

J'avais mis le plus de désinvolture possible dans ma réponse, mais je sentais que je faisais piètre figure. Pour toute réponse, il me tendit la main et m'aida à me relever. Nous étions maintenant face à face.

– Regardez-moi dans les yeux, oubliez que je suis censé vous protéger et que je manifeste peu d'enthousiasme à le faire. Faites simplement comme si vous me rencontriez pour la première fois.

Intriguée, j'obéis. Je ne tardai pas à réaliser que je n'aurais pas dû. Il se produisit exactement le même phénomène que le soir de notre rencontre ; il ne me fallut que quelques secondes de cette contemplation passive pour que j'aie encore une fois envie de me noyer dans ses yeux. Une agréable chaleur s'alluma au creux de mon estomac et se répandit lentement dans mes membres. Je me rapprochai imperceptiblement. Il resta de marbre. Téméraire, je fis un pas de plus, sans le quitter des yeux, rapprochant mon visage du sien. Ce fut trop. Il ferma les yeux et soupira, se passant une main dans les cheveux. Il se détourna en marmonnant, s'éloigna, puis revint finalement vers moi.

– Il vaudrait mieux que vous sachiez...

Mais je ne le laissai pas terminer sa phrase. L'agrippant par sa chemise crasseuse, je l'attirai vers moi et l'embrassai. À ma grande surprise, il ne tenta pas de se dérober une nouvelle fois. Sa bouche était délicieusement chaude et sa réponse fut ardente. Ce moment d'intimité surprenante fut malheureusement de courte durée. La porte du cachot s'ouvrit soudain dans un grincement et nous fit sursauter, ce qui ne manqua pas d'arracher un sourire mauvais à notre visiteur, un homme entre deux âges, d'une laideur à faire peur. Décidément, il fallait être bien peu avantagé par la nature pour être au service du sire de Canac.

– Je vois que vous n'avez pas perdu de temps, messire Alexis. Vous n'avez donc pas changé depuis votre dernière visite. Je doute cependant que le propriétaire de ce château apprécie votre dévouement envers sa propriété...

Un court silence s'ensuivit.

– Il me faut malheureusement vous arracher à votre charmante compagnie...

Le mot « charmante » sembla lui écorcher les lèvres. Il reprit, d'un air méprisant et sur un ton qui ne l'était pas moins :

– Votre présence en ces lieux est une malencontreuse erreur de la part de Nogan.

Le laideron cracha par terre, comme pour montrer que lui n'aurait jamais commis pareille erreur.

– Si vous voulez bien me suivre sans discussion... Vous savez très bien ce qui vous attend si vous résistez, messire Alexis... Le même délicat traitement qu'au cours des trois derniers jours...

Alexis tressaillit imperceptiblement sous la menace et me jeta un regard étrange, mélange de résignation, de douleur et d'autre chose que je ne sus interpréter. Étrangement, c'est cet « autre chose » qui me figea sur place et je sentis que mes problèmes ne faisaient que commencer. Alors qu'ils franchissaient le seuil, je réalisai soudain ce que cet homme venait de dire. Je me précipitai vers eux, m'adressant à l'odieux personnage :

– Avez-vous dit les trois derniers jours ?

– Vous êtes sourde ou quoi ? Pour vos oreilles de niaise, je veux bien répéter, mais ce sera la seule fois. LES TROIS DERNIERS JOURS..., me cracha-t-il au visage, avant d'ajouter en marmonnant :

– Ces femmes ne s'améliorent décidément pas...

Ce n'était pas possible ! Trois nuits plus tôt, je m'échappais en sa compagnie et celle de Zevin. Devinant mes réflexions, Alexis répondit à ma question non formulée.

– Je vous avais prévenue qu'il y avait beaucoup de choses que vous ignoriez de ce monde, Naïla. Vous découvririez bien assez tôt qu'il y a des manières de voyager nettement plus désagréables que d'autres, et beaucoup plus dangereuses aussi...

S'impatientant, la brute l'interrompit, tirant sans douceur sur la chaîne de ses fers. Alexis n'eut d'autre choix que de le suivre. Je l'entendis cependant murmurer :

– Tu ne perds rien pour attendre, Vigor. Un jour prochain, je te ferai payer chèrement les humiliations que tu me fais subir, je t'en donne ma parole. Tu n'auras pas toujours les murs de ce château pour te protéger...

Son interlocuteur lui renvoya un sourire cruel qui ne présageait rien de bon.

– Ce n'est pas la première fois que tu me sers cette petite mise en garde, Alexis, et je te signale que je suis toujours là...

Je ne pus réprimer un frisson de dégoût, juste avant qu'il ne referme la porte. Je me retrouvais seule une fois de plus. Je n'avais pas la moindre idée de ce qui m'attendait et cette seule pensée suffisait à m'angoisser. Je me dirigeai finalement vers la meurtrière, à l'endroit où Alexis avait passé la majeure partie de son temps, et regardai au dehors.

Malheureusement, le peu de paysage que je pouvais voir n'offrait guère de distractions. Il ressemblait à tout ce que j'avais aperçu de ces contrées depuis mon arrivée, c'est-à-dire des plaines et des forêts à perte de vue. Seul le lac ajoutait une touche de nouveauté. Le château se trouvait sur les rives de cette grande étendue d'eau, dont je ne connaissais pas le nom ni la situation géographique. Au pied des murs, rien que le roc et les herbes folles avant de rencontrer l'eau du lac. Ce dernier devait bien avoir plus d'un kilomètre de largeur et plusieurs de longueur. Pas d'embarcation, aussi loin que je puisse voir, et aucune trace de vie humaine non plus. C'était à désespérer.

Je tournai en rond comme un lion en cage avant de me laisser choir sur la paille. Ma rencontre avec Alexis avait, encore une fois, été aussi brève que mémorable. Je repensai soudain aux « visions » de Nancy, surtout celles concernant une relation potentiellement destructrice. Si mes souvenirs étaient exacts, elle avait associé celles-ci à un protecteur. Or, Alexis avait dit avoir été envoyé auprès de moi pour remplir cette tâche. Je frissonnai.

Même si je savais depuis de très nombreuses années que mon amie avait un don véritable, constater que ses compétences semblaient s'étendre à des gens et à des événements d'une autre dimension me donna la chair de poule. J'ignorais, par contre, si je devais me réjouir à la pensée que Nancy avait prédit que nous serions très longtemps ensemble. Au moins, cela impliquait que je ne mourrais pas dans ce cachot humide et que je sortirais d'ici. Une petite voix me rappela cependant de ne pas sauter trop vite aux conclusions. Après tout, comment pouvais-je être certaine que Nancy parlait bien de lui ? Ce pouvait très bien être quelqu'un d'autre, non ? Je secouai la tête, tentant de me convaincre moi-même, mais c'était peine perdue. J'avais d'ores et déjà l'intime conviction que cette prédiction ne pouvait s'appliquer qu'à Alexis. D'un autre côté, cette certitude avait au moins l'avantage de me rassurer quant au fait qu'il ne succomberait pas, lui non plus, aux mauvais traitements du sire de ce château.

J'en étais là dans mes réflexions lorsqu'un cri à glacer le sang se fit soudain entendre. Quelque chose d'inhumain qui me hérissa. Plusieurs cris semblables se succédèrent pendant ce qui me sembla une éternité, puis plus rien. Je n'osais pas bouger. J'étais certaine que ce que j'avais perçu n'avait rien à voir avec la race humaine ; aucun être humain n'était capable de produire un son comme celui-là. Et ce n'était rien de comparable aux animaux non plus. Je me pris à penser que ce pouvait être un mélange des deux. Cela ne me rassura pas.

J'étais maintenant retranchée dans un coin de ma cellule, à mi-chemin entre la peur et la curiosité. Un bruit me fit tourner la tête vers la meurtrière à ma droite. Je me levai sans hâte, incertaine de vouloir connaître sa provenance. La curiosité fut finalement plus forte que la terreur. Ne serait-ce que pour tenter de me rassurer, je risquai un œil par l'ouverture au moment où la chute d'un corps se répercuta sur la vaste étendue du lac. Une masse étrange s'écrasa au pied du mur, puis roula jusqu'à quelques mètres de l'eau. La forme, que je discernais difficilement, bougea soudain et je reculai inconsciemment. J'eus un haut-le-cœur en constatant que le corps était couvert d'une substance bleue qui semblait s'écouler des nombreuses blessures, que je distinguais maintenant. La situation me sembla irréelle.

La créature leva la tête vers l'endroit d'où elle avait été projetée et émit une série de sons inintelligibles qui se terminèrent par un gargouillis qui me fendit le cœur. Comme si j'avais perçu une forme d'intelligence et de conscience dans cette dernière tentative de communication ! Le corps fut ensuite agité de convulsions, avant de cesser brusquement tout mouvement. La mort avait fait son œuvre, fortement aidée par une tierce personne. Je me fis plus téméraire, quitte à être vue par les tortionnaires de cette pauvre créature, et me penchai à la fenêtre pour mieux voir à quelle espèce elle pouvait bien appartenir.

Il n'y avait rien de commun entre ce que je voyais et ce que j'avais étudié dans les encyclopédies ; même le yéti me paraissait plus vraisemblable. Quelques dizaines de mètres nous séparaient, mais je pouvais voir qu'elle portait une espèce de vêtement de cuir lacéré, dont il ne restait que des lambeaux, témoins de l'acharnement du bourreau et d'une longue détention. Sa peau brun pâle était couverte de pustules, mais je ne savais si ces dernières faisaient partie de sa nature ou du traitement qu'on lui avait infligé. Elle n'avait pas de nez, mais une bouche qui me parut trop grande par rapport à son visage. Ses yeux, toujours ouverts, semblaient me fixer. Elle n'avait pas de cheveux, ni d'oreilles, mais six membres, tous identiques, aux extrémités palmées. Une créature aquatique ! J'en étais à me demander comment elle pouvait se mouvoir et vivre hors de l'eau lorsque la porte de ma cellule émit un grincement qui n'avait rien de rassurant.

Celle-ci s'ouvrit pour laisser passer Vigor, l'air toujours aussi arrogant et cruel. Je ne vis pas tout de suite qu'il était suivi d'une autre personne. Ce n'est que lorsqu'il fit un pas de côté que je la découvris. Je portai une main à mes lèvres et ouvris de grands yeux ronds. S'avançait lentement vers moi une très vieille femme, enfin ce qu'il en restait. Les traits de son visage ne se voyaient plus tellement elle avait de rides. Ses yeux n'étaient que deux fentes dans lesquelles semblaient se déplacer des orbites incapables de tenir en place plus de quelques secondes. De longs cheveux blancs lui descendaient jusqu'à la taille et auraient grandement eu besoin d'être lavés, comme le reste de sa personne d'ailleurs. Une robe longue et sans forme traînait sur le sol, de la paille s'accrochant au tissu rêche. Cette femme se déplaçait pieds nus sur la pierre froide, se mouvant sans aucune grâce. Lorsqu'elle ne fut plus qu'à un mètre de moi, elle s'arrêta. C'est à ce moment que je me souvins d'avoir déjà vu ce visage, et deux fois plutôt qu'une : quand j'avais touché la pierre lunaire.

– Lève-toi, ma belle, que je puisse te voir de plus près.

Sa voix de crécelle me donna froid dans le dos. N'ayant aucune envie de faire connaissance, je demeurai au même endroit sans bouger, ce qui eut le don de la mettre en colère.

– Je t'ai demandé de te lever. Ne m'oblige pas à me servir de mes pouvoirs pour te faire entendre raison ; tu risquerais de le regretter amèrement.

Sa voix avait grimpé d'un cran dans les aigus, et l'impatience y perçait dangereusement. Je choisis pourtant de ne pas obtempérer. Il me semblait que je n'avais pas à le faire sous la contrainte. Elle tendit la main vers moi, une main à la peau couverte de taches brunes et aux ongles aussi longs que ses doigts crochus. Avant que je ne puisse comprendre ce qui se passait, je me retrouvai debout devant elle, sans que j'aie fait le moindre geste. Elle esquissa un horrible sourire aux dents noires et espacées.

– Croyais-tu vraiment pouvoir me tenir tête, mon enfant ? Sache que personne ici n'y est jamais arrivé, pas même le seigneur de ces lieux. Alors ne t'avise plus de m'ignorer. Je ne ferai pas toujours montre de la même patience...

L'intonation de sa voix se voulait davantage qu'un avertissement, mais je n'acquiesçai pas. Je me doutais que l'on ne pouvait pas attenter à mes jours, alors je n'avais nulle envie de me transformer en jeune femme docile. Je levai les yeux, mais elle avait déjà fermé les siens, se concentrant. En silence, elle se contenta de poser ses mains osseuses sur moi, sans regarder ce qu'elle faisait. Une étrange chaleur m'envahit soudain au niveau des épaules et se propagea lentement en moi, s'insinuant dans les moindres recoins de mon corps, comme si elle l'explorait. J'étais tout à coup paralysée par la peur. Je sentais le souffle de la vieille sur mon visage, une haleine lourde et écœurante qui me donna la nausée. Je me retins néanmoins de tout mouvement et attendis, respirant le moins possible. Lorsque la vague de chaleur remonta en moi, après avoir atteint le bout de mes orteils, j'espérai que ce serait terminé, car ce fourmillement dans mes membres ne me disait rien qui vaille. De fait, les mains se retirèrent et je perçus le recul de la sorcière – parce que je ne doutais pas un seul instant que c'en fût une. Je me souvenais clairement de la lettre de ma mère me mettant en garde contre la sorcière des Canac, si elle était toujours en vie. Malheureusement, c'était vraisemblablement le cas.

J'avais fermé les yeux pendant tout ce temps et je n'avais nulle envie de les ouvrir. La crainte d'être prise de vertiges ou de haut-le-cœur l'emporta sur la possibilité de déchaîner la colère de ma visiteuse. J'entendis bientôt des murmures et présumai que cette dernière parlait à voix basse avec Vigor. L'entretien ne dura que quelques secondes ; j'entendis de nouveau ses pas traînants se diriger vers moi, pendant que le dénommé Vigor émettait une sorte de grognement. Une main froide me força à tourner la tête et je sentis le tranchant de ses ongles sur mon visage. Je n'eus que le temps de me demander pour quelles raisons l'on pouvait avoir besoin d'ongles aussi coupants avant d'en connaître la cause.

J'éprouvai une douleur aussi brève qu'insoutenable juste sous mon oreille droite. Je sentis alors un liquide chaud descendre dans mon cou et je portai la main à l'endroit de la coupure. Mélijna m'arrêta dans mon geste et j'ouvris les yeux. Son regard me cloua sur place. Je distinguai sans peine les deux iris différents de ma tortionnaire. Mes jambes se dérobèrent sous moi et je me laissai choir sur le sol.

– Non... ce n'est pas possible.

Je ne pouvais croire que cette femme ait une ascendance semblable à la mienne... Je n'eus pas le temps de réfléchir ; je me retrouvai de nouveau debout contre mon gré, la sorcière hochant la tête, comme si elle était déçue de ma faiblesse. Elle allongea le bras vers moi et je ne pus reculer. Je sentis ensuite un contact froid à la base de mon cou, juste sous la blessure, puis celui d'une pièce de tissu. La femme me saisit la main droite et l'appuya sur la plaie avant de s'éloigner.

– Je crois que j'ai suffisamment de sa force vitale pour ce que je désire savoir. Allons-nous-en...

– Vous pourriez au moins refermer la plaie, dis-je avec colère. Ce serait la moindre des choses après m'avoir agressée sans raison.

J'étais certaine qu'elle n'aurait aucun mal à le faire, mais qu'elle prenait plutôt plaisir à me voir grimacer sous la brûlure vive de la blessure. La vieille se retourna vers moi, un long sourire étirant ses lèvres minces.

– Vous venez de répondre à l'une des nombreuses questions que je me posais à votre sujet, en avouant candidement que vous n'êtes pas capable de vous soigner par vous-même.

Elle me regarda ensuite de la tête aux pieds avec une moue de dégoût évidente.

– Il est triste de constater que les femmes de votre rang ne sont plus qu'une pâle imitation de ce qu'elles ont été. Heureusement, ajouta-t-elle avec un nouveau sourire cruel, cet état de choses sert agréablement mon dessein...

Elle tourna ensuite les talons, et je restai là avec mon morceau de tissu sur le cou, maudissant le jour où j'avais décidé de traverser la frontière entre le monde de Brume et la Terre des Anciens. J'eus cependant le temps de voir qu'elle serrait dans sa main une fiole de verre remplie de mon sang. Mais que voulait-elle en faire ?

- 23 -

Torture

Alix regarda autour de lui en soupirant. Il ne gardait pas de très bons souvenirs de ses précédentes visites obligées en ces lieux. Il savait que cet endroit était apprécié de Mélijna et d'Alejandre parce que les murs épais des anciens cachots retenaient sans peine les cris de douleur de ses très rares pensionnaires, ainsi que leurs hurlements de rage.

Le fait que Vigor l'ait conduit dans le sous-sol plutôt que dans une des cellules transitoires de la tour ouest, où était détenue Naïla, n'augurait rien de bon. Alix soupira de plus belle, en pensant qu'il aurait dû lui être facile de s'échapper. Il maudit en silence ses supposés ancêtres qui avaient réussi, avec autant d'efficacité, à rendre la pratique de la plupart des formes de magie inopérantes à l'intérieur de l'enceinte du château, sauf pour ceux qui l'habitaient de façon permanente, c'est-à-dire le sire de Canac et sa sorcière. Le jeune homme eut tout de même un sourire en pensant à l'absurdité de la situation. Il était bien placé pour savoir que le triste sire n'avait aucun pouvoir digne de ce nom. Mélijna, quant à elle, avait depuis longtemps reçu l'aval d'Alejandre pour exercer sa noire magie en ces lieux. Pendant un court moment, Alix se demanda si Naïla, contrairement à celles qui l'avaient précédée en captivité dans ces murs, serait capable d'y résister. Mais le jeune homme secoua la tête, autant pour chasser la vision de la jeune femme, qui s'était spontanément formée dans son esprit, que pour s'obliger à regarder la réalité en face.

Il avait été à même de constater que Naïla, à l'image des trois Filles de Lune qu'il avait connues avant elle, était incapable de se servir du centième des capacités qu'elle était censée posséder. Le fait qu'elle descende de la lignée maudite lui octroyait génétiquement un grand nombre de pouvoirs inhabituels, mais surtout très différents des autres. Mélijna ne tarderait sûrement pas à en faire l'inventaire, à l'aide de ses propres pouvoirs, et à tout mettre en œuvre pour qu'elle et Alejandre puissent en tirer parti.

De rage et d'impuissance, il martela le mur avec ses poings, faisant cliqueter ses fers. Jusqu'à maintenant, il avait pourtant réussi, aidé de ses acolytes, à faire avorter toutes les tentatives du sire de former une armée digne de ce nom et de s'emparer du trône d'Ulphydius, même s'il n'avait pu sauver les dernières Filles de Lune arrivées. Il est vrai qu'elles ne possédaient que très peu de pouvoirs en comparaison de Naïla. Peut-être serait-il pertinent de...

La porte de la petite cellule s'ouvrit en se lamentant, comme si elle aurait préféré ne pas laisser passer les visiteurs. Alix regarda, avec un dégoût manifeste, sire Alejandre et sa sorcière s'avancer dans l'ouverture. Tous deux semblaient de fort belle humeur, ce qui n'était pas pour lui remonter le moral.

– Vigor m'a dit que tu avais osé t'approcher de la Fille de Lune jusqu'à poser tes sales pattes sur elle. Tu devais pourtant te douter que je punirais cet affront.

– Si tu ne voulais pas que je la touche, il fallait tout simplement ne pas me mettre dans la même cellule qu'elle..., répondit avec insolence le jeune Cyldias. Il est vrai qu'il aurait fallu pour cela un effort de réflexion de la part de Nogan, ce qui est beaucoup lui demander.

Alejandre regarda Alix avec une telle haine que ce dernier ne put que sourire. Il parvenait toujours, et avec une grande facilité, à faire sortir de ses gonds l'homme en face de lui. Ce don, qu'il cultivait depuis sa prime jeunesse, n'avait rien perdu de son efficacité au cours des ans. Il faut dire que la seule présence d'Alix, dans l'entourage d'Alejandre, suffisait habituellement à causer des torts incommensurables au moral, comme aux projets, du sire. La réplique de ce dernier demanda cependant un énorme effort à Alix pour ne pas laisser exploser sa propre haine envers son geôlier.

– Il semble que tu n'apprennes pas, à la suite de tes douloureuses visites dans ces murs, qu'il vaudrait mieux que tu t'abstiennes de te mettre en travers de ma route. Mais peut-être suis-je dans l'erreur en pensant que chaque leçon portera ?

Alejandre avait fait mine de réfléchir quelques instants, en levant les yeux au plafond et en se frottant le menton. Il avait ensuite reporté son attention sur le jeune homme ferré, qui le regardait toujours avec défi.

– Comme il paraît évident que tu n'as pas reçu de correction suffisamment longue pour te faire passer l'envie de te mêler de mes affaires, je me vois dans l'obligation de reprendre la leçon depuis le début...

Laissant sa phrase en suspens, le sire se tourna vers Mélijna, un sourire sadique étirant ses lèvres minces.

– Je pense qu'il vous faudra à nouveau user de toute la persuasion dont vous êtes capable pour convaincre cet entêté.

Mélijna lui rendit son sourire, ce qui rappela de bien mauvais souvenirs à Alix. Alejandre s'effaça devant la vieille femme. Cette dernière s'approcha lentement, observant avec une satisfaction évidente le froncement de sourcils de sa future victime. Elle s'arrêta à quelques pas d'Alix, levant la main dans un geste presque théâtral. Le jeune homme ferma les yeux.

– Eh bien ! Eh bien ! dit joyeusement le sire de Canac. Est-ce que tu aurais enfin mesuré la portée des pouvoirs de Mélijna ou es-tu simplement trop trouillard pour affronter bravement les conséquences de tes actes ?

Mais Alejandre réalisa bientôt qu'il se méprenait sur le sens du geste d'Alix. De fait, lorsque le sire vit, avec un plaisir sadique, les premières marques de brûlure de Shvel faire leur apparition, il n'eut pas la satisfaction de voir Alix se tordre immédiatement de douleur comme la dernière fois. Mélijna fronça les sourcils en même temps qu'Alejandre devant ce curieux phénomène.

Les brûlures magiques étaient l'une des formes de torture les plus répandues au temps des grandes batailles parce qu'elles avaient d'incontestables qualités. Non seulement elles faisaient terriblement souffrir, comme si l'on était marqué au fer rouge, mais elles disparaissaient complètement au bout de vingt-quatre heures. C'était ce que l'ennemi privilégiait pour faire parler un prisonnier. La personne torturée ne pouvait prouver qu'elle avait été soumise à ce sortilège ignoble puisque aucune trace ne persistait sur la peau, contrairement aux brûlures causées par le feu.

Mélijna lança le sortilège une seconde fois, mais à haute voix. De nouveau Alix resta de marbre, devant les visages d'abord étonnés, puis mécontents, de ses tortionnaires. Mélijna n'appréciait pas du tout qu'on lui résiste ainsi, et Alix vit poindre les signes avant-coureurs d'une des colères dont elle avait le secret. Il n'eut pas peur cependant, il se sentait plus serein que jamais. Même s'il savait qu'il ne pourrait pas tenir bien longtemps, aujourd'hui encore, il savoura pleinement cette victoire. À chaque visite, il parvenait à faire des progrès notables dans sa résistance face à Mélijna et il anticipait, avec une certaine allégresse, le jour où il réussirait enfin à la réduire à l'impuissance. La voix de la sorcière le ramena à la réalité.

– Je vois que tu emploies avec efficacité le temps qui sépare chacune de tes visites au château. C'est vraiment très agréable de constater que tu déploies autant d'efforts pour me résister..., dit-elle, sarcastique. Dommage que tu ne puisses progresser plus rapidement.

Elle tendit à nouveau un bras dans sa direction, le regard plus menaçant.

– Voyons si tu pourras faire quelque chose contre les vrilles d'Afgan ?

Au moment où elle prononçait les derniers mots, Alix se raidit, sentant des cordes invisibles s'enrouler lentement autour de ses bras et de ses jambes. La désagréable sensation se propagea bientôt à son bassin, à son torse, puis à ses épaules. Lorsqu'il ne resta plus que la tête qui ne fut pas prise dans ce lierre invisible, la sorcière agita doucement l'un de ses longs doigts déformés par le temps. Les filaments qu'Alix avait senti s'enrouler autour de lui commencèrent lentement à resserrer leur étreinte. Le jeune homme se plia sous la pression, ayant l'impression que ses membres étaient broyés lentement et avec une infinie cruauté. Il sentit son pouls battre de plus en plus vite et fut pris de vertige. Il avait maintenant peine à se tenir debout. Il voulut dire quelque chose, mais les mots moururent sur ses lèvres qui bleuissaient lentement, l'air ne se rendant que difficilement à ses poumons. La sorcière éclata d'un rire cruel en même temps que le sire de Canac.

– Je savais que tu apprécierais que j'aie moi aussi fait des progrès au cours de ta longue absence. Il devient de plus en plus difficile de trouver des sortilèges dignes de ta légendaire résistance.

Le jeune homme lui lança un regard noir, malgré sa faiblesse.

– Mais ne t'en fais surtout pas pour moi, ajouta-t-elle avec un plaisir non dissimulé, je ne suis pas près d'avoir épuisé mes ressources.

Sur cette phrase encourageante, elle tourna les talons.

– Je reviendrai te voir dans quelques heures, afin de savoir si tu es prêt à essayer une nouvelle trouvaille...

Elle s'en fut, laissant Alix seul avec Alejandre. Ce dernier regarda le jeune homme avec un plaisir manifeste.

– Fascinant, tu ne trouves pas, le fait que l'on ne voie absolument rien, en te regardant, qui puisse justifier une détresse comme la tienne.

Le sire haussa les épaules.

– J'ai le regret de te dire que je ne sais pas combien de temps dure habituellement ce sortilège, ajouta-t-il. Dommage, n'est-ce pas ? Il te faudra donc attendre douloureusement qu'il se termine, en priant le ciel pour que ce soit rapidement...

Alejandre quitta la pièce sans un regard en arrière. Alix regretta presque, comme chaque fois qu'il séjournait entre ces murs, que la mort ne puisse venir le chercher. Pourquoi donc avait-il fallu qu'un lien si fort l'unisse au triste sire ?

À son grand soulagement, la nouveauté de Mélijna ne dura pas plus d'une dizaine de minutes. De fait, à peine Alejandre avait-il quitté la pièce que le Cyldias sentit les vrilles magiques relâcher leur étreinte, habituellement mortelle. Le jeune homme, connaissant les effets destructeurs de ce genre de magie sur un être comme lui, préféra ne pas bouger tout de suite. Il resta immobile, attendant que le sang et l'air circulent à nouveau sans contrainte dans son corps meurtri. L'insupportable douleur diminua lentement, trop lentement. Après ce qui lui sembla une éternité, le Cyldias se risqua enfin à bouger les extrémités de ses membres, mais il se produisit exactement ce qu'il craignait ; il ne put plier ses doigts trop gonflés et endoloris. Alix poussa un long soupir de résignation, espérant simplement que la nuit suffirait à effacer la majeure partie des dommages et que Mélijna serait trop occupée ailleurs pour tenir sa promesse de revenir bientôt.

Allongé sur la paille du cachot, Alix maudit les circonstances qui l'avaient conduit une nouvelle fois devant cette sorcière. Il y avait pourtant plusieurs années qu'il ne commettait plus ce genre d'erreur. Il n'était pas très fier de s'être fait avoir comme un vulgaire débutant. Contrairement à l'année dernière, sa venue n'avait pas été précédée d'une lutte véritable entre lui et la Fille de Lune non assermentée. Mélijna n'avait eu, cette fois-ci, qu'à prononcer une simple incantation pour qu'il accoure comme un vulgaire animal de compagnie que l'on siffle parce qu'on s'ennuie. S'il n'avait pas été distrait par la présence de Naïla dans son bureau, Alix aurait facilement senti l'énergie de Mélijna qui tentait de le faire venir à elle. Mais voilà ! Trop occupé à observer la Fille de Lune qu'il était censé protéger, il n'avait pas gardé ses sens en éveil.

Incapable de trouver le sommeil à cause de la douleur qui se faisait sentir dans chaque parcelle de son corps, Alix passa la nuit à méditer sur la meilleure façon de quitter les lieux et de récupérer la jeune femme. Sa volonté de la conduire à Uleric était plus farouche que jamais ; il avait hâte de pouvoir tirer un trait sur cet épisode de sa vie et de poursuivre le but qu'il s'était fixé : libérer la Terre des Anciens de la malédiction qui la faisait lentement mourir.

Une petite voix dans sa tête lui rappela soudain que ce rêve ne pourrait probablement pas se réaliser sans la collaboration de la femme dont il souhaitait à tout prix éviter la fréquentation. Aussi paradoxal que cela puisse paraître, Alix s'obstinait à croire qu'il pourrait y arriver sans elle, pour la simple mais excellente raison que le trouble qu'il ressentait en sa présence risquait de lui apporter beaucoup trop d'ennuis et qu'il voyait mal comment il parviendrait ainsi à atteindre son but. Serait-il capable de la sacrifier en cas de nécessité ? Cette question en amena inévitablement une autre. Survivrait-il à sa mort s'il était effectivement son Cyldias ? Malheureusement, certains événements tendaient à confirmer cet état de choses qu'il exécrait. Par exemple, il ne pouvait nier que sa brève présence dans la même cellule que la Fille de Lune avait permis à nombre de ses blessures de guérir, alors que cette magie n'était pas supposée opérer entre les murs du château...

De longues heures s'écoulèrent ainsi, dans le silence et la réflexion, jusqu'à ce que le soleil se lève. Car, même du fond de son cachot, Alix savait que le jour était revenu. Depuis longtemps, le jeune homme n'avait plus besoin de voir l'astre solaire pour parvenir à se situer dans le temps et l'espace ; il savait toujours exactement où il se trouvait et à quel moment de la journée, qu'il soit au fond d'une grotte en pleine nuit ou dans une forêt dense un jour de pluie.

Il avait fait l'apprentissage de la tempymancie il y a plus de dix ans déjà, dans des circonstances étranges. Cette science d'un autre temps exigeait une parfaite maîtrise de la magie et une extraordinaire capacité de concentration lors de son apprentissage, mais, par la suite, elle ne demandait plus aucun effort. Il lui avait fallu passer plus de six mois dans une cellule temporelle, loin de tout contact avec des êtres pensants, à part son enseignant, pour réussir.

Encore aujourd'hui, il lui arrivait de se demander qui lui avait permis de maîtriser une force aussi ancienne, que même Uleric ne connaissait pas. Jamais il n'avait vu, en chair et en os, la personne à qui il devait ces connaissances. Il avait reçu l'ensemble de ses instructions par télépathie, dans une langue qu'Alix soupçonnait appartenir à l'époque de Darius. Il n'avait jamais parlé de cette histoire à quiconque, même pas à Zevin et à Madox, parce que c'était l'une des conditions pour obtenir ce savoir.

Un murmure encore lointain tira soudain Alix de sa réflexion. Il se redressa lentement et s'assit. Son corps le faisait toujours souffrir, mais la douleur s'était atténuée au contact de la pierre froide ; au cours de la nuit, il avait en effet repoussé la paille dans un coin.

Le jeune homme s'appuya au mur avec précaution, fixant avec une certaine appréhension l'entrée de sa cellule. Même s'il était reconnu pour son endurance et sa bravoure, il n'avait guère envie de subir une autre séance de torture alors qu'il ne pouvait pas utiliser ses pouvoirs de guérison ni se nourrir suffisamment. Même si Naïla n'était plus là pour qu'il puisse vérifier sa nourriture, il savait que les doses de potion d'obéissance qu'on y ajoutait n'étaient pas inoffensives. Il ne pouvait donc pas manger plus du quart des maigres rations qu'on lui apportait chaque jour. À ce rythme-là, il n'aurait plus que la peau sur les os le jour où il parviendrait à s'échapper.

Comme il le craignait, il vit bientôt apparaître Mélijna et le sire de Canac dans l'ouverture béante qui donnait accès à sa cellule. La sorcière se garda bien, cependant, de prononcer à haute voix la formule qui lui permettait d'entrer puisqu'elle soupçonnait le jeune homme d'en savoir beaucoup plus qu'il ne voulait l'avouer sur la magie noire et sa pratique. Elle se contenta donc de fermer les yeux un moment, remuant les lèvres en silence. Un grésillement se fit alors entendre et les deux visiteurs entrèrent. Alejandre ne put cacher sa satisfaction en voyant que son prisonnier ne semblait pas au meilleur de sa forme.

– La nuit t'a porté conseil ? demanda Mélijna de sa voix trop aiguë. Il serait en effet dommage que tu soies dans l'obligation de séjourner inutilement dans cette cellule.

– Et je suis supposé vous renseigner sur quoi cette fois-ci pour que vous me rendiez ma liberté ? demanda Alix d'une voix où perçait l'insolence malgré sa position d'infériorité.

– J'ai cru comprendre, grâce à certains informateurs dévoués, que tu avais des renseignements fort pertinents quant à l'emplacement d'un passage conduisant à Golia et peut-être même à Dual. Il serait évidemment très gentil de ta part de partager tes récentes découvertes avec nous, dit-elle de sa voix doucereuse. Cela t'éviterait de souffrir en vain...

Alix s'efforça de ne pas montrer sa surprise en apprenant que la sorcière en savait autant sur les dernières trouvailles de ses hommes. Il lui faudrait absolument découvrir qui communiquait ainsi avec le château et fraternisait avec l'ennemi. De toute façon, il préférait souffrir, comme elle se plaisait à lui faire remarquer, plutôt que de lui donner les informations qu'elle désirait.

S'il ne craignait pas vraiment les géants de Golia, Alix préférait ne pas imaginer les dommages que causeraient les hybrides de Dual. Ce monde ne renfermait que des êtres qui en voulaient à mort aux anciens Sages et aux humains. Alix se souvenait parfaitement de ce qu'il avait étudié dans la bibliothèque de Grayard, en compagnie de Foch, dix ans plus tôt.

Il y avait des siècles que l'on ne se rendait plus dans ces deux mondes. Pour leur part, les quatre peuples de géants – les géants des plaines, les géants des mers, les géants des glaces et les géants des volcans – vivaient en harmonie. L'histoire disait qu'ils avaient renoncé à se venger des affronts que leur avaient infligés les Sages. Il en allait cependant tout autrement pour les habitants de Dual. Ceux-ci avaient plutôt choisi de partager équitablement leur territoire entre les différentes espèces et, s'ils se côtoyaient rarement, tous rêvaient néanmoins de vengeance. Chaque groupe était une véritable menace pour la Terre des Anciens.

Bien qu'ils fassent partie des races pensantes, les hybrides, comme les gorgones et les harpies, avaient la particularité de partager leur corps avec une espèce animale dès la naissance. Toujours, depuis l'époque de Darius, ces peuples peu nombreux avaient été chassés et massacrés sans pitié. Tous les craignaient ouvertement. Alix savait pourtant, pour l'avoir étudié en détail, que la majorité des races hybrides, même les plus dangereuses, pouvaient facilement mener une existence normale. Il suffisait qu'un puissant mage leur donne les pouvoirs nécessaires au contrôle de leurs comportements problématiques. C'était malheureusement là le hic ; les mages des siècles passés avaient tous refusé de leur donner la possibilité de maîtriser leur nature différente, craignant qu'ils ne développent leurs nouvelles capacités dans un tout autre but. Les hybrides s'étaient donc naturellement ralliés aux sorciers. Ils leur offraient une protection spéciale en échange de leurs services pour détruire ceux qui les avaient exclus : les Sages et les Êtres d'Exception surtout, mais aussi les fées, les elfes et les nymphes.

Alejandre tira Alix de sa réflexion.

– Ta réponse se fait attendre...

Alix leva la tête avec nonchalance et haussa les épaules.

– Même si je répondais à la question de cette horreur qui te sert de sorcière, je doute que vous renonciez si rapidement au bonheur de me voir souffrir, sans que je puisse véritablement me défendre. C'est une caractéristique de tous les faibles de notre monde que de refuser d'affronter à armes égales ceux qui les terrorisent.

À mesure qu'il parlait, le jeune homme pouvait voir la rage et la haine déformer les traits d'Alejandre. Tant mieux ! Tant qu'à souffrir, il aurait au moins la satisfaction de penser qu'il l'avait vraiment cherché...

– Tu te penses toujours au-dessus de tout, n'est-ce pas ? lui dit Alejandre avec hargne. Tu ne peux t'empêcher de faire le malin, même si tu sais pertinemment que tu n'as aucune chance de gagner. Tu étais déjà comme ça quand nous étions...

Mais Alix ne le laissa pas terminer.

– C'est justement parce que je sais que, quoi que vous fassiez, toi et ta sorcière, je gagnerai, et ce, même si c'est au prix de terribles souffrances et de profondes blessures...

Alix regarda le jeune homme qui lui faisait face, droit dans les yeux, sans aucune peur, juste une haine profonde et viscérale qui ne cessait de croître avec le temps. Il vit Alejandre serrer les dents, sachant probablement déjà ce qu'il allait lui dire.

– Tu ne peux pas me tuer, Alejandre. Pas plus que Mélijna. Vous savez tous les deux que, peu importe ce que vous ferez et les sortilèges que vous ressusciterez du plus profond des ténèbres, jamais vous ne me regarderez trépasser avec la satisfaction du devoir accompli. Alors, si tu veux un conseil, en souvenir du bon vieux temps, emploie-toi plutôt à trouver le moyen de contourner ce puissant sortilège...

Sur ce, Alix ferma les yeux et appuya son front sur ses genoux. Les dernières minutes l'avaient épuisé. Parler lui demandait plus d'efforts qu'il ne l'aurait cru, sa poitrine lui faisait mal et sa respiration était légèrement sifflante. Mélijna, trop silencieuse depuis son arrivée, ne perdit rien de la détresse de sa victime et en profita pour en rajouter.

– Je pense tout de même, dit-elle avec suffisance, que tu devrais réfléchir à ma proposition jusqu'à ce soir. Et pour t'inciter à suivre mon conseil – elle colla son index et son majeur et leur imprima un mouvement circulaire à trois reprises en murmurant trois mots dans la langue des elfes – je te laisse avec le supplice de Favre.

Alix ne tarda pas à ressentir les effets du sortilège. Ses jambes, ramenées sous son menton quelques secondes plus tôt, se séparèrent instantanément, se déplièrent et cherchèrent à s'éloigner le plus possible l'une de l'autre. Il eut rapidement l'impression que son corps se séparait en deux, dans le sens de la longueur. L'effet ne dura pas plus d'une minute avant de cesser et de recommencer à nouveau. Alejandre observait la scène avec une fascination morbide.

– Tu avoueras que je suis tout de même moins cruelle que tu ne le crois. Le sortilège d'aujourd'hui t'accorde de courtes pauses entre chaque séance...

Alix n'eut pas le temps de répliquer avant qu'un nouvel écartèlement ne se fasse sentir. C'était le même principe que des ciseaux que l'on aurait ouverts à l'extrême puis refermés, puis rouverts, puis refermés, un nombre incalculable de fois...

Après une dizaine de minutes de ce spectacle, Alejandre et Mélijna tournèrent les talons. Ils s'apprêtaient à quitter l'endroit quand la sorcière se retourna, un sourire sadique aux lèvres.

– J'ai oublié de te dire que j'ai quelque peu modifié la formule originale parce que je la trouvais trop clémente. Je ne me rappelle cependant pas si je l'ai prolongée d'une heure ou de deux...

Alix serra les dents, se jurant de la tuer un jour.

- 24 -

Recluse

Je fis une marque de plus sur le mur de ma cellule, alors qu'une autre journée se terminait sous mes yeux. Les dernières lueurs du soleil s'estompaient à l'horizon, nimbant les mornes murailles de ma captivité d'une lumière trop douce, presque cruelle. Déjà deux semaines que je croupissais ainsi, ne sachant toujours pas à quoi m'attendre de la part de mes geôliers. Je n'avais eu droit à la présence d'Alix qu'une demi-journée et le seul contact que j'avais maintenant avec le genre humain se résumait à l'ouverture et à la fermeture de la trappe servant à m'alimenter trois fois par jour. La vieille femme n'avait pas non plus reparu, à mon grand soulagement. Je ne pouvais pourtant m'empêcher de penser qu'elle ne tarderait plus à se manifester.

Je repensais sans cesse au fait que j'aurais dû, aux dires de Mélijna, être capable de me guérir moi-même. J'avais donc tenté, après son départ, de mettre en œuvre les forces qui devaient normalement accomplir cet exploit, mais j'avais lamentablement échoué. Je n'avais aucune idée de la marche à suivre pour y parvenir. Les paroles de ma mère m'étaient revenues en mémoire une fois de plus concernant une certaine Montagne aux Sacrifices, et je savais que je devrais rapidement me rendre là-bas si je voulais réussir un tour de magie de mon plein gré et non par accident, comme avec le coup de poing de Rufus. En attendant, je m'étais résignée à attendre que la plaie, relativement profonde, se referme d'elle-même et à prier pour qu'elle ne s'infecte pas, compte tenu de la propreté des ongles qui avaient fait le sinistre travail. La cicatrice que je portais désormais au cou ne me donnait guère envie de revoir cette sorcière.

Concernant la nourriture, le fait que je sois bien alimentée et que l'on désire donc me garder en vie n'était pas nécessairement un signe encourageant. Je me forçais néanmoins à le croire puisque j'avais droit à des fruits ou à des légumes au moins une fois par jour. Par ailleurs, il y avait plus d'une semaine que mes lèvres ne bleuissaient plus et j'en déduisis que, devant l'échec des nombreuses tentatives, le maître de céans avait renoncé à me faire obéir par la force des potions.

Lasse, je m'agenouillai dans un coin de ma cellule et me surpris à prier véritablement pour la première fois depuis des lunes. J'avais délibérément chassé Dieu de ma vie, aux moments des tragiques événements qui s'y étaient succédé, et avais obstinément refusé d'en entendre parler depuis. Mais aujourd'hui, peut-être qu'un dieu, quel qu'il soit, pourrait me venir en aide...

J'avais à peine fermé les yeux, pleurant silencieusement, que le bruit d'un pas lourd me sortit de ma torpeur. Je me pris à espérer le retour de mon compagnon, mais la réalité se révéla beaucoup plus amère.

On tira le verrou et la porte s'ouvrit dans un grincement sinistre qui me donna la chair de poule. Je crus tout d'abord que c'était Alexis qui revenait me tenir compagnie, mais l'absence de fers, la tenue propre et impeccable, ainsi que le regard dur du jeune homme que j'avais devant moi suffirent à me montrer mon erreur... Pendant ce qui me sembla une éternité, je restai totalement immobile, le regard fixe et le cerveau travaillant à vive allure. Je comprenais maintenant ce que m'avait dit mon Cyldias lors de notre dernière rencontre.

L'homme qui venait d'entrer et Alexis ne pouvaient qu'être... jumeaux. Les nuances étaient là, mais subtiles, comme dans un mauvais rêve où le bon devient le méchant au moment où l'on s'y attend le moins. Je ne croyais pas si bien dire car, moins d'une minute plus tard, Vigor franchit la porte à son tour, les bras chargés de couvertures de laine épaisses. Un doute affreux me traversa l'esprit et je priai, cette fois avec une immense ferveur, pour que mes craintes ne deviennent pas réalité. Mais une question d'Alexis sur son aspect physique me revint brutalement en mémoire. Ainsi, il savait probablement ce qui m'attendait. Il me restait à le découvrir à mon tour.

Les couvertures furent étendues sur ma paillasse, qui prit bientôt l'aspect d'un rustique lit pour deux. Je fronçai les sourcils. Une lueur moqueuse traversa le regard du sire, bientôt suivie d'une ombre de convoitise et de méchanceté. Je me détournai et entrepris de regarder par la meurtrière le lever de la lune. Elle était à un peu plus de la moitié de son cycle et éclairait le lac avec un romantisme totalement déplacé dans les circonstances.

Une voix grave et chargée de mépris me tira de la réflexion à laquelle j'aurais désespérément voulu m'abandonner.

– Vous me pardonnerez mon absence prolongée et mon manque de courtoisie à votre égard, très chère. C'est que je devais d'abord m'assurer que le passage de mon frère – à ce mot, un profond dégoût se lut sur son visage – n'avait pas causé d'inconvénients pouvant nuire à mes projets... Vigor n'a vu qu'un baiser, mais on n'est jamais trop prudent.

Le dernier mot fut prononcé avec dégoût et je me pris à espérer que ce serait suffisant pour l'éloigner de moi. Je me trompais lourdement.

– Mélijna m'avait déjà assuré que tout danger était écarté, mais je voulais que vous en soyez aussi convaincue qu'elle pouvait l'être. Comme vos saignements garantissent du vide de votre être, je me propose charitablement de remédier à cette situation sur-le-champ. La possibilité de voir se développer un héritier de notre union charnelle m'assurerait le pouvoir et la richesse qui me font encore défaut, malgré mon dévouement à la cause de ces contrées. Si vous accédez à ma requête sans rechigner, il ne vous sera fait aucun mal, je vous l'assure.

Ce ton doucereux, arrogant et hautain, ajouté à ces insinuations douteuses et ses belles paroles, me donnèrent la nausée. Je devais rêver... C'est cela, j'allais me réveiller dans un instant, riant de ce cauchemar et me persuadant de son inexistence... Tandis que je fixais toujours mon visiteur, des pas se firent entendre dans le couloir et j'eus la désagréable vision de celle qui répondait au nom de Mélijna. Elle se tenait dans l'embrasure de la porte, l'air aussi rébarbatif et mesquin que la dernière fois. Elle ne jeta qu'un regard de mépris à Vigor, qui le lui rendit au centuple dès qu'elle l'eut dépassé. Tous ces gens devaient se sentir bien seuls s'ils se haïssaient autant les uns les autres. Dommage qu'ils n'aient pas envie de s'entretuer.

Je reportai mon attention sur la nouvelle venue, afin d'éviter que mon manque de vigilance me vaille une deuxième marque indélébile. La sorcière tendit encore les mains vers moi et je reculai spontanément.

– Vous vous méprenez sur la signification de son geste, me dit le sosie d'Alexis, une pointe d'ironie dans la voix.

Elle ne désire que vous sonder, cette fois. Je vous conseille de ne point lui résister, si vous ne voulez pas que je devienne moins agréable que je ne le suis.

– Ah ! Parce que vous vous trouvez agréable..., ne puis-je m'empêcher de répliquer, l'amertume dans la voix. Je crois que...

Je n'eus guère le loisir de terminer ma phrase ; je reçus une gifle retentissante qui me fit perdre l'équilibre. Je me retrouvai sur le dos, des larmes d'humiliation me montant aux yeux. Je me relevai sans attendre et tentai de me précipiter sur cette brute, mais je fus incapable du moindre geste. Mélijna m'observait, le bras tendu dans ma direction. Seul son index bougeait légèrement, témoin de son imposant pouvoir sur ma petite personne. Alejandre me regardait également, un sourire de triomphe flottant sur ses lèvres sèches et craquelées.

– Elle sera plus obéissante maintenant, dit Mélijna de sa désagréable voix.

La dernière phrase s'accompagna d'un élancement désagréable au niveau de ma nuque et je soupçonnai cette furie d'en être la cause. Je n'eus d'autre choix que d'abdiquer. Je me dis cependant que la sorcière ne serait pas toujours là pour protéger son triste sire, mais je ne savais pas encore à quel point ma haine aurait décuplé à ce moment-là... Mélijna tendit son autre bras dans ma direction, tout en me gardant en son pouvoir, et posa sa main sur mon ventre plat.

– Je crois que tu n'auras pas à l'honorer de tes faveurs bien longtemps pour que notre vœu se réalise. Elle sera bientôt prête pour mener à terme la mission que tu désires lui confier. Je sens cependant une force différente en elle, une force plus vive que celle que j'ai rencontrée précédemment. Il te faudra faire preuve de patience et revenir la voir pendant quinze jours, sans faute, si tu souhaites des dons hors du commun pour l'être à venir... un garçon assurément...

Le sire de Canac ne put cacher sa satisfaction devant ces paroles. Pour ma part, si je comprenais que cet énergumène désirait que je lui donne un enfant, je doutais fortement de son niveau de connaissance de la nature humaine. Qu'il vienne me voir une seule fois ou dix d'affilée, le fait est qu'il n'en fallait qu'une pour que je tombe enceinte. Mais chez quelle espèce d'incultes étais-je tombée ?

La sorcière déplaça lentement sa main vers la gauche, jusqu'à ma hanche, puis fit de même vers la droite. Elle ferma ses yeux vitreux pour mieux se concentrer. Sa main devint de plus en plus froide au fur et à mesure qu'elle parcourait ma peau jusqu'à ce que j'aie l'impression d'être en contact avec de la glace. Soudain, elle la retira précipitamment en étouffant un cri de douleur, comme si elle venait de se brûler. Alejandre parut extrêmement surpris et sembla sur le point de poser une question, mais elle lui intima de se taire. Elle voulut remettre sa main au même endroit, mais le phénomène se reproduisit. Après deux autres tentatives, elle abdiqua. Elle me jeta un regard étonné, mais n'ajouta rien. Elle se tourna finalement vers le sire qui attendait, de plus en plus anxieux.

– Qu'est-ce que cela signifie ? Je veux savoir...

Mais Mélijna refusa de répondre. Elle se contenta de le fixer, songeuse.

– À la lumière de ce que je perçois, il vaudrait mieux que tu ajoutes quelques jours à ton pèlerinage, afin de ne pas commettre d'erreur, comme ton père l'a fait autrefois.

Sur ce, elle tourna les talons et disparut. Je restai là, le cœur battant. J'avais très bien compris ce qui m'attendait, mais je refusais de l'admettre. Inlassablement, la même litanie se répétait dans ma tête : « Il va te violer... Il va te violer... Il va te violer... » Pour toute réponse, je hochai la tête de gauche à droite, incapable de faire autre chose. J'étais en état de choc...

L'étonnement de mon hôte après le départ précipité de Mélijna fut de courte durée. Il cessa bientôt de fixer la porte par où elle s'était volatilisée, estimant vraisemblablement qu'il y avait plus urgent. Il s'avança lentement, après avoir renvoyé Vigor, et entreprit de me déshabiller, ce qui me sortit de mon hébétude aussi certainement qu'un coup de fouet. Je reculai vivement, le repoussant à deux mains. Pour toute réponse, il me sourit cruellement.

– Je vois que l'on prévoit me faire des misères. Tss ! Tss ! C'est très vilain de vouloir désobéir à un homme, il pourrait se mettre en colère... et la colère est parfois mauvaise conseillère.

Pour toute réponse, je lui crachai au visage et voulus fuir, bien inutilement. Il avait l'avantage, l'ordure, et il en était pleinement conscient. Il m'agrippa par un bras et tenta de m'attirer à lui. Je me débattis et voulus lui envoyer mon poing dans la figure, mais il m'arrêta au passage, sa main se refermant sur la mienne. Je compris dès lors que toute résistance serait probablement inutile, sa force dépassant de beaucoup la mienne, malgré l'énergie résultant de ma colère. Par ailleurs, ma longue captivité avait ankylosé mes membres. Je tentai néanmoins un coup de genou là où cela aurait fait le plus mal, mais il devina mes intentions et para le coup de belle façon. Plus je me débattais, plus je sentais que ce qui devait être un viol de pure forme à ses yeux, pour les besoins d'une cause, se muait en un désir de plus en plus violent.

Je compris trop tard qu'il était de ceux dont le plaisir était stimulé par la résistance. Mais même si je l'avais compris avant, je ne me serais pas résignée pour autant. La perspective de ce qui m'attendait si je baissais les bras me fit redoubler d'ardeur.

– Mais, mais, mais, c'est qu'elle a du chien, la tigresse. La victoire n'en sera que plus savoureuse.

Et ce salaud éclata de rire, continuant d'esquiver les coups. Je me fatiguai rapidement et il profita de mon essoufflement pour m'agripper par derrière – tirant de son autre main sur le haut de mon corsage – qui se déchira, découvrant mes seins sous les timides lueurs de la lune.

– Parfait ! Nous avançons à pas de géants ! Si vous voulez bien continuer vous-même, cela vous éviterait d'avoir à poursuivre votre réclusion en petite tenue, faute de vêtements pour vous couvrir puisque je n'ai nulle envie de vous en fournir.

Je me refusai toujours à capituler, espérant... je ne sais quoi. Je me plantai debout devant lui, les bras croisés pour cacher, tant bien que mal, ma poitrine dénudée et lui lançai un regard de défi. Il m'attrapa par un bras et me força à m'agenouiller. J'en profitai pour lui mordre la main gauche. J'exploitai l'effet de surprise pour m'éloigner quelque peu, reprenant mon souffle. Il se lassa bientôt de ce petit jeu de résistance et son ton se durcit.

– Je vais me voir dans l'obligation d'utiliser la force et je doute que cela vous plaise...

– D'une façon ou d'une autre, je doute que la suite des événements puisse me plaire, crachai-je de fureur et de dépit. Autant vous en donner pour votre peine, mon cher.

Sur ce, il s'élança vers moi, ayant semble-t-il décidé que cette comédie avait assez duré. D'une poigne de fer, il m'envoya rouler sur la paillasse au fond de la pièce. Avant que je n'aie pu me relever, il était sur moi. Il remonta mes bras au-dessus de ma tête, où il les maintint d'une seule main, défaisant sa braguette de l'autre. Il retroussa ensuite ma jupe et entreprit, sans plus de cérémonie, d'atteindre le but qu'il s'était fixé. Mes dernières résistances se brisèrent en même temps qu'une partie de moi lorsqu'il me pénétra avec violence, ayant forcé le passage entre mes cuisses. Le tout ne dura que quelques minutes, son désir encouragé par mon opposition tenace. Les larmes roulèrent sur mes joues lorsque je le sentis se répandre en moi. Je gardai les yeux fermés lorsqu'il se releva, refusant de croiser son regard...

Je ne pus réprimer un sanglot en me retournant sur le ventre et en rampant hors de cette couche répugnante, cherchant la fraîcheur de la pierre pour mon corps qui me brûlait. Je l'entendis s'éloigner de moi, quelques minutes plus tard, après qu'il se fut rhabillé. D'un ton où perçaient l'ironie et la cruauté, il donna ses directives.

– Tâchez de vous remettre vite et de vous préparer mentalement à ma prochaine visite. Vous comprendrez aisément que je ne pourrai perdre trop de temps en votre compagnie, aussi agréable puisse-t-elle être ; j'ai d'autres obligations. Alors votre collaboration serait de mise à l'avenir. Elle éviterait de m'obliger à raffermir mon emprise sur vous.

Sur ce, il quitta la pièce, me laissant seule avec ma détresse, incapable de laver cette souillure de mon corps, mais surtout incapable d'ouvrir les yeux. Même fermés, je voyais deux visages si semblables, de deux êtres pourtant si différents ; l'un devait me protéger, l'autre cherchait plutôt à m'anéantir. Le plus troublant était qu'ils se superposaient pour ne faire qu'un, et je priai le ciel pour pouvoir un jour refaire la différence entre les deux...

* *
*

À l'issue de sa cinquième visite, le sire de Canac me proposa un marché afin d'endiguer la résistance que je continuais de lui opposer. Haletante de m'être tant débattue et le regard chargé de haine, je ne dis rien, attendant qu'il me débite son baratin.

Le pacte était fort simple. Il cesserait toute forme de torture sur son frère et accepterait de lui rendre sa liberté en échange d'une soumission totale de ma part. Alexis était donc toujours détenu...

Pour que je comprenne bien que son frère avait besoin de moi, il versa sur le sol le contenu d'une petite fiole argentée. Une image se créa alors, me permettant de voir son frère enchaîné, les vêtements en lambeaux, le corps amaigri et affreusement meurtri. Je voulus me détourner, mais il m'obligea à regarder Vigor faire son apparition. Sous mes yeux horrifiés, ce dernier prit un malin plaisir à entailler la peau de son prisonnier à une douzaine d'endroits, avant de le marquer deux fois à l'aide d'un petit fer rougi au feu. Je secouai la tête devant cette cruauté gratuite, les yeux noyés de larmes. L'image s'évanouit bientôt sur l'expression de douleur d'Alexis, le sang coulant de ses multiples plaies. Mais pourquoi ne se défendait-il pas ? C'est Alejandre qui répondit à ma question muette, l'air plutôt satisfait du petit spectacle qu'il venait de m'offrir.

– Pratique d'avoir une sorcière comme alliée ! Même les plus coriaces n'ont pas d'autre choix que de se soumettre.

La nourriture trafiquée me revint alors en mémoire. Il ne semblait pas éprouver le moindre remords face à la souffrance de son frère et je le haïs davantage encore, si cela était possible. Le cœur lourd, je lui demandai :

– Si je collabore, vous me jurez de lui rendre sa liberté ?

– Vous comprendrez qu'il me faudra d'abord voir si vous tenez parole avant de laisser échapper une aussi belle capture. Je m'en voudrais de priver si rapidement Vigor et Mélijna de ce divertissant passe-temps...

Un instant, je me demandai pourquoi, s'il haïssait autant Alexis, il ne se contentait pas de le tuer tout simplement. Mais la mort l'aurait privé de son jouet...

Alejandre me donnait envie de vomir avec son ignominieux chantage, mais je n'avais guère le choix. Je ne voulais pas me sentir coupable de la douleur, ou même de la mort, d'Alexis. Par ailleurs, s'il était vraiment un Cyldias – mon Cyldias – je ne pouvais pas prendre le risque de perdre une protection si rare, enfin d'après ce que j'en savais. De toute façon, je ne pourrais échapper aux viols répétés. Le fait de les subir sans m'y opposer n'y changerait pas grand-chose, en fin de compte, et au moins Alexis cesserait de souffrir. La mort dans l'âme, j'acceptai...

- 25 -

Loin dans les Terres Intérieures

Alix regardait au loin sur la plaine, se demandant combien de temps encore il devrait rester dans l'attente. Il lui semblait qu'il y avait plusieurs heures déjà qu'il tournait en rond et il pestait contre cette perte de temps. Il avait d'autres choses plus importantes à faire et n'avait personne qui soit digne de confiance pour le remplacer ici. Ses hommes les plus efficaces avaient déjà des missions à accomplir qui, elles non plus, ne pouvaient pas souffrir le moindre retard.

Il s'adossa à la paroi rocheuse, ferma les yeux et tenta, pour la énième fois depuis son départ précipité du château de la famille Canac, de remettre son corps en meilleur état. Ses blessures avaient refusé, contrairement aux fois précédentes, de guérir complètement. Depuis deux semaines déjà, il essayait de réparer les dégâts, mais n'obtenait que de piètres résultats. Il avait même fait appel à Zevin et à ses dons de guérisseur, mais sans succès. Ce dernier lui avait cependant confié qu'il n'était pas certain que les seuls sortilèges de Mélijna soient en cause. Le Cyldias avait alors froncé les sourcils, feignant de ne pas comprendre. Bien qu'il ne fût pas dupe, Zevin avait tout de même expliqué :

« Les Cyldias désignés n'ont rien en commun avec ceux qui sont formés par Uleric, Alix. Le lien qui unit chacun d'eux à une Fille de Lune en particulier est extrêmement puissant. Je suis pratiquement convaincu que cette vieille magie fonctionne encore. Tu ne peux pas t'éloigner de Naïla, ni renoncer à la protéger, sous peine de voir la majorité de tes pouvoirs diminuer, voire disparaître. »

Têtu, Alix refusait toutefois d'accepter l'évidence. Croire que Mélijna avait considérablement augmenté ses facultés était plus facile que d'accepter son statut de protecteur. Il préférait ne pas penser aux conséquences qui découlaient nécessairement de sa nouvelle réalité. Jamais encore, il n'avait eu besoin d'autant de temps pour panser ses blessures. Avec dégoût, il regarda les plaies suintantes de ses mains.

Mélijna avait cru bon, juste avant de le laisser partir, de lui offrir un dernier supplice, les cloques de Bran. Ce sortilège, surtout utilisé en temps de guerre, empêchait les hommes de combattre à l'épée ; les paumes de leurs mains se couvraient de grosses ampoules qui se crevaient et ensuite s'infectaient sans jamais guérir. Incapables de tenir une arme et donc de se défendre, les combattants se faisaient tuer lâchement.

Zevin avait bien réussi à diminuer leur nombre, mais celles qui restaient refusaient obstinément de guérir. Ces mains, que le jeune homme fixait toujours en soupirant, ne lui permettaient plus de se défendre en combattant, ce qui le rendait vulnérable. Et comme sa magie était également touchée... Il avait dû modifier ses plans et s'effacer quelque peu de la circulation. En soupirant, il fit une nouvelle tentative de guérison, pour la forme, avant de reporter son attention sur les terres en contrebas.

Il se trouvait actuellement dans les Terres Intérieures, très loin au nord du continent. Quand il était rentré chez lui, de nuit, un messager l'attendait depuis deux jours déjà. Ce dernier avait réussi à convaincre Marianne, Dieu sait comment, qu'il ne pouvait pas partir sans avoir vu le maître de maison. Heureusement, car son message était de la plus haute importance : des mancius, des mutants guerriers, avaient été aperçus, se rassemblant en grand nombre, dans la partie septentrionale du continent. Il y avait longtemps que l'on n'avait vu des groupes de plus de dix individus à la fois. Le fait qu'ils soient soudain quelques centaines au même endroit impliquait – Alix en était convaincu – que quelqu'un cherchait une fois de plus à s'en faire des alliés. Ce qui tracassait le jeune Cyldias, c'est qu'il fallait pour s'assurer la loyauté de ces créatures leur promettre beaucoup, beaucoup d'or ou quelque chose de vraiment unique. Pour cette raison, il avait communiqué avec le seul mancius qu'il connaissait bien, Mayence.

Mayence était un mutant d'une trentaine d'années qu'Alix avait un jour sauvé d'une situation périlleuse. Il n'avait jamais compris ce qui l'avait poussé à lui donner un coup de main, mais une chose était certaine, il ne l'avait jamais regretté. Le mancius s'était immédiatement rallié à la cause d'Alix et avait mené plus d'une mission dans les groupes de mutants des Terres Intérieures. Les jeunes itinérants qui, comme lui, n'appartenaient à aucun clan se comptaient par dizaines ; il n'attirait donc pas l'attention, permettant à Alix d'obtenir de précieuses informations sur l'existence de ces créatures que la vie avait durement éprouvées. Par ailleurs, le fait que sa mutation n'ait pas été complétée lui donnait une allure moins repoussante qu'aux autres. Seule la moitié inférieure du corps de Mayence était mutilée ; ses jambes étaient curieusement arquées vers l'intérieur, couvertes d'écailles grises qui luisaient sous le soleil et terminées par des pieds palmés, utiles en certaines circonstances, mais souvent pénibles sur la terre ferme.

La majorité avait oublié qu'il n'y avait pas toujours eu des mutants sur la Terre des Anciens. Les mancius avaient fait leur apparition à la suite de la Grande Séparation et de la création des six autres mondes. Les grands Sages de l'époque avaient ensorcelé les passages pour que seuls des membres de leur cercle restreint ou des Filles de Lune puissent passer. Ceux qui refusaient de se plier aux nouvelles règles et essayaient tout de même de se rendre dans un monde différent du leur se voyaient sur-le-champ infliger une punition des plus cruelles. Leur corps subissait une profonde mutation qui ne leur laissait à peu près rien de leur apparence d'origine et empruntait leurs nouvelles caractéristiques au monde animal, en divers assemblages troublants.

Certains se retrouvaient couverts d'écailles ou de poils, ou voyaient se développer des défenses ou des cornes, des membres palmés ou griffus ou, encore, une longue queue touffue. Il y en avait qui marchaient désormais à quatre pattes, d'autres qui devenaient incapables de communiquer autrement que par gestes ou par onomatopées. La seule chose qui ne changeait pas d'une mutation à l'autre, c'est que personne ne pouvait reconnaître l'individu qui vivait auparavant dans ce corps. Était-ce ainsi pour chacun des mondes ? Seuls les effets du sortilège sur les humains étaient connus sur la Terre des Anciens...

Quand Alix avait fait venir Mayence à lui, ce dernier lui avait expliqué que les aînés avaient reçu une proposition alléchante de la part d'un seigneur, il ne savait pas lequel, et que les familles se réuniraient bientôt pour en discuter. En échange, le seigneur demandait la loyauté et l'aide guerrière contre un autre seigneur qui, lui aussi, montait une armée en vue de retrouver le trône d'Ulphydius. Alix lui avait demandé s'il pouvait être prévenu du moment et du lieu de ce grand rassemblement. La réponse était arrivée trois jours plus tard.

C'est ce rassemblement qu'Alix attendait du haut de son escarpement, mais il y avait un retard certain dans ce que lui avait annoncé Mayence. Normalement, tous les groupements auraient déjà dus être sur place. Se pourrait-il que sa présence ait été révélée et que les aînés aient modifié leur plan initial ? Mais les interrogations du jeune homme prirent fin brusquement. Des nuages de poussière apparurent sur la ligne d'horizon des quatre points cardinaux. Tous convergeaient vers le centre de la plaine, au pied du mont Vigas. Sans un bruit, Alix se volatilisa et reparut quelques secondes plus tard dans un endroit d'où il pourrait tout observer sans être découvert...

Les différents groupes arrivèrent dans une cacophonie assourdissante. Les cavaliers de chaque clan se jaugeaient du regard, et Alix comprit rapidement qu'il serait difficile d'obtenir un consensus. Il savait que les mutants avaient cessé d'être un seul et même clan plus de quatre siècles auparavant. À la suite de dissensions majeures, le premier groupe s'était scindé, puis les clans en résultant avaient fait de même jusqu'à ce que plus d'une cinquantaine de bandes se forment. Les mancius étaient reconnus pour leur entêtement et leur propension extrême à se battre entre eux. Les humains de la Terre des Anciens avaient longtemps pensé qu'ils avaient trop chassé ces êtres et qu'ils avaient ainsi provoqué leur disparition, mais la vérité était plutôt que les membres restants s'étaient dispersés dans les Terres Intérieures et continuaient à se faire la guerre, créant eux-mêmes leur rareté. Alors qu'il y avait des armées de dizaines de milliers de mancius au temps de Mévérick, ils n'étaient aujourd'hui pas plus de deux à deux mille cinq cents, répartis sur des milliers de kilomètres. Mais si leur nombre avait diminué, leurs aptitudes guerrières étaient toujours intactes et très recherchées. Leur grande endurance physique et leur soif de sang en faisaient des ennemis redoutables.

Alix regarda les groupes mettre pied à terre, attachant très solidement leurs montures pour ne pas qu'elles s'éloignent. Ces dernières, des valmyres, avaient la fâcheuse habitude de fausser compagnie à leurs maîtres. Peu importe ce que les mancius faisaient pour les domestiquer, jamais elles ne s'avouaient vaincues et saisissaient la moindre chance qui leur était offerte de retourner à l'état sauvage. C'était d'étranges bêtes ; courtes sur pattes, elles avaient la tête d'un cheval, mais une forte protubérance au front leur donnait l'air d'avoir foncé, tête baissée, dans un mur de pierre. Elles n'avaient pas de crinière et leur queue ressemblait davantage à celle d'un âne. Les quatre membres avaient trois doigts chacun, et étaient munis de griffes et non de sabots. Elles résistaient au froid du nord grâce à leur épaisse fourrure, qui était brun foncé sur le dos et blanche sur les pattes, le ventre et la tête, des yeux jusqu'aux naseaux. Alix se souvenait en avoir monté une, lors d'un voyage précédent dans ces contrés, mais il n'avait guère apprécié l'expérience.

Les chefs de chacun des clans s'étaient réunis au centre du rassemblement et attendaient vraisemblablement que celui qui leur avait demandé de venir se manifeste. Alix chercha des yeux le vieil homme qui était à l'origine de cette réunion et le découvrit bientôt. Il s'avançait lentement, son propre clan se scindant sur son passage pour lui ouvrir la voie. Il était beaucoup plus vieux que les mutants présents. Alix se demanda pour la première fois combien de temps ils pouvaient vivre. Est-ce que leur espérance de vie restait la même que celle des humains ou cet aspect était lui aussi modifié au moment de la transformation ?

Le jeune homme haussa les épaules. Ce n'était sûrement pas aujourd'hui qu'il obtiendrait une réponse à cette question. L'aîné, qui se nommait Afrion, selon ce que lui avait dit Mayence, était le dépositaire de l'histoire de ce peuple étrange et souvent traqué. Il avait la tête couverte de longs poils couleur paille, un nez qui rappelait celui du cochon et des membres couverts d'une espèce de gaine noire et lustrée, comme les carapaces des insectes. Il n'avait pas de mains, mais des pinces. Après avoir demandé le silence, il prit la parole dans le langage que les mutants utilisaient entre eux.

– Clans des Terres Intérieures, le moment est peut-être venu de prendre la place qui nous est due sur ce continent, c'est-à-dire la meilleure. Nous ne devrions pas avoir à fuir devant les humains, nous devrions les combattre pour avoir la chance de faire valoir nos droits. Nous n'avons pas toujours été des êtres repoussants et si dissemblables, nous avons tous en commun des ancêtres qui étaient des humains normaux, mais qui ont commis la bêtise de vouloir améliorer leur sort au détriment des lois qui régissaient notre monde. Aujourd'hui, plus que jamais au cours des dernières décennies, une occasion d'améliorer l'avenir de nos descendants s'offre à nous.

Des murmures de plus en plus audibles se répandirent dans les clans. Chacun attendait avec impatience qu'on leur explique quelle était cette si belle occasion. Afrion reprit la parole, après s'être tu quelques minutes. Il avait laissé les mancius faire les commentaires qui leur venaient spontanément à l'esprit, afin d'être certain qu'ils seraient à nouveau attentifs lorsqu'il en viendrait aux faits.

– Un seigneur est venu me voir, il y a deux semaines, pour me proposer un marché fort avantageux. Il nous demande de l'aider à défaire son plus grand rival, et ensuite de l'escorter tout au long de sa route vers l'intérieur du continent. Il cherche, comme tous les autres avant lui, le trône d'Ulphydius...

Les murmures devinrent plus perceptibles et l'assemblée commença à s'agiter dangereusement. Alix savait que le vieil homme devrait avoir un marché en or s'il ne voulait pas que les chefs de clans ne le destituent pour nommer quelqu'un d'autre à sa place. L'un des mancius du centre prit d'ailleurs la parole, après avoir échangé quelques mots avec ses congénères.

– Qu'y a-t-il dans cette proposition qui diffère de ce que l'on nous demande habituellement ? Je vous rappelle, Afrion, que c'est la même histoire qui se répète depuis plusieurs siècles. Les humains cherchent notre collaboration parce que nous connaissons mieux les Terres Intérieures qu'eux et que notre endurance et nos capacités guerrières dépassent de beaucoup les leurs, mais nous finissons toujours par être sacrifiés à la noble cause. Les humains, qui nous promettent chaque fois mer et monde, finissent par nous abandonner, nous laissant mourir de faim ou des blessures subies au combat, après nous avoir reproché de ne pas avoir réussi à détruire leurs ennemis et d'avoir échoué dans la recherche d'un trône que personne n'a jamais vu et qui n'existe peut-être même pas...

Des murmures approbateurs se répandaient dans la foule. Alix ne pouvait qu'admettre que telle était bien la réalité des siècles passés. Mais le Cyldias savait aussi qu'Afrion devait avoir un as dans sa manche pour désirer soumettre la proposition qu'il avait reçue, car il connaissait mieux que quiconque le passé de son peuple. De fait, il tendit les bras devant lui, incitant les mancius au calme.

– Le sire nous propose, contrairement à ses prédécesseurs, de signer collectivement un parchemin reconnaissant la propriété de nouvelles terres pour nos familles le long des sources d'eau salée, essentielles à notre longévité.

Alix ne manqua pas de noter cette précieuse information.

– Les humains n'auront d'autre choix que de partager ce qu'ils gardent jalousement pour eux. De plus, nous serons autorisés cette fois-ci à voyager avec notre clan entier et pas seulement avec les mâles en âge de se battre. Nous ne serons pas non plus obligés de traverser les chaînes de volcans qui nous sont si nocives ; il nous sera permis de les contourner, la seule restriction étant que le détour ne prenne pas plus d'une semaine chaque fois. Et enfin...

Alix remarqua que les murmures avaient cédé la place à des conversations à haute voix. Il ne savait pas, cependant, si le vent soufflait en faveur du vieil érudit. Afrion abattit finalement sa dernière carte.

– Certains pouvoirs nous seront donnés pour nous permettre de mieux nous défendre et de protéger nos proches.

Alix réprima un hoquet de stupeur. Jamais les Sages, du temps où ils supervisaient la Terre des Anciens, n'avaient accepté de transmettre la moindre parcelle de pouvoir à un mancius, quel qu'il soit, même si ces derniers en avaient souvent fait la demande en argumentant que cela leur était nécessaire pour assurer leur survie dans les terres sauvages du centre du continent. Mais les Sages objectaient chaque fois que ces êtres étaient à l'origine de leur propre malheur et qu'il était hors de question qu'ils donnent à des hors-la-loi des pouvoirs qui pourraient un jour se retourner contre le reste de la population. Par ailleurs, il fallait être extrêmement doué en magie pour être capable de transmettre des pouvoirs à un groupe de cette envergure, sans qu'il y ait de faux pas ou de débordements. Alix se demanda qui pouvait bien être capable d'un tel prodige, mais aussi pourquoi ce quelqu'un prendrait le risque que ce cadeau ne se retourne contre lui. Les mancius n'arrivaient que rarement à s'entendre entre eux, inutile, donc, de penser qu'ils puissent s'entendre avec le reste du monde...

Tout à ses réflexions, le jeune Cyldias ne perçut pas immédiatement le début d'une altercation qui se déroulait non loin de l'endroit où il se trouvait. Toujours invisible, il se déplaça légèrement vers la gauche afin de voir les protagonistes.

Deux chefs de clan se tenaient devant Afrion et n'avaient pas du tout l'air de croire que l'offre était aussi alléchante que ce dernier le croyait. Un mancius ailé parlait maintenant très fort, postillonnant allègrement.

– Et moi, je vous dis que nous allons encore nous faire avoir. Une fois que ce seigneur aura obtenu ce qu'il désire, il fera comme tous les autres et nous tournera le dos. Nous aurons une fois de plus perdu des hommes pour rien... Je refuse de prendre ce risque.

– Moi aussi, ajouta le deuxième, un mancius aux longues cornes grises et à la fourrure d'un jaune criard. Je n'enverrai pas les rares mâles bien portants qu'il me reste à l'abattoir. Vous semblez oublier, cher Afrion, que ce n'est pas la première fois qu'un seigneur nous promet des pouvoirs. Inutile de vous rappeler que nous sommes toujours aussi démunis qu'il y a cinq siècles...

L'aîné tenta de calmer les deux mancius qui menaçaient de s'échauffer. Alix remarqua que le ton montait également dans les rangs des autres chefs. Certains semblaient prêts à prendre le risque, d'autres refusaient catégoriquement et parlaient déjà de repartir. Afrion haussa soudain le ton, tentant de couvrir les voix de plus en plus fortes.

– Quoi que chacun puisse penser, il serait souhaitable que vous preniez le temps de réfléchir en compagnie des membres de vos clans respectifs. Malgré ses imperfections, c'est une occasion qui risque de ne pas se représenter avant de très nombreuses années, peut-être même jamais. Vous savez aussi bien que moi que les sorciers capables de transmettre des pouvoirs comme ceux que nous désirons sont devenus extrêmement rares.

L'aîné se tut, observant ceux qui se tenaient près de lui et attendant leurs réactions. Le mancius à cornes parla.

– Justement, peut-on enfin savoir quel sorcier s'offre si généreusement ?

Il y avait du sarcasme dans la question, mais Afrion fit comme s'il ne l'avait pas perçu. Il semblait soudain mal à l'aise.

– Je ne crois pas qu'il soit nécessaire de vous le dire avant que vous ayez pris une décision réfléchie. Je ne voudrais surtout pas que...

Mais le mancius ailé l'interrompit.

– Je pense au contraire que le fait de savoir qui veut se jouer ainsi de nous est nécessaire. Je crois pouvoir affirmer que nous connaissons tous les sorciers restants sur ce continent, alors dis-nous lequel d'entre eux se croit si malin...

Afrion semblait de plus en plus incertain. Alors qu'il avait fait un discours enflammé quelques minutes plus tôt, il hésitait maintenant à continuer. Un autre mancius s'approcha, réclamant lui aussi des explications. Ce dernier avait les yeux sur le dessus de la tête, de même que quatre bras.

– Je suis d'accord avec Nivela. Je ne crois pas qu'il soit opportun de lancer notre peuple, déjà mal en point, dans une nouvelle guerre de territoire sans être certains que la récompense promise sera effectivement donnée le moment venu.

Un quatrième chef se joignit aux autres, puis un cinquième, jusqu'à ce qu'ils réclament tous un nom. Avec un soupir, Afrion laissa échapper un prénom qui déclencha une vague de commentaires encore plus forte que les précédentes. Alix lui-même sursauta ; il s'était attendu à entendre le nom de Wandéline, même s'il ne voyait pas à quel seigneur elle aurait pu jurer allégeance, ou d'Uleric, bien qu'il doutât des capacités magiques de ce dernier, ou encore de Foch, un homme étrange qui ne fréquentait plus le monde restreint de ceux qui savaient et que l'on tenait pour disparu depuis plusieurs années, mais que lui, Alix, croyait encore bien en vie et en pleine possession de ses moyens. Ce ne furent pas ces noms qui franchirent les lèvres du vieux mancius, mais celui de Mélijna...

La nouvelle n'avait rien de réjouissant. Elle impliquait que cette vieille harpie avait trouvé le moyen d'accroître substantiellement ses pouvoirs depuis quelques mois. Alix comprit que la sorcière devait donc aussi avoir trouvé le moyen d'ouvrir certains passages et posséder de nouvelles informations sur l'emplacement des trônes de Darius et d'Ulphydius. Lui et ses hommes devraient se montrer plus vigilants et tenter de mettre, eux aussi, la main sur ces informations afin de contrecarrer les plans de son frère.

À la pensée de ce dernier, son cœur se serra. Il lui faudrait bientôt rentrer. Il devait faire sortir la Fille de Lune de sa prison avant que son triste frangin ne réussisse à l'épouser de force. Pour ce qui est de la conception de l'héritier tant désiré, il se doutait qu'il devait déjà être trop tard. Un instant, il se redemanda pourquoi Alejandre l'avait laissé partir si vite, contrairement à son habitude, mais il renonça à comprendre.

Avec un soupir, il reporta son attention sur les mancius qui se disputaient maintenant avec ardeur. Certains brandissaient déjà les armes et menaçaient de réduire en miettes ceux qui oseraient accepter l'offre de l'odieux sire de Canac. D'autres grognaient, faisant clairement savoir qu'ils ne se laisseraient pas dicter leur conduite. Des femmes et des enfants se mêlaient à la discussion, craignant vraisemblablement pour la vie de leur conjoint et de leur père. Alix ne comprit bientôt plus rien à cette cacophonie, si ce n'est que certains engagèrent effectivement des combats, faisant ainsi honneur à leur réputation. Le jeune homme observa la scène pendant quelques minutes encore, avant de conclure qu'il ne tirerait rien de plus que ce qu'il savait déjà. Il n'avait nulle envie d'entendre encore une fois l'histoire des trahisons répétées de Mélijna envers les mancius, mais il admira malgré lui la ténacité de cette femme à revenir à la charge malgré ses erreurs passées.

Alors qu'il s'apprêtait à quitter la plaine, il aperçut Mayence, légèrement en retrait. Il pouvait donc partir sans crainte, le jeune mutant lui répéterait fidèlement ce qui se passerait dans les prochaines heures. Sans bruit et sans que personne ait jamais soupçonné sa présence, Alix regagna la péninsule où se situait son domaine...

* *
*

Son arrivée chez lui ne passa pas aussi inaperçue qu'il l'aurait souhaité. Comme si elle avait le don de double vue, Marianne apparut dans l'écurie quelques minutes à peine après qu'il eut dessellé son cheval. Il remercia intérieurement Zevin qui s'était occupé de l'animal durant sa courte absence et qui l'avait laissé paître à l'extrémité nord du domaine, en attendant que son maître revienne ; il avait ainsi pu rentrer sans utiliser la magie.

– Je peux savoir où tu es encore allé traîner ?

La colère déformait les traits de la jeune femme, mais Alix fit celui qui ne s'en rendait pas compte. Il n'avait pas de temps à perdre avec une nouvelle crise de jalousie. Il avait de nombreux ordres de missions à donner, il lui fallait voir Uleric dans les plus brefs délais et il devait organiser la fuite de la Fille de Lune, autant pour son bien-être à elle que pour le sien. Son corps tout entier le faisait souffrir, des blessures qu'il pensait guéries se rouvrant à tout moment.

Il était presque certain qu'Alejandre voudrait que la cérémonie se déroule à la prochaine pleine lune, ce qui lui laissait un peu plus de deux semaines pour trouver une solution et rassembler ses meilleurs hommes. Il devait également voir Madox le plus rapidement possible. Il ne savait pas encore si le jeune homme connaissait l'identité de la nouvelle Fille de Lune, mais il ne doutait pas un instant qu'il mettrait tout en œuvre pour lui sauver la vie quand il apprendrait qui elle était. Le Cyldias fut tiré de ses réflexions par la voie criarde de son épouse.

– Je t'ai posé une question, Alexis ! J'exige que tu me répondes, sinon je te jure que je parlerai de ton attitude à mon père et...

À la mention de son beau-père, Alix perdit patience. Il devait faire de grands efforts chaque fois qu'il passait quelques jours à la maison pour ne pas céder à l'envie de tordre le cou de cette petite prétentieuse qu'il avait dû épouser. Il était temps qu'elle comprenne.

– Je veux que tu cesses immédiatement de me menacer d'aller te plaindre à ton père chaque fois que tu n'es pas satisfaite de la façon dont je gère ma vie et ce domaine. Je te signale, pour la millième fois au moins, que je ne suis pas un pantin de ton exécrable père ni l'un de tes anciens serviteurs, alors ne t'imagine pas que je sois obligé de te rendre des comptes, ni de me plier à tes moindres désirs. C'est à toi à t'accommoder de cette vie et non à moi à modifier mes habitudes...

Marianne l'interrompit, maintenant en larmes, et lui cria d'une voix d'enfant gâtée, avant de s'enfuir en courant vers la maison :

– Et moi qui croyais que tu m'aimais...

Alix resta une fraction de seconde bouche bée devant l'affirmation d'une pareille stupidité, avant de se replonger dans des réflexions beaucoup plus constructives concernant l'avenir de la Terre des Anciens.

* *
*

Alix était revenu en milieu de journée et avait profité de l'après-midi pour régler quelques affaires concernant le domaine. Le soleil se couchait à présent à l'horizon et il espérait que Mayence lui ferait dès ce soir un compte rendu de la fin de la réunion des mancius. Il n'eut cependant pas le loisir de penser bien longtemps au jeune mutant, car des éclats de voix lui parvinrent bientôt. Des hommes revenaient des champs et il semblait qu'il y avait des nouvelles fraîches. Alix tendit l'oreille, mais ne fit pas voir qu'il était là. Il se fia à son instinct qui lui disait qu'écouter serait plus enrichissant. Certains des hommes qui travaillaient pour lui pendant la semaine se rendaient dans les villages des environs pendant leurs congés et rapportaient, bien souvent à leur insu, des renseignements extrêmement utiles.

– Mais puisque je te dis que c'est exactement ce qui se passe en ce moment. Le sire de Canac tente de recruter des jeunes gens pour une certaine expédition. C'est Charlan qui me l'a dit, quand je l'ai croisé hier sur le chemin de Nasaq. Il dit qu'il y a des affiches dans toutes les tavernes de cette ville. Pas étonnant ! C'est le meilleur endroit pour ce genre de recherche : tous les bandits et les criminels de la péninsule finissent par s'y rendre au moins une fois par mois.

– Comment se fait-il qu'ils se risquent à recruter ainsi, lui et sa sorcière, sans se cacher ? Ils savent pourtant que ce genre d'annonce fait toujours renaître les radotages des vieillards, qui nous menacent alors de je ne sais combien de châtiments suprêmes et d'anciennes malédictions basées sur des légendes anciennes et des bribes de vérité.

– Oh, ils ne se vantent pas de leur projet sur les places publiques, seulement dans les endroits où ils savent qu'ils rencontreront une oreille attentive, mais surtout où personne n'aura jamais l'idée de les dénoncer à la Quintius. Tu sais comme moi qu'un travail aussi rentable ne court plus les rues depuis des lustres et que c'est une occasion en or pour certains. Personne ne risquerait de perdre une aussi belle chance, surtout que, depuis un certain temps, la Quintius a la mauvaise habitude d'oublier de verser les récompenses promises aux délateurs...

– Ouais, j'en ai entendu parler. Il semble que l'organisation soit dans une période difficile. Leurs grands prêtres rencontrent plus de résistance qu'ils ne le croyaient de la part des jeunes générations. Ces dernières tardent à se rallier, même sous la menace. Les jeunes pensent que le danger ne réside pas plus dans les Terres Intérieures que sur celles du littoral, contrairement à ce que véhicule la Quintius. Par ailleurs, il y a ces histoires de trônes et de magie qui ne cessent de refaire surface ces dernières années. Chaque semaine amène son lot de nouvelles informations sur le passé, et je dois avouer que certaines ont un étrange accent de vérité.

– Tu crois tout ce qu'on raconte sur les autres mondes, sur les Sages et les Filles de Lune ? demanda l'autre d'une voix où perçait l'incrédulité.

– Pour être honnête, je ne suis plus sûr de rien. Trop d'informations sont manquantes, mais je ne peux m'empêcher de croire, comme je viens de te le dire, qu'il y a une part de vérité dans tout ça.

Les deux interlocuteurs s'éloignèrent progressivement, jusqu'à ce que leur conversation ne soit plus qu'un murmure. Alix jura à voix basse. Une publicité comme celle que faisaient son frère et sa sorcière était la dernière chose dont il avait besoin en ce moment. Il savait que la meilleure façon de parvenir un jour à redonner vie à la Terre des Anciens était d'agir dans la clandestinité la plus totale. Moins les gens savaient, mieux c'était. Surtout en ce qui concernait le genre de racaille qui fréquentait Nasaq. S'il était vrai que c'était le meilleur endroit pour recruter des hommes qui n'avaient peur de rien, c'était aussi le lieu rêvé pour se faire poignarder dans le dos. Il n'y avait pas de loyauté dans cette ville de l'est, seul le tintement de l'or avait force de loi. Il n'y avait pas de place non plus pour la pitié ou l'apitoiement. Alix avait vu des hommes prêts à accomplir la pire des besognes, pourvu qu'ils soient grassement payés. On ne vivait d'ailleurs pas très vieux si l'on choisissait de s'attarder trop longtemps dans les environs sans raison valable.

Le fait que les garçons de ferme commençaient à se poser des questions sur les Filles de Lune, les Sages et les autres mondes voulait dire que les rumeurs se propageaient de plus en plus vite et que, bientôt, des questions embarrassantes referaient surface. Alix avait passé les dix dernières années de sa vie à inventer des défaites et des excuses pour ses absences prolongées, de même que pour certains événements étranges qui se passaient en sa présence ; il n'avait nulle envie de voir la situation empirer. Mais il n'eut guère le temps de s'apitoyer sur son sort, car une voix qu'il connaissait bien le tira de sa réflexion.

– Alors, cette visite au pays des monstres ?

Dans la bouche de Zevin, l'appellation péjorative n'avait rien de choquant. Alix savait que le jeune guérisseur avait de très bons amis parmi les mancius, et ces derniers ne se seraient pas offusqués outre mesure d'entendre la vérité aussi crûment. Le Cyldias se retourna en souriant.

– Pas terrible, mais tout de même instructive. J'attends un rapport de Mayence incessamment...

Alix raconta rapidement les faits saillants de la rencontre des clans avant de demander :

– Et toi, des nouvelles de la Fille de Lune ?

Zevin haussa un sourcil interrogateur, mais s'abstint de commenter le fait qu'Alix essayait de parler de Naïla comme si elle n'était qu'une vague connaissance.

– Oui, mais elles sont inchangées ; elle n'a toujours pas quitté sa cellule. Tu sais aussi bien que moi qu'il ne se pressera pas de lui donner une véritable chambre, afin de briser le plus possible sa résistance.

Alix soupira, détournant les yeux. Parler de la jeune femme l'indisposait. Il savait le calvaire qu'elle devait endurer, mais il était incapable d'y remédier dans l'immédiat.

– Pourquoi faut-il qu'elles arrivent toujours aussi démunies ? Si elle était née ici, elle serait déjà capable de se défendre et nous ne serions pas obligés de voler sans cesse à son secours, dit-il d'une voix exaspérée en se passant une main dans les cheveux.

Ce geste machinal lui arracha cependant une grimace de douleur. Ses paumes ne s'arrangeaient décidément pas.

– Nous pourrions nous concentrer sur des choses plus importantes...

Zevin garda le silence. Il s'inquiétait plus qu'il ne voulait l'avouer des problèmes de guérison de son ami. Si seulement Naïla pouvait s'échapper de ce château, il saurait enfin si elle était la véritable cause de cette incapacité.

– Qu'est-ce que tu feras lorsque tu auras enfin réussi à la sortir du château ? Tu veux toujours la conduire à Uleric ou tu accepteras la responsabilité de la protéger ?

Alix soupira. Plus que jamais, avec la découverte de ce que son frère avait proposé aux mancius, il voulait retourner à sa vie d'avant, celle qui ne faisait pas de lui un Cyldias désigné, gardien d'une Fille de Lune encombrante et incompétente. Il n'avait pas renoncé à son désir de se voir débarrassé de cette tâche, même s'il doutait de plus en plus que ce soit possible. Il répugnait cependant à confier la jeune femme aux bons soins d'un mage comme Uleric, mais il ne voyait pas qui d'autre pourrait s'en charger. Un instant, le nom de Foch traversa son esprit, comme cet après-midi, mais il le balaya d'un geste ; il ne savait même pas où ce dernier s'était réfugié et il doutait qu'il accepte pareille responsabilité. Wandéline, quant à elle, ne pouvait pas supporter sa présence, à cause de cette stupide histoire de grimoire volé qui remontait au début de sa vie d'adulte. Inutile de croire qu'il pourrait lui demander son aide.

– Je ne pense pas avoir réellement le choix. Si je ne lui amène pas, il me fera rechercher et je ne suis pas sûr d'être capable de passer inaperçu avec elle. Seul, ce n'est pas un problème, mais là...

Après un bref regard vers le ciel devenu noir, il annonça simplement :

– Je pense qu'il vaudrait mieux commencer par trouver le moyen de la sortir du château. Pour le reste, on verra ensuite...

- 26 -

Un long calvaire

Ces cinq soirées de cauchemar n'avaient été que le prélude d'une série qui n'en finissait plus. Chaque soir, pendant plus de trois semaines, je subis les assauts sexuels de cet homme dur et orgueilleux dont la suffisance n'avait d'égale que la cruauté. Je n'existais plus en tant qu'être humain, mais plutôt en tant qu'objet et je sentais la vie, *ma* vie, me fuir lentement. J'avais tenu parole et adopté une totale soumission, m'imaginant simplement que ce corps n'était pas le mien, barricadant tout sentiment au plus profond de mon âme. Il me fallait absolument préserver cette dernière de peur de me perdre et d'être incapable de survivre. Plus d'une fois, je faillis demander à Alejandre s'il avait, lui aussi, respecté sa part de l'entente, mais je me retins de peur d'apprendre que ce n'était pas le cas.

J'espérais qu'il se lasserait bientôt, son but devant être malheureusement atteint. Et pourtant, j'aurais donné beaucoup pour qu'il en soit autrement. Paradoxalement, je ne pouvais m'empêcher d'espérer que la nature me ferait « cadeau » de cette grossesse pour que cesse cette torture. Je n'osais imaginer revivre cet enfer le mois prochain. Je n'avais aucune idée des connaissances de cet imbécile en matière de procréation, mais je doutais de pouvoir subir encore longtemps cette barbarie dans ma cellule sale et sans eau courante.

Depuis près de deux semaines déjà, ma propre odeur me dégoûtait. La désagréable pensée que j'étais peut-être devenue un simple divertissement m'effleurait parfois l'esprit, à mon grand désespoir...

Le vingt-sixième jour, au lever du soleil, je capitulai intérieurement et pour me délivrer me promis de lui adresser la parole, ce que je n'avais pas fait depuis plus d'une semaine. La tête me tournait et ma vue se brouillait à force de penser. L'idée d'enfanter pour ce barbare me donnait la nausée. Les souvenirs de ma première grossesse me revenaient depuis quelque temps en rafale, ajoutant à ma douleur physique une douleur psychologique qui frôlait la torture. Lorsque le sire entra ce soir-là, je me lançai immédiatement d'une voix que je voulais neutre. Je dus faire des efforts considérables pour ne pas céder à une irrépressible envie de l'étrangler à mains nues.

– Votre but est fort probablement atteint. Il n'est donc plus utile que vous gaspilliez votre *précieux* temps dans mes bras toujours aussi inhospitaliers.

Ma voix éraillée sonnait étrangement juste et l'amertume de mes propos sembla le réjouir. Je le haïssais de tout mon être et je savais que je n'aurais pas trop d'une vie pour panser mes blessures et lui faire regretter ce martyre.

– Ah bon ! Et qu'est-ce qui vous fait croire aussi sûrement que ma présence à vos côtés n'est plus requise ? me demanda-t-il, narquois. Je ne crois pas que vous possédiez le don de voyance de ma chère Mélijna. D'ailleurs, à force de vous fréquenter, je me demande si nous ne nous sommes pas trompés sur votre compte. Vous ne semblez pas posséder le moindre don, dans quelque domaine que ce soit. J'ose espérer que l'héritier que vous êtes supposée porter sera d'une plus grande valeur que sa pauvresse de mère. Force m'est malheureusement de constater que les rares lignées qui ne se sont pas éteintes ne produisent plus que des sujets de bien piètre qualité... À la lumière de cela, je me demande bien pourquoi je devrais prendre en considération vos affirmations... Je vais d'abord consulter Mélijna.

L'envie de le trucider se fit plus forte et je dus une fois de plus me faire violence. Même si personne n'avait daigné m'expliquer pourquoi je devais lui faire la faveur d'un descendant, j'étais certaine qu'il avait besoin de moi, jusqu'à il y a quelques instants à peine. La mention de la possible présence en ces lieux, ou du moins dans ce monde, d'autres Filles de Lune vivantes impliquait que je n'étais pas son seul espoir. Il valait peut-être mieux, dans ce cas, ne pas trop le provoquer. Et comme je n'avais nulle envie de revoir son étrange compagne, je pris donc un ton de totale soumission pour poursuivre ce que j'avais entrepris de lui dire plus tôt.

– J'ai été réglée comme une horloge toute ma vie, pouvant prédire le début de mes saignements avec une précision à toute épreuve. N'étant pas souffrante, je peux donc imputer ce retard d'une semaine à une seule cause, le début d'une vie dont vous êtes le géniteur. Vous pourrez donc me ficher une paix royale à partir de ce jour si vous voulez que vos précieux projets s'enchaînent comme prévu. J'ose vous rappeler que la création demande plus que quelques semaines de sacrifices et que toute perturbation ou contrainte peut entraîner la perte de cet enfant tant désiré de votre part.

J'appuyai volontairement sur le « désiré », faute de pouvoir lui cracher ma colère et mon dépit au visage. Je perçus la lueur de satisfaction dans ses yeux.

– Je vois, dit-il. Vous avez probablement raison sur certains points, aussi j'accepte de vous concéder une période de repos, même si vous ne l'avez guère méritée...

L'ironie du ton me donna le vertige. Après tout ce qu'il m'avait fait subir...

– Sachez cependant que votre compagnie quotidienne va me manquer plus que vous ne le croyez.

Son sourire devint plus mauvais, si tant est que la chose soit possible. Il termina avec la phrase la plus stupide que j'aie jamais entendue de sa part.

– Puisse le temps vous ramener à de meilleurs sentiments à mon égard...

À cet énoncé, je faillis perdre le contrôle de mes nerfs. Comment pouvait-il croire un instant que je puisse un jour éprouver pour lui autre chose que du dégoût et de la répulsion ?

Je lui tournai le dos, ayant fourni mon effort de coopération, et espérai qu'il se retirerait sans plus de cérémonie avant que je ne commette un impair. Apparemment, le message n'était pas passé puisque je percevais toujours sa présence.

– Au fait, vous serez certainement heureuse d'apprendre que votre collaboration résignée des dernières semaines a valu la liberté à mon très cher frère, il y a une dizaine de jours. J'ai cru bon de lui signaler que vous ne pourriez malheureusement plus partager de tendres moments en sa compagnie puisque vous partagiez désormais la mienne. Je n'ai pas jugé nécessaire de préciser que ce n'était pas de gaieté de cœur puisqu'il m'a semblé plutôt indifférent à la nouvelle. Je présume qu'il est rentré auprès de sa très chère épouse ou qu'il a déjà trouvé une autre maîtresse, plus intéressante...

Le coup porta, même si je ne comprenais pas exactement pourquoi. Ma relation avec Alexis était ambiguë. Je me souvenais très bien d'avoir accepté le marché d'Alejandre en échange de sa liberté, mais je croyais l'avoir fait parce que c'était un Cyldias, non pas parce que j'éprouvais un quelconque sentiment pour lui. Nous nous étions embrassés, c'est vrai, mais ce n'était qu'une attirance physique, rien de plus. Alejandre se méprit sur mon silence et ajouta, d'un ton doucereux qui me donna envie de vomir :

– Je vois que vous aviez fondé des espoirs sur sa personne. Vous m'en voyez désolé. Vous devrez vous contenter de la copie, mais c'est mieux que rien, non ?

Sur ce, il tourna les talons dans un éclat de rire sarcastique. Sitôt la porte refermée, je m'effondrai en larmes, les mains sur mon ventre. La cruauté de la vie me stupéfiait chaque jour davantage.

Je demeurai enfermée encore deux semaines, au cours desquelles on améliora quelque peu mes repas, avant de pouvoir enfin sortir de ce trou à rats où les souvenirs m'empoisonnaient l'existence.

Un soir, on m'informa que le maître de céans permettait mon transfert en un endroit plus approprié à ma condition. Je compris que le dernier délai avait probablement servi de zone tampon, afin de vérifier la véracité de mes dires. Doutait-il des prédictions de Mélijna ou voulait-il simplement jouer avec mes nerfs ?

Épuisée par les dernières semaines, je suivis mon geôlier, le souffle court, dans une série d'escaliers et de corridors jusqu'à une vaste pièce éclairée par deux immenses fenêtres. Luxe suprême, un âtre occupait tout un mur. Un vrai lit et une commode, de même qu'une table et quatre chaises, complétaient l'inventaire. Je compris à la vue du mobilier que je ne me promènerais pas librement dans le château ; je prendrais mes repas seule, ou en désagréable compagnie autant que je puisse en juger, l'une des chaises étant déjà occupée par le sinistre sire de Canac.

Il se leva à mon entrée et s'inclina bien bas, avec une vigueur exagérée. Je détournai les yeux et me dirigeai vers les fenêtres, reportant mon attention sur le paysage. Par un rapide coup d'œil au sol, je constatai qu'il serait impossible de lui fausser compagnie sans me rompre le cou. Apparemment, il avait suivi le cours de mes pensées.

– J'ai jugé bon de vous loger en hauteur pour vous permettre de jouir du paysage et vous éviter la tentation de me quitter sur un coup de tête. Il serait dommage de briser un si joli corps sur les rochers en contrebas.

Le ton de sa voix me glaça encore plus que la froideur de mon environnement. Je me tournai vers l'âtre, espérant que le message passerait. Étonnamment, ce fut le cas et, en quelques minutes, une servante, que je n'avais pas remarquée, alluma une flambée réconfortante. Au moins je ne gèlerais plus ! Je m'absorbai dans la contemplation des flammes, continuant de l'ignorer.

– Un changement d'attitude à mon égard serait apprécié puisque vous êtes condamnée à vivre à mes côtés pour une fort longue période. Vous en tireriez même quelques avantages, très chère. Je gagne à être connu, je puis vous l'affirmer sans vanité aucune...

Je restai de marbre. Mon silence ne sembla pas l'émouvoir outre mesure. Je me dis qu'il devait avoir l'habitude des conversations à sens unique depuis le temps qu'il me fréquentait. Il poursuivit, m'annonçant sur le ton de la conversation :

– Au fait, nous nous marierons dans un peu plus de deux semaines, à la prochaine pleine lune. Je tiens à ce que personne ne puisse contester la légitimité de l'enfant à naître. Je sais que, pour celles de votre lignée, ces nuits sont remplies de magies et de promesses. Puisse la lune vous montrer la voie à suivre...

Avant de quitter la pièce, il m'informa qu'il dînerait en ma compagnie le soir même.

J'étais encore muette de stupéfaction lorsque entra la jeune fille qui avait allumé le foyer. Elle ne devait pas avoir plus de seize ou dix-sept ans. Ses longs cheveux bruns, ses yeux noisette et ses taches de rousseur lui donnaient peut-être l'air plus jeune qu'elle ne l'était en réalité. Elle ne semblait pas savoir quoi faire et je choisis de lui faciliter la tâche en prenant les devants.

– Bonjour, je...

Elle quitta la pièce à la vitesse de l'éclair et je restai bouche bée. Ma solitude fut cependant de courte durée puisqu'elle revint bientôt, toujours aussi timide, mais l'air plus décidé. Elle s'inclina en s'excusant de son manque de politesse.

– Je me nomme Meagan et je suis affectée à votre service, milady... Je vous tiendrai désormais compagnie et vous suivrai dans tous vos déplacements. Je...

Je l'interrompis d'un geste de la main et lui assurai que ce serait pour le mieux, quoi qu'elle fasse.

– Y a-t-il quelque chose que vous aimeriez avant que messire Alejandre ne vienne vous rejoindre pour le dîner ?

Il y avait bien des dizaines de choses que je souhaitais, mais je savais que je devais aller au plus pressé pour le moment. Meagan attendait patiemment.

– Oui, un bain. Si tant est que la chose soit possible...

La jeune fille opina du chef et s'en fut. Je poussai malgré moi un soupir de soulagement. Compte tenu de ce que j'avais pu constater depuis mon arrivée dans ce château, je commençais à douter que quelqu'un sache ce que le terme pouvait signifier.

Enfin seule, je me tournai vers une des fenêtres et regardai au loin. Au souvenir de la carte que j'avais vue au manoir d'Alexis, je me demandai si le lac bordant le château ne se trouvait pas en lieu et place de l'île d'Orléans ? La pensée de ce monde inversé me donnait toujours le vertige. Je ne comprenais pas comment tout cela pouvait exister sans que personne ne le sache. J'avais eu beau tourner et retourner la question dans ma tête, au cours de ma longue solitude, je n'arrivais pas à trouver une explication rationnelle.

Meagan me ramena à la réalité lorsqu'elle revint, quelques minutes plus tard, accompagnée de deux jeunes hommes. Elle me demanda de la suivre et je compris que ces deux-là serviraient de geôliers. Nous suivîmes quelques corridors et descendîmes trois escaliers avant de pénétrer enfin dans une grande pièce qui servait de cuisine. Plusieurs personnes s'affairaient autour de grandes tables de bois et d'un âtre que je trouvai immense. Nous traversâmes la salle pour nous rendre dans une pièce de taille beaucoup plus modeste. On avait installé en son centre une grande bassine de bois, déjà à demi remplie d'eau. Un rideau fermait l'ouverture par laquelle nous étions entrées, préservant un minimum d'intimité. Mes deux gorilles avaient eu le bon goût de rester de l'autre côté, me laissant seule avec Meagan. Nous fûmes bientôt rejointes par une femme d'âge mûr, au large tour de taille et au sourire sympathique. Elle me rappela douloureusement tante Hilda, et je me sentis tout de suite en confiance ; un visage ami de plus ne serait pas de trop dans cet environnement hostile.

Elle tenait dans chaque main un seau d'eau fumante, qu'elle vida prestement dans le baquet. Meagan et deux autres filles de cuisine lui donnèrent un coup de main, si bien que le tout ne prit que quelques minutes.

Après qu'elles se furent retirées, à l'exception de ma demoiselle de compagnie, j'enlevai le peu qui restait de mes vêtements et me glissai dans l'eau chaude avec bonheur. La chaleur qui m'enveloppa me réchauffa autant le corps que l'esprit et je me sentis instantanément mieux. Je souhaitais profiter de chaque seconde de ce privilège, ne sachant pas s'il me serait de nouveau accordé...

J'entrepris de faire disparaître la saleté accumulée avec énergie et ne cessai de frotter que lorsque j'eus réellement l'impression que la crasse, autant physique que psychologique, avait disparu, même si je savais qu'il me faudrait des mois, voire plus, avant de me sentir à nouveau propre. Ma peau prit une couleur rose vif qui témoignait de la vigueur du brossage. Je remarquai que le pain de savon que l'on m'avait donné était fait à partir d'huile et non de suif, et je fus surprise. Les signes de richesse côtoyaient la pauvreté avec une familiarité dérangeante autour de moi.

Tout le temps que dura ma toilette, Meagan se tint prête à intervenir et je commençais à trouver sa présence rassurante, même si je ne l'avais pas souhaitée. Je lui demandai deux sceaux d'eau tiède pour me rincer et elle s'empressa de me satisfaire, l'imposante matrone sur ses talons. Je me mis debout dans la bassine sans pudeur et elles déversèrent leurs récipients avant de me donner une serviette immense pour me sécher. Le sosie de tante Hilda disparut derrière le rideau pour revenir les bras chargés de vêtements.

Il y avait une chemise blanche, un corsage crème, des jupons de même teinte et une jupe bourgogne, qui me sembla d'excellente qualité. Pas de bas, mais des espèces de sabots.

Il me semblait, en regard de ma nouvelle tenue, que l'on me parait pour mieux m'offrir en pâture au loup. Cela n'avait rien de rassurant.

De retour dans ma chambre, Meagan entreprit vaillamment de mettre de l'ordre dans mes cheveux. De très longues minutes furent nécessaires pour parvenir à un résultat digne de ce nom. À la fin de l'exercice, il me semblait qu'il ne me restait plus que les trois quarts de ma tignasse d'origine, les nœuds inextricables ayant eu raison du reste. Meagan rassembla le tout en une tresse française qui, je présumais, me donnait un air tout à fait respectable.

Je cherchai des yeux un miroir pour voir la transformation, mais en vain. Je poussai un soupir et me tournai vers ma nouvelle compagne. Peut-être avais-je besoin de réconfort ou d'une certaine forme de compréhension ; je l'ignore. La situation me dépassait et je me refusais toujours à l'admettre. Il s'avérait difficile de vivre avec cette triste réalité, que je m'étais moi-même envoyée en enfer, sans l'aide de personne.

Mes yeux se remplirent de larmes. Je tentai de les refouler, mais n'y réussis pas. Je me sentais au bord de la crise de nerfs. Des bras réconfortants m'entourèrent alors doucement et me poussèrent vers le lit. Je m'assis et la jeune fille me berça en murmurant des paroles apaisantes. Je me laissai emporter par ce son mélodieux venu d'ailleurs et je sombrai lentement dans une torpeur bienfaisante. Mon sommeil fut sans rêve pour la première fois depuis longtemps.

Je me réveillai alors que le soleil descendait lentement sur l'horizon. Il me fallut un certain temps avant de me souvenir de l'endroit où je me trouvais. Je poussai un soupir de soulagement. Ce n'était pas la liberté, mais c'était tout de même beaucoup mieux que ce que j'avais connu dernièrement.

Je me sentais réellement reposée pour la première fois depuis des semaines. Le bain d'eau tiède, les vêtements propres et le matelas de plumes y avaient fortement contribué.

Un léger bruit près de la cheminée attira mon attention. Meagan s'affairait à remettre du bois dans l'âtre. Je frissonnai et me dirigeai vers le pot de chambre, avant de rejoindre Meagan près du feu. Je remarquai alors une large marque rouge vif sur sa joue et ne pus cacher ma surprise. Elle y porta la main et me regarda timidement avant d'expliquer, en haussant les épaules.

– Je n'ai pas osé vous réveiller, vous aviez l'air si bien. Mais le maître n'était pas très heureux de constater que vous ne l'attendiez pas pour souper. Comme je suis chargée de veiller sur vous, ainsi que de vous rappeler les consignes reçues, j'ai désobéi à ses ordres. Cette gifle fut ma punition.

Elle me racontait cela avec tant de désinvolture que je compris que ce n'était pas la première fois que pareille chose lui arrivait. Je ne savais que dire puisque c'était sa réticence à mettre fin à mon sommeil qui avait entraîné cette stupide correction. Je fixais les flammes, incapable de trouver les mots qui me permettraient de traduire ce que je pensais de cet homme et de son comportement, typique d'une époque qui, pour moi, n'existait plus que dans les livres d'histoire.

Le bruit caractéristique du verrou nous fit sursauter toutes les deux et nous fûmes debout avant que la porte ne s'ouvre sur le seigneur des lieux. Sa mauvaise humeur ne tarda pas à se reporter sur Meagan.

– Pourquoi ne m'as-tu pas fait prévenir qu'elle était réveillée ? Je croyais pourtant avoir été clair tout à l'heure.

Le ton de sa voix me glaça, et je dus faire un effort pour ne pas me précipiter sur lui et lui faire ravaler ses paroles. Je ne pus détourner les yeux lorsqu'il gifla à nouveau la jeune femme avec une force bien inutile ; j'étais comme pétrifiée. Sous la violence du coup, Meagan perdit l'équilibre et dut se retenir au manteau de la cheminée pour ne pas tomber. Le sire de Canac se tourna ensuite vers moi, indifférent à la lèvre fendue de la jeune femme qui enflait à vue d'œil et au filet de sang coulant sur son menton.

– Quant à vous, j'espère que vous avez saisi l'importance de ne pas me contrarier. Comme je ne peux m'en prendre à vous, sans risquer de perdre ce que j'ai si amoureusement semé – il coula un regard étrange vers mon ventre encore plat –, vous comprendrez aisément que je devrai passer la colère résultant de votre manque de courtoisie et de bienveillance à mon égard sur quelqu'un d'autre.

Il jeta un œil torve vers ma demoiselle de compagnie, dont le sang gouttait sur son corsage. Le message était on ne peut plus clair. La fureur et l'impuissance faisaient rage en moi, mais je ne pouvais y donner libre cours et je regardai Meagan avec tristesse.

– Compte tenu du fait que l'état de santé de la demoiselle semble vous tenir à cœur, je peux donc croire que vous ne me décevrez plus.

Il nous regarda à tour de rôle avant de prendre place à la table, comme si de rien n'était. Je retins une remarque acerbe, mais ne fis pas un geste pour le rejoindre. Après tout, il ne m'en avait pas donné l'ordre. Il leva vers moi ses yeux d'un vert sombre, qui le différenciaient totalement de son frère, et m'interrogea.

– Comptez-vous jouer à la potiche encore longtemps ou me ferez-vous la grâce de vous asseoir ? Je croyais pourtant avoir été clair... Aurais-je besoin de me répéter ?

Je m'avançai en silence, décidée à lui opposer un calme à toute épreuve. Calme apparent, bien sûr...

– Meagan ! Préviens Gaudéline que nous sommes enfin prêts pour le repas. Et ne traîne pas en chemin.

Le repas se déroula sous une chape de plomb, sans que nous échangions un seul mot. Quand bien même j'aurais voulu parler, ce dont je n'avais nulle envie, je ne vois pas ce que j'aurais pu trouver à dire. Un monde, c'est le cas de le dire, nous séparait. Je fus toutefois surprise qu'il respecte cette trêve. Il me quitta à la fin du repas, sans rien ajouter. Je me demandai soudain quel serait le prix à payer pour cette paix précaire...

- 27 -

Révélations

Malgré le fait que j'avais bien dormi dans l'après-midi, je m'endormis sitôt ma tête sur l'oreiller. Au matin, les rayons de soleil qui inondaient ma chambre me donnèrent l'impression que quelqu'un avait tiré les rideaux. Je n'avais aucune idée de l'heure qu'il était. Pour la première fois, je me demandai également quel jour nous étions, comme si le fait de le savoir changerait quelque chose à ma situation. Je soupirai. Que de temps perdu depuis mon arrivée...

Je me dirigeai, en chemise, vers le paravent. Ce n'est que lorsque je revins vers mon lit que je remarquai que je n'étais pas seule. Outre la présence déjà familière de Meagan, je devrais en supporter une autre, ô combien moins agréable.

– Que me vaut l'honneur de votre visite, si tôt en journée ?

Malgré les événements, je ne pouvais m'empêcher d'être mordante. Je sentais que je devrais faire des efforts considérables pour ne pas perdre mon sang-froid. Je repris, sur un ton qui risquait de déraper dans les aigus :

– Le fait de m'imposer cette captivité et un espace de vie restreint ne vous donne pas le droit d'apparaître à n'importe quel moment. J'aimerais, si tant est que la chose soit possible, bénéficier de périodes où je n'aurais pas à souffrir votre envahissante présence. Et, dans le cas contraire, puis-je à tout le moins vous demander de me faire prévenir auparavant ? C'est la moindre des choses...

Comme il ne répondait pas, me fixant simplement avec indifférence, je poursuivis.

– Je vous rappelle que je porte votre enfant. Je ne suis donc pas une captive comme les autres, ni une traînée que vous payez pour ses services...

Je laissai ma phrase en suspens. Je ne pouvais me résigner à accepter qu'il se présente à toute heure, sans prévenir. Je doutais cependant que cet homme de Cro-Magnon s'intéresse à ces considérations. De fait, il me regardait maintenant avec arrogance et semblait se ficher éperdument de ce que je disais. Je lui tournai le dos et m'habillai, avant de m'asseoir pour déjeuner.

– Je vous rappelle que vous êtes sous mon toit et sous ma garde. Par ailleurs, je n'ai qu'une vague idée de l'endroit d'où vous venez, mais sachez qu'ici les femmes n'ont que très rarement le privilège d'émettre une opinion, aussi pertinente puissent-elles la croire.

Il avait délibérément appuyé sur le mot « privilège ». Mon mépris pour lui ne cessait de grandir.

– J'ai donc le regret de vous annoncer que vous devrez apprendre à vous conformer, comme toutes celles qui vous ont précédée.

Je préférais ne pas savoir si « toutes celles » s'appliquait aux femmes de ce monde en général ou seulement à celles qui avaient habité ces lieux.

– La raison de ma visite est fort simple. Une couturière viendra au cours de la journée, afin de prendre vos mesures pour la confection de votre robe de mariée et d'une garde-robe convenant à votre vie de châtelaine...

Je n'écoutais déjà plus. Mon mal de tête menaçait de reprendre du service à l'évocation de cette cérémonie que j'essayais d'oublier. J'avais cru bénéficier de quelques jours de répit, avant qu'il ne revienne à la charge, mais il semblait que tout était déjà décidé. Un nom me fit pourtant dresser l'oreille. Avais-je bien entendu « Andréa » ? Ce n'était pas possible, je devais me tromper. J'affichai mon visage le plus innocent pour demander :

– Euh... Je pensais à cette magnifique robe que vous désirez faire coudre spécialement pour moi et j'ai bien peur d'avoir manqué une partie de ce que vous venez de me dire.

Je papillotai négligemment des yeux et lui offris mon sourire le plus niais. Je ne crois pas qu'il fut dupe de la manœuvre, mais il répéta tout de même.

– Je disais qu'il ne saurait être question que vous soyez moins jolie qu'Andréa à l'époque où elle a épousé mon père. Je n'ai pas connu ma mère, mais la robe fut conservée et les servantes ont perpétué le souvenir de cette journée. Les gens du domaine en ont parlé pendant des...

Ça n'avait aucun sens ; ce ne pouvait pas être ma mère. Il devait y avoir une autre femme portant le même nom. Sinon... Je préférai ne pas continuer de penser et l'interrompis, la voix tendue :

– Je ne crois pas que vous m'ayez parlé d'Andréa auparavant. C'est votre mère ?

Je faisais des efforts désespérés pour ne rien laisser paraître de mon désarroi, mais le sourire cruel que je vis se dessiner sur ses lèvres m'enleva tout doute.

– En effet, très chère. Et je crois pouvoir affirmer que c'est aussi la vôtre...

Le reste se perdit dans un froissement de jupons. Je glissai sans grâce sur le sol. Lorsque je repris conscience, le souvenir du pourquoi de ma chute me redonna le vertige, mais je me ressaisis. Cette histoire tenait du cauchemar. Avec un peu de chance, le tout se révélerait un vulgaire malentendu et je pourrais retrouver mon calme.

La source de mes problèmes était justement penchée sur moi et me dévisageait sans complaisance. Ce triste sire se fichait éperdument du mal qu'il pouvait semer autour de lui. Je préférai refermer les yeux plutôt que de supporter son air victorieux.

– Je me doutais bien que vous n'étiez pas au courant. Je suis certain que mon propre frère l'ignore. Votre mère vous a mise au monde de l'autre côté de la frontière du Temps, dans le monde de Brume. Elle a fui, une nuit sans lune à ce que l'on raconte, craignant que la prédiction de la Recluse ne se réalise. Cette dernière avait affirmé que l'enfant qu'elle portait donnerait plus tard naissance à un être encore plus maléfique que son ancêtre Mévérick et serait celui qui permettrait à son rêve inachevé de prendre forme. En disparaissant, cette idiote croyait pouvoir empêcher que la prophétie ne se réalise. C'est Mélijna qui m'a rappelé cette parenté, le jour même de votre arrivée dans notre monde maudit. J'avais oublié cette histoire, que mon père m'avait contée il y a bien des années, alors que mon frère avait déjà déserté le château familial. Mais cette « particularité » entre vous et moi ne change rien à mes projets, au contraire. Les dons de notre mère étaient multiples, mais sous-exploités. Ma bonne amie m'a confirmé que vous aviez hérité de ses capacités et même davantage. Comme ce genre de qualités sera nécessaire pour assurer l'avenir des enfants à naître, ce ne peut qu'être une bonne chose que vous en possédiez autant.

Avec un air encore plus victorieux qu'au début de son laïus, il m'annonça :

– Il est également à noter que les pouvoirs ont tendance à augmenter au fil des générations s'il y a consanguinité. Moi qui croyais, à l'origine, devoir me contenter d'une Fille de Lune comme les dernières que j'ai eues, j'ai la chance inouïe de participer à la création d'un être encore plus exceptionnel que Mévérick, ce qui m'assurerait d'un pouvoir absolu... Vous imaginez tout ce qui serait alors à ma portée ? La libération des Sages, conditionnelle à leur entière soumission, serait enfin possible. Tout ce pouvoir entre mes mains et personne qui ne pourrait me l'enlever. La domination et...

Je ne l'écoutais plus mais je l'observais, laissant courir mes pensées. Il avait tout d'un dément. Il arpentait la pièce de long en large psalmodiant une longue litanie à laquelle je ne comprenais strictement rien. Il citait des noms plus étranges les uns que les autres, certains faisant référence à des gens, d'autres à des lieux. Il faisait de grands gestes et passait sans cesse une main dans ses cheveux déjà en bataille, parlant de créatures revenant à la vie, de délivrance et de prison de verre. Il ne me semblait pas près d'en finir. Je jetai un coup d'œil à Meagan et je vis qu'elle était terrifiée, mais je ne savais pas si c'était par la gestuelle ou parce que, contrairement à moi, elle savait de quoi il parlait.

Comment ma mère avait-elle pu se marier ici et donner naissance à des jumeaux, alors qu'elle était déjà en couple de l'autre côté avec celui que j'avais toujours considéré comme mon père ?

Un instant, l'image furtive de Georges s'imposa à mon esprit. Je pensais rarement à cet homme qui avait bercé mon enfance. Ces souvenirs étaient désormais trop douloureux, à la lumière de ce que j'avais appris. Au retour de ma mère, le jeune homme avait accepté cette grossesse par amour pour Andréa, qu'il vénérait littéralement. Il m'avait considérée comme sa propre fille aussi longtemps que ce comportement lui avait assuré la présence à ses côtés de celle qu'il aimait tant. Mais, au fur et à mesure qu'Andréa s'était détachée de la réalité, il en avait fait de même avec moi. Au moment où l'on interna ma mère, il disparut simplement et ne revint jamais. Il m'avait abandonnée, comme on délaisse un vêtement que l'on a suffisamment porté et dont on s'est finalement lassé.

J'étais restée inconsolable pendant des semaines, rendant la vie impossible à Hilda, qui faisait pourtant tout pour apaiser ma double peine : la perte simultanée de mon père et de ma mère. Tatie m'avait révélé tout cela à mon adolescence, au cours d'une dispute particulièrement violente entre nous. Elle voulait que je cesse de lui rebattre les oreilles avec un Georges qui m'avait, en fait, peu aimée alors qu'elle était toujours présente, m'entourant d'un amour inconditionnel. Après ces révélations difficiles, je n'avais plus jamais prononcé le nom de Georges en sa présence, l'effaçant graduellement de ma mémoire.

Je chassai ces sombres souvenirs pour revenir au mariage présumé de ma mère. Je pouvais comprendre qu'on ne lui avait certainement pas donné le choix, mais comment avait-elle pu avoir des jumeaux et être enceinte une deuxième fois, alors que, selon les renseignements d'Hilda, elle n'avait passé que quatre semaines ici, en 1973, avant de disparaître définitivement de nombreuses années plus tard ? Jamais il n'avait été question d'un autre enfant que moi. Je pensai soudain que le désir de destruction de ma mère envers tout ce qui concernait ce monde de fous venait probablement du fait qu'elle avait de très bonnes raisons de souhaiter que je n'y vienne jamais. Ma discussion avec Nancy concernant une lignée maudite me revint également en mémoire. Quel était le lien avec tout le reste ? Était-ce à cause de mes aïeules que je me retrouvais dans cette situation ? Un regard vers le géniteur du prétendu monstre que je portais me suffit pour comprendre que ce n'était pas le moment de lui poser la question ; il divaguait plus que jamais, inconscient de ce qui l'entourait.

Je me levai et rejoignis ma demoiselle de compagnie, tassée sur elle-même dans un coin de la pièce. La terreur se lisait sur son visage aussi facilement qu'un gros titre dans un journal. Malgré le fait que je me tenais à moins d'un mètre d'elle, elle ne parvenait pas à me regarder dans les yeux. Ceux-ci étaient fixés sur mon ventre et mon hypothèse, selon laquelle elle comprenait le charabia de son maître, se confirmait malheureusement. Ainsi, cette espèce de malédiction était connue dans le pays aussi sûrement que la présence de ma mère avait dû l'être. Je me dis qu'une fois l'énergumène sorti de mes appartements, je devrais faire plus ample connaissance avec Meagan ; elle pourrait se révéler une source de renseignements inestimables et elle serait sûrement plus facile à comprendre que ne l'était son maître.

Alejandre fut bientôt à cours de mots pour poursuivre son monologue. Je ne pus retenir un soupir de soulagement. Il s'apprêtait à partir sans saluer personne, quand il se retourna soudain, les yeux étincelants.

– J'ose espérer que l'idée de suivre les traces de votre mère ne vous effleurera pas. Il se trouve que les moyens de vous empêcher de commettre pareille bêtise ont quelque peu évolué ces dernières années grâce à la science toujours plus perfectionnée de Mélijna. Je me plais à croire que vous n'avez guère envie de connaître la teneur de ces améliorations. Il serait dommage que vos conditions de... résidence, dirons-nous, se dégradent subitement...

Sur ces paroles rassurantes, il s'en fut enfin. La menace à peine voilée ne me fit même pas sourciller. Il n'était tout de même pas assez stupide pour penser que je ne savais pas à quel point il avait besoin de moi. Sans moi, il n'avait aucune chance de mettre son si précieux projet à exécution dans un avenir rapproché. Je pouvais fort bien me donner la mort et personne n'y pourrait rien, pas même sa précieuse Mélijna. Il me vint un instant la vision très nette de deux frères penchés sur ma dépouille ; l'un pleurant la perte de sa précieuse mère porteuse et l'autre se réjouissant d'être débarrassé du fardeau que représentait ma protection. Cette brève image me donna la chair de poule et me fit réaliser, avec horreur, que si Alejandre était mon frère, Alexis aussi. Peut-être celui-ci serait-il plus enclin à assurer ma protection s'il apprenait que j'étais sa sœur et non plus une emmerdeuse. Mais peut-être le savait-il déjà et n'en avait cure...

Afin de cesser de penser à Alexis, à Alejandre et à toute cette histoire de parenté, je reportai mon attention sur Meagan, qui était debout à présent, mais qui ne semblait toujours pas avoir repris contact avec le monde des vivants. Je la poussai doucement vers le lit et la berçai comme elle l'avait fait pour moi la veille, jusqu'à ce qu'elle s'endorme à son tour. Je me levai ensuite et soupirai bruyamment. Il m'avait fallu déployer des trésors d'imagination pour ne pas devenir folle dans ma cellule, et maintenant, encore une fois, je ne savais comment occuper ce temps qui m'empoisonnait la vie. Je devais avoir été entendue des dieux puisqu'on frappa trois coups à la porte. Je criai d'entrer, surprise que quelqu'un puisse faire preuve de civisme dans cette demeure moyenâgeuse.

La porte s'ouvrit sur une grande femme mince. Elle était suivie d'une très jeune fille qui portait deux grands paniers d'osier sous les bras. À sa vue, je me souvins du but premier de la visite de mon hôte : la couturière. Les heures suivantes furent donc consacrées aux mesures et au choix de tissus pour une robe que je souhaitais ardemment ne jamais avoir à porter. Cette activité eut cependant le mérite de me détourner quelque temps de mes préoccupations.

Meagan émergea de sa léthargie juste avant que l'on monte le dîner. C'est moi qui allai ouvrir la porte cette fois-ci ; je voulais savoir qui se tenait en permanence derrière le battant. Je ne fus pas surprise de découvrir les deux jeunes hommes, un de chaque côté de la porte, une épée au flanc. Je me dis que ces précautions étaient bien inutiles compte tenu que je ne pourrais jamais franchir la grille du château, quand bien même je parvenais à quitter ma chambre. « Naïla, me dit cependant une petite voix intérieure, n'as-tu jamais songé que cette protection servait davantage à éviter que quelqu'un ne vienne prématurément mettre un terme au rêve de grandeur de monsieur ? » La pensée que quelqu'un puisse en vouloir à ma peau, en dehors de ces murs, suffit à ramener mon attention sur le plateau que l'on m'avait mis dans les mains sans même que je m'en rende compte.

Je laissai ma jeune compagne refaire ses forces avant de la soumettre à un interrogatoire en règle. Pour ma part, je mangeai sans appétit, me forçant à avaler quelque chose plus pour la vie qui grandissait en moi que pour ma propre subsistance. Débarrasser la table et alimenter le feu semblèrent prendre une éternité, et je réalisai que l'efficacité de Meagan se trouvait considérablement amoindrie par sa matinée difficile et ses préoccupations. Elle ne semblait pas pressée de se retrouver en tête-à-tête avec moi. Je comprenais sa réaction, mais j'avais trop besoin de savoir pour ménager son côté impressionnable. En fait, je comptais même l'exploiter, si besoin était. La fin justifie parfois les moyens... Lorsqu'il fut évident qu'elle cherchait à tout prix à m'éviter, je mis un terme à cette comédie.

– Meagan, je crois que nous devrions parler, dis-je d'une voix aussi douce que possible.

Elle fit semblant de ne pas avoir entendu. Je répétai ma phrase toujours aussi calmement, mais un ton plus haut. Elle poussa un soupir résigné, avant de tourner la tête dans ma direction. Elle avait l'air si désemparée que je mis de côté mes résolutions de fermeté pour lui ouvrir les bras. Nous ne nous connaissions que depuis deux jours à peine, mais j'avais l'impression que cela faisait une éternité. Je sentis ses épaules agitées par les sanglots qu'elle ne parvenait pas à refouler.

– Pleure, ma belle, pleure. Tu te sentiras mieux après.

C'était cliché, mais tellement vrai. Les larmes refoulées sont des obstacles à la guérison depuis toujours. J'attendis que sa peine se mue en un silence apaisant avant de la conduire au fauteuil près de la fenêtre. J'approchai le second siège pour lui faire face, avant de me lancer.

– Les paroles d'Alejandre ont éveillé en toi des peurs et des angoisses dont j'aimerais connaître la cause. J'ai vraiment besoin que tu m'aides à y voir plus clair. Tu comprends, je n'ai pas d'autres sources possibles de renseignements en dehors du sire de Canac et je ne veux surtout pas étaler mon ignorance devant lui. Je doute qu'il me dise tout ce qu'il sait sans rien déformer ni modifier à son avantage. S'il te plaît, Meagan, aide-moi. Je promets de te le rendre au centuple dès que cela me sera possible.

J'attendis qu'elle choisisse de parler. Je pouvais presque entendre les pour et les contre se bousculer dans sa tête de jeune paysanne. Les légendes, les ouï-dire et les traditions, même sans fondements concrets, ont souvent le dessus sur la raison et la logique. Je me doutais que le niveau de savoir des habitants de ces contrées ne devait pas dépasser le degré du préscolaire de l'époque à laquelle j'appartenais. Je devais donc faire preuve de patience et de compréhension. De la patience... juste le mot me faisait grincer des dents.

Elle passa la langue sur ses lèvres et se décida enfin.

– Qu'est-ce que vous voulez savoir au juste ?

Sa question me dérouta. Je m'étais attendue à ce qu'elle me déballe en vrac les raisons de sa terreur ou je ne sais trop quoi d'autre, mais sûrement pas à ce qu'elle me pose elle-même une question. Je ne réfléchis que quelques secondes avant de demander :

– Qu'est-ce que cette prophétie ?

– C'est une histoire qui remonte à une soixantaine d'années environ, donc relativement récente en comparaison des autres légendes et prophéties de notre terre. En ces temps-là, les Filles de Lune faisaient déjà partie des mythes et légendes des vieux conteurs de la région, de même que les passages menant à des mondes mystiques et mystérieux. Il est difficile de ne pas y croire, me dit-elle sur un ton d'excuse, parce que plusieurs parties de ce qui a été annoncé se sont déjà réalisées.

Il me vint à l'esprit qu'en fait de mondes mystiques et mystérieux, on pouvait difficilement faire pire que le sien à mes yeux, comme quoi tout est relatif...

– Une vieille femme de ma connaissance est apparue un soir, dans un village pas très loin d'ici, disant que la fin du monde allait bientôt s'abattre sur nous. Les gens sur place ont éclaté de rire, la traitant de vieille folle, disant qu'elle avait forcé sur l'hydromel. Elle les ignora et poursuivit son histoire, sans se soucier de ceux qui la dénigraient. Elle raconta qu'elle s'était rendue sur la Montagne aux Sacrifices.

Je haussai un sourcil interrogateur. C'était l'endroit où ma mère voulait absolument que je me rende. Meagan poursuivit :

– C'est un endroit étrange, une grotte semble-t-il. On prétend que les Sages et les Filles de Lune y pratiquaient des sacrifices pour connaître l'avenir, ainsi que le destin des Êtres d'Exception, en plus d'y recevoir les pouvoirs nécessaires à leurs missions. Plus personne ne semble connaître son emplacement exact aujourd'hui ; on ne peut que le présumer. Cette caverne se situerait à flanc de montagne. Mais voilà, la montagne en question fait partie d'une immense chaîne qui s'étend sur des centaines de lieues. On dit que le sanctuaire est situé près du sommet, là où les neiges sont éternelles, et que les vents glacés soufflent en permanence. C'est comme chercher une aiguille dans une botte de foin.

– Je vois... Continue, l'encourageai-je.

– Toujours est-il qu'elle racontait qu'elle s'était rendue là-bas, nul n'a jamais su pourquoi, et qu'elle en était revenue terrorisée. Elle répétait qu'elle y avait vu des choses horribles et entendu des voix venues d'ailleurs. C'était ces voix qui lui avaient annoncé la prophétie. Si je me souviens bien, ça ressemblait à ceci : « Au cours de l'année qui vient, la dernière Fille de Lune de la lignée maudite disparaîtra de notre monde pour mieux renaître dans un autre, où elle enfantera un être sans aucun pouvoir. Cette naissance entraînera deux nouvelles générations, qui verront renaître en elles les pouvoirs légendaires que tous ont voulu oublier. Une première Fille reviendra, mais se verra réduite au silence. Si la seconde revient également sur nos terres, elle ne doit surtout pas enfanter, sous peine de donner naissance à l' Être d'Exception que les Sages ont voulu éviter à tout prix, celui que cherchait à engendrer Mévérick. Si tel est le cas, le sort des six autres nations se verra à jamais scellé et ce sera la fin de la Terre des Anciens. » Ce doit être à peu près cela. Les deux premières prédictions se sont finalement avérées, c'est pourquoi il est difficile de ne pas croire en la réalisation de la troisième.

Les mots se bousculaient dans ma tête. « Une première Fille reviendra et sera réduite au silence. » « Les deux premières parties se sont réalisées. » Miranda, puis ma mère. Ma mère qui avait disparu, anéantie ? Je secouai la tête, incrédule. Avait-on vraiment fait disparaître ma mère sur la foi d'une parole de vieille femme ou s'était-elle volatilisée autrement ? Y avait-il du vrai dans cette prédiction fantasque ? Meagan s'était tue et attendait que je sorte de ma rêverie pour poursuivre. Oubliant un moment les histoires de pouvoir et de domination qui habitaient les seigneurs de ce monde, je voulus connaître ce qui concernait ma mère.

– Dis-moi, Meagan, est-ce que tu sais quelque chose sur ma mère ?

Elle secoua la tête, l'air navré.

– Tout ce que je sais, c'est qu'elle était une descendante de la lignée maudite. Il semble qu'elle l'ait elle-même prouvé, mais j'ignore de quelle façon elle s'y est prise. Je ne saurais vous en dire plus. Je suis désolée...

Je lui souris, en haussant les épaules, impuissante.

– Oh ! Je ne m'attendais pas à ce que tu en saches davantage. Tu es très jeune après tout, il est normal que tu ne sois pas au courant de toute l'histoire de cette région. Parle-moi de ce Mévérick. Qui est-il et que sais-tu à son sujet ?

– Sa vie fait aussi partie des contes de la région qui font fureur les jours de grands rassemblements. C'est le genre de récit que les gens se racontent au coin du feu, les plus vieux espérant impressionner les plus jeunes ou les décourager de s'éloigner de leur région.

Devant mon haussement de sourcils, elle eut un sourire timide. Je la sentais mal à l'aise avec toutes ces histoires, mais j'ignorais si c'était parce qu'elle y croyait ou parce qu'elle en était gênée, certaines tenant tellement du surréalisme. Je l'encourageai à poursuivre.

– C'est qu'on raconte beaucoup de choses sur les Terres Intérieures, celles qui s'éloignent de la mer. Dans notre monde, les villages sont surtout concentrés sur les rives d'immenses étendues d'eau ; il y a trop peu de cet élément essentiel lorsque l'on s'éloigne. La culture des terres et la survie des gens deviennent quasiment impossibles sans l'aide de pouvoirs, que peu d'individus possèdent encore aujourd'hui. C'est là que Mévérick, de même que ceux qui le secondaient et le soutenaient, se seraient cachés autrefois, préparant leur projet de conquête et de destruction. L'immensité des terres, de même que les ressources minières et forestières disponibles, leur auraient permis d'asseoir leur empire avant d'attaquer les installations des paysans et des habitants des bords de mer. On dit qu'une guerre effroyable a fait rage, mais qu'elle dura peu. Les dommages furent immenses et irréparables, de part et d'autre. Les vaincus, les troupes de Mévérick, se retirèrent dans les terres volcaniques aux confins du continent, et l'on n'entendit plus que très rarement parler d'eux par les quelques voyageurs qui osaient s'y aventurer. Difficile de savoir si ce ne sont pas plutôt des récits concoctés pour épater la galerie, parce qu'ils ont été trop peureux pour vraiment se rendre là-bas, ou si c'était inspiré de faits véridiques. Toujours est-il que certains, depuis ce temps, espèrent réaliser le rêve de cet homme cruel. C'est pourquoi, comme vous avez dû le remarquer, il n'y pas de prospérité, ni de développement dans notre monde terne. Les guerres de territoires entre petits seigneurs se poursuivent sans relâche, chacun espérant augmenter ses possessions et monter une armée capable de prendre le dessus sur les autres. Cet état perdure depuis quelques centaines d'années, cette folie des grandeurs se transmettant malheureusement de père en fils. Les légendes s'enjolivent et les mythes croissent au même rythme que les déceptions s'accumulent au sein de la présumée élite de notre monde de misère. La plupart se disent des descendants de Mévérick ou des élus capables de le remplacer et chacun tente de tirer parti du peu de gens qui arrivent à survivre dans nos contrées appauvries.

Je l'interrompis, un peu dépassée par tous ces détails.

– Je ne vois toujours pas en quoi tout cela me concerne, mis à part la prédiction, bien sûr. Ce dont tu me parles ressemble au monde d'où je viens ; ces luttes de pouvoir et ces guerres entre petits et grands seigneurs existent depuis la nuit des temps. Je ne comprends pas très bien ce que le surnaturel ou les mondes mystérieux ont à y voir puisque personne ne semble en mesure de prouver l'existence de ces mondes parallèles à la Terre des Anciens.

Je ne savais trop si elle comprenait ce que je lui disais. J'avais traversé avec, en tête, des monstres fabuleux, des mages et des sorciers, des mondes peuplés de créatures légendaires ou mystiques. Ce que je découvrais n'avait rien à voir avec cela, sauf une hypothétique prophétie, probablement sortie tout droit de l'imagination d'une femme en manque de sensations. Dire que je me sentais perdue aurait été un euphémisme. Meagan posa une main sur mon bras, une curieuse lumière au fond de ses grands yeux bruns.

– Détrompez-vous. Voyez-vous, la volonté de Mévérick de régner sur les peuples de la Terre des Anciens n'est en fait que le prétexte derrière lequel se cachent la plupart pour ne pas avouer qu'ils aspirent tous, en secret, au trône d'Ulphydius.

Je fronçai les sourcils à l'énoncé de ce nouvel élément.

– Les Anciens racontent que nos terres étaient autrefois sous la protection d'une confrérie de grands mages aux pouvoirs sans limite, les Sages. Ces derniers régnaient sur notre continent, et sur cinq autres en périphérie. Ils veillaient à ce que les êtres vivent en harmonie. La magie, pouvoir ultime et rare, n'était utilisée que pour le bien-être des peuples et n'appartenait qu'à un cercle restreint d'êtres privilégiés – une naissance sur des centaines de milliers. Ces Êtres d'Exception vivaient beaucoup plus longtemps que le commun des mortels et provenaient immanquablement d'un métissage entre les peuples. Mais des conflits éclatèrent bientôt et les frontières se divisèrent. Le Conseil de Gaudiore, constitué des Sages les plus respectés, veillait alors sur tous les peuples. Il mit sur pied un tribunal pénal, mais ce ne fut pas suffisant. La colère des Sages fut terrible. Ils créèrent cinq mondes parallèles, celui de Brume existant déjà depuis des millénaires, où ils envoyèrent chaque peuple se remettre debout, en espérant aussi qu'ils réfléchiraient à leur conduite. Notre monde s'en trouva déserté, ne gardant qu'un continent unique, des ruines et quelques populations isolées. Les Sages ne laissèrent ouverts que de rares passages aux gardiennes, les Filles de Lune, dont vous devez connaître l'histoire.

Je fis signe que oui, afin d'aller à l'essentiel pour le moment.

– Vint ensuite le problème des recrues. Les Sages vivant très vieux mais n'étant pas éternels, ils devaient continuer à former des jeunes pour les remplacer. Chaque peuple avait besoin d'un certain nombre d'entre eux pour bien fonctionner. Je ne sais trop ce qui se produisit, mais les problèmes se succédèrent bientôt sans répit. Les gardiennes ne parvenaient pas à protéger les passages de certains individus. Des sorciers aux pouvoirs sans cesse plus grands apparurent, échappant au contrôle des Sages. L'un d'eux, Ulphydius, devint extrêmement puissant. Une lutte sans merci s'en suivit. Une Fille de Lune, Acélia, trahit les autres et s'associa avec le traître. Elle ouvrait les passages des différents mondes au mécréant, éliminant sans pitié ses consœurs qui s'y opposaient. Ulphydius fit disparaître la majorité des Sages présents dans les autres mondes, au grand désespoir des peuples qui assistaient, impuissants, à la disparition des dépositaires de la connaissance et du savoir nécessaires à l'évolution de notre univers. Ce sorcier voulait asservir les différents peuples au lieu de vivre en harmonie avec eux. Darius, le plus vieux des Sages, entra dans une colère terrible. Il refusait de voir son univers tomber sous la gouverne de cet homme cruel. Il lui opposa une lutte sans merci pour défendre la diversité.

Meagan fit une courte pause pour s'assurer que je parvenais à suivre son récit. Je la rassurai et elle poursuivit.

– Le dernier chapitre de cette lutte eut lieu au Sommet des Mondes, dans les Terres Intérieures du monde des Anciens. Nul ne sut jamais ce qu'il était advenu de Darius et d'Ulphydius, ni comment cela s'était terminé. Mais on entendit de moins en moins parler de magie, de sorciers ou d'Êtres d'Exception, et l'histoire, de même que les Sages restants, sombrèrent lentement dans l'oubli. Il arrive malheureusement trop souvent que des bribes du passé refassent surface, lors des guerres de territoires. On raconte que, sur les lieux de la dernière bataille, il y aurait deux trônes : ceux de Darius et d'Ulphydius. Celui ou celle qui s'y assoira recevra les dons de son prédécesseur, multipliés par le nombre d'années passées depuis sa perte. Inutile de vous expliquer pourquoi cette bande d'idiots rêvent de le retrouver. Nul n'est cependant suffisamment sage pour rêver de s'asseoir dans le bon siège. Il semblerait que le premier à trouver un nouvel occupant entraînerait la destruction immédiate de l'autre. Plus que la domination de notre terre, c'est cette quête que poursuivait Mévérick ; des pouvoirs immenses et le contrôle absolu sur notre univers, sur les sept mondes : la Terre des Anciens, Elfré, Dual, Golia, Bronan, Mésa et Brume. La légende raconte qu'il fut le seul, il y a plus de quatre cents ans, à vraiment se rapprocher du but qu'il s'était fixé. Mais il faut beaucoup d'hommes pour chercher ce lieu mythique sur une aussi vaste étendue et notre terre n'en recèle plus guère. Les seigneurs se font donc la guerre pour avoir ceux de leurs voisins et organiser des expéditions. Personne n'en revient jamais, et c'est un éternel recommencement depuis plus de sept cents ans maintenant.

Je commençais à comprendre beaucoup mieux et ce que j'entrevoyais ne me plaisait pas du tout.

– Si je suis ton raisonnement, Alejandre souhaite non seulement que je lui donne un héritier à asseoir sur ce trône, que personne n'a même jamais vu, mais il espère aussi que je serai capable de lui ouvrir les portes des différents passages menant aux autres mondes parallèles. C'est bien ça ? Il souhaite, par je ne sais quel moyen, recruter des hommes, ou je ne sais quelles autres créatures, afin d'organiser des expéditions et pouvoir se défendre contre ceux qui essaieraient de faire de même.

Elle acquiesça, un immense sourire aux lèvres, satisfaite que j'aie compris du premier coup.

– Chez les autres peuples, il y a également des sujets récalcitrants, des rebelles ou des criminels qui préfèrent se joindre à un humain puissant plutôt que de demeurer au ban de la société chez eux. Votre rôle consisterait probablement à aller les chercher...

Je n'avais malheureusement aucune peine à le croire. Mais une dernière chose me tracassait, compte tenu de ce que je savais et de ce que j'avais entendu depuis mon arrivée.

– Comment se fait-il que tu saches tout cela avec autant de détails alors que, selon toi, la majeure partie de la population ignore que ces récits sont véridiques ? Et comment connais-tu l'existence des Filles de Lune ? Ton vocabulaire et ton savoir sont peu compatibles avec ton statut de servante et tes origines paysannes.

Elle ne sembla nullement surprise de mes questions.

– C'est ma grand-mère qui m'a tout raconté. Enfin, ce n'est pas vraiment ma grand-mère, mais c'est plus facile de le dire ainsi que de me mettre à compter les « arrière » qui devraient précéder son nom. Elle a voulu que mon éducation soit digne de ses origines, même si je n'ai pas de don particulier. Elle trouve triste, et surtout dangereux, que l'histoire de notre monde sombre dans l'oubli. Elle est extrêmement âgée, mais j'adorais sa compagnie...

Je l'interrompis.

– Pourquoi « adorais » ?

– Parce que, depuis mon envoi au château, je ne la vois plus. Mes parents ne veulent pas qu'elle m'emplisse la tête avec ses histoires impossibles. Ils disent que ça ne sert à rien de ressasser ce passé incertain et qu'il faut plutôt se tourner vers l'avenir. Ils refusent de comprendre que le passé est justement intimement lié à notre avenir. Moi, je suis convaincue que ce ne sont pas des histoires. Ma grand-mère en sait beaucoup trop. Elle possède même des cartes et des livres qui prouvent ses dires. Et puis, elle est magicienne. Cela suffit amplement à me convaincre qu'elle ne se trompe pas.

Elle essuya une larme qui glissait sur sa joue.

– Elle est seule maintenant que je ne suis plus là. Il n'y a plus personne pour prendre soin d'elle. Tout le monde la méprise et la traite de vieille folle ou de sorcière. J'ai peur qu'elle ne puisse plus vivre bien longtemps encore.

Les larmes coulaient maintenant abondamment et elle fut incapable de poursuivre. Je la serrai contre moi. Je comprenais si bien sa peine et ses inquiétudes.

– Dis-moi, Meagan, ta grand-mère ne vivrait pas dans la montagne par hasard ? Au nord-est ?

Elle leva sur moi des yeux surpris.

– Comment le savez-vous ?

Elle me regarda étrangement, mais je préférai ne pas lui parler d'Alexis, ni du fait que je soupçonnais cette femme d'être la Recluse, dont avait parlé ma mère.

– Elle y vit depuis de très nombreuses années. Je ne l'ai d'ailleurs jamais vue descendre de son repaire... La dernière fois où cela semble s'être produit, c'est lors de sa tentative pour prévenir les gens concernant la prophétie, mais comme je vous le disais, personne ne lui a prêté attention.

Il me fallait absolument rencontrer cette femme qui connaissait si bien les Filles de Lune et l'histoire de cette terre. Mais pour ça, il me fallait d'abord sortir d'ici...

– Est-ce que tu pourrais me dessiner une carte me permettant de rejoindre ta grand-mère, s'il arrivait que je puisse quitter cet endroit lugubre ?

Ma question sembla lui redonner vie.

– Vous iriez la voir ? Vous iriez vraiment la voir là-haut ?

– Mais bien sûr. Qu'est-ce qui te fait croire que je ne le pourrais pas ?

– Vous êtes une femme de haut rang. Vous ne passerez jamais inaperçue jusque là-bas. Les gens vous remarqueront aussi sûrement que si vous choisissiez de vous pavaner sur la place publique. Même si la plupart disent ne pas croire à ces vieilles histoires, ils y prêtent souvent foi dans le secret de leur chaumière. Le seul fait de voir une femme aux yeux comme les vôtres suffirait à leur donner la frousse et entraînerait certainement une nouvelle chasse aux sorcières...

Décidément, c'était bel et bien le Moyen Âge. Même si je comprenais ce qu'elle voulait dire, je jouai la carte de l'ignorance.

– Que veux-tu dire par chasse aux sorcières ?

– Avec l'emprisonnement éternel ou la mort des mages et des Sages, ainsi que de tout ce que leur protection impliquait, une nouvelle forme de gouvernance a vu le jour. Un groupe d'hommes sans cesse croissant est devenu adepte de ce que l'on nomme la Quintius, une doctrine voulant que nous soyons désormais sous la protection d'un dieu unique et sans nom. Mais cette protection se veut conditionnelle à un abandon de tout ce que nous avons précédemment connu. En fait partie tout phénomène que le commun des mortels est incapable de reproduire naturellement ou par l'apprentissage. Par le fait même, toute personne pratiquant la magie, sous une forme quelconque, se voit poursuivie et mise à mort, au terme d'un procès sommaire et rarement juste. Le même sort attend ceux qui répandraient, sans preuve de leur dire, des rumeurs sur des animaux étranges, des lieux mystiques et d'autres bizarreries. Les seuls faits acceptés sont ceux qui ont leurs sources dans les écrits de la Quintius. Tout le reste relève, selon eux, de blasphèmes et mérite un châtiment. Grand-mère disait que les hommes qui étaient à l'origine de la Quintius n'étaient autres que les descendants de grands sorciers qui se servaient de ce prétexte pour découvrir ceux qui pourraient, avec leurs connaissances et leurs pouvoirs, soit les aider, soit entraver leur projet de retrouver le trône d'Ulphydius.

– Je sais ce que c'est. Dans le monde d'où je viens, ça existe depuis toujours et ça s'appelle une religion... Je saurai très bien me débrouiller, ne t'inquiète pas. Mon véritable problème consiste plutôt à organiser mon évasion.

– Je veux bien vous montrer comment vous rendre chez Morgana, mais il nous faudra être prudentes. Si l'on venait à savoir que je vous ai aidée d'une quelconque façon, je finirais certainement au bout d'une corde.

Nous discutâmes encore longtemps de sa grand-mère, ainsi que de sa famille. Elle me raconta des souvenirs de sa jeunesse dans son village natal et me parla aussi des villages environnants. À la fin de l'après-midi, j'avais une bien meilleure idée de la région autour du château, de même que des seigneurs des domaines avoisinants. Meagan me confirma que, si je n'avais croisé que peu de gens et d'habitations jusqu'ici, c'est que je me trouvais sur une étroite bande de terre – correspondant à la largeur du fleuve Saint-Laurent de mon monde – et que seuls les serfs des seigneurs y habitaient. Ils formaient de très petits villages autonomes qui avaient peu de contact avec les vraies villes, qui commençaient dans l'équivalent de l'estuaire et occupaient l'espace le long des côtes.

Je connaissais maintenant le nom des quelques agglomérations que je croiserais sur mon chemin, si je parvenais un jour à quitter mon lieu de détention. Meagan me renseigna également sur la végétation et certains animaux que je risquais de rencontrer. Beaucoup de choses ressemblaient à mon monde, à quelques nuances près, et j'étais certaine de pouvoir me débrouiller sans trop de difficulté. Nous fûmes finalement interrompues alors que le soleil descendait sur l'horizon. La porte s'ouvrit sur un sire de Canac de fort belle humeur ; il était manifestement l'heure du repas. Mon humeur à moi s'assombrit considérablement...

- 28 -

Entre-temps

La nouvelle du déménagement de la Fille de Lune dans de nouveaux appartements arriva jusqu'à Alix alors qu'il se préparait à partir à la rencontre de Mayence. Ce dernier devait lui donner les récentes nouvelles concernant les mancius. La dernière fois qu'ils s'étaient parlé, aucune décision n'avait encore été prise. Les clans s'étaient donné deux semaines pour y penser. Ils devaient sûrement être parvenus à un accord, mais le Cyldias redoutait la réponse qui serait donnée à Alejandre et à sa sorcière. Au moins, pendant que Mélijna cherchait un moyen de se rendre dans les autres mondes pour recruter, elle faisait moins de dommages que si elle avait directement sous la main plusieurs guerriers déjà prêts.

– Il a fixé la date du mariage à la prochaine pleine lune, comme tu l'avais prédit. Ce qui nous donne à peine deux semaines pour trouver une solution.

Le jeune homme qui venait de faire cette déclaration se nommait Kosta. Il avait les cheveux bruns et courts, de même qu'un nez droit, qui lui donnait toujours l'air un peu trop sérieux. Il travaillait sur les terres du château. C'était souvent lui qui transmettait les nouvelles de la part des hommes qui ne pouvaient quitter l'enceinte de la demeure du sire de Canac.

– Elle est enceinte ?

La question avait franchi les lèvres d'Alix sans qu'il s'en rende compte. Kosta fronça les sourcils presque imperceptiblement, avant de répondre simplement oui. Alix soupira.

– Est-ce que Mélijna l'a vue depuis qu'elle porte un enfant ?

– Non ! Et Gaudéline m'a dit que ce n'est pas dans ses habitudes de se tenir loin d'une Fille de Lune aussi longtemps. Il semble que la sorcière ait eu quelques difficultés au cours de sa dernière visite, mais personne n'a réussi à entendre la moindre conversation à ce sujet. Nous croyons que même Alejandre ne sait pas ce qu'elle a découvert.

Alix fronça les sourcils et se frotta le menton, l'air songeur.

– Il ne faut pas oublier que mon frère a voulu concevoir cet enfant sur la foi d'une prophétie. Mais nous savons tous que cet imbécile ne connaît de son passé que ce que notre supposé père lui a raconté. Se pourrait-il que Mélijna n'ait pas le courage de lui dire la vérité ? Rien, dans cette prédiction, ne dit que c'est la première grossesse qui sera la bonne, non ?

– Et si, comme pour tes mains, la vieille magie opérait encore ? Ce fut le cas pour Andréa, non ?

Le Cyldias se retourna brusquement. Fraîchement arrivé, Zevin était accoudé à la barrière, attendant que sa question fasse son chemin dans la tête de son ami.

– Tu veux dire que Naïla ne porterait pas l'héritier, mais un simple mutant ?

Zevin hocha la tête.

– Je n'ai jamais pu observer le moindre don véritable chez ton frère, contrairement à toi. Je ne vois pas comment il serait capable d'engendrer un être aussi exceptionnel. Tu sais aussi bien que moi que seuls les Sages et les Êtres d'Exception ont le droit de partager le lit des Filles de Lune.

– Je te rappelle que nous sommes issus du même sang, Alejandre et moi. Il doit donc nécessairement y avoir un peu de magie en lui, non ? Même si je ne peux que me réjouir si ce n'est pas le cas.

Zevin eut une moue sceptique.

– Je ne sais pas. On dirait qu'un seul a reçu des dons, et c'est vraiment très étrange, surtout que vous êtes identiques. En tout cas, ce n'est pas surprenant que ton frère t'en veuille autant. Je ne crois pas que cela m'aurait réjoui moi non plus, si je m'étais rendu compte que mon frangin avait hérité du gros lot à mon détriment...

Alix sourit, ce qui était plutôt rare quand on lui parlait d'Alejandre.

– Tu aurais préféré que ce soit le contraire ? demanda-t-il avec une certaine ironie.

– Surtout pas ! Il cause déjà suffisamment de problèmes sans le moindre don. Mais souviens-toi que Mélijna t'a demandé à plus d'une reprise de te joindre à elle. Ce qui veut dire qu'elle ne croit pas vraiment Alejandre capable de poursuivre la quête de Mévérick.

– Pourquoi faut-il que ce soit toujours aussi compliqué ? soupira Kosta avec justesse.

Alix n'eut pas le temps de répondre. Mayence se matérialisa devant lui, faisant sursauter les trois hommes.

– Je t'ai déjà dit de me prévenir avant de me faire ce coup-là, gronda Alexis.

Mayence esquissa un sourire insolent.

– C'est ce que je tente de faire depuis plusieurs minutes, mais je ne parviens pas à établir le contact. Tu as l'esprit ailleurs.

Alix sembla sur le point de répliquer, mais il se retint. Par contre, Kosta dévisagea le jeune mutant, les sourcils froncés. Il avait déjà entendu parler de lui, mais ne l'avait encore jamais vu.

– Je croyais que les mancius ne possédaient pas la moindre parcelle de magie ? énonça le jeune homme sur un ton accusateur, en se tournant vers Alexis.

Ce dernier regarda Mayence, qui hocha la tête. Il revint donc à Kosta.

– C'est vrai, ils perdent leurs dons à la suite de leur transformation. Mais Mayence est une exception, dans tous les sens du terme. Sa mutation est due à une erreur d'adolescent qu'il serait trop long d'expliquer. Sache seulement que la transformation est restée incomplète et qu'il a pu conserver une bonne partie de ses talents naturels... Ce qui est une chance pour nous puisqu'il peut se déplacer magiquement sur nos terres. Je ne suis donc pas obligé de chercher sans cesse à le repérer pour le rencontrer.

Alix se tourna à nouveau vers Mayence.

– Quelles sont les nouvelles ?

Le sourire de Mayence s'effaça.

– Pas très bonnes, je le crains. Ils sont passés au vote et la majorité a accepté la proposition. Les autres se sont finalement ralliés, excepté le clan de Rimard, celui qui a une tête d'oiseau de proie. Il persiste à ne pas faire confiance à Mélijna, et j'avoue que je le comprends. Il compte parmi ceux qui ont subi les plus lourdes pertes la dernière fois que cette chipie s'est mêlée de leurs affaires. Ils doivent sceller l'entente dans quatre jours, au coucher du soleil. Tu viendras ?

– Je crois que c'est préférable, en effet. Je saurai davantage à quoi m'en tenir. Est-ce que Mélijna *et* Alejandre seront sur place ?

Mayence acquiesça.

– C'était une des conditions de l'acceptation. Si elle ne venait pas elle-même démontrer sa bonne foi, plus de la moitié des clans menaçaient de se désister.

– C'est à ce moment-là qu'il faudra faire sortir la Fille de Lune du château.

Alix se tourna vers Zevin.

– Arrange-toi pour que nos meilleurs hommes soient ici demain matin, au plus tard. Je sais déjà comment nous allons nous y prendre.

Zevin disparut aussi subitement qu'il était apparu un peu plus tôt.

– Tu as besoin d'un coup de main ? demanda Mayence, sans grande conviction.

Il n'aimait pas beaucoup être sur les terres des hommes où il attirait trop les regards. Il préférait accomplir ses missions sur les territoires de ceux qui lui ressemblaient.

– Non, je préfère que tu retournes auprès des tiens. Si quelque chose change, fais-le-moi savoir.

Avec un soupir de soulagement, le mancius disparut à son tour. Alix se tourna vers Kosta.

– Tu peux regagner tes quartiers. Je te ferai bientôt connaître ton rôle dans la libération de la Fille de Lune. Je n'aurais jamais cru que l'on nous faciliterait la tâche à ce point..., ajouta Alix avec un sourire.

- 29 -

L'attente

L'aube se levait à peine sur la campagne environnante que je faisais déjà les cent pas. Je m'étais tournée et retournée dans mon lit de nombreuses fois, avant d'admettre que je n'avais que peu de chance de m'échapper sans une aide extérieure. Le problème résidait dans le fait que je ne connaissais personne. La lune, qui terminait sa première phase avant d'être pleine, m'avait tenu compagnie un certain temps, avant de céder sa place. Je l'avais regardée disparaître à contrecœur ; sa présence me rassurait.

Une série de plaintes me tira de mes réflexions et me conduisit à l'une des fenêtres. Ces cris me rappelaient étrangement quelque chose, mais je ne savais pas quoi. Le temps que je me penche à la fenêtre, les sons n'étaient plus qu'un faible murmure. Je regardai à gauche, puis à droite, dans l'espoir d'apercevoir le plaintif. Ce que je vis me stupéfia et je reculai vivement, afin que l'on ne puisse pas m'apercevoir d'en bas.

Vigor, que je n'avais pas revu depuis un certain temps, traînait derrière lui une masse informe qui m'arracha un hoquet d'horreur et réveilla mon souvenir. C'était la deuxième fois que je voyais un être comme celui-là. La première remontait au début de ma captivité et la créature ne semblait pas plus vivante que celle que je voyais là, le corps balayant la terre sèche derrière celui qui devait être son bourreau. Un liquide, vert cette fois, que je présumais être du sang, coulait des multiples blessures que, malgré la distance, je voyais clairement tant elles étaient profondes. Ce que j'aurais voulu savoir, c'était pourquoi l'on brutalisait à mort ces pauvres créatures. Qui étaient-elles pour qu'on leur réserve pareil traitement ? Mais je n'étais pas au bout de mes surprises.

Vigor s'arrêta bientôt sur les rives du lac et sortit un objet de sa poche, qu'il porta à ses lèvres. Un son comme je n'en avais encore jamais entendu en sortit et se répercuta dans la fraîcheur du matin. Il répéta son appel à trois reprises avant de reculer vers les murs du château, abandonnant son fardeau sur les berges. Je ne pouvais détacher mes yeux de l'être qui reposait sur le flanc. J'aurais donné beaucoup pour pouvoir le voir de plus près.

Je n'eus guère le loisir de me lamenter sur son sort plus longtemps puisque je remarquai bientôt des remous à la surface de l'eau. Quelque chose se déplaçait vers l'endroit où se tenait Vigor quelques minutes auparavant. Pendant un instant, je tentai de refréner mon imagination, que je sentais s'emballer à mesure que le mouvement de l'eau s'accentuait, mais ce fut inutile ; ce que je vis dépassait largement ce que j'aurais pu concevoir en matière de chimères. Une tête hideuse fendit la surface en ondoyant, deux yeux globuleux trônant sur le sommet du crâne et quelque chose qui ressemblait à une crinière flottant derrière son long cou. Je n'aurais su dire, à mesure que le corps se glissait hors de l'eau, si j'éprouvais de la fascination ou du dégoût. La bête ne regarda même pas aux alentours, comme si elle savait qu'elle ne courait aucun risque, avant de se jeter sur son déjeuner. Je ne pus réprimer un haut-le-cœur quand elle engouffra, en quelques secondes à peine, l'infortunée victime. La vue des gouttes vert foncé qui giclaient dans tous les sens me donna la nausée. J'ignore pourquoi, mais j'étais certaine que ce que dévorait avec appétit cette espèce de serpent de mer était un être doué d'intelligence et de connaissances. J'étais écœurée, mais pas surprise. Les hommes de main tuaient probablement comme le maître de céans violait. Pour la *bonne cause*...

Vigor éclata d'un rire cruel lorsque l'étrange créature regagna son habitat, ne laissant que de rares traces vert clair de sang mélangé à de l'eau. Je m'assis sur un fauteuil et fermai les yeux, tentant de chasser de mon esprit cette vision d'horreur. J'étais toujours au même endroit lorsque Meagan me rejoignit. Devant mon air sinistre, elle s'inquiéta immédiatement. Je lui racontai, en substance, ce que j'avais vu, lui épargnant les détails scabreux. Elle ne sembla pas s'émouvoir outre mesure de ma description de la créature qui habitait le lac, mais celle de son déjeuner la surprit davantage.

– Pour ce qui est du serpent, je crois que vous venez de faire connaissance avec Ylas. De nombreux témoignages font état de sa présence dans les eaux sombres de ce lac, mais je ne pensais pas que l'on pouvait si facilement le faire sortir de sa cachette. Il fait partie des légendes de la région depuis bien avant ma naissance. En quelque sorte, vous avez de la chance de l'avoir vu.

Je n'étais pas convaincue de la pertinence du mot « chance », mais je m'abstins de commenter.

– Pour ce qui est de votre deuxième découverte, je n'en suis pas absolument certaine, mais ce pourrait bien être une hamadryade. À ma connaissance, ce sont les seules de leur espèce à avoir le sang vert. Ce que je ne m'explique pas, c'est comment cette brute de Vigor a pu se la procurer. Elles ont disparu avec leurs semblables depuis des siècles, se réfugiant à Elfré, le monde des elfes. Ces derniers partagent leur amour de la nature et leurs croyances en général. Leur départ a causé beaucoup de tort à notre environnement, qui se retrouvait soudain dépourvu de leurs précieux soins. La situation n'a cessé de se dégrader au cours des siècles.

Je devais avoir l'air perdu parce qu'elle s'arrêta et sourit.

– Pardonnez-moi. Je réfléchis à haute voix pendant que vous, vous cherchez à comprendre. Je m'explique : grand-mère disait que les hamadryades faisaient partie de la grande famille des nymphes. Chaque branche de cette famille est responsable d'un élément essentiel à l'équilibre du monde qui nous entoure, un peu comme les élémentaux, mais de façon plus spécifique. L'hamadryade que vous avez vue aujourd'hui ne quitte habituellement jamais l'arbre où elle est née. Sa fonction est de protéger la grande forêt et tout ce qui s'y rattache. C'est pourquoi son sang est vert foncé, à l'image des espèces sur lesquelles elle veille. Il y a aussi les naïades, qui veillent sur les sources et les rivières, les napées, que l'on trouve dans les boisés et les prés, les névéides et océanides, qui occupent les lacs et les océans, et les oréades, qui vivent dans les montagnes. Chacune a sa propre couleur sanguine. Mais, comme je vous le disais tout à l'heure, elles sont censées avoir disparu il y a bien longtemps, suivant les elfes lors de la Grande Séparation. Jamais je n'ai entendu dire que certaines étaient restées de ce côté-ci.

– En tout cas, celles que j'ai vues doivent bien venir de quelque part. Je préfère penser que ce sont des égarées restées de ce côté-ci des frontières plutôt que d'imaginer que cet imbécile a trouvé un moyen d'aller les chercher dans leur propre monde.

Au regard qu'elle me lança, je compris qu'elle était d'accord avec moi.

– Je me demande tout de même pourquoi il a besoin de ces êtres rares et précieux. Je n'ai jamais entendu dire que les nymphes avaient des dons particuliers pour la guerre.

– Si elles veillent sur divers éléments qui composent l'univers, ne peuvent-elles pas aussi commander à ces mêmes éléments ? m'enquis-je.

La question resta un instant en suspens, comme si Meagan ne voulait pas penser à ce qu'elle pouvait impliquer.

– Est-ce que tu as une idée de l'étendue de leurs pouvoirs ?

Meagan fit non de la tête, l'air franchement désolé.

– Il y a bien longtemps déjà que l'on ne parle plus ouvertement de ces êtres dans nos contrées, si ce n'est dans les légendes au coin du feu, comme pour tout le reste. Le peu que j'en connais, je vous l'ai déjà révélé. Les gens préfèrent penser que tout ça n'a jamais existé plutôt que de devoir songer à ce qu'ils ont perdu.

– Ça ne fait rien, lui dis-je doucement, tu ne peux pas tout savoir.

Je poussai un soupir résigné. Ce ne serait pas la première fois, ni la dernière, que je devrais me contenter de bribes de renseignements en attendant de trouver les pièces manquantes du casse-tête. Nous fîmes un effort pour chasser de nos pensées cette pauvre créature et tout ce que sa présence ici pouvait signifier.

Nous occupâmes notre matinée à la création de la carte dont nous avions discuté la veille. La difficulté fut de trouver un support suffisamment grand pour mettre le maximum de détails, mais sans que cela devienne encombrant à transporter. Je voulais éviter que cette mine de renseignements précieux soit trop apparente lorsque je voyagerais. Une fois trouvé ce que nous cherchions, Meagan entreprit de dessiner de son mieux en m'expliquant de nouveau chaque détail. Le résultat fut bien au-dessus de mes attentes. Nous dînâmes ensuite avec bonne humeur, le sire nous faisant grâce de sa désagréable présence. Nous occupâmes les heures suivantes à réfléchir à la meilleure méthode pour m'évader d'ici.

Nous avions beau faire preuve d'imagination et d'une volonté hors du commun, nous n'arrivions à aucune solution réellement concevable. Inutile d'envisager de passer par une fenêtre. Je risquerais de me rompre les os, et même si j'atterrissais sans trop de dommages, je devrais traverser le pont en échappant à la surveillance des sentinelles. Meagan m'avait en effet mentionné que les trois bâtiments comportaient un certain nombre d'archères.

Devant mon air ahuri, elle m'expliqua que c'était des ouvertures hautes, mais très minces, où se tenaient en permanence des archers. Ils avaient l'ordre de tirer sur toute personne franchissant le pont sans permission, que ce soit pour venir au château ou pour le quitter. Meagan avait précisé qu'ils pouvaient atteindre leurs cibles à des distances invraisemblables, même la nuit. Cela expliquait sûrement la fuite rapide des hommes de Simon, le jour de mon arrivée. La fuite à la nage, que j'avais précédemment envisagée, avait perdu son attrait à la lumière de ce que j'avais vu au pied de la tour. Je n'avais nulle envie de savoir si Ylas était capable de me repérer sans le sifflet de son dompteur.

Je poussai un soupir de lassitude ; je n'entrevoyais guère d'issue. Ma demoiselle de compagnie ne semblait pas plus enthousiaste que moi. Elle m'observait, l'air triste, puis son visage s'éclaira.

– Mon Dieu ! Je n'aurais jamais cru que vous puissiez être aussi douée. J'ai rarement vu une pièce si réussie.

Je la regardai, surprise, avant de comprendre de quoi elle parlait. Je baissai les yeux sur l'ouvrage qui reposait sur mes genoux.

– Oh ! fis-je, moi-même étonnée. C'est vrai que ce n'est pas trop mal...

J'avais demandé à Meagan s'il y avait quelque chose que nous pourrions faire pour m'aider à passer le temps, une activité qui ne demandait pas une trop grande concentration afin que je puisse consacrer entièrement mon esprit à mes plans d'évasion. Je voulais aussi que le sire de Canac croie que je ne m'ennuyais pas, que je commençais à m'adapter et à faire preuve d'ouverture à la vie entre ces murs, mais surtout à sa compagnie. Meagan avait trouvé l'idée excellente. Elle avait quitté la pièce quelque temps, après le dîner, pour revenir avec un énorme panier rempli d'aiguilles à tricoter et d'écheveaux de laine aux teintes multiples. Elle n'aurait pu trouver meilleure façon de m'occuper !

Plongée dans mes souvenirs, je m'étais revue, assise dans le salon de la vieille maison, heureuse et insouciante. C'est Tatie qui m'avait appris le tricot alors que j'étais en pleine crise d'adolescence. Elle m'en avait vanté les vertus en me disant que je ferais mieux d'utiliser mon surplus d'énergie pour créer de magnifiques pièces de tricot plutôt que de me perdre dans des discussions vouées à l'échec et des crises sans lendemain. Avec une patience d'ange, elle m'avait montré comment réussir de purs chefs-d'œuvre, que je m'étais surprise à porter ou à offrir avec fierté. Ce passe-temps était par la suite devenu un excellent exutoire à la colère, au chagrin ou à n'importe quel état d'âme, une sorte d'antidépresseur.

Je m'étais d'abord demandé si je retrouverais toute la dextérité dont j'étais capable auparavant. À ma grande surprise, je n'avais mis que quelques minutes avant que le cliquetis des aiguilles n'adopte un rythme régulier et étrangement rassurant. Une activité familière, dans ce monde qui ne l'était pas, m'était grandement bénéfique. Sans m'en rendre compte, j'avais fait les ajustements nécessaires tout au long de l'aprèsmidi, et ce qui ne devait être qu'une manche à l'origine avait lentement fait place à une moitié de chandail, fort jolie, il est vrai. J'en étais à me dire que je finirais mon ouvrage le lendemain, lorsque l'on frappa. Meagan alla ouvrir et céda le passage à l'imposante cuisinière, Gaudéline.

Je ne pus cacher ma surprise ; jamais encore elle n'était venue en personne. Elle envoyait toujours l'une de ses servantes.

– J'ai eu envie de vous revoir, me dit la matrone en disposant sur la table le contenu du grand plateau qu'elle avait apporté.

Le clin d'œil qu'elle me lança me donna à penser qu'il y avait anguille sous roche. Je m'installai, de même que Meagan, et entrepris de manger en attendant la suite. Au lieu de quitter la pièce pour rejoindre ses cuisines, elle ne s'absenta que quelques instants, le temps de revenir avec un second plateau et de prendre place à nos côtés.

– J'ai obtenu la permission de me joindre à vous, prétextant le besoin de faire plus ample connaissance avec la future châtelaine. Comme je serai bientôt sous vos ordres, lors des absences répétées de notre maître, il m'a été facile de plaider ma cause. Le but de ma visite est cependant tout autre et je vous demanderai d'être attentive, car je ne dispose que de peu de temps. Une présence prolongée éveillerait des soupçons dont nous n'avons guère besoin. Je n'ai donc que le temps d'un repas pour m'expliquer loin des oreilles indiscrètes, qui sont légion dans ces bâtiments.

Ma curiosité piquée au vif, j'étais impatiente de connaître les raisons de tant de mystères. Gaudéline me sourit chaleureusement avant de reprendre.

– Il vous faut gagner le village de Gléphyre au plus vite, afin de rejoindre celle qui vous permettra de mettre fin sans danger à la vie qui grandit en vous.

Je sursautai. J'avais d'abord cru qu'elle s'était entendue avec Meagan pour me permettre de rejoindre l'aïeule de cette dernière, mais ce n'était pas le cas. Gaudéline posa une main chaude et rassurante sur la mienne.

– Vous pourrez ensuite rejoindre l'aïeule de Meagan, comme vous le souhaitez. Je crois cependant qu'il serait plus sage de faire le voyage sans votre encombrant fardeau. Comme cet enfant risque de posséder des pouvoirs dépassant de beaucoup ce que l'on a vu au cours des derniers siècles sur nos terres et que vous ne l'avez pas désiré...

La colère et la haine qui traversèrent mon regard suffirent à confirmer ce qu'elle savait déjà.

– ... il serait souhaitable qu'il ne voie jamais le jour. Cela nous donnerait davantage de temps pour contrer les plans d'Alejandre. Il se lancera inévitablement à votre poursuite, mais on vous aidera à vous soustraire à son emprise le plus longtemps possible. S'il lui faut trouver, une fois de plus, une nouvelle Fille de Lune, nous y gagnerions tous.

J'aurais voulu lui poser des questions sur ces Filles de Lune précédentes, qu'on avait plus d'une fois mentionnées en ma présence, mais il y avait plus urgent.

– Ne pourriez-vous pas faire le travail vous-même ? Pour le bébé, je veux dire ? J'ai cru comprendre, au cours de mes conversations avec Meagan, que tous vous consultaient pour leurs plaies, leurs malaises et leurs problèmes plus... personnels.

Gaudéline poussa un soupir résigné.

– Croyez bien que si c'était possible, je vous l'aurais déjà proposé, mais cet enfant n'est pas comme les autres. Votre statut de Fille de Lune, de même que votre passé mystérieux et celui de son père m'empêchent d'agir. Je risque de vous blesser grièvement plutôt que de parvenir à mettre un terme à cet embryon de vie malsaine. Voilà pourquoi vous devez rejoindre le village de Gléphyre. Dans la forêt qui l'entoure, juste au pied du mont Rudel, une vieille connaissance y habite : Wandéline. Je ne vous cache pas que c'est une sorcière. Enfin, c'en était une jusqu'à ce qu'elle change son fusil d'épaule, il y a quelques années...

Gaudéline haussa les épaules.

– Toujours est-il qu'elle consacre désormais l'étendue de ses innombrables pouvoirs à aider ceux qui ont des besoins particuliers. On raconte cependant qu'elle exige un prix élevé pour le privilège d'utiliser ses services. Vous lui direz simplement que vous venez de ma part et lui expliquerez la situation. Wandéline me doit quelques services... Par ailleurs, je doute qu'elle exige quoi que ce soit en retour puisqu'elle ne tirerait aucun avantage de la venue d'un tel enfant. Au contraire, elle a beaucoup à perdre du fait que plusieurs seigneurs des contrées avoisinantes la recherchent pour haute trahison. Ils ne seraient que trop heureux d'avoir enfin un héritier universel à qui transmettre leur haine et perpétuer ou assouvir leur désir de vengeance.

– Pourquoi ne suivent-ils pas simplement les indications de ceux qui ont eu recours à ses services pour la retrouver ?

– Parce qu'il est dit que la mort frappera ceux qui choisiront de trahir sa cachette pour de mauvaises raisons ; ils mourront dans d'atroces souffrances avant d'avoir pu donner la position exacte de son repaire. Je peux vous assurer, pour l'avoir vu de mes propres yeux, que c'est effectivement ce qui arrive. L'effet de dissuasion est radical.

La crainte qui traversa son regard fut si brève que je me demandai si je n'avais pas tout simplement rêvé. Qu'avait-elle à craindre de cette femme qu'elle voulait que je retrouve ? Pas un instant, cependant, Gaudéline ne douta que je partage son désir de recourir aux étranges services de Wandéline puisqu'elle me demanda :

– Auriez-vous un bout de parchemin ou quelque chose sur lequel je puisse vous dessiner le trajet à emprunter depuis ce château jusqu'à sa tanière ?

Je consultai Meagan du regard avant de prendre ma décision. Elle était mon alliée depuis le début et en connaissait probablement beaucoup sur les habitants de ce château. Par ailleurs, rien ne me certifiait que ce n'était pas une ruse de la part de mon geôlier pour mieux me piéger. Sa réponse me soulagea.

– Vous pouvez lui faire confiance sans crainte. Je vous en donne ma parole.

Je sortis donc la carte que nous avions si patiemment confectionnée, le matin même. Gaudéline ne put cacher son émerveillement devant tant de précision.

– Je n'aurais pas pu faire mieux. Cette carte est vraiment à l'image de la région.

Elle m'indiqua, à l'aide d'un signe étrange, la position du village de Gléphyre avant de m'expliquer comment me rendre jusqu'à Wandéline. Je devais mémoriser avec exactitude l'emplacement, que je ne pouvais inscrire sur ma carte, sans quoi je serais damnée. Elle me donna ensuite ses consignes quant à la façon de m'adresser à cette sorcière et précisa que je ne devais surtout pas faire mention d'Alexis une fois là-bas. Lorsque je demandai pourquoi, Gaudéline garda le silence et Meagan évita mon regard intrigué. Je n'insistai pas. Je découvrirais bien, tôt ou tard, ce que ce mutisme signifiait. J'avais un problème plus urgent pour le moment.

– C'est bien beau de dessiner des cartes et de m'indiquer les différents endroits où je dois absolument me rendre, mais je vous signale que je ne suis pas encore sortie d'ici...

C'est Gaudéline qui me répondit.

– Je sais et c'est aussi pourquoi je suis là. Dans quatre jours, Alejandre doit quitter le domaine pour au moins deux nuits. Une affaire urgente, d'après ce que j'ai pu comprendre et, exceptionnellement, Mélijna doit l'accompagner. Cette situation inhabituelle joue en notre faveur, même si je m'inquiète du fait que cette sorcière doive y aller ; ce ne peut être qu'un très mauvais présage pour l'avenir... Je ne sais pas encore comment nous parviendrons à vous faire quitter la demeure sans que les gardes s'en aperçoivent, mais je suis certaine que c'est possible. N'oubliez pas que nous avons encore trois jours pour y penser. Je ne pourrai peut-être pas trouver un prétexte pour revenir, mais je saurai sûrement vous contacter d'une quelconque façon.

Elle repoussa sa chaise et se leva en soupirant.

– Je dois maintenant partir, si je veux vous être vraiment utile. Me faire prendre à comploter ne nous aiderait sûrement pas beaucoup...

Je ne pouvais réprimer mon excitation devant la perspective de mon évasion. Je dus me montrer un peu trop enthousiaste, car Meagan sentit le besoin de me ramener sur terre.

– N'oubliez pas que vous êtes toujours entre ces murs inhospitaliers. Malgré tout le respect que je vous dois, je vous conseille de garder vos envies de réjouissances pour plus tard. Vous devriez plutôt occuper votre esprit à ce qui vous sera nécessaire lors de votre fuite vers le village de Gléphyre.

J'aurais voulu répliquer, mais la sagesse et la justesse de ses propos me firent garder le silence. Je n'eus guère le temps de penser puisque la porte s'ouvrit, moins de dix minutes plus tard, sur une vision de cauchemar. Le maître des lieux et son épouvantail de sorcière nous offraient une visite, que j'espérais brève et sans incident. Après les nouvelles plutôt bonnes de la dernière heure, je n'avais guère envie d'en avoir de mauvaises en contrepartie. Les yeux d'Alejandre se portèrent naturellement sur le tricot abandonné sur le fauteuil, et je vis une brève lueur de satisfaction éclairer son regard. Pourvu que cet effort supposé d'adaptation suffise à le rassurer sur mes intentions à long terme.

– Je constate avec plaisir que vous employez fort joliment votre temps. Il serait en effet dommage de perdre de belles heures dans l'oisiveté...

Autant de beaux mots dans la bouche d'un être aussi barbare avaient quelque chose de dérangeant. Je ne lui répondis pas, mais lui offris un sourire aussi peu sincère que chaleureux. Ma haine de mon visiteur avait momentanément détourné mon attention de la créature qui le suivait et qui s'avançait maintenant vers moi de son pas traînant.

Cette femme semblait tout droit sortie d'un cauchemar, et chacune de ses apparitions augmentait ma tension et ma nervosité à un niveau critique. Elle me fixait maintenant de ses yeux si semblables aux miens que j'en avais la nausée. Une désagréable impression me serrait le cœur chaque fois que l'idée que nous étions parentes m'effleurait l'esprit. Sa voix dangereusement aiguë résonna une fois de plus sur les murs de pierre au moment où elle posa une main directement sur mon ventre, sous mon corsage. Elle ferma les yeux en me tâtant. Je me raidis imperceptiblement.

– Je vois...

Un moment passa sans que rien ne se produise, puis elle sembla entrer en transe. Son corps s'agita de soubresauts et ses traits se tendirent, comme sous le coup d'un effort extrême. Je la vis lentement s'élever, sa tête parvenant à hauteur de la mienne en dépit de sa petite taille. Je baissai les yeux et constatai que ses pieds ne touchaient plus le sol. Elle lévitait ! Je respirai profondément, m'obligeant à garder mon calme. Sa main se crispa soudain sur ma peau, me pinçant douloureusement, ce qui m'arracha un cri. Cet écart de conduite de ma part lui fit perdre sa concentration ; elle retomba au sol avec brutalité, perdit pied et se retrouva sur le dos avant qu'Alejandre ne réalise ce qui se passait. Il se précipita pour l'aider à se relever, tout en me jetant un regard noir. Je ne pus réprimer un sourire satisfait. Ce n'était quand même pas ma faute si elle m'avait fait mal ! Je lui rendis son regard, sans culpabilité aucune. Je n'étais pas un animal en cage que l'on pouvait ausculter à sa guise...

Je constatai que Mélijna gardait toujours les yeux fermés ; tant mieux, je n'avais ainsi pas besoin de les affronter. Mon bonheur fut toutefois de courte durée puisqu'elle reprit rapidement conscience. Elle n'accorda pas la moindre attention à Alejandre, qui tentait de l'aider, mais se concentra sur moi. Son regard me transperça comme l'aurait fait une lame de couteau et je me sentis défaillir. Je me repris de justesse, mais une douleur sourde me martelait désormais les tempes avec la régularité d'un métronome. Cela ne dura pas plus d'une minute, mais une sensation de grand vide m'envahit ensuite. Qu'est-ce qu'elle avait bien pu me faire encore ?

M'abandonnant à mon sort, Mélijna se tourna vers Alejandre. Ce dernier était tendu au possible, attendant qu'elle prononce son verdict sur ma condition. Elle lui fit signe de la suivre, refusant de parler devant moi. Ils quittèrent la pièce aussi subitement qu'ils étaient apparus. Je restai là, les bras ballants, le cœur battant la chamade. Je ne pus m'empêcher de penser que tout ne se déroulait pas comme ils l'avaient prévu. Je ne savais pas, par contre, si c'était une bonne chose pour moi.

La nuit et la matinée du lendemain passèrent sans la moindre nouveauté. Je me concentrai sur mon passe-temps, incapable de faire quoi que ce soit d'autre. Meagan crochetait silencieusement, me jetant un regard de temps à autre, sans plus. Nous n'avions guère le cœur à bavarder, espérant des nouvelles de Gaudéline avant la fin de la journée, mais craignant également de voir reparaître Alejandre et sa folle. Les deux jours suivants furent identiques et je commençais à désespérer d'avoir des nouvelles encourageantes. Le quatrième jour, je me levai de mauvaise humeur, le corps tendu ; la journée s'annonçait longue et ardue.

Alejandre devait normalement partir aujourd'hui mais, à midi, Gaudéline n'avait toujours pas donné signe de vie. De fait, je perçus le bruit de chevaux traversant le pont peu de temps après la fin du repas et j'espérai que c'était le sire de Canac qui quittait le château. Jamais il n'avait fait mention de ce voyage devant moi au cours de ses dernières visites. Il espérait probablement que je n'étais pas au courant de son départ pour que je ne sois pas tentée de m'enfuir pendant son absence. On verrait bien qui était le plus futé des deux...

- 30 -

Sur la plaine

Alix, toujours magiquement invisible quand il se déplaçait sur les territoires des mutants, gagna le point de rendez-vous des mancius à la mi-journée. Il savait qu'il devrait attendre plusieurs heures avant que les chefs de clan, de même que Mélijna et Alejandre, ne se montrent, mais c'était ce qu'il souhaitait. Il avait besoin de temps pour réfléchir, loin de sa harpie d'épouse et de ses hommes, qui choisissaient trop souvent de s'en remettre à lui. Il avait cependant pris soin de ne rien laisser au hasard dans la libération de la Fille de Lune. Si leur plan se déroulait sans anicroches, elle devrait être en route pour le village de Précian quand il quitterait enfin cet endroit déprimant.

Il soupira, sachant qu'il lui faudrait ensuite convaincre la jeune femme de se rendre chez Uleric, pour que ce dernier la prenne en charge. À la pensée d'être enfin débarrassé de ce fardeau, Alix tenta d'ignorer la douleur lancinante dans ses paumes et dans les muscles de son corps. Pour la millième fois au moins, il se répéta que cette histoire de Cyldias n'avait pas de sens et que c'était les maléfices de Mélijna qui gagnaient en puissance. Même si cette idée était déprimante, ça l'était tout de même moins que de penser qu'une Fille de Lune fraîchement débarquée aurait une emprise totale sur sa vie aussi longtemps que ses pas fouleraient le sol de la

Terre des Anciens, et peut-être celui d'un autre monde. Au moins, il pouvait fuir la désagréable compagnie de Mélijna s'il se donnait la peine d'être vigilant, mais avec Naïla, il ne pourrait faire de même.

En contemplant l'horizon terne du désert de Jalbert, qui s'étirait loin devant lui, il soupira. Il y avait maintenant plus de dix ans qu'il se battait dans l'ombre pour délivrer la Terre des Anciens. La venue d'une Fille de Lune de la lignée maudite aurait dû le réjouir autant que son ami Madox, mais pour des raisons bien différentes. Pourtant, il sentait peser sur lui un poids beaucoup plus lourd que par le passé. Si la vieille magie opérait réellement comme le disait Zevin, il ne pourrait pas se défiler tant et aussi longtemps que la jeune femme vivrait, et il porterait sur ses épaules le poids d'une seconde vie. Comme si le poids de la sienne ne lui suffisait pas !

Il cherchait encore la source des dons exceptionnels qui étaient les siens depuis sa naissance. Il ne connaissait pas l'identité de ses parents et il ne pouvait que spéculer sur ses origines, vivant avec l'impression constante que sa vie ne tenait qu'à un fil. Son mariage obligé ne lui avait pas apporté la quiétude qu'il espérait, ni le rempart dont il avait désespérément besoin pour masquer ses activités véritables. Il traînait derrière lui des erreurs de jeunesse et de témérité qui nuisaient trop souvent à sa quête des trônes de Darius et d'Ulphydius. Et, par-dessus tout, il éprouvait une sensation étrange en présence de la jeune femme dont il voulait si ardemment confier la garde à quelqu'un d'autre. Il n'avait surtout pas besoin qu'une nouvelle forme de magie ancestrale vienne lui mettre des bâtons dans les roues.

Le dos appuyé contre une paroi rocheuse, aux limites du désert, il ramena ses genoux contre sa poitrine et y appuya sa tête devenue douloureuse. Quand bien même il l'aurait voulu, il ne se sentait pas la force de poursuivre cette déprimante réflexion sur sa vie. Le sommeil qu'il avait délibérément fui au cours des derniers jours, parce qu'il devait préparer l'évasion de la Fille de Lune, semblait vouloir le gagner. Pendant quelques instants, il tenta de lutter, mais il savait qu'il vaudrait mieux s'y abandonner. La nuit serait peut-être plus longue que prévu.

* *
*

Le monde autour de lui semblait plongé dans un épais brouillard permanent. Il ne distinguait que des formes et des silhouettes imprécises qui se mouvaient sans bruit. Il savait qu'il ne se trouvait plus sur la Terre des Anciens ; il avait la certitude d'avoir traversé l'une des frontières du temps et de l'espace. Il aurait cependant été bien en peine de dire dans lequel des six autres mondes il avait pénétré et où se trouvait ce passage que tant de sorciers cherchaient.

– Mais tu es dans ton propre monde, jeune Alix. Dans le monde qui t'a vu naître et partir beaucoup trop tôt.

Alix chercha d'où venait cette voix calme et douce, mais il ne vit rien.

– Qui êtes-vous ? s'entendit-il demander. Comment connaissez-vous ce nom que seuls mes plus précieux compagnons d'armes me donnent ?

– Oh ! Mais je sais tout de toi, jeune guerrier du temps. Je n'ai de cesse de suivre tes pas depuis le tout début de ta vie, depuis le jour où l'on t'a arraché à ta mère pour que tu puisses accomplir ce destin qui est le tien. J'ai assisté à tes plus brillantes victoires comme à tes échecs les plus cuisants. Je t'ai vu affronter des créatures qui hantent maintenant tes cauchemars et lutter contre des forces que personne ne souhaite voir se réveiller. Je t'ai regardé apprendre à maîtriser tes dons innés, après avoir découvert ces pouvoirs que tu portes en toi et dont tu ne connais pas encore l'ampleur véritable. Je t'ai suivi sur les chemins de l'histoire de la Terre des Anciens, dans les bibliothèques des villes que tu as visitées, dans les temples du savoir que tu as pillés, dans les lieux mystiques dont tu as retrouvé la trace. Et j'étais aussi présente quand tu as rencontré celle qui te ressemble tant, même si elle n'est encore que l'ombre de ce qu'elle doit être...

– Pourquoi ? Pourquoi ma vie vous passionne-t-elle autant ? Pourquoi...

Mais les questions du Cyldias restèrent en suspens dans l'immensité vaporeuse qui l'entourait et personne ne répondit, comme s'il ne devait pas savoir, comme si une réponse pouvait changer le cours du destin, son destin.

– Va, maintenant, jeune Alix. Va rejoindre ceux qui t'attendent. Et ne t'en fais pas, je veillerai toujours sur toi, comme je veille sur elle.

* *
*

Alix se réveilla en sursaut, mais il n'eut guère le temps de repenser à ce qu'il avait vu en songe. Le soleil descendait sur l'horizon, et les chefs de clan attendaient quelques mètres plus bas. Un coup d'œil lui suffit pour voir que Mayence n'était pas présent ; seuls les dirigeants s'étaient déplacés, forts du soutien de leurs familles respectives. Comme l'avait mentionné le jeune mancius, Rimard n'avait pas jugé bon de venir, mais personne ne semblait s'en offusquer. Alix pensa avec ironie que ça leur en faisait un de moins à surveiller.

Le jeune homme était toujours aussi surpris de constater à quel point les clans ne se faisaient pas confiance et étaient les instigateurs de leur propre disparition. La méfiance régnait en maître et il ne se passait pas une rencontre sans que l'on en vienne à utiliser les armes. Mais s'il voulait être franc, Alix trouvait cette situation parfaitement acceptable. S'ils pouvaient tous s'entretuer, ça réglerait définitivement son problème actuel. Ils n'eurent malheureusement pas le temps de trouver un sujet de discorde avant que les deux êtres qu'Alix détestait le plus au monde ne fassent leur apparition.

Immédiatement, Mélijna, qui attendait légèrement en retrait, jaugea l'assemblée avec une attitude hautaine qui lui valut des regards désapprobateurs dans les rangs des mancius. Le Cyldias en fut ravi. « Traite-les comme des imbéciles, pensa-t-il, satisfait, et je doute fort que tu obtiennes ce que tu es venue chercher. »

L'attention des chefs de clan fut détournée par un mouvement à la gauche de la sorcière. La vision peu flatteuse qu'offrait Alejandre aux mancius rassemblés arracha à Alix un sourire de contentement. Son détestable frère rendait ses tripes dans un buisson sec. Il tenta ensuite de retrouver son équilibre, mais n'y parvint pas immédiatement. Mélijna vola à son secours, la colère déformant ses traits déjà sans charme. D'un geste de la main, elle remit le jeune homme sur pied, mais il n'y avait plus rien de naturel dans sa posture. Alejandre marmonna entre ses dents :

– Je ne m'habituerai jamais à voyager de cette façon. Ça ne sert à rien...

Mélijna lui jeta un regard de gorgone qui lui cloua le bec.

– Tâche simplement de bien te tenir, même si tu sembles en être incapable, et je m'occupe du reste.

Le sire de Canac lui lança un regard courroucé, mais s'abstint de répliquer. La sorcière reporta ensuite son attention sur les mancius réunis.

– Je suis particulièrement heureuse de constater que ma proposition vous a plu. Nous allons donc...

Elle fut interrompue par le mancius à cornes grises et à fourrure jaune qu'Alix avait vu protester l'autre jour.

– Avant de donner mon accord, je veux savoir quels sont les pouvoirs que vous prétendez nous accorder ?

– Et moi, je veux une démonstration de votre bonne volonté en vous voyant, dès ce soir, remplir une partie de vos promesses, ajouta un mancius ailé.

Mélijna fronça les sourcils. Vraisemblablement, elle n'avait pas imaginé que ces êtres qu'elle jugeait primitifs poseraient de nouvelles conditions une fois qu'elle serait sur place.

– Ma parole ne vous suffit pas ? demanda-t-elle, une note d'arrogance dans la voix. Je n'ai pas l'habitude de me faire dicter ma conduite par des êtres qui me sont inférieurs.

« Parfait, se réjouit Alix. Continue de t'enfoncer, ma vieille. »

– Votre parole a une forte tendance à se modifier avec le passage du temps, répliqua le mancius à cornes, sarcastique. Je ne veux surtout pas que mon peuple ait encore une fois à souffrir de votre mauvaise foi.

– Voyez-vous cela, siffla Mélijna. De la mauvaise foi, vraiment ? Je me souviens plutôt d'un désistement de vos troupes en plein milieu d'une bataille. Je ne vois pas pourquoi j'aurais payé pour un service rendu qu'en partie seulement...

Le mancius ailé bouillait littéralement de colère.

– Nous ne nous sommes pas désistés ! Nous avons été littéralement massacrés sans que vous leviez le petit doigt pour nous venir en aide.

Le petit doigt, c'était le cas de le dire, puisque Mélijna n'avait souvent qu'à bouger l'un de ses appendices pour que sa magie opère.

Le jeune homme remarqua soudain qu'Afrion s'avançait lentement, prêt à s'interposer entre la sorcière et les chefs de clan. L'aîné décida finalement de prendre la parole, pour tenter de calmer les esprits qui menaçaient de s'échauffer. En effet, un mancius nanti d'un très long cou s'était rapproché, une arme à la main, les yeux rougeoyant de colère ; il ne semblait pas avoir envie de discuter outre mesure.

– Au risque de déplaire à l'une comme aux autres – il jeta d'abord un œil à Mélijna avant de se tourner vers les chefs de clans mutants –, je pense que vous devriez vous souvenir que vous avez, en ce moment, besoin les uns des autres... Il ne sert donc à rien de continuer à lancer des accusations qui ne mèneront nulle part. Vous devez...

Le vieux mancius appuya fortement sur le mot « devez ».

– ... trouver le moyen de vous entendre et de parvenir à un accord qui satisfasse les deux parties.

Les mancius, de même que Mélijna, n'eurent d'autre choix que de se rendre à l'évidence ; il n'y avait pas d'autre possibilité. Ils risquaient, d'un côté comme de l'autre, de se voir priver de ce qu'ils étaient venus chercher. Afrion devint donc le médiateur des longues discussions qui s'ensuivirent.

Tandis que la nuit enveloppait les adversaires réunis autour d'un feu de camp, Alix désespérait que cette réunion, qui durait déjà depuis deux heures, ne finisse jamais. Il se sentait de plus en plus las des nombreuses récriminations de chacun.

« Pourquoi Afrion ne les a-t-il pas laissés s'entretuer ? fulminait le Cyldias. Avec un peu de chance, Mélijna et Alejandre seraient déjà partis et je ne serais pas obligé de rester dans cette inconfortable position. »

* *
*

Ce qu'Alix ignorait, c'est qu'il y avait pire que les muscles endoloris de son dos et les brûlures infligées par Vigor qui suintaient toujours. Ses pouvoirs, lentement amoindris par la trop longue période écoulée depuis sa dernière rencontre avec la Fille de Lune, risquaient à tout moment de le trahir. Sans qu'il s'en soit rendu compte, son invisibilité perdait de sa vigueur. Par moments, pour un observateur aguerri, une silhouette se dessinait quelques secondes dans les reflets des flammes sur les rochers, derrière les chefs de clan.

Heureusement pour lui, ce n'était pas son frère qui lui faisait face, mais un chef mutant reconnu pour son désir de paix. Frayard, un mancius que la vie avait durement éprouvé, remarqua presque aussitôt ce qui se passait à l'ombre d'une aspérité du roc. Il ne savait pas exactement ce que cette présence voulait dire, mais il se doutait que ce n'était pas par simple distraction que cet homme avait choisi de se rendre invisible dans une réunion comme celle-là. Alors que ses compatriotes remettaient en question, une fois de plus, la validité de la parole de Mélijna concernant la passation des pouvoirs, le mancius aux extrémités palmées se leva dans l'indifférence générale et s'éloigna vers la silhouette qui devenait de plus en plus perceptible, bien que par intermittence.

* *
*

Absorbé par la vive discussion qui risquait, une fois de plus, de ne pas déboucher sur une entente ferme entre les parties, Alix ne remarqua pas que le mancius se dirigeait vers lui. Lorsqu'il perçut enfin la présence de l'autre, il ne mit que quelques secondes à comprendre ce qui se passait. Il disparut instantanément. Frayard perçut un bref déplacement d'air qui lui assura qu'il n'avait pas rêvé.

Le jeune homme se réfugia un peu plus en hauteur, ne pouvant se résoudre à quitter la plaine, même s'il lui était maintenant plus difficile de saisir ce qui se disait. Il soupira. Cette réunion s'éternisait, les mancius se montrant plus patients qu'il ne le croyait possible. Mais ces derniers rêvaient depuis trop longtemps d'acquérir des pouvoirs pour risquer de laisser passer cette chance de les obtenir.

Constatant que les pourparlers continuaient sans faiblir et que le mancius qui se dirigeait précédemment vers lui avait regagné sa place, Alix se donna quelques minutes pour penser à sa propre situation. Il savait maintenant que le don qui lui permettait de se soustraire à la vue de la plupart des créatures vivantes ne fonctionnait plus de façon continue, comme si des ondes parasites le court-circuitaient.

– Naïla...

Le nom de la Fille de Lune franchit ses lèvres comme un reproche. Il la tenait pour responsable de ses problèmes de plus en plus fréquents et espérait qu'à l'heure qu'il était

Nidolas avait rempli la première partie de la mission de sauvetage. Avec de la chance, la jeune femme serait en sûreté au prochain coucher du soleil et il pourrait retrouver la pleine possession de ses moyens avant deux jours.

« En espérant que ce Sage incompétent accepte de lever la malédiction qui m'enchaîne à cette Fille de Lune médiocre. »

Le jeune Cyldias sourit tout de même dans la nuit noire.

« Je sais ce que je vais lui proposer pour le convaincre de confier cette tâche ingrate à un autre », se dit-il.

Mais sa réflexion fut interrompue par une clameur soudaine dans les rangs des mancius. Oubliant toute prudence, Alix rejoignit le cercle juste à temps pour voir Mélijna opérer un transfert de dons, un seul.

Le contact entre les guerriers mutants et la sorcière ne dura pas plus de trois minutes. Alix regardait tout autour, attendant impatiemment que l'un des mancius se décide à essayer son nouveau savoir afin qu'il sache à quoi s'en tenir de la part de ce peuple de combattants. Mais il regretta bientôt son ignorance, celle-ci lui permettait au moins de ne pas s'en faire outre mesure. Alors que maintenant, il ne pouvait ignorer que le mancius ailé venait de dégainer une épée, qui rougeoyait étrangement dans le noir de la nuit nuageuse. Alix n'avait pas besoin qu'on lui explique ce qui se passait ; il avait déjà observé ce phénomène il y a bien longtemps, dans un contexte qui lui paraissait surréaliste aujourd'hui. Le jeune homme secoua la tête pour chasser le souvenir qui lui revenait et auquel il ne voulait surtout pas s'attarder. Mélijna leur avait donc donné le feu de Phédé, qui permettait aux armes d'être toujours rougies comme si elles sortaient des braises d'une forge. Ainsi, non seulement ces armes infligeraient-elles des blessures, mais aussi des brûlures, retardant ainsi délibérément la guérison des plaies.

– Que ces maudits mutants s'en servent entre eux, murmura, rageur, le jeune guerrier entre ses dents. Peut-être comprendront-ils ensuite ce que c'est que de réellement souffrir par la magie.

Concentré sur les mancius fascinés par le feu sacré, le jeune homme ne remarqua pas la disparition d'Alejandre, qui se tenait à la droite de Mélijna lors de l'échange. Personne ne bougea non plus pour lui faire comprendre que son invisibilité lui jouait des tours encore une fois. Soudain, il sentit une lame s'enfoncer dans son flanc droit, à l'endroit exact où elle avait pénétré dix ans plus tôt, poussée par le même homme et accompagnée d'un rire toujours aussi cruel, celui du sire de Canac.

- 31 -

La fuite

Mes espoirs ne furent comblés que tard dans la soirée. Le repas s'était déroulé dans le calme et rien ne m'avait permis de penser que je verrais la fin de ma détention. Je ne m'attendais donc pas à ce que la porte de mes appartements glisse sur ses gonds, alors que la lune montait depuis un certain temps déjà dans le ciel, partiellement cachée par les nuages. Je fus surprise de voir pénétrer dans la pièce l'un des gardes habituellement en poste dans le couloir. C'était le plus jeune des deux ; il ne devait pas avoir plus d'une vingtaine d'années. Il avait les cheveux longs et blonds, noués sur la nuque par un large ruban noir. Ses yeux noisette pétillaient d'intelligence et je ne doutai pas un instant qu'il ne soit acquis à ma cause. C'était la troisième personne en ces lieux à n'être pas fidèle à celui qui l'employait. Je me demandai soudain combien d'autres avaient aussi choisi cette voie dangereuse pour leur vie. La pensée que le triste sire de Canac ne récoltait que ce qu'il méritait me redonna espoir en l'existence.

Le jeune homme posa un doigt sur ses lèvres, me faisant signe de le suivre dans la pièce contiguë, où nous attendait une Meagan aux yeux rougis. Elle s'était retirée plus tôt dans la soirée, après s'être assurée que je n'avais besoin de rien, prétextant un mal de tête. Je n'avais pas posé de questions, mais je comprenais maintenant qu'elle savait que je devrais partir le soir même. Elle tenait à la main deux sacs de toile que je présumai contenir le nécessaire à ma survie. Elle me serra dans ses bras, me glissant à l'oreille un « bonne chance » chargé d'émotions. Je sentis les larmes me monter aux yeux également ; nous n'avions pas partagé notre quotidien bien longtemps, mais nous étions déjà devenues des amies sincères. Elle me manquerait quand, une fois de plus, je me retrouverais seule face à l'inconnu.

– Nidolas vous montrera comment sortir du château et vous indiquera ensuite comment trouver votre chemin sous le couvert de la nuit. Les archers ne sont pas en poste, trop contents de pouvoir fêter sans restriction. Ils ne seront pas en état de tirer avant demain après-midi, Gaudéline ayant veillé à ce qu'il y ait suffisamment de jeunes et jolies femmes soumises dans leur entourage pour leur enlever tout désir de surveillance. Ceux qui auraient été le plus à même de vous causer des ennuis, Vigor et Nogan, sont enfermés dans les sous-sols grâce à des amis parmi la garde personnelle d'Alejandre. Comme vous pouvez le constater, nous serons capables de couvrir votre fuite un certain temps ; cela devrait vous être suffisant.

– Est-ce qu'elle a une arme ? demanda mon sauveteur à Meagan.

La jeune femme fit non de la tête.

– Gaudéline n'a pas été capable de s'en procurer une suffisamment petite pour être facilement dissimulée. Je suis désolée.

J'eus une brève pensée pour la dague que j'avais perdue dans une altercation, le jour de ma dernière rencontre avec Simon. Il est vrai que la présence de ce joyau m'aurait rassurée. Qu'était-elle devenue ?

Meagan me poussa doucement vers Nidolas, qui me tendit la main. Je la saisis et sortis, ne regardant pas en arrière, de peur de ne pouvoir retenir mes larmes. Je vis que l'autre garde dormait à poings fermés et je soupçonnai l'imposante cuisinière de lui avoir fait boire une boisson de son cru.

Nous nous enfonçâmes dans les couloirs du palais, cheminant sans faire de bruit, l'oreille aux aguets. Nous avions parcouru environ la moitié du chemin menant à la cour du château lorsque le bruit d'une conversation nous parvint. Il semblait provenir d'une pièce, un peu plus loin sur la gauche. Mon compagnon mit un doigt sur ses lèvres et me fit signe de demeurer sur place, pendant qu'il irait voir de quoi il retournait. S'il fut surpris d'une présence dans cette partie du château, il n'en dit rien et s'enfonça dans le couloir sombre, me laissant seule.

Des éclats de voix se firent bientôt entendre, dont le volume enfla rapidement. Le son caractéristique des épées qui s'entrechoquent résonna bientôt et je me plaquai contre le mur par réflexe, comme si je croyais pouvoir m'y fondre. Le tapage me sembla durer une éternité et je percevais les battements de mon cœur, qui s'affolait dans la crainte que nous soyons découverts. J'étais tellement concentrée sur le combat qui faisait rage plus loin que je n'entendis pas que quelqu'un s'approchait dangereusement. Ce n'est que lorsque je perçus un souffle chaud et chargé d'alcool, au creux de mon cou, que je sursautai et retint à grand peine un cri de terreur. À la faible clarté d'une lucarne percée un peu plus loin, je discernai, en me retournant, la silhouette d'un jeune homme près de moi.

– Tu es perdue, ma jolie ?

Voyant que je ne répondais pas, il continua :

– Tes consœurs sont dans la tour opposée. Je vais t'y reconduire gentiment et, comme tu m'as l'air plutôt bien tournée, je crois que je vais me réserver ta douce présence.

Je compris soudain qu'il devait être l'un des archers ayant quitté leur poste et qu'il pensait que j'appartenais à la cohorte de jeunes femmes que l'on avait dépêchée pour les divertir. Je n'avais nullement l'intention de me laisser conduire dans une autre aile du château et la poigne que je sentis se refermer sur mon bras m'emplit d'appréhension. Je m'apprêtais à lui faire part de mon refus de coopérer lorsque je sentis une deuxième présence. Je n'eus pas besoin de me retourner pour comprendre que Nidolas était enfin revenu. De fait, je n'entendais plus les échos de la lutte qui se déroulait un moment plus tôt. Avant que mon interlocuteur ne puisse se rendre compte de ce qui se passait, il avait une épée enfoncée dans le flanc gauche et s'effondrait dans un bruit sourd. Nidolas voulut récupérer son arme, mais un étrange phénomène se produisit. L'épée refusait obstinément de sortir du corps de l'archer, comme si elle était coulée à même le cadavre et en faisait intégralement partie. Après deux essais infructueux, le jeune homme abandonna en poussant un juron.

– Cette vieille sorcière est pire que la peste noire. Je n'arrive pas à croire qu'elle ait pu utiliser ce vieux sortilège pour protéger les archers de ce château. Encore heureux que je n'aie pas eu une arme facilement reconnaissable...

Je n'entendis pas la suite de ce qu'il dit, Nidolas murmurant pour lui-même.

– Venez, continuons. Ne traînons pas ici. J'ai déjà tué plus de personnes que je ne le devrais, et nous ne sommes même pas encore sortis du château.

J'aurais voulu lui demander qui il avait rencontré lors de son premier affrontement, mais je m'abstins. J'aurais sûrement le temps de poser des questions plus tard ; mieux valait me concentrer sur ma fuite. Nous sortîmes quelques instants plus tard au grand air.

La nuit était plus froide que je ne le croyais et je serrai ma cape contre moi. Je n'étais plus en forme, mon cœur battait la chamade, j'avais un point de côté, et je priai le ciel pour que je ne m'effondre pas sous l'effort avant d'avoir quitté l'enceinte du château. Nous ne prîmes pas la direction des écuries, comme je l'avais d'abord cru, et la peur de devoir fuir à pied s'ajouta à mes craintes. La grille menant au chemin du pont était fermée ; je doutais que nous puissions l'ouvrir sans attirer l'attention, même s'il ne devait pas y avoir un seul garde en poste. Je fus surprise de voir que nous prenions plutôt vers la gauche. Nous nous arrêtâmes pour reprendre notre souffle derrière des meules de foin, tout près de ce que je croyais être l'atelier de forge.

– Est-ce que ça va ? me demanda mon jeune compagnon.

Je fis signe que oui, pliée en deux, les mains sur le ventre, trop essoufflée pour parler, espérant que la clarté de la lune lui suffirait pour percevoir ma réponse.

– Nous allons passer par un chemin oublié depuis longtemps des seigneurs qui se sont succédé dans cette demeure. Nous ne bénéficierons que d'un éclairage réduit, il vous faudra donc prendre garde où vous mettrez les pieds. C'est la façon la plus sûre de quitter cet endroit sans éveiller les soupçons. Vous êtes prête ?

La question était de pure forme puisque nous ne pouvions nous éterniser le long de ce mur. Nous gagnâmes le bâtiment le plus près et y pénétrâmes. Une chaleur étouffante y régnait, malgré la douceur de la nuit, et je compris que j'avais vu juste en présumant que le forgeron y tenait quartier. Ce dernier ronflait gaiement sur une paillasse au fond de la pièce, ne semblant nullement incommodé par cette oppressante chaleur. Nidolas jugea bon de préciser que l'homme refusait de dormir loin des armes qu'il fabriquait, de peur de les voir disparaître sans savoir qui s'en servirait. Je perçus le sarcasme dans la voix du jeune homme lorsqu'il ajouta qu'il ne servait à rien au pauvre homme de rôtir si près de sa forge puisqu'il dormait si dur qu'il n'avait pas conscience des visiteurs indésirables. Je dus effectivement me rendre à cette évidence.

Sans faire le moindre bruit, mon compagnon contourna la forge, toujours rougeoyante, et se permit de prendre l'une des épées entassées le long du mur opposé à la couchette de son créateur, sans que ce dernier bouge le petit doigt. Il la glissa dans le fourreau vide à sa taille et je me rappelai soudain qu'il avait abandonné la précédente dans le corps de l'archer. Il me fit signe de le rejoindre et je m'exécutai le plus silencieusement possible. Une seconde porte permettait de sortir par l'arrière et nous débouchâmes dans un curieux réduit. Je pouvais voir, sur ma gauche, la tour abritant les quartiers des employés, ainsi qu'une porte y menant, mais je ne voyais pas l'utilité de cette connexion entre la tour et la forge puisque l'on n'avait qu'à passer par la cour avant pour parvenir au même résultat. À moins que l'on ne veuille gagner la forge sans être vu ? Mais pourquoi ?

À quatre pattes, Nidolas tâtonnait le sol. Il sembla bientôt avoir trouvé ce qu'il cherchait puisqu'il sortit son épée de son fourreau et l'inséra entre deux grandes pierres en exerçant une forte pression sur la garde de l'arme. Quelle ne fut pas ma surprise lorsque l'une des dalles se souleva légèrement ! Du bout du pied, il glissa une petite pierre ronde dans l'ouverture, pour empêcher le pavé de retourner à sa place.

– Venez me donner un coup de main, s'il vous plaît, me lança-t-il à mi-voix.

Je m'empressai de le rejoindre. Nous glissâmes les doigts sous la grande pierre plate et la soulevâmes ensemble lentement.

– Poussons-la vers la droite sans faire de bruit. Prenez garde de ne pas mettre les pieds dessous.

Nous la glissâmes suffisamment pour que je puisse apercevoir, sous la clarté de la lune, un trou noir juste en dessous. Nidolas, qui avait disparu dans la forge, revint bientôt avec une torche. Il devait l'avoir allumée dans les braises qui couvaient toujours.

– Dépêchons-nous pour éviter que quelqu'un ne voie la flamme par inadvertance. Vous descendez la première et je vous suis, après avoir refermé l'ouverture. Prenez garde, les marches seront probablement glissantes à cause de l'humidité.

Je n'étais pas certaine d'avoir envie de le suivre, mais je n'avais pas d'autre option. Je m'engageai dans l'étroite ouverture, tremblante à l'idée de faire des rencontres désagréables dans un espace aussi réduit. Je ne descendis que quelques marches, prudemment, et m'arrêtai, incapable de poursuivre, la peur me nouant l'estomac. Une odeur de moisissure prenait à la gorge, et le mur, sur lequel je cherchai appui pour ne pas tomber, se révéla couvert d'une substance froide et spongieuse dont je préférais ignorer la composition. La pierre remise en place, le jeune homme se tourna vers moi avec la torche et je pus constater que l'escalier s'enfonçait profondément dans le sol. Je ne voyais toujours pas où nous étions supposés aller comme ça, puisque nous étions entourés d'eau, mais je m'abstins de poser des questions qui entraîneraient des réponses que je n'avais peut-être pas envie d'entendre. Mon compagnon passa devant moi, me poussant doucement contre la paroi pour y parvenir. Il eut un sourire contrit.

– Désolé, mais l'espace est fort restreint et je doute que vous ayez envie de passer devant.

Je lui souris timidement en retour, avant de lui emboîter le pas. Nous descendîmes pendant une éternité, avant de nous retrouver sur une surface plane. Un long corridor sombre s'étendait devant nous et nous n'avions, pour tout éclairage, qu'une torche qui n'avait rien de la lampe de poche de mon ancienne vie. Des gouttes tombaient régulièrement de la voûte et les murs luisaient d'une humidité beaucoup plus dense que dans l'escalier. Nos bottes faisaient un léger bruit de succion lorsque nous avancions. N'en pouvant plus de ce silence, je demandai :

– Où sommes-nous exactement ?

– Sous l'eau.

Je m'arrêtai net. C'était pourtant évident, l'humidité provenait du lac au-dessus de nous. Mais comment pouvait-on avoir creusé un passage comme celui-ci alors que les gens qui avaient construit le château n'avaient accès qu'à une infime partie de la technologie nécessaire à pareille création ? Je contemplais, fascinée, les murs de pierre, de part et d'autre, et ne pus m'empêcher de penser que l'homme pouvait faire preuve d'une débrouillardise hors du commun quand le besoin s'en faisait sentir. Comme je n'avançais plus, Nidolas me rappela que ma situation ne me permettait pas de prendre le temps d'admirer mon environnement.

– Si vous voulez bien continuer d'avancer, je me ferai un plaisir de vous expliquer, plus en détail, la création de ce tunnel. Nous ne pouvons guère nous attarder pour contempler cette réussite, aussi fascinante soit-elle.

Je me remis en route, impatiente de connaître cette histoire, oubliant momentanément la précarité de ma situation.

– Le seigneur qui fit construire ce château, il y a plusieurs siècles, n'était pas un saint, loin s'en faut. Il a donc voulu se ménager une porte de sortie, au cas où il serait pris au piège, attaqué, assiégé ou je ne sais quoi encore. Il fit donc appel à un sorcier particulièrement puissant ; ce dernier créa ce passage souterrain, avant d'isoler le château par un bras de mer. Il n'y a plus, depuis ce jour, que le pont pour se rendre dans l'enceinte.

– Mais comment connais-tu l'existence de ce passage ?

– Il y a bien longtemps, j'ai surpris une conversation de grandes personnes, comme on dit quand on est gamin. Des gens décrivaient l'emplacement de la sortie dans la forêt avec un luxe de détails que j'ai mémorisés sans peine. Plus vieux, je me suis empressé de vérifier la véracité de leurs dires. J'ai finalement abouti dans l'enceinte du château, mais je ne m'y suis pas attardé, reprenant le chemin en sens inverse. J'ai gardé le secret, convaincu qu'un jour il pourrait se révéler utile. Je ne pensais pas que ce serait pour faire s'échapper une Fille de Lune, une femme de légende, en fait.

Sa remarque me donna la chair de poule. J'oubliais trop souvent que je n'étais pas une femme comme les autres dans ces contrées coupées de la civilisation. J'étais recherchée et différente, et je le serais toujours une fois seule. Combien de personnes pouvaient être conscientes de ma valeur « marchande » ? Pourrais-je voyager sans être reconnue ?

J'avais depuis longtemps perdu le deuxième verre de contact coloré qui me permettait d'avoir les deux yeux semblables. L'un des premiers soirs de viol, lorsque mon corps et mon esprit luttaient encore contre les agressions, j'avais soudain vaguement eu conscience de son absence. J'avais bien tenté de le retrouver, après le départ d'Alejandre, mais j'avais su que c'était peine perdue dans toute cette paille et cette saleté. J'en avais fait mon deuil, me disant que dans le château, où ma supposée valeur était connue, il ne me servait plus à rien. Mais ce soir, alors que je m'apprêtais à retrouver ma liberté, ce petit morceau de verre me semblait tout à coup indispensable à ma survie hors des murs de pierre protecteurs. Sans l'impression de sécurité que me procurait mon verre de contact, et sans savoir comment cacher mes yeux, comme le disait Zevin, pourrais-je traverser les vastes régions en sécurité ?

Nous atteignîmes finalement un nouvel escalier qui regagnait certainement la surface. Je n'étais pas fâchée de rejoindre sous peu l'air frais. La nuit me paraissait soudain sécurisante par rapport à ce long couloir froid et désert. La remontée fut encore plus longue que la descente du début de cette promenade nocturne.

Enfin, je sentis un souffle d'air moins chargé d'humidité. J'accélérai le pas, regardant toujours mes pieds pour ne pas trébucher, et je fonçai sur Nidolas. Mon compagnon avait atteint le haut et poussait de toutes ses forces sur un large panneau de bois. Ce dernier ne semblait pas vouloir céder, malgré la force et l'obstination que lui opposait le jeune homme. Je me plaçai derrière lui et tâchai de l'aider de mon mieux. Ce passage ne devait pas avoir été utilisé depuis plusieurs années, compte tenu de son piteux degré d'entretien. Je pensai soudain que mon jeune sauveteur devait avoir été le dernier à l'emprunter. Ce n'est qu'après plusieurs minutes de dur labeur, de changements de position et de jurons bien sentis que nous parvînmes enfin à progresser. Un craquement, puis un autre, nous indiquèrent que le bois, gonflé par l'humidité, cédait enfin. Une dernière poussée, et nous débouchâmes finalement à l'air libre.

Nidolas me donna la main pour que je puisse sortir, puis regarda autour de nous à l'aide de la torche, qui menaçait de terminer sa mission d'une minute à l'autre. Pour autant que je puisse en juger, avec l'éclairage plus que diffus, nous étions dans une ancienne chaumière. Le toit s'était affaissé, la porte pendait sur ses gonds et une multitude de petits mammifères semblait y avoir élu domicile. Mon compagnon, tenant toujours ma main, me conduisit vers la sortie, évitant du mieux qu'il le pouvait les meubles brisés et les innombrables nids de rongeurs.

Dehors, aucun nuage ne cachait plus la lune. J'aurais voulu m'attarder un instant pour lui demander sa protection, certaine que l'astre lumineux me l'accorderait, mais je n'en avais pas la possibilité. Je n'avais aucune idée du temps qu'il nous restait avant l'aube. Je savais par contre qu'à ce moment-là, il me faudrait être déjà loin.

Nidolas émit un sifflement strident qui me tira de ma rêverie en me faisant sursauter. Des bruits provinrent de la forêt devant nous et je me réfugiai instinctivement derrière lui. Il ne semblait pas apeuré, ni même inquiet, et je supposai que ce devait être un signal convenu à l'avance pour avertir une tierce personne de notre présence. Ma pensée se confirma bientôt ; quelqu'un déboucha dans la clairière, tenant deux chevaux par la bride. Je poussai un profond soupir de soulagement. Je ne me sentais pas la force de me cacher, ni de prendre la fuite à pied. Je crus percevoir un sourire du côté de mon compagnon, mais vu la faible lumière, je ne pus en être certaine.

– Kosta vous conduira jusqu'au village voisin, Précian. De là, c'est quelqu'un d'autre qui assurera votre sécurité pendant le reste de votre voyage vers Gléphyre. Ne vous inquiétez pas ; je réponds de chacun de ces hommes sur ma propre vie. Ce sont des compagnons d'enfance fidèles, qui se montreront des gardiens fiables. Je vous souhaite bonne chance et j'espère bien vous revoir dans de meilleures circonstances.

Sur ce, il tourna les talons sans plus de cérémonie et je compris qu'il emprunterait le même chemin pour retourner au château. J'espérais de tout cœur qu'aucun de ceux qui m'étaient venu en aide ce soir ne serait découvert, ni maltraité. Pendant que je regardais disparaître mon compagnon des dernières heures, Kosta sangla mes sacs de toile à ma monture, avant de m'aider à y grimper. Il enfourcha ensuite la sienne et nous partîmes dans la nuit, sans un mot. Malgré ma situation toujours instable, je savourai cette nouvelle liberté, craignant qu'elle ne dure que peu de temps...

* *
*

À quelques mètres de là, indécelable pour quiconque, un homme métissé assista, impuissant, à la scène. Dès que les jeunes gens eurent disparu, il laissa échapper un profond soupir et ferma les yeux. Pourquoi n'avait-il pas été en mesure de dompter son irrépressible besoin de voir Naïla et de s'imprégner, ne serait-ce que quelques instants, de son aura particulière ? Pourquoi venir se torturer ainsi, sachant qu'il ne pouvait révéler son existence ?

Il était parfaitement conscient que la jeune femme ignorait tout des immenses pouvoirs qui dormaient en elle. Elle devait encore lutter pour simplement croire ce qui lui arrivait. Il imaginait sans peine les sentiments qui devaient la traverser : le désarroi, la peur, l'incompréhension, la colère, la révolte, le goût de la vengeance... De cruelle façon, la jeune femme avait fait connaissance avec la réalité des Filles de Lune. Et encore ! Pour réussir là où tous avaient échoué, elle allait bientôt devoir affronter une suite ininterrompue d'obstacles : des guerres de pouvoir, des êtres maléfiques, des territoires inconnus, des mondes mystiques et des créatures de cauchemar... Trop réelles, des images défilaient à un rythme échevelé dans l'esprit de l'homme, formant un indescriptible chaos de noirceur, de douleur et de frayeur.

Déchiré, l'homme leva les yeux vers la lune, espérant qu'Alana pourrait changer le cours de l'histoire. Mais la déesse l'avait depuis longtemps prévenu que le destin de sa fille était immuable...